SOUVENIRS DE L'AVENIR

Dessins reproduits avec l'aimable autorisation de Siri Hustvedt.
Masque mortuaire de la baronne p. 221 :
Fonds Marc Vaux © Bibliothèque Kandinsky.

Titre original :
Memories of the Future
Éditeur original :
Simon & Schuster, New York

ISBN 978-2-330-16773-8

SIRI HUSTVEDT

SOUVENIRS DE L'AVENIR

roman traduit de l'anglais (États-Unis)
par Christine Le Bœuf

illustrations de l'auteur

BABEL

I

Voici bien des années, j'ai quitté les vastes plaines du Minnesota rural pour l'île de Manhattan, en quête du héros de mon premier roman. À mon arrivée, en août 1978, ce héros était moins un personnage qu'une possibilité rythmique, une créature embryonnaire de mon imagination, que je ressentais comme une série de battements métriques s'accélérant ou ralentissant avec mon pas tandis que je déambulais au hasard des rues de la ville. Je crois que j'espérais me découvrir en lui, démontrer que lui et moi étions dignes de toute histoire qui se présenterait à nous. Je ne cherchais ni le bonheur ni mes aises à New York. Je cherchais l'aventure, et je savais que l'aventurier doit souffrir avant d'arriver chez lui après d'innombrables épreuves sur terre comme sur mer, ou de finir éteint d'un souffle par les dieux. Je ne savais pas alors ce que je sais maintenant : que quand j'écrivais, j'étais écrite, moi aussi. Le livre avait démarré bien avant mon départ des plaines. Les multiples ébauches d'un mystère se trouvaient déjà inscrites dans mon cerveau, ce qui ne signifiait pas que je savais ce qu'il en adviendrait. Nous marchions, mon ébauche de héros et moi, vers un lieu qui n'était guère plus qu'une fiction miroitante : l'avenir.

Je m'étais donné exactement douze mois pour écrire le roman. Si à la fin de l'été suivant mon héros était mort-né, était mort en bas âge ou se révélait à ce point nul que sa vie ne méritait qu'un "sans commentaire", en d'autres termes, s'il n'avait finalement rien d'un héros, je les laisserais en plan, lui et son roman, et me lancerais dans l'étude des ancêtres de mon rejeton défunt (ou raté), à savoir les hôtes des volumes qui remplissent ces cités fantômes que nous appelons bibliothèques. J'avais accepté une bourse d'études de littérature comparée à l'université de Columbia et lorsque j'avais demandé si je pouvais différer d'un an mon admission, les autorités invisibles m'avaient adressé une lettre filandreuse accédant à ma requête.

J'emménageai dans une pièce sombre avec un coin cuisine, une chambre plus sombre encore, une salle de bains minuscule carrelée de noir et blanc et un cagibi au plafond de plâtre tumescent au 309 de la 109e Rue Ouest pour la somme de deux cent dix dollars par mois. C'était un appartement sinistre, dans un immeuble lézardé, décrépi, fatigué et, si j'avais été un tant soit peu différente, vaguement plus sensible aux biens de ce monde ou un rien moins livresque, sa peinture d'un vert aigre et ses fenêtres ouvrant sur deux murs de briques sales dans la chaleur fétide de l'été nous auraient découragées, mes ambitions et moi, mais le degré de différence nécessaire, si infinitésimal fût-il, n'existait pas en ce temps-là. *Ugly was beautiful*, la laideur était beauté. Je décorai ma location à l'aide des phrases et paragraphes enchanteurs cueillis à volonté dans les nombreux volumes que je gardais en tête.

Il avait la tête pleine de tout ce qu'il trouvait dans ses livres : enchantements, querelles, batailles, défis, blessures, galanteries, amours, tourments, aventures impossibles. Et il crut si fort à ce tissu d'inventions et d'extravagances que, pour lui, il n'y avait pas d'histoire plus véridique au monde.

Mes premiers moments dans mon premier appartement revêtent dans ma mémoire une dimension radieuse n'ayant aucun rapport avec la lumière du jour. Ils sont illuminés par une idée. Dépôt de garantie versé, premier mois de loyer réglé, porte refermée sur M. Rosalès, mon concierge rebondi et souriant, de la sueur maculant mon t-shirt sous les bras, je faisais des bonds sur le plancher, improvisant une sorte de gigue, bras levés en signe de triomphe.

J'avais vingt-trois ans, une licence en philosophie et en anglais de Saint Magnus College (un petit établissement universitaire du Minnesota fondé par des immigrants norvégiens), cinq mille dollars à la banque, soit un bon paquet de fric que j'avais économisé, après réception de mon diplôme, en travaillant pendant un an comme barmaid dans ma ville natale de Webster, où je squattai gratis à la maison, une machine à écrire Smith Corona, une boîte à outils, des ustensiles de cuisine offerts par ma mère et six caisses de livres. Je me fis un bureau à base de tasseaux et d'une feuille de contreplaqué. J'achetai deux assiettes, deux tasses, deux verres, deux fourchettes, deux couteaux et deux cuillères en prévision du futur amoureux (ou de la série d'amoureux) avec qui, après une nuit de baise délirante, je projetais de partager un petit-déjeuner fait de toasts et d'œufs, lequel, parce que je n'avais ni table ni chaise, serait consommé à même le sol.

Je me souviens de la porte se refermant sur M. Rosalès, et je me souviens de ma jubilation. Je me souviens des deux pièces du vieil appartement, et je peux marcher mentalement de l'une à l'autre. Je vois encore l'espace mais, si je suis honnête, je ne saurais décrire la configuration précise des fentes du plafond de la chambre, les lignes bosselées et les floraisons délicates qui s'y trouvaient, je le sais parce que je les ai étudiées, pas plus que je n'ai de certitude absolue quant au réfrigérateur, qui était, je crois, plutôt petit. Je suis tout à fait sûre qu'il était blanc, avec des angles arrondis, pas carrés. Plus je me concentre sur mes souvenirs, plus je suis susceptible de fournir de détails, sauf qu'il est possible que ces derniers relèvent de la pure invention. C'est pourquoi je ne m'attarderai pas sur l'aspect, par exemple, des pommes de terre posées sur les assiettes devant moi voilà trente-huit ans. Je ne vous dirai pas si elles étaient pâles et bouillies, ou légèrement sautées ou au gratin ou frites, parce que je ne m'en souviens pas. Si vous êtes l'un de ces lecteurs que ravissent les autobiographies truffées de souvenirs d'une impossible précision, je dois vous dire ceci : ces auteurs qui prétendent, des années après, se rappeler parfaitement leurs pommes de terre rissolées, on ne peut pas se fier à eux.

Et me voici donc dans la ville dont je rêve depuis mes huit ans, mais que je ne connais ni d'Ève ni d'Adam (enfant, je croyais que "ni d'Adam" *["from Adam"]* était *"from atom"* et que l'expression avait un rapport avec la terrifiante physique de la bombe atomique).

Et j'arrive donc dans la ville que j'ai vue dans des films, découverte dans des livres, et c'est New York mais aussi d'autres villes, et Paris et Londres et Saint-Pétersbourg, la ville des heurs et malheurs du héros, une ville réelle qui est aussi une ville imaginaire.

Je me rappelle la clarté lugubre qui pénétrait à travers les stores déglingués la première nuit où j'ai dormi dans l'appartement 2B, le 25 août. Je m'étais alors dit qu'il me faudrait un store neuf dans cette chambre, sous peine de ne jamais jouir d'une réelle obscurité. L'air chaud ne bougeait pas. Ma transpiration rendait les draps humides, mes rêves étaient violents et intenses mais, le temps d'aller faire du café et d'en rapporter une tasse près de mon matelas en mousse le lendemain matin, j'en avais oublié la teneur. Je passai ma première semaine à New York, à écrire le matin et à circuler en métro l'après-midi. Je n'avais en tête nulle destination mais je savais que, quand le train grondait dans les entrailles de la ville, mon cœur battait plus vite et que ma liberté toute neuve avait quelque chose de presque impossible. Un ticket coûtait cinquante cents et je savais que, aussi longtemps que je ne me dirigeais pas vers la sortie et ne montais pas d'escaliers, je pouvais passer d'une ligne à l'autre sans avoir à payer un trajet supplémentaire. Je ballottais d'un bout à l'autre de la ville sur l'IRT, volais à toute allure sur la ligne A, passais du West Side à l'East Side sur le shuttle, explorais le curieux trajet de la L et, au moment où la F émergeait à la lumière du jour au carrefour de Smith et de la 9e Rue, quand soudain Brooklyn m'apparaissait, dans son halo de brume, avec tout son micmac de blocs de béton en saillie, d'entrepôts et de panneaux d'affichage, je me surprenais à sourire à la fenêtre. Assise ou debout dans l'une des voitures, cahotée et bousculée à chaque arrêt et redémarrage, je rendais hommage aux graffitis omniprésents, non pour leur beauté mais pour leur esprit d'insurrection, un esprit que j'espérais assimiler et imiter pour le mettre au service de mes propres ambitions artistiques. Le crissement des trains, la voix de l'homme dont le haut-parleur transformait les annonces en un raclement aussi inintelligible que sonore me ravissaient. Je célébrais la pression de la foule lorsqu'une amplification collective du mouvement me poussait dehors, et me récitais les vers de Whitman, "L'ensemble simple, compact, dont je suis détaché moi-même, dont chacun est détaché tout en faisant partie de l'autre". Je voulais faire partie de l'autre plan. Je voulais être tout le monde. J'écoutais les langues parlées, les unes reconnaissables – espagnol, mandarin, allemand, russe, polonais, français, portugais – et d'autres que je n'avais jamais entendues. Je me délectais de la variété des couleurs de peau autour de moi, ayant été, à Webster, Minnesota, rassasiée pour une vie entière de pâleur luthérienne et de ses nuances enflammées allant du rose au rouge au brun fermier brûlé.

J'étudiais les clochards et les clochardes à leurs degrés variés de déchéance dans les indignités de la rue. Plusieurs années avant mon arrivée à New York, les autorités-en-place-à-l'époque avaient ouvert les portes des institutions psychiatriques et relâché leurs patients au bénéfice d'une problématique liberté. Des aliénés boudaient sur les quais, en agaçant leurs plaies. Certains clamaient des poèmes. Certains chantaient ou gémissaient ou prêchaient le retour de Jésus ou la colère de Jéhovah, d'autres restaient assis en silence dans des coins obscurs, réduits à des écales de désespoir. J'inhalais la puanteur de leurs corps jamais lavés, une odeur tout à fait nouvelle pour moi, et me retenais de respirer.

Les rimes et raisons des rues de Manhattan allaient devoir attendre. Si j'étais capable de repérer sur le plan que j'avais toujours sur moi la nature des relations entre un quartier et un autre, la logique charnelle faisait toujours défaut. Quand je surgissais en haut des marches dans le soleil et les foules, quand mes chaussures frappaient l'asphalte recuit et le goudron ramolli et que j'entendais, perçant les bruits de voix et de circulation et le grondement général, la cacophonie musicale sortie de ghetto-blasters hissés sur des épaules ou balancés le long des cuisses comme des valises, ma peau frémissait, la tête me tournait et je me préparais à l'assaut sensuel suivant. Je me souviens de ma première balade dans Canal Street, cette rue encombrée et odorante, des canards dorés suspendus par les pattes derrière des vitres graisseuses, des baquets où luisaient des poissons entiers, des paniers et caisses en carton remplis de graines et de légumes, et de fruits que je n'apprendrais que plus tard à nommer : caramboles, mangoustans, fruits de l'arbre à pain et longanes.

Il y avait les sordides plaisirs des balades dans Times Square – les enseignes aguichant le client en affichant X, XX, XXX et burlesque, également épelé burlesk et bur_esk (en raison d'un *l* tombé), les peep-shows et le théâtre Paradis, et Filthy's et le Circus Circus, avec des filles en direct sur la scène pour seulement vingt-cinq cents et “la totale à dix dollars”, et, surplombant les marquises, les silhouettes de femmes nues aux seins saillants et longues jambes, et des visions de pizzerias et de salles de jeux et de petites blanchisseries tristounettes avec leurs hauts empilements de ballots de papier brun noués de ficelle, et les déchets qui sautaient et tourbillonnaient quand le vent soufflait, et les spécialistes des tours de cartes installés sur le trottoir pour arnaquer le gogo, et les hommes aux manches de chemise roulées jusqu'au coude dans l'atmosphère torride, un instant captivés par la promesse de chair frémissante et d'un soulagement rapide, avant de se décider soit à entrer là afin d'y trouver quelque satisfaction, soit à poursuivre leur chemin dans un sens ou dans l'autre.

J'excursionnai jusqu'à Greenwich Village, appelée par sa mythologie de bohème, en quête de la brillante société Dada. J'étais en quête de Djuna Barnes et de Marcel Duchamp, de Berenice Abbott, Edna Saint Vincent Millay et Claude McKay, d'Emanuel Radnitszky, alias Man Ray. En quête de William Carlos Williams et Jane Heap, de Francis Picabia et Arthur Cravan, et de ce personnage étonnant qui avait surgi de mes recherches sur Dada, une femme que j'avais traquée jusque dans les archives de l'université du Maryland où, pendant trois jours, j'avais laborieusement recopié au crayon ses poèmes pour la plupart inédits : la baronne Elsa von Freytag-Loringhoven, née Elsa Hildegard Plötz, artiste proto-punk et absolue rebelle qui prenait la pose avec des cages à oiseaux sur la tête, des phares sur les hanches et écrivait des poèmes en forme de hurlements ou d'éructations issues des profondeurs du diaphragme.

"Personne ne demande ces documents", m'avait dit l'archiviste avant de me sortir les dossiers. Alors, je suis

Personne, avais-je pensé. Les papiers de la baronne étaient arrivés dans le Maryland en 1970 parce que Djuna Barnes, auteur de l'enivrant roman *Le Bois de la nuit*, avait récupéré les lettres, manuscrits et dessins de son amie décédée et les avait rangés chez elle à New York. Lorsque l'université avait acquis les papiers de Barnes, la baronne avait été du voyage. Je passai des heures assise devant les papiers jaunissant d'Elsa, à carreaux ou unis, à étudier les versions successives d'un seul poème jusqu'à ce que ma tête s'embrouille et que mes yeux me fassent mal. Une fois la journée terminée, je m'asseyais sur mon lit à l'Holiday Inn pour relire ce que j'avais transcrit et sentir tout mon corps ébranlé par les heurts et saccades que lui imprimait la baronne. Elle vivait dans les pages que j'avais emportées avec moi à New York, mais il n'y avait en ville aucune trace d'elle. Elle n'était même pas un fantôme. Il ne restait rien d'elle dans les étroites ruelles de guingois du Village.

Christopher Street était alors un vibrant théâtre à ciel ouvert où j'aimais me promener incognito en observant dans les vitrines un attirail et des costumes érotiques d'une espèce dont je connaissais vaguement l'existence sans l'avoir jamais vue, et je me demandais ce que mon vieil ami le pasteur Weeks aurait pensé de tout cela et ce qu'il aurait pu dire s'il avait partagé ma promenade, y répondant dans les termes qu'il aurait choisis : "Nous sommes tous sœurs et frères dans le Seigneur." J'admirais la fierté des couples aux allures de jumeaux, sveltes, nets et assortis dans leurs blue-jeans et t-shirts ajustés et leurs tournures impeccables, le léger balancement de leurs hanches et peut-être un chien en laisse entre eux pour mettre en valeur leur parfaite beauté, et j'aimais les grandes femmes parées de plumes, perchées sur leurs talons aiguilles, et j'essayais de ne pas dévisager les hommes que je qualifiais en silence de "cuirs menaçants", les grands gaillards musclés sapés de noir à clous d'argent dont l'intensité d'expression me faisait baisser les yeux vers le trottoir.

Je flânais dans les librairies, le Coliseum, le Gotham Book Mart, Books and Company et The Strand. Dans la librairie de la 8e Rue, j'achetai *Some Trees (Des arbres)*, de John Ashbery, que je lus dans le métro avant de le lire et relire à haute voix chez moi, sans m'en lasser. Et, à Astor Place, je découvris la Librairie nationale, bourrée de livres savants follement tentants emballés de plastique en prévention d'invasions par les doigts de gens de mon espèce, et supervisée par un tyran chenu qui battait la mesure à petits coups de son crayon et aboyait si l'on s'attardait trop longtemps sur tel ou tel volume de sorte que, obligée d'économiser mon argent, je partais souvent les mains vides, mais, dans mon quartier, juste en face de l'université de Columbia, le vieux Salter, pas tellement amical lui non plus, me laissait m'asseoir sur le sol de sa librairie : adossée à un rayonnage, je lisais alors jusqu'à ce que sache si je voulais vraiment ce livre-ci ou celui-là, généralement des poètes que je découvrais à l'époque, mais avant que l'année ne s'achève j'avais acheté la totalité de l'école de New York et davantage, Ashbery encore, ainsi que Kenneth Koch, Ron Padgett, James Schuyler, Barbara Guest et Frank O'Hara, ce dernier tué par un buggy de plage dans les dunes de Fire Island douze ans avant mon arrivée. Et je me souviens encore de ces mots de Guest, ces mots qui m'avaient incitée à acheter son livre : "Comprendre la distance entre les personnages." Ce que, aujourd'hui encore, j'essaie de comprendre.

Et quand j'en avais assez de la ville, je montais quatre à quatre entre les deux lions de pierre, passais les portes de la New York Public Library et marchais vivement jusqu'à la superbe salle de lecture, digne d'un roi, et m'asseyais à l'une des longues tables de bois sous le plafond voûté d'où un lustre pendait au-dessus de ma tête, je demandais un livre et, sous la lumière silencieuse venue des hautes fenêtres se déverser sur moi, je lisais pendant des heures et il me semblait que j'étais devenue une créature purement potentielle, un corps transformé en un espace enchanté infiniment expansible, et tant que je restais là, à lire au son assourdi des pages tournées, des toux, reniflements et bruits de pas résonnant dans l'immense salle, et, plus rarement, d'un juron échappé dans un murmure, je trouvais refuge dans les cadences d'un esprit, quel qu'il fût, que j'empruntais provisoirement, immergée dans des phrases que je n'aurais pu avoir écrites ni imaginées et, même quand le texte était abstrus ou noueux ou hors de ma portée, et ceux-là étaient fort nombreux, je persévérais, prenais des notes, comprenant que ma mission nécessiterait des années, et non des mois. Si je pouvais me remplir la tête de la sagesse et de l'art des âges, je finirais, avec le temps, par m'augmenter moi-même, volume après volume, jusqu'à devenir cette géante que je voulais être. Bien que la lecture supposât de la concentration, ses exigences n'étaient pas celles de la rue et je me détendais en salle de lecture. Je respirais calmement. Mes épaules abandonnaient leur position voûtée et je laissais souvent mes pensées jouer avec une simple phrase : “Le caractère irrationnel d’une chose n’est pas un argument contre son existence, c’en est plutôt une condition.” Dans la bibliothèque, j’avais des ailes.

Avant de sortir du bâtiment, je m’arrêtais toujours à la salle de lecture slave, dont j’entrouvrais la porte pour apercevoir les vieux lecteurs comme sculptés dans l’ivoire, avec leur peau coquille d’œuf teintée de gris et leurs longues barbes d’une nuance plus pâle. Ils étaient vêtus de noir et paraissaient d’abord immobiles, assis devant les vieux livres. Seuls bougeaient leurs longs index résolus quand ils tournaient les pages, dans un geste régulier qui me prouvait que ces statues étaient vivantes. Ces vieillards doivent à présent être morts depuis longtemps, et la salle de lecture slave n’existe plus, mais je n’ai jamais manqué d’y jeter un coup d’œil et d’inhaler cette odeur sèche particulière aux lettrés âgés, qui me semblait chargée d’une légère senteur d’encens et de la philosophie mystique de Vladimir Soloviev avant la révolution. Et jamais je n’ai osé en franchir le seuil.

La bibliothèque est un palais américain, construit grâce à la fortune de Lenox et Astor afin de montrer aux hautaines fortunes européennes que nous les valions bien. Mais ce que je peux dire c’est que personne ne m’a mesurée de haut en bas, ne m’a fait passer un test d’intelligence ou n’a vérifié le montant de mon compte en banque avant que j’en passe la porte. À Webster, dans le Minnesota, personne n’était vraiment riche. Nous comptions comme fortunés quelques éleveurs de dindes et propriétaires de magasins, et, si modestes que fussent leurs moyens, leurs années d’études valaient aux médecins, dentistes, avocats et professeurs un avantage social qui était souvent mal ressenti par les fermiers, mécaniciens et tant d'autres personnes des environs dont les noms n'étaient suivis d'aucune initiale. À New York, en revanche, la richesse était là, s'exhibant aux regards, une richesse dont je n'avais jamais vu la pareille. Seule ou en couple, elle flânait sur la Cinquième Avenue et dans Park Avenue, riait et conversait derrière les vitres des restaurants aux tables garnies de bouteilles de vin et de nappes de lin blanc bien repassées sous la douce lumière des bougies. Elle descendait de taxis en chaussures dont les semelles avaient l'air de n'avoir jamais effleuré un trottoir et s'affalait gracieusement sur le siège arrière de limousines avec chauffeur. Elle scintillait dans les étalages de montres, boucles d'oreilles et foulards de boutiques où j'étais trop timide pour entrer. Et je ne pouvais m'empêcher de penser aux belles chemises de toutes les couleurs de Jay Gatsby et à la stupide et creuse Daisy, et à la triste lumière verte. Et à Balzac, aussi, comment pouvait-on ne pas penser à lui, à la douteuse et chatoyante comédie humaine, et à Proust dînant au Ritz avec les amis auxquels il dérobait leurs traits avec une si terrifiante exactitude, et au "petit clan" chic d'Odette, qui n'est pas chic du tout, vulgaire en fait, et je m'efforçais de me sentir au-delà de tout cela, d'être mon propre personnage, cette jeune personne noble bien que pauvre, aux goûts littéraires et philosophiques raffinés, mais il y avait un pouvoir dans cet argent que je voyais, une force brute qui m'effrayait et que j'enviais parce qu'elle me diminuait et me rendait plus pitoyable à mes propres yeux.

Je suis toujours à New York, mais la ville où je vivais alors n'est pas celle où j'habite aujourd'hui. L'argent y reste dominant, mais son rayonnement s'est étendu dans tout l'arrondissement de Manhattan. Les enseignes fanées, auvents en lambeaux, affiches déchirées et briques crasseuses qui donnaient aux rues de mon ancien quartier de l'Upper West Side un aspect général d'enchevêtrement désordonné ont disparu. Si je me retrouve sur mes lieux de prédilection d'autrefois, mes yeux rencontrent les silhouettes rectifiées de l'amélioration bourgeoise. Une signalisation lisible et propre, des couleurs claires ont remplacé l'ancien marécage visuel. Et les rues ont perdu leur atmosphère menaçante, cette menace aussi omniprésente qu'invisible d'une violence susceptible d'éclater à tout instant, de sorte qu'une attitude défensive et une démarche décidée ne relevaient pas de l'option mais de la nécessité. Dans d'autres quartiers de la ville, on pouvait, en 1978, adopter l'allure tranquille d'un flâneur, mais pas dans celui-là. En moins d'une semaine, mes sens avaient acquis une acuité dont ils n'avaient encore jamais eu besoin. J'étais sans cesse attentive au craquement, gémissement ou claquement soudain, au geste brusque, à la démarche branlante ou à l'expression lascive d'un inconnu à l'approche, à tel indéfinissable relent de quelque-chose-ne-va-pas qui flottait çà et là et me faisait presser le pas ou disparaître dans une bodega ou une épicerie coréenne.

Je tenais un journal cette année-là. J'y trouvais mon héros, l'homoncule de mes pensées voyageuses, et faisais dans ce cahier l'essai de passages de son roman. Je griffonnais, dessinais et notais au moins certaines de mes allées et venues et de mes conversations avec d'autres et avec moi-même, mais le cahier de rédaction noir et blanc de marque Mead disparut avec son compte rendu de mon ancien moi peu après que j'en eus rempli les pages. Et voici qu'il y a trois mois, je l'ai retrouvé, soigneusement rangé dans une caisse d'objets divers que ma mère avait mis de côté. Je devais avoir commencé un nouveau journal et abandonné l'ancien après une visite chez mes parents durant l'été 1979. Quand j'aperçus, sous une boîte de photographies éparses, le cahier à l'angle légèrement corné avec, inscrit à la main sur la couverture, le titre absurde de *Ma nouvelle vie*, je l'accueillis comme si c'était un parent bien-aimé que j'avais cru mort : d'abord le cri étranglé de reconnaissance, puis l'étreinte. Ce n'est que plusieurs heures plus tard que l'image de moi serrant un cahier contre mon sein prit l'apparence ridicule qu'elle mérite certainement de revêtir. Et pourtant, ce petit volume de deux cents pages s'est révélé inestimable pour la simple raison qu'il me rapportait, à l'un ou l'autre degré, ce que j'avais oublié ou mal mémorisé, d'une voix qui est en même temps la mienne et plus tout à fait la mienne. C'est drôle. Je croyais avoir commencé chaque entrée par "Chère Page", invocation que je trouvais pleine d'esprit à l'époque, mais la réalité c'est que je donnais à mon interlocuteur imaginaire deux ou trois noms et parfois pas de nom du tout.

Ma sœur et moi étions en train de passer en revue tous les objets appartenant à notre mère parce que celle-ci quittait l'appartement de cinq pièces où elle avait mené une vie indépendante pendant presque une décennie depuis la mort de notre père. Elle avait pour destination une chambre dans l'aile réservée aux personnes assistées de la même maison de retraite, ce qui signifiait que nous avions à parcourir des mètres et non des kilomètres, mais ce déplacement exigeait un tri rigoureux de toutes les affaires de notre mère. Sans être joyeux, le changement était moins douloureux qu'il n'aurait pu l'être parce que, entre ses neuf années et demie "d'indépendance" et sa nouvelle installation requérant "assistance", notre mère avait été, à quatre-vingt-douze ans, l'hôte fragile et alitée de l'aile trois de la même institution, connue comme "l'unité de soins". Dix mois auparavant, l'homme de l'art qui s'occupait de ma mère l'avait déclarée à l'article de la mort, sans utiliser ces mots, bien entendu. Le Dr Gabriel nous avait dit de nous préparer à son décès, sans choisir ce mot non plus. En revanche, au début du mois d'octobre de l'année dernière, il nous avait demandé d'un ton suggestif, d'envisager un "Noël anticipé", un Noël fin octobre ou début novembre, ce qui suggérait qu'il était peu probable que notre mère se trouve où que ce fût au mois de décembre et que par conséquent, si nous voulions qu'elle retire quelque menu plaisir de sa fête préférée, nous avions intérêt à nous dépêcher.

Ni ma sœur ni moi ne lui avions répondu, mais nous avions trouvé ridicule cette idée de trafiquer le calendrier pour l'adapter à la probable disparition de notre mère. Les mois se suivent l'un après l'autre, et si elle mourait en octobre ou novembre, nous n'allions pas prétendre qu'Halloween ou Thanksgiving étaient Noël et, même si, pour notre mère, la notion du temps était devenue confuse, si elle avait oublié la série d'urgences médicales – le pied cassé, le bras cassé, l'insuffisance cardiaque congestive, la pseudo-goutte qui avait fait enfler ses jambes maigres en atroces rondins rouges et, finalement, l'infection qui avait gagné sa circulation sanguine et provoqué chez elle des hallucinations : amis défunts, chœurs d'enfants et elfes en chapeau haut de forme qui, de dehors, lui faisaient signe à la fenêtre –, elle aurait fortement désapprouvé que nous altérions les saisons. Elle s'était toujours considérée comme "philosophique". La définition particulière que donnait ma mère de ce mot est la suivante : nous souffrons tous et nous mourons tous. "Jamais, jamais, m'avait-elle dit quand j'avais onze ans, il ne faut dire « disparaître » au lieu de « mourir ». Les gens meurent. Ils ne s'évaporent pas."

Ma mère a vécu Halloween, puis Thanksgiving, puis Noël, puis Pâques et, quand l'été fut venu et reparti et que les feuilles des arbres au-delà de l'unité de soins eurent commencé à roussir, elle n'était plus mourante, et puisqu'elle s'était dérobée au seuil ultime et que les administrateurs de l'unité de soins avaient besoin de son lit pour une personne qui se tenait, ou plutôt gisait, "au seuil de la mort" (des mots qui n'étaient jamais prononcés, eux non plus), ils la bombardèrent en résidence médicalisée, s'opposant à un retour dans ses anciens pénates indépendants, ce qui précipita le déménagement, ma découverte du cahier, et l'écriture de ce livre.

Ma mère est désormais bien installée dans sa nouvelle chambre, et je ne serais pas surprise qu'elle vive encore une dizaine d'années, mais elle oublie. Elle oublie ce que je viens de lui dire au téléphone. Elle oublie qui était la personne qui vient d'entrer dans sa chambre avec un comprimé, un verre d'eau ou une tranche de brioche aux raisins grillée. Elle oublie qu'elle a pris le comprimé pour ses douleurs arthritiques, elle oublie si elle a ou non reçu des visites, et elle préfère me parler des orchidées qui fleurissent l'appui de sa fenêtre. Elle décrit leurs couleurs et le nombre de fleurs restant sur chaque tige, et la façon dont la lumière les atteint, "quelques nuages aujourd'hui, donc la lumière est égale". Elle s'exprime bien et se rappelle beaucoup d'événements de sa vie, surtout de sa jeunesse, et ces derniers temps elle aime revisiter les vieilles histoires. Hier elle m'a raconté l'une de mes préférées, une histoire que, lorsque j'étais enfant, je lui réclamais encore et encore. Elle et son frère avaient vu le visage d'Eva Harstad à une fenêtre du premier étage de la maison, au bout de Maple Street, à Blooming Field, où elle a grandi. "Oscar et moi rentrions à la maison au coucher du soleil. Il y avait des traînées roses dans le ciel et une lumière étrange. Nous l'avons tous les deux vue derrière la fenêtre. Impossible, tu le sais, parce qu'elle s'était pendue l'année d'avant, pauvre Eva. Nous ne la connaissions pas bien. Il y avait un bébé en route, vois-tu. Personne n'a jamais découvert qui était le père. Sa mort avait attristé toutes les personnes de la ville qui n'étaient ni étroites d'esprit, ni pharisiennes ni hypocrites et pourtant elle était là, avec ses longs cheveux blonds encadrant son visage. Je sais que je t'ai déjà raconté ça souvent, mais ses lèvres avaient quelque chose qui clochait. Elle les remuait de façon insensée, comme le font les chanteurs pour s'échauffer la bouche afin de se préparer à chanter la chanson, mais rien n'en sortait. Nous n'avons pas couru, mais nos cœurs s'étaient figés, si tu vois ce que je veux dire. On a marché vite.

Oscar n'a jamais aimé qu'on lui rappelle ça. Je crois que ça lui avait fait plus peur qu'à moi. Je devrais le lui demander. Non ? Mais, où est-il, Oscar ?" Oncle Oscar est mort en 2009. Ma mère en est consciente certains jours, d'autres non.

Le passé est fragile, aussi fragile que des os devenus friables avec l'âge, aussi fragile que des fantômes aperçus par les fenêtres ou les rêves qui se décomposent au réveil sans rien laisser derrière eux qu'une sensation de malaise ou de détresse ou, plus rarement, une sorte de sombre satisfaction.

Le 2 septembre 1978

Ma chère Page,

J'ai attendu ce *maintenant*, le *maintenant* qui va disparaître à moins que je ne le saisisse, le secoue et ne lui fasse rendre son éclatante présence.

En quelques jours à peine, mon héros a largement dépassé le stade de la démangeaison. Le voici doté d'une forme – il est grand et mince – et d'une implantation géographique permanente – Marginale aux Yeux de La Plupart des Gens. Nous sommes donc pareils, lui et moi. Ian Feathers. Ses initiales, I. F., comme dans *if* ("si" en anglais)... un personnage subjonctif fait d'ailes et d'envol, de plumes, de stylos et de machines à écrire. Mon chevalier du Midwest à moi, emberlificoté entre roman à suspense et attrait de la logique.

Et une chose étrange : ma voisine de palier psalmodie tous les soirs. C'est peut-être une Hare Krishna ou une adepte du culte de ce ridicule gros gamin de maharadja dont j'ai vu le portrait ici ou là. Elle répète *amsah, amsah, amsah*, sans se lasser. Hier, elle s'est arrêtée de gémir *amsah* pour s'exclamer : "Ils voulaient quelqu'un d'autre." La détresse qui teintait sa voix m'a un instant serré la gorge. Je ne pouvais m'empêcher de me demander qui étaient ces "ils", et la phrase me hante. Comme si elle possédait un sens spécial et terrible. Je crois qu'elle peut aussi avoir glapi ou geint au milieu de la nuit, mais je n'étais pas assez éveillée pour interpréter les sons.

Chapitre 1. Ian naît entre les couvertures

Ian Feathers lisait tant de romans policiers dans son enfance que sa mère craignait que la fatigue de ses yeux n'entraîne une cécité et l'inactivité de ses membres privés de soleil leur dépérissement. Tels les Grecs avant eux, M. et Mme Feathers croyaient en "la modération en toutes choses". La version américaine de cet adage antique correspondait à "l'équilibre". Les Feathers aimaient leur grand échalas myope et affecté d'hyperlexie, mais ils se donnaient beaucoup de mal pour le raboter et l'équilibrer – pour son bien. Ils savaient, comme le savaient tous les dévots du Midwest, que le garçon idéal et bien équilibré n'était jamais *trop* quoi que ce fût. Il travaillait bien à l'école, mais pas au point qu'on pût lui reprocher d'être monstrueusement brillant. Il lui arrivait de temps à autre de se bagarrer (de quoi démontrer qu'il avait du cran), mais les bagarres auxquelles il participait n'étaient jamais bien graves et relevaient en général de l'échange de coups de poing avec quelque camarade moins-qu'-idéalement équilibré. Sa boussole morale pointait droit vers le nord mais flanchait périodiquement parce que personne n'aime les modèles de vertu. Il se montrait modeste, bien entendu, bienveillant envers ses nombreux inférieurs et plutôt grand, mais pas trop grand. Dans sa région des plaines et dans l'Amérique en général vers le milieu du XXe siècle, il allait sans dire que le garçon idéalement équilibré était caucasien (même s'il hâlait joliment en été), chrétien sans fanatisme et, en tout cas tel que le présentait la littérature populaire, qu'il avait les cheveux d'un blond roux et 20/20 d'acuité visuelle. S'il avait fallu attribuer à ce garçon idéal une température, celle de tiède eût été adaptée. En fait, une seule piste d'excellence était ouverte à ce parangon de médiocrité, piste que les Grecs eux-mêmes auraient approuvée : le sport.

Bien qu'il aspirât à un agréable équilibre ou du moins à son apparence, de temps en temps, pour faire plaisir à ses parents, la passion de Ian pour le mystère en général, pour les crimes non élucidés, pour le vol et autres larcins, comme pour les assassinats, les assassinats surtout, relevait de la catégorie non américaine du *too much*. La "vraie" vie de Ian se passait dans les livres, pas en dehors d'eux. Et pourtant, la frontière séparant l'"entre-les-couvertures" de l'"en-dehors-des-couvertures" n'était pas très nette. Les assassinats étaient rares à Verbum, la ville natale des Feathers dans le Minnesota, mais Ian s'entraînait avec rigueur en vue de l'affaire à venir. Il étudiait les formations de peluches et de plis sur les manches de veste et les jambes de pantalon et observait les poils de chat et de chien qui s'attachaient aux propriétaires d'animaux de compagnie. Il scrutait les semelles de chaussures (appartenant ou non à de possibles suspects) en quête de terre, débris et chewing-gum dont il enregistrait la couleur, la consistance et l'humidité. Il observait les degrés variés de la transpiration humaine et ses effets aux aisselles des chemises. Il passait des heures à mémoriser des traces de pneus de vélos, de dépanneuses, de voitures et de camionnettes. Il se mit à déduire des traits de personnalité à partir de mégots de cigarettes, les écrasés à moitié, par exemple, par opposition à ceux qu'on avait laissés se désagréger dans un cendrier. Le garçon vivait dans un monde entièrement bâti sur des indices.

Année après année, Ian acceptait de bonne grâce les cadeaux d'anniversaire et de Noël choisis par ses parents dans l'intention de réorienter son fanatisme : le ballon de basket (sur lequel ils fondaient de grands espoirs compte tenu de la haute stature de leur rejeton), la balle et la batte de base-ball, leurs offrandes ultérieures d'une raquette de tennis, de skis, d'un maillot de bain et de lunettes de natation ; et, geste ultime en direction de ce Quelqu'un d'Autre qu'ils espéraient le voir devenir : un filet et des volants de badminton ; mais non content de refuser de se mettre au sport, Ian détestait ça. Si, au lieu d'un garçon, il avait été une figure géométrique, il aurait été un grand cubicuboctahédron aux multiples pointes protubérantes, des pointes qu'il aiguisait depuis qu'il avait découvert sa vocation grâce à cet inimitable génie de l'analyse et de la logique, le splendide S. H. : Sherlock Holmes.

Pendant de nombreuses années, je me suis rappelé mes premières semaines à New York comme la Période sans Personne de Réel. Je savais que j'avais parlé à un M. Rosalès de chair et d'os, bien sûr, lui que je ne manquais jamais de saluer, mais chaque fois que je lui parlais, ses yeux filaient dans toutes les directions avant de se fixer sur le sol. Je pense qu'il craignait que je ne lui réclame des réparations. Je lisais des poèmes, des romans et des livres de philosophie, dans lesquels il y avait toujours des gens sous une forme ou une autre, et mon héros commença lentement à se trouver, de même que sa confidente suprême, son Sancho, son Watson : Isadora Simon, I. S., dont les initiales composent la troisième personne du présent du verbe être. Je déambulais dans Manhattan, mais je n'avais ni amis ni relations. Quand je faisais le récit de mon initiation urbaine, je disais toujours : "Je dois avoir été l'une des rares personnes qui se sont installées à New York sans connaître qui que ce soit." Et c'est vrai. Ni amis, ni amis d'amis, ni cousins au troisième degré ou même plus, et donc aucun numéro de téléphone à appeler. J'ajoutais alors, pour en rajouter dans le pathétique : "Pendant les trois premières semaines, je n'ai parlé à personne." Ce qui relève de la contrevérité criante, bien que je n'aie jamais eu l'intention de mentir.

Le 3 septembre 1978

Cet après-midi, je suis retournée à la Pâtisserie Hongroise, mon nouveau repaire. Ai lu pendant deux heures moyennant un café plusieurs fois rallongé. Trop fumé. Le livre : *Le Rire, essai sur la signification du comique*, de Bergson. Ai pris des notes et puis engagé la conversation avec une nommée Wanda : grands yeux, petite bouche, cheveux blond cendré, étudiante en histoire russe à Columbia. La discussion a porté sur le symbolisme. J'ai beaucoup parlé, gesticulé, laissé échapper des pensées refoulées. Toutes ces journées de solitude m'ont rendue volubile. Le symbolisme a débouché sur un dîner à L'Idéal (cubain-chinois à l'angle de la 107e Rue et de Broadway). Je l'ai interrogée sur *Les Âmes mortes* de Gogol et la parataxe, lui ai dit que je regrettais de ne pas avoir étudié le russe, puis lui ai posé des questions sur elle-même et, après quelques préliminaires, elle m'a confié que sa mère avait eu une attaque l'an dernier. Que le côté gauche de son visage s'était affaissé et qu'elle traînait le bras et la jambe du même côté. "Coupe-moi en deux et prends la bonne moitié", disait-elle à sa fille, mais elle n'articulait pas les mots. Une deuxième attaque l'a tuée. Sèche, vide et raide, Wanda m'a raconté cette histoire d'une voix totalement dépourvue de sentiment, mais j'ai remarqué qu'elle s'adressait au mur derrière moi, pas à moi, ce qui était, devinais-je, une façon d'éviter la sympathie que mon visage devait exprimer. Elle était mal à l'aise et je crois qu'elle regrettait de s'être racontée. Quand elle a eu fini son histoire, elle a rougi. Il fallait qu'elle parte sur-le-champ. J'ai failli l'embrasser sur les deux joues en guise d'au revoir, mais quand j'ai vu ses lèvres pincées, j'ai renoncé à approcher mon visage du sien. Nous nous sommes serré la main et avons échangé nos numéros.

Je n'ai aucun souvenir de Wanda.

Je me souviens de Ian Feathers, et je lui suis encore attachée aujourd'hui comme à une invention dont j'espérais qu'elle allait s'élancer au-delà de moi dans le monde, alors que Wanda n'est même pas une vague image mentale et, croyez bien que j'ai essayé de convoquer ses grands yeux, sa petite bouche et ses cheveux blond cendré, mais l'étudiante en histoire russe ne figure pas dans mes souvenirs. Combien d'autres personnes, événements, conversations et histoires de parents défunts ai-je oubliés ? Combien y a-t-il de Wanda ? Des centaines, j'imagine. La mémoire n'est pas seulement peu fiable ; elle est poreuse. Pour autant que je m'en souvienne, quelqu'un d'autre aurait pu écrire ces mots à propos de Wanda, ou mon moi antérieur avoir inventé toute l'histoire. Mais cette deuxième hypothèse m'étonnerait. Je me rappelle assez bien ma jeune personne pour savoir que, malgré mon sens croissant de l'ironie, s'agissant des mères défuntes, je restais sincère.

Je flotte au-dessus de ce moi qui a rencontré Wanda et puis écrit à propos d'elle. Je suis quelque part près du plafond craquelé de l'appartement miteux et presque vide, lutin de l'à-venir observant avec un mélange d'admiration et de pitié la jeune personne voûtée sur le cahier. Les passages du journal me rappellent qu'à l'époque je fumais – et d'ajouter alors une cigarette à ma mise en scène mentale puis regarder la fumée monter de la tige blanche coincée entre ses deux doigts. Une jeune femme est assise et fume et produit page après page d'une prose tantôt bonne, tantôt mauvaise, mais se trouve bientôt perdue dans un labyrinthe de sa propre fabrication, bien qu'elle ait été un peu aidée par Feathers, qui, lui non plus, ne savait pas trop où il allait.

L'histoire continue.

Selon mon journal, le 5 septembre, deux jours après ma rencontre avec Wanda, je compris que ma voisine n'était pas adepte de quelque culte oriental. Je ne dormais pas bien. Bien que le plus gros de la chaleur eût cessé, il ne faisait pas encore frais dans l'appartement et mes nuits étaient assiégées par les bruits de la ville, une clameur à laquelle je mis un certain temps à m'habituer parce que j'avais grandi entourée de sons tellement différents. En été, chez nous, un seul moustique plaintif voltigeant la nuit près de mon oreille pouvait me tenir éveillée, mais j'aimais écouter les chœurs des criquets au crépuscule et les sauterelles qui chantaient aux petites heures. Je dormais au son de leurs chants et des vents de magnitudes variées qui faisaient crépiter les branches des arbres et caressaient les longues herbes devant la maison. Quand venaient les orages de juin, le tonnerre grondait tout près et il grondait dans le lointain, et mon cœur battait d'excitation lorsque le ciel lâchait sur le toit des trombes d'eau, et l'hiver, quand un blizzard frappait, j'écoutais son rugissement rauque et ses gémissements intermittents, et puis le presque silence qui suivait – une paralysie de soleil et de neige. J'entends de la nostalgie dans ma description, mais je n'étais pas nostalgique à vingt-trois ans. J'embrassais le vacarme urbain. Si, vers vingt-deux heures, ma voisine en finissait avec ses litanies, c'est à toute heure que l'ascenseur s'ouvrait et se refermait et que le bruit strident des sirènes montait de Broadway. J'écoutais d'autres voix émanant de fenêtres laissées entrouvertes sur la cour intérieure. Les télévisions de mes voisins parlaient, pleuraient et chantaient des jingles. Des cris avinés montaient de la rue et le grondement assourdi et guttural des bennes à ordures me réveillait vers cinq heures du matin. J'entendais les moteurs tournant au ralenti puis le bruit des poubelles métalliques brinquebalant sur le trottoir. Un matin, j'entendis une femme hurler et, encore à moitié endormie, me dressai brusquement dans mon lit pour écouter. Ce ne fut pas avant le lendemain matin que je me demandai si c'était ma voisine de palier. Dans mon carnet, je décrivis le hurlement comme "un signe avant-coureur de terreur et de jubilation". En dessous de ces fadaises romantiques, je notai un vers des *Fleurs du mal*, de Baudelaire : "Si le viol, le poison, le poignard, l'incendie…"

Le soir auquel je suis en train de retourner, je m'assis à ma table de travail, contemplai la page devant moi et considérai Ian, ses quatorze ans et le mystère qu'il entendait résoudre : les fréquentes apparitions du visage de Frieda Frail à une fenêtre de la maison où elle était morte un an auparavant d'une crise d'épilepsie. Dans le cahier de rédaction, une note à moi-même : "L'adoration de Ian pour Sherlock le pousse droit dans le monde de la logique propositionnelle et des inférences valides ou non valides. Notre garçon pas-tellement-idéal vit pour trancher le vrai du faux et se préoccupe des *p*, des *q* et des *r*[1] ainsi que des signes correspondant à *non* [¬], *et* [∧], *ou* [∨], *si par conséquent* [⇒], et *si et seulement si* [⇔]. Il procède pas à pas. Le raisonnement est parfait, mais notre héros sera induit en erreur par ses déductions. Isadora Simon, la Watson de Ian, suivra une voie plus efficace."

Alors que je réfléchissais à Ian et Isadora et à la logique symbolique que j'avais étudiée à la fac, j'entendis ma voisine reprendre sa mélopée, *amsah, amsah, amsah*. Il y avait, dans son intonation, quelque chose de funèbre, et je pris conscience que ce leitmotiv désolé commençait à agir sur moi. Qu'il ralentissait mes pensées et leur faisait prendre une connotation sombre et meurtrie, comme si quelqu'un avait entrepris de me frotter le torse avec de la toile émeri.

1. Pour "Registres des Procédures de Qualification". *(Toutes les notes sont de la traductrice.)*

Je m'approchai du mur, y pressai l'oreille, regrettant de ne pas avoir le vieux stéthoscope que mon père m'avait donné quand j'avais dix ans et écoutai, le corps tendu, attentif à l'incantation. "*Amsah, amsah... I'm sad*[1], je suis triste, je suis triste, je suis triste." Et ainsi de suite, avec une seule variante : "Lucy est triste, elle est triste, je suis triste, je suis triste, je suis triste." Pire qu'un mantra. Je vivais à côté d'une femme si triste que, chaque nuit, elle proclamait haut et fort sa tristesse. Je pouvais presque la voir, se balançant d'avant en arrière dans sa chambre. Dans le cahier, j'écrivis : "Il faut que je la refoule. J'ai décidé d'acheter une radio pas trop chère et de l'allumer tous les soirs. Je sais que si elle continue comme ça, je vais devenir folle. Je me suis bourré les oreilles de papier-toilette et j'ai fait un petit tour sur la mousse."

"Faire un petit tour sur la mousse" était le code pour la baise en solo.

Bien que pratiquant beaucoup la masturbation à l'époque, mon tempérament discret d'alors me rendait peu encline à confier au papier mes fantaisies onanistes. Cette pudeur a disparu. À plat dos sur le matelas de mousse posé sur le lit plateforme que j'avais fabriqué à partir de caisses à oranges vides trouvées dans la rue et d'un autre morceau de contreplaqué spécialement-coupé-sur-mesure, et ma main devenant la sienne, je me fabriquais un ou une amante, selon ma prédilection du moment, et je me contorsionnais frénétiquement avec force halètements dans

1. *Amsah* et *I'm sad* (je suis triste) ont à peu près la même sonorité.

les draps que ma mère m'avait achetés chez Sears tandis qu'un inconnu aux cheveux noirs lui voilant le front, aux hanches extrêmement étroites et au joli cul rond pénétrait dans le compartiment de wagon-lit d'un train en route vers Paris au départ de Berlin, se dévêtait au-dessous de ma couchette avant de se hisser sur celle-ci, pressant mes épaules contre la banquette rigide cependant que, sous son regard intense, j'observais sa lèvre supérieure qui brillait, car il faisait chaud dans le train, alors il me retournait brusquement et me tringlait par-derrière, et j'adorais ça, quelquefois c'était une femme blonde aux airs de Marilyn Monroe qui montait dans ce même compartiment et déboutonnait lentement sa blouse tandis que la voiture où nous étions se balançait sur les rails et que le sifflet retentissait, alors je la retournais sur le ventre, lui ôtais sa culotte et me délectais de la beauté de son cul merveilleux après quoi, dans l'une ou l'autre position, je lui pelotais le clito jusqu'à ce qu'elle jouisse et que moi aussi – tous nous jouissions – parfois tous ensemble, tous les trois en chœur, quand je m'étais décidée pour un trio. Je jouais tous les personnages. J'étais homme et j'étais femme avec l'homme et parfois homme avec la femme et puis de nouveau femme avec la femme. Je n'ai aucune difficulté à me souvenir aujourd'hui de mes fantasmes masturbatoires car ils sont étrangement fixés. Le reste de moi a mûri et changé. Je suis une vieille noix, désormais, qu'ont assagie les chagrins et prises de conscience qui viennent au fil des années, mais il y a une ressemblance remarquable entre les gymnastiques érotiques qui avaient lieu dans ma tête en ce temps-là et celles qui y prennent place aujourd'hui. Le fantasme sexuel est une mécanique, pas un organisme.

Je continue à avoir un faible pour le sexe dans les trains. Leur rythme, sans doute.

"À mon sens, madame, écrire un livre est comme siffloter une chanson, prenez-la haut ou bas, peu importe si vous conservez votre propre ton." Je gardais cette citation de *Vie et opinions de Tristram Shandy, gentilhomme*, du révérend Laurence Sterne, scotchée au mur au-dessus de ma table de travail en guise d'inspiration et de rappel éloquent du fait que les romans ne sont pas d'une seule variété. Comme disait ma grand-tante Irma, "Il faut de tout pour faire un monde".

Lorsque je consultai la boîte aux lettres du 2C dans la petite entrée de l'immeuble, j'y trouvai le seul nom L. Brite. L. pour Lucy, certainement : Lucy Brite. C'était un joli nom qui pouvait appartenir à une jolie femme, quoique triste. Brite[1] suggérait des associations, l'éclat du soleil, mais aussi le sourire si éclatant-qu'il-m'aveugle des pubs pour dentifrice, l'exact contraire de ce que ma voisine communiquait à travers le mur. Il y avait aussi l'éclat au sens métaphorique, qui caractérise la brillance intellectuelle ou quelque grande idée éphémère, concrétisée par l'image, au-dessus d'une tête, d'une ampoule électrique dont émanent de petites lignes à interpréter comme des rayons. Le nom m'inspirait si bien que je croquai une Lucy imaginaire luisant dans l'obscurité de son chagrin. Ce dessin aussi, je l'avais oublié, jusqu'à ce que je retombe dessus dans mon vieux cahier de rédaction.

1. *Brite* se prononce comme *bright* : brillant, lumineux.

Dans la journée, ma voisine ne chantait pas sa tristesse. Elle tapait et cognait sur ce qui devait être, pensais-je, un petit travail de menuiserie, et tout en travaillant, elle sifflait. Lucy Brite sifflait bien, talent qui me rappelait mon père, lequel avait manqué de voix pour chanter mais sifflait parfaitement juste, chose qui, enfant, m'avait toujours étonnée. Comment se pouvait-il qu'à l'église mon père gémît les hymnes d'une voix si fausse que je devais m'empêcher de grimacer, mais qu'il sifflât comme un messager des cieux ? Siffler était chez mon père une déclaration de bonne humeur, un signe que pour le moment, en tout cas, la vie lui était belle, ce qui la rendait belle pour nous, ses enfants, ses deux filles qui, sur le siège arrière de la voiture, écoutions les interprétations sans paroles des *Courses de Camptown*, de *J'ai travaillé sur le chemin de fer* ou de *La Force d'un syndicat*, ce qui explique que j'aie associé le fait de siffler avec une image de mon père vu de dos – la couronne de cheveux sombres entre la calotte chauve de son crâne et ses oreilles "posées bien à plat contre sa tête", seule position convenant à des oreilles, selon notre mère.

Nous adorions quand il conduisait en sifflant la première voiture familiale dont je me souviens, Clunky, une Chevrolet de 1959 marron et blanc avec une aile cabossée qui ne fut jamais réparée car "ça n'empêche pas du tout le moteur de tourner rond". Mon père envisageait le métal à peine écrasé d'un point de vue purement utilitaire que ma mère ne partageait, et ne partage toujours pas. Avant tout trajet en voiture, elle lançait à Clunky un coup d'œil consterné mais gardait le silence sur cet affront à ses valeurs esthétiques par respect pour le patriarche, qui avait la priorité en toutes choses du dehors, territoire qui commençait au garage (paradoxalement puisque, techniquement, il constitue une sorte de dedans), la voiture qu'il abritait et les nombreux outils pendus aux murs, pour s'étendre jusqu'à la route et à la boîte aux lettres, en direction de la ville et au-delà. Seule exception à la règle du dehors, les plates-bandes de soucis, de zinnias et de roses qui embrassaient les côtés de la maison appartenaient à notre mère en exclusivité.

Enfant, je croyais le monde entier organisé de cette façon, avec les mères à l'intérieur et les pères surtout à l'extérieur, mais je n'étais jamais tout à fait sûre de la place qui m'était échue dans ce schéma, ni de ce qui serait celle de ma sœur Kari, née deux ans après moi, parce que Kari qui faisait des acrobaties, sautait les clôtures, montait aux arbres et adorait les chevaux, pouvait, si nécessaire, défendre l'honneur de la famille. Je vois encore la tête que faisait Daryl Stankey en nous dévisageant, redressé sur ses coudes sur le gravier de l'Old Dutch Road où le coup de poing de Kari l'avait expédié. Je revois ses joues sales rayées de propre par ses larmes et la morve vert pâle juste en bas de sa narine gauche. J'étais incroyablement fière. Bien que tout le crédit en revînt à Kari, l'image de ce Daryl vaincu et pleurnichant m'inspire aujourd'hui encore. Elle m'inspire autant que les digressions de Shandy, que Marilyn Monroe, que la prose mordante d'Anne Conway, la philosophe du XVIIe siècle que je lis ces temps-ci. Le poing de Kari avait rencontré le menton de Daryl parce qu'il avait traité notre père médecin de “charlatan”.

Dans mon souvenir, il fait chaud en ces jours où mon père siffle, pas froid, les vitres de la voiture sont baissées à fond, le vent souffle sur Kari et moi et j'autorise le bout de mon nez à passer le seuil, attentive à ne pas "pointer la tête au-dehors", sachant que cela pourrait se terminer par une décapitation. J'imaginais fréquemment qu'un camion arrivant à toute vitesse en sens inverse m'arrachait la tête. Je la regardais s'envoler sur la chaussée après s'être séparée de mon cou, désormais moignon sanglant attaché à un pathétique corps de fillette affalé sur la banquette arrière et à jamais immobile, et la pitié angoissée que j'éprouvais pour Kari, mon père et ma mère, à qui ne restaient de moi que les deux morceaux macabres de ce corps inanimé, me causait des spasmes à l'estomac et une sensation de faiblesse et de nausée si intense qu'il me fallait, pour m'en remettre, me pencher en avant sur mon siège, fermer les yeux et respirer profondément. Les délices venteux d'un vol à la folle vitesse de presque cent kilomètres à l'heure rivalisaient avec mon imagination, laquelle se hâtait de me précéder dans de possibles horreurs. Je maîtrisais sévèrement ma soif de gratification momentanée : ma tête demeurait dans la voiture. Sur mes fantasmes, en revanche, je n'exerçais que peu ou pas de contrôle.

Il serait faux d'affirmer que je me rappelais mon père ce jour-là, assise à ma table de la 109e Rue, en train de fumer des cigarettes et de tenter d'écrire ma donquichottesque histoire. Je ne me souviens pas d'avoir pensé à mon père, alors, et j'ai très peu écrit à propos de l'un ou l'autre de mes parents dans ce journal. La connexion sifflante entre le premier homme de ma vie et ma voisine invisible ne m'apparaît que maintenant. Il y a douze ans que mon père est mort mais en 1978 il était toujours vigoureux, pratiquait toujours la médecine et était toujours écœuré par les républicains. L'entendre siffler était un plaisir bienvenu parce qu'il était sujet à ce que ma tante Irma appelait des "humeurs noires", pendant lesquelles il semblait disparaître. À ces moments réguliers, il ne voyait ni n'entendait aucun d'entre nous. J'avais l'impression qu'il se débattait contre des tourments indicibles et que ceux-ci pouvaient jaillir de lui, que mon père était capable d'expulser de la lave, mais cela n'arriva jamais.

Ce qu'il pensait exactement de sa fille partie de la maison en mission littéraire est resté son secret et a été enseveli avec lui, ainsi que d'innombrables autres secrets, dans le cimetière de l'église Saint-Paul, à Webster, mais je soupçonne que, sans jamais en avoir dit un mot, il désapprouvait mon année d'écriture. Fils d'un médecin de campagne qui s'était déplacé d'une maison à l'autre en voiture pendant l'été et en traîneau attelé d'un cheval en hiver, quand la neige rendait les routes impraticables, mon père était resté fermement attaché aux vérités rurales absentes des vérités urbaines, à l'idée de voisinage sans barrières, à une frugalité rappelant la Crise et à la méfiance envers la richesse, à l'idée de fermiers et ouvriers (et d'un éventuel médecin) de mèche pour bâtir un monde meilleur, plus socialiste que capitaliste, à celle de travail collectif en tout genre, y compris le désherbage en famille du jardin potager, à l'éternelle idée d'une vie utile. La théorie de l'art pour l'art n'avait pas le moindre sens à ses yeux.

Lucy Brite sifflait de préférence des ballades irlandaises, qui sont généralement tristes et dont je reconnaissais certaines. Ainsi de celle intitulée *Le Vent qui agite l'orge*. Ses chansons dégoulinaient de sentimentalité mélodique et, malgré l'absence de paroles, me faisaient penser à des *beaux gars* et à leurs *chéries* noyées, à des rendez-vous manqués et, sinuant dans ce pays vert d'entre les verts, à des routes jamais empruntées sinon pour déboucher en impasse aussi noblement rebelle que tragique car, qu'elle résulte de la perte d'un amour ou d'un bouleversement politique, atroce est la mort d'une jeune personne, et ces considérations aussi tacites que mélancoliques accentuaient cette douleur, juste au-dessous de ma cage thoracique, que j'emportais partout, bien que je n'aie jamais su ce qui en était la cause – le rappel physique de ma vulnérabilité et de ma culpabilité éternelle, je suppose, le témoin physiquement implanté des innombrables peines qui m'avaient été infligées jadis et que j'avais infligées à autrui, des peines qui ne manqueraient pas de réapparaître par la suite. L'idée fausse circule en Occident que l'être humain est un cas unique en ce qu'il décide de sa propre voie et qu'il s'y avance seul. En réalité, nous sommes toujours quelque part et ce quelque part est toujours en nous. Écouter Lucy répéter inlassablement "je suis triste" était dur, mais écouter de la musique, même les sons légers et clairs d'un air sifflé par quelqu'un, touche à plus profond. La musique pénètre la peau et les muscles pour finir par s'installer dans les os. Elle peut faire passer une humeur de l'optimisme à la mélancolie et faire basculer d'une contemplation éthérée à de lascifs remuements de hanches qui vous mettent en nage. En cela, la musique est semblable au temps qu'il fait : le soleil stimule l'âme alors qu'une succession de journées pluvieuses l'investit de l'accumulation de pensées découragées. Dès qu'il s'agit de musique, les humains sont sans défense, et se voient balancés, soulevés, écrasés et retournés dans une confusion vertigineuse. Tout dépend de la mélodie.

Si Lucy Brite avait, en réalité, été quelqu'un d'autre et si elle avait choisi pour les siffler des airs moins lugubres, je n'aurais peut-être pas succombé aux sentiments qui se sont infiltrés dans l'histoire de Feathers et aux rêves intenses qui se sont mis à perturber son bon sens. Sans trop savoir où le rêve se placerait dans l'histoire, et quoi qu'il en fût, je le composai néanmoins pour lui et le consignai dans le cahier.

Ian Feathers ouvre une porte dans son rêve et se retrouve nuitamment dans la chambre de Frieda Frail. Comment il sait que c'est la chambre de la défunte, c'est le secret du rêve. Il le sait toutefois et il parcourt la chambre du regard avec la froideur et le détachement d'un détective professionnel en quête d'indices. Le lit à une place, la table de nuit, la lampe et, par terre, la carpette tissée de bouts d'étoffe sont imprégnés de quelque chose qui le met mal à l'aise. "Trop parfaits", se dit-il. Ils ont l'aspect irréellement lisse de l'image d'une chambre d'annonce publicitaire. Ian va à la fenêtre pour regarder, dehors, la pelouse et le trottoir, et remarque alors une clé gisant sur l'appui de la fenêtre. Pendant qu'il la regarde, la clé frémit légèrement, comme si elle était vivante. Il plaque la main sur elle, sent un tremblement sous sa paume mais serre fermement le poing autour d'elle. Quand il se retourne, il découvre qu'une porte qui ne se trouvait pas là auparavant s'ouvre avec la clé vivante, et il voit une fille portant sur le dos une pancarte en carton sur laquelle on peut lire I. F. F. La pancarte le perturbe, et, comprenant soudain qu'il a commis un forfait, il est saisi d'un terrible sentiment de culpabilité. Mais quel forfait ? Qu'ai-je fait ? se demande-t-il. La fille monte un escalier quatre à quatre, à chacun de ses bonds sa robe s'envole au-dessus de sa tête et il aperçoit, en dessous, son corps nu. Il a une érection. Le rêve s'achève en éjaculation nocturne, et Ian Feathers se réveille.

Lucy ne sifflait pas tous les jours ses ballades désolées. Dieu merci. Le soir du 6 septembre, ses "Je suis triste" furent interrompus par un éclat soudain que, debout contre le mur, j'ai enregistré dans le cahier de rédaction. Elle semblait parler à quelqu'un d'une voix sonore, grondeuse et en colère, et je me demandai si elle n'était pas au téléphone, mais lorsqu'elle eut terminé sa brève accusation, je ne l'entendis pas raccrocher le combiné. "Tu croyais avoir le droit, le droit, le droit de me faire mal. Tu croyais que j'étais une pute à ta merci. Je le croyais, moi aussi. Je n'ai pas dit un mot. Ça recommence la nuit. Tu es là, de nouveau. Ça recommence. Je ne peux pas respirer ! Et Lindy est morte. La fenêtre. Je vois la chute." Nul besoin du cahier pour me souvenir de ce que j'ai entendu ou ressenti. Mon corps s'est crispé contre le mur. Et, alors, Lucy, d'une voix forte et emphatique : "Tu m'écoutes ?" J'ai bondi loin de mon poste. J'étais en train d'écouter, et, parce que j'écoutais, la phrase m'a, tel un choc électrique, parcourue tout entière.

II

La jeune femme qui passait ses fins d'après-midi à la Pâtisserie Hongroise en ce début de septembre 1978 ne s'y rendait pas seulement pour échapper aux limites de son petit appartement mal éclairé, ni pour faire le plan du reste de son roman ou tenter de comprendre quelque chose à Edmund Husserl, dont elle lisait et relisait les phrases mystérieuses dans *Recherches logiques*. Elle allait à la Pâtisserie Hongroise pour s'installer à une table qu'elle jugeait bien située parce qu'offrant une vue dégagée sur la porte et sur toute personne entrant ou sortant de l'établissement. De cette position avantageuse, elle pouvait aisément lever les yeux de son café et de son livre pour prendre note de tout inconnu intéressant. Elle traînait là sans rien faire et on disait d'elle qu'elle claquait son argent en cappuccinos et croissants parce qu'elle vivait dans un état de suspens perpétuel. À l'instar de Feathers, son héros, elle passait une bonne partie de son temps en mode subjonctif, à se projeter dans des histoires "comme si" et dans les innombrables scénarios prestigieux qui l'attendaient : au pire une compagnie charmante, au mieux une passion torride.

À cet égard, nous différons, mon moi antérieur et moi. Il m'était impossible à vingt-trois ans de savoir que la terrible expression “la vie est courte” a un sens, qu’à soixante et un ans je sais que j’en ai beaucoup moins devant moi que derrière et que, si elle n’était pas, elle, terriblement curieuse d’elle-même en tant qu’elle-même, je suis, moi, devenue curieuse d’elle comme d’une incarnation d’espoirs et d’erreurs qui ont eu ou semblent avoir eu un effet déterminant sur ce que je suis à présent. Alors qu’elle ne pensait qu’à se ruer en avant sur cette ligne de temps imaginaire, celle qui va de gauche à droite sur la page, tenant la chronique de l’évolution des organismes au cours des millénaires, des empereurs romains ou de la vie de Napoléon (comme si le temps était un espace et non quelque chose de totalement ineffable, un mouvement si énigmatique qu’y réfléchir profondément revient à le perdre complètement), il m’intéresse de comprendre en quoi elle et moi sommes parentes, ce qui m’impose de faire demi-tour et de suivre la ligne du temps dans l’autre sens, parce que je suis incapable d’imaginer le temps sans métaphores spatiales – sans “en arrière” et “en avant”, sans routes derrière et devant moi, comme si je marchais à travers lui – et pourtant mon espace ne possède que trois minables dimensions euclidiennes. Le temps, nous disent les physiciens, est la quatrième. Dans notre banal vieux monde humain, la jeune femme qui lève les yeux quand elle entend s’ouvrir la porte de la Pâtisserie Hongroise en septembre 1978 devient la femme vieillissante qui se trouve à présent, en septembre 2016, dans son studio en haut d’une maison de Brooklyn et tape sur son clavier la phrase que vous êtes en train de lire dans votre propre présent, que je ne saurais identifier. Mais là-bas dans l’espace-temps de Minkowski, la “moi” encore jeunette et la “moi” beaucoup plus âgée coexistent et, dans cette étonnante réalité en 4D, nous pouvons théoriquement nous rencontrer, nous serrer la main ou converser ensemble parce que dans cet univers-bloc le temps ne s’écoule pas, non plus qu’il ne s’égoutte ni ne fuit, et que vous voyagiez vers le passé ou vers le futur ne fait aucune différence. Mon mari, Walter, me dit que les mathématiques fonctionnent merveilleusement. Et quand il me l’explique, ainsi qu’il l’a fait souvent, je lui dis : L’idée est que la course du temps est un mirage cellulaire ? Qu’est-ce que la mémoire si mon moi antérieur est encore là, quelque part, inchangé ? À ce stade, il aime rappeler ce que, dans son autobiographie, Rudolf Carnap disait à propos d’Albert Einstein : selon lui, le problème du Maintenant préoccupait sérieusement Einstein, qui expliquait que l’expérience du Maintenant signifie pour les hommes quelque chose de spécial, différent du passé et de l’avenir, mais que, sur le plan de la physique, cette notable différence n’existe pas et ne peut exister. Et Walter de conclure son anecdote célèbre en faisant observer que Carnap éprouvait peu de sympathie pour l’inquiétude d’Einstein parce que cet intraitable logicien positiviste du cercle de Vienne ne comprenait rien au souci qu’avait Einstein du sentiment humain. Quant à moi, je réponds toujours à Walter : mais ce *maintenant* si chargé de signification n’est rien. Il est aussi insaisissable qu’*était* et *sera*, et il y a beaucoup à gagner à réfléchir au-delà des mathématiques, et il en convient parce qu’il n’est pas intraitable, et la question du temps n’est pas résolue et c’est là, précisément, l’une des raisons pour lesquelles mon mari me reste si cher au bout de tant d’années.

Mais le bloc figé de Walter et de ses confrères physiciens est un peu comme une bibliothèque, n'est-ce pas ? Le Monde 3 de Karl Popper à notre disposition à tous, pour que nous puissions y sauter à volonté d'*après* à *avant*. Si tel est mon choix, je peux prendre sur l'étagère l'*Apologie* de Platon ou sélectionner les poèmes de la baronne Elsa von Freytag-Loringhoven, parus maintenant dans une édition splendide, et en admettant que je mette au point pour ma bibliothèque un système de rangement original, les deux peuvent se retrouver voisins. Socrate s'est expliqué en 399 avant Jésus-Christ et puis il s'est tué, tout le monde le sait, mais rares sont ceux qui savent, même aujourd'hui, que la baronne faisait de fréquentes allusions au suicide dans ses écrits, qu'elle venait d'une famille de suicidés et que, lasse et pauvre comme elle était, il est possible qu'elle se soit tuée en 1927 dans son appartement parisien glacé au moyen d'un poêle à gaz récemment acquis. C'est ainsi que, dans ma bibliothèque, le Socrate de Platon peut donner à la baronne un baiser encore imprégné de ciguë parce que, dans la bibliothèque, le temps n'est pas un problème, et ce même si le sage était laid, préférait les garçons et aurait sans doute considéré la baronne comme un monstre. La coexistence temporelle est tout aussi vraie pour chaque livre : on peut, vingt fois de suite, sauter à la page 137 puis revenir à la page 7, mais l'histoire ou l'intrigue sont immuables, déterminées du premier mot au dernier. Et dans ce livre en particulier, ce livre que vous êtes en train de lire, la jeune personne et la personne âgée vivent côte à côte dans les vérités précaires de la mémoire.

"LE PROBLÈME DU MAINTENANT PRÉOCCUPAIT SÉRIEUSEMENT EINSTEIN."

Ici, je suis libre de danser au-dessus des décennies dans le mince espace blanc entre les paragraphes, de m'attarder pendant des pages et des pages sur une seule minute marquante de ma vie ou de jouer avec les temps indiquant le recul ou l'avancée. Je suis libre de faire suivre le premier moi d'interruptions du moi tardif parce que la vieille dame jouit d'une perspective dont la jeune personne ne peut pas disposer. Alors, je me rencontre sur la page, sur les pages qu'elle a écrites voici des années et sur celles que j'écris maintenant. Une jeune femme assise dans la Pâtisserie Hongroise, Amsterdam Avenue à hauteur de la 111e Rue, lève les yeux de son livre en entendant la porte s'ouvrir et ils se posent sur un bel inconnu en train de passer la porte. Je parie que n'importe quel témoin, lui ou elle, s'il avait pris la peine de jeter ne fût-ce qu'un coup d'œil au visage de la jeune femme, aurait vu de l'espoir dans son expression.

10 septembre 1978

Chère Page,

À la Pâtisserie Hongroise, aujourd'hui, seize heures quinze. Un jeune homme souriant, barbe courte et nette, entre et demande un café. S'assied à la table voisine de la mienne, m'adresse un hochement de tête significatif et sourit. Je sens une contraction de ma respiration, la plaisante oppression d'une possibilité. Beau, les cheveux bruns, mince, quelques taches de rousseur, nez droit aux narines délicates qui, en s'évasant, révèlent un intérieur rose pâle. Deux dents de devant légèrement saillantes, très charmant défaut. Il commence. Échange de noms. Aaron, Aaron Blinderman. À mon tour. C'est un nom peu habituel, dit-il. C'est quoi ? Norvégien, dis-je. Ah, norvégien, dit-il. Brève explication par mes soins d'une histoire d'immigration d'un côté et de l'autre, là-bas dans la prairie du Minnesota. Mes racines nordiques ont l'air de plaire à Aaron et il se lance dans la description de sa thèse d'anthropologie. Bon début. Tout m'intéresse. Aaron est immergé dans les Hua de Nouvelle-Guinée. Je ne sais rien des Hua et le dis. Mon ignorance lui plaît, j'ignore pourquoi. Il hoche la tête. Il sourit. J'observe que son torse s'épanouit. Aaron prend un certain temps pour installer la scène mélanésienne : organisation de la vie, alimentation, outils. Je m'ennuie. Je ne suis pas totalement ignare en anthropologie. J'ai lu Lévi-Strauss. Alors il parle d'une chose appelée Nu, une force dynamique qui voyage entre les gens, une sorte de principe vital. Cette idée me ranime. Je pose des questions. Il utilise son index pour répondre et présenter ses arguments, en l'agitant devant moi. Le doigt est rarement immobile. Je n'aime pas le doigt. Aaron me raconte que dans la culture hua les femmes sont des polluants, à quoi je réponds : "Oh." Il me fait la leçon maintenant, et je remarque qu'il n'arrive pas à me regarder en face, malgré ce doigt insistant. Les femmes hua sont des voleuses de sperme. Elles sapent la force des hommes. À chaque goutte du précieux fluide les femmes deviennent plus fortes, plus vitales, plus dangereuses. Les hommes s'acharnent à réprimer le désir sexuel parce que pratiquer le sexe leur pomperait la vie. S'ils veulent rester vivants, il faut qu'ils épargnent leur foutre. Aaron est catégorique : mes seins doivent être informés de cette importante relation sexe/mort. Je commence à dire quelque chose mais il continue. Je crois qu'Aaron pourrait vouloir s'étouffer lui-même à mort entre mes tétons à moi, ce qui ne relève sans doute pas d'une coutume hua. Je ne saurais dire. S'il te plaît, regarde mon visage, Aaron. Il ne sait probablement même pas qu'il parle à mes nénés. Je suis patiente mais après un petit supplément de foutaises hua, je sens dans ma poitrine une pression, un inconfort suffocant, si violent qu'il me faut m'enfuir. Je lui dis que j'ai un rendez-vous et que je dois y aller. C'était vraiment sympa de parler avec toi, super intéressant, bon, bonne chance, hein, et ainsi de suite. Je commence à me lever et Aaron tend le bras à travers la table, me saisit le poignet et, dans un sifflement, lâche : "Tu es belle, tu le sais ? Vraiment belle."

Je me rappelle que les joues me brûlaient, et que j'ai bégayé, mais maintenant, à peine quelques heures plus tard, je ne sais plus très bien ce que je lui ai dit. Il a relâché ses doigts sur mon poignet, a levé vers moi un visage suppliant, et je me suis sentie très mal – ce tiraillement entre mes côtes. Je l'ai de nouveau remercié pour la conversation. J'ai souri. À la porte, je lui ai fait un signe de la main. Je voyais son expression déçue et elle me transperçait. J'avais été gentille, mais j'avais l'impression d'avoir été méchante. Je me sentais amochée – coupable, honteuse, humiliée – comme si ces différents états n'étaient pas distincts, ainsi qu'ils auraient dû l'être, mais s'étaient fondus en une masse amorphe en haut de mon œsophage. Je suis restée immobile sur le trottoir brûlant à me demander si en une heure et quelque Aaron ne se serait pas amélioré. Peut-être aurait-il mieux valu écouter un peu plus longtemps des histoires concernant les Hua, rien que pour sa compagnie. Je suis tellement en manque d'une vraie conversation. Et voici la vérité : s'il avait gardé la bouche fermée et les yeux droit devant lui, j'aurais pu sauter dans le lit avec lui rien qu'à cause de ces adorables dents.

La mauvaise conscience me taraudait, et j'ai décidé de m'en débarrasser en marchant. J'ai gagné Broadway et me suis dirigée vers le centre-ville, affamée non de nourriture mais d'autre chose, de quelqu'un de proche, quelqu'un que j'aurais déjà connu et que j'aimerais. Aaron et les Hua avaient accentué mon sentiment de solitude, et j'ai récité le poème de la turbulente baronne que j'avais découvert dans les archives :

Et Dieu a parlé avec bienveillance à mon cœur –
Avec quelle bienveillance il a parlé à mon cœur –
Il a dit : "Tu es autorisée à péter !"
Avec quelle bienveillance il a parlé à mon cœur.

Et j'ai souri et marché et parlé toute seule : *Récit d'une déambulation.* (Je pensais à cela comme à un titre pour quelque chose.) Des mots et des expressions faisaient surface puis battaient en retraite, et un ou deux blocs plus loin j'en étais à raconter tout sur Blinderman à Kari, en le lui présentant comme plus drôle qu'il ne l'était, et sur ce j'ai pensé à ma mère, non, pas pensé. J'ai senti sa main sur mon épaule et le tapotement compatissant de cette main. Les mots "Maman, j'ai peur" ont surgi, et je les ai chassés. Mais comme les piétons alentour s'étaient mis à onduler dans une matière liquide, j'ai décidé de ne pas retourner à l'appartement. Je savais que ma tête allait exploser si je lisais une ligne de plus ce jour-là. Au diable, Husserl ! Non, je n'allais pas rentrer lire à l'appartement, ni m'installer dans quelque nouveau café pour lire, et tout en marchant à vive allure au rythme du battement aussi régulier qu'acharné de mes pieds sur le ciment, j'ai pris conscience que mes pensées avaient tourné autour de Lucy Brite, pour passer, de Lucy Brite, à la chute de Lindy et à la mort de Lindy, à ce fragment d'histoire entendu à travers le mur. J'ai tâché de détrôner Lucy et Lindy au profit de Ian et d'Isadora, mais ça n'a pas marché car, à la place, j'ai vu une fenêtre de laquelle un homme poussait une fillette que j'ai regardée tomber et atterrir dans un espace vide entre deux immeubles – terrain vague desséché où quelques mauvaises herbes luttaient faiblement pour monter vers la maigre lumière du soleil – et plus je marchais, plus je voyais, et le temps a reculé de sorte que l'histoire pouvait commencer plus tôt.

Pour une raison que j'ignore, la chambre où se passe cette chose terrible est nue. Elle n'est pas meublée. Un homme de haute taille, avec des cheveux noirs clairsemés et un visage congestionné de colère pousse une petite fille en salopette contre le mur. L'enfant crie et une autre fillette, un peu plus âgée – elle a de longues nattes –, arrive en courant et entoure de ses bras la taille de l'homme pour l'éloigner de la plus jeune, et une lutte s'ensuit. La fillette aux nattes mord le bras de l'homme, laissant des traces de dents bien marquées, après quoi il commence à saigner, le sang coule de chaque entaille dans sa peau et jusque sur sa main en brillantes traînées rouges. Les enfants hurlent. L'homme saisit la plus jeune pour la maîtriser, mais elle lui échappe tout en courant vers la fenêtre d'où il la pousse vers l'extérieur. Son corps gît deux étages en dessous d'eux. L'un de ses bras est tordu dans le mauvais sens et ses jambes minces en salopette rayée sont écartées. Cette vision m'a fait tressaillir tout en marchant, mais j'ai continué à marcher et, en avançant, j'ai compris que j'avais imaginé le meurtre dans la pièce sur rue de mon appartement, celle qui n'est pas meublée, et que j'avais vu le corps de la petite fille gisant sur le petit bout de terrain vague entre mon immeuble et l'immeuble voisin. J'ai essayé d'expulser le fantasme.

Si je n'avais pas trouvé le cinéma Thalia, tout aurait été différent, mais en arrivant à la 95e Rue, j'ai aperçu sa marquise et l'intitulé d'un vieux film, *Cluny Brown (La Folle Ingénue)*, d'Ernst Lubitsch, et je suis entrée, j'ai payé ma place et le film m'a emportée, ravie, loin de la tristesse et de l'affreux désordre de mes sentiments, loin d'Aaron Blinderman comme de Lucy Brite et de la chère Lindy, apparemment devenue la sœur de Lucy. J'étais assise à côté d'une femme d'un certain âge qui avait sur les genoux un énorme cabas en plastique. Quand nous sommes ressorties du cinéma, j'ai remarqué que ses boucles rousses avaient des racines blanches et qu'elle était entièrement vêtue de violet. Même le bracelet de sa montre était violet. Un sacré personnage, aurait dit tante Irma. Assises à regarder ensemble ces gens immenses sur l'écran, nous avions ri en même temps et gardé le silence en même temps, si bien que j'avais eu l'impression que la dame en violet et moi étions amies dans la quasi-obscurité du cinéma. Je lui ai souri, après, mais elle m'a lancé en échange un regard dur et hostile. Un instant, j'en ai éprouvé de la peine, mais ce serrement de cœur n'a pas eu plus de résonance qu'une corde de guitare isolée qu'on viendrait de pincer. J'ai quitté le cinéma et suis rentrée chez moi ragaillardie pour affronter mon héroïque-et-solitaire-combat-personnel, je me suis préparé, pour les protéines, des foies de poulet aux oignons, trente-neuf cents la livre, et j'ai bu deux grands verres de lait. Et maintenant me voici, des boulettes de coton dans les oreilles, en train de te décrire mon étrange journée mais j'entends néanmoins tu-sais-qui à travers le mur, ce qui me titille et me trouble encore, et j'espère que sa psalmodie ne sera pas trop sonore et qu'elle ne va pas hurler au milieu de la nuit.

Bonne nuit, ma chère P. Libellus.

S.

Je ne me souviens que vaguement de Blinderman. Je ne pourrais certainement pas le décrire de mémoire et n'aurais pu raconter ni son doigt brandi ni sa leçon sur la misogynie hua. Je me suis fiée au cahier pour ces détails. Ce que je n'ai pas oublié de ce jour-là, ce sont la détresse et la confusion que j'ai ressenties après avoir quitté l'étudiant en anthropologie, ma marche tourmentée sur Broadway et le film vu au Thalia qui m'avait remonté le moral. Je me rappelle aussi très nettement la femme en violet, bien que rien ne m'explique qu'elle m'ait fait une impression aussi durable. Le dîner peu appétissant dont je semble avoir apprécié les foies de poulet et le quart de litre de lait a disparu comme avait disparu Wanda. Mais je peux dire ceci : même si je suis loin de me souvenir avec précision du jeune Aaron Blinderman, ce dernier n'a été qu'un exemple parmi bien d'autres, lesquels ont fusionné en un seul individu, en un unique type d'homme que je rencontrais tout le temps, un homme plus ou moins jeune, dont les yeux ne cessaient de s'égarer, délaissant mon visage pour les régions inférieures, un homme qui parlait, parlait et parlait sans jamais me poser de questions, un homme averti, souriant et plein de bonne volonté qui, pour des raisons qui me dépassaient, semblait me croire incompétente en tous domaines, importants ou non, un homme qui, en fin de soirée, lorsque, dans mon irrésistible espoir de compagnie et peut-être d'amour, j'avais pris le risque d'un dîner, n'était soudain plus que mains et salive, besoins urgents, et que, régulièrement, il fallait repousser avec force. Lui, cette réduction de nombreux hommes en un seul, avait inévitablement l'air trahi et intrigué, ou trahi et vexé, planté dans la rue ou devant la porte de mon appartement, ou assis à côté de moi dans un taxi, ou après s'être pressé contre moi dans le recoin d'une discothèque sous les éclats de la lumière stroboscopique.

Sûrement, s'il se souvient de moi le moins du monde, que cet homme pluriel se souvient, comme je le fais, non de moi mais de mon type, une grande blonde dont il ne peut plus déchiffrer le visage. Et s'il se souvient d'une personne, il est peu probable qu'il se rappelle ce qui en moi l'avait attiré en dehors de mon type. Je suis, moi aussi, devenue une absence ou une tache floue dans l'esprit de cet homme multiple – l'une des nombreuses jeunes femmes charmantes qui lui ont fermé leur porte au nez.

Parfois le souvenir est une lame.

Lorsque je parcourais les pages de mon vieux cahier dans la chambre d'amis de la maison de retraite après une journée de sacs-poubelles, de cartons, de crissements de ruban adhésif, et de gloussements accompagnant l'examen auquel Kari et moi nous livrions de nos dessins d'enfants, en quête de caractéristiques identificatrices – "celui-là il est de toi, je suis sûre qu'il est de toi, je n'ai jamais dessiné comme ça des nez de chien" –, il y avait des moments où je devais pour me ressaisir poser le cahier dos en l'air sur la table de nuit près de moi et contempler fixement la commode au placage verni façon chêne mais qui n'était pas du chêne et les pommes en cire dans le bol placé dessus. Arrivée aux mots "Aaron tend le bras à travers la table et me saisit le poignet", je me mis à trembler. Je ne dis pas cela au figuré. Mes mains tremblaient pendant que je lisais. Qu'est-ce qui permettait à cet imbécile de croire qu'il avait le droit de me saisir le poignet ? Et moi, ou elle (plus facile de dire elle), pourquoi protégeait-elle les sentiments ô-combien-délicats de quelqu'un dont les manières impérieuses et les descriptions, lourdes de sous-entendus, des pratiques de cette tribu de Nouvelle-Guinée étaient déjà autant d'actes hostiles ? Au lieu d'arracher son poignet à ce pompeux butor et de l'injurier, la voilà qui prend la porte en courant et qui, une fois dans la rue, ne comprend pas pourquoi elle se sent blessée.

Frappe-le –
Bottes-y le cul –
Bouscule-le –
Culbute-le –

La baronne a écrit ces vers dans un poème intitulé *Une douzaine de cocktails, je vous prie*. Et moi, couchée dans la chambre d'amis de la maison de retraite, j'ai frappé, botté, bousculé et culbuté Aaron Blinderman contre le mur du fond de la Pâtisserie Hongroise, et j'ai agité mon doigt devant lui, lui ai tiré la langue et, tant qu'à faire, ai lâché un pet et, à sa grande surprise, lui ai rugi au visage qu'il avait intérêt à s'abstenir de me toucher avec ses foutues mains sans ma permission expresse, et cette rébellion fantasmée m'a soulagée. Nous sommes tous des créatures animées de désirs, et nous désirons parfois rétrospectivement, pas seulement dans la perspective de l'avenir, reconstruisant ainsi la curieuse architecture déglinguée de la mémoire en structures plus habitables. Je sais que je n'ai jamais plaqué le jeune Blinderman contre le mur, mais je sais aussi que j'ai d'innombrables souvenirs qui doivent être faux, des souvenirs que mes désirs ont déguisés. Kari a des souvenirs différents des miens, ou bien elle se souvient alors que j'ai oublié ou alors je me souviens et elle oublie. Elle est certaine d'avoir fait échapper notre tortue, Dinky, aux mâchoires du chien de berger des Harrington, Laurence, or je suis certaine d'avoir tenu la gueule du chien bavant sur mes mains pendant que je lui arrachais Dinky. Il est vrai, indiscutablement, alors même que nous souhaitions toutes les deux avoir été l'agent de cet exploit audacieux, que l'une de nous seulement en fut l'héroïne, et dans les annales de notre enfance, il est également vrai que l'héroïne était généralement Kari, pas moi.

Lucy n'arrêtait pas de parler. J'achetai une radio, pour la musique, mais quand elle commençait ses "Je suis triste", je l'éteignais et j'écoutais. J'avais évoqué ma tendresse pour le stéthoscope dans une lettre à mes parents, et ma mère me l'envoya dans un petit paquet accompagné de ces mots :

Ma grande chérie,

Je suis heureuse que tu ailles aussi bien. Ton père a souri en lisant ce que tu écris du stéthoscope. Nous avons encore des tomates et des courges, et je ramasse les dernières framboises. Hier j'ai pris un café avec Rosemary Petersen, qui t'envoie son bon souvenir. Ellen est en fac de droit. Pendant ma promenade, hier, j'ai senti le changement d'atmosphère, le craquement de l'automne. La saison change si vite, en ce moment – l'hiver sera là en un clin d'œil. J'ai rapporté à la maison un bouquet de longues herbes et je les ai arrangées dans un des pots en céramique de Lila Hernke. C'est très joli.

Prends soin de toi. Je t'aime. Maman

Le stéthoscope amplifiait le moindre son. C'était comme si j'avais été une aveugle dans l'appartement de Lucy. J'entendais ma voisine respirer, soupirer et marcher dans sa chambre. Je l'écoutais siffler, j'écoutais ses brèves exclamations, ses monologues et parfois sa télé quand elle la regardait, principalement des rediffusions de *Kojak*. Je m'installais sur le plancher avec un oreiller sous ma tête, une couverture sous moi pour amortir le chêne, et les fiches du stéthoscope dans les oreilles. J'avais à la fois mon cahier et *Les Aventures de Peregrine Pickle*, de Smolett, le roman que je lisais le soir pour me distraire et m'en inspirer, mais quand Lucy se mettait à parler, j'envoyais promener Pickle et je plaquais le pavillon contre le mur avec un empressement dont j'étais gênée. Si quelqu'un m'avait vue faire, j'aurais été plus que gênée, j'aurais eu honte, mais mon activité secrète d'espionnage auditif – oxymore qui correspond toutefois au comportement en question – m'apportait un plaisir voluptueux que je n'avais encore jamais connu et n'ai jamais oublié. Au fil des ans, j'ai tenté de trier mes motivations et d'analyser la sensation presque érotique qui accompagnait mes écoutes indiscrètes. En anglais cette pratique est appelée *eavesdropping*, un mot qui vient du vieux norrois, *ups* pour *eaves* (avant-toit) et *dropi* pour *drop* (goutte). L'eau qui s'égoutte du débord du toit a, au fil du temps, pris le sens de "mots" captés par un auditeur clandestin. Ma voisine distillait goutte à goutte une histoire plus vaste, une histoire effrayante que je désirais connaître mais il y a plus, avec le recul je crois que mon écoute avait un caractère d'agression que je ne comprenais pas à l'époque. Je franchissais un seuil pour entrer chez Lucy par l'ouïe seule, et l'inconvenance de cette invasion m'excitait.

Parfois Lucy s'adressait directement à un "toi". Qui avait un nom : Ted. C'était lui qui avait cru avoir le droit de la traiter mal – "une pute à ta merci" – et, entre gémissements et halètements, elle livrait de petits fragments de son passé ou de ce que je prenais pour des histoires d'enfance. Mais il arrivait aussi que le "toi" ait l'air de la désigner elle-même. Et qu'elle change de voix, aussi, descendant dans les profondeurs et montant aux aigus, comme pour incarner différentes personnes en train de parler. Je les notais toutes autant que je le pouvais, mais je regrettais de ne pas connaître la sténo, ces barres et gribouillis mystérieux que j'avais vu Mme Stydnicki utiliser dans le bureau de mon père. Je mis au point mon système personnel d'abréviations afin de pouvoir écrire à toute vitesse. Je laissais tomber articles et prépositions et remplissais les blancs ensuite. J'écrivais n'importe comment. Quand elle parlait si bas que je ne l'entendais plus, je recourais aux ellipses. Des années après la disparition du cahier, je fus prise d'un désir intense de revoir ces notes. Si je m'en rappelais l'essentiel, j'avais perdu le souvenir de leur contenu exact.

11 septembre 1978

Pour Page Libellus : un monologue de Lucy Brite

Mariage... mariage, oh mon Dieu. [Rire.] Il était en moi, alors. Tu ne voulais pas de ça. Tu disais ça. Ça, ça, ça, bon, c'était un ÇA. Eh bien non, erreur ! Faux ! Mauvaise graine ! Grand Négociateur. Paradis Immobilier. La chose devait rester cachée. Les apparences comptent. Et comment ! Tu arrêtais tout le temps la voiture, pour faire une visite, prendre de l'essence. Tu as fait deux fois demi-tour. La grande visite à tes parents. Ton père, quel connard ! Tu es au courant, Ted ? Et ta maman, la pauvre Barb dans cette affreuse robe bleue avec ce petit bouquet épinglé dessus et ses jambes maigrelettes et son petit visage ridé tout pincé et si triste dans cette maison avec tous ces napperons. Elle ne souriait jamais, cette femme. Je suis triste. Je suis triste. Je suis triste à présent. C'est bien que maman soit morte, comme ça elle n'a pas été obligée de voir tout ça. Pas d'optimisme. C'est ce qu'elle aurait dit. Prends la vie du bon côté, Barb. Papa... ses jambes... comme un traumatisé de guerre, dans ce complet minable. Barb Brite me rendait malade, elle aussi. Tu ne savais pas ça, hein, Ted ? J'étais si gentille avec elle. D'accord. J'étais gentille avec tout le monde, bon Dieu. Sers-moi à boire, Barb [voix de basse]. Doux Jésus, et elle court au bar comme un clebs après son bâton. Tu étais le digne fils de ton père, son petit, son rejeton. Luce [voix de basse], c'est le bordel ici. Qu'est-ce que tu fous toute la journée ? Luce ceci et Luce cela. Tu as sorti ce putain d'aspirateur ? On a une bonne, merde ! Tu fais quoi ? Tu ressèmes de la poussière partout dès qu'elle a tourné les talons ? Tu dis que je t'ai piégé. Il y a eu des soirs où tu m'aimais, pourtant. Oh comme tu m'aimais, t'en avais jamais assez de moi. Je m'éveillais, et t'étais là sur moi, à me grignoter les tétons. Le docteur disait de rester au lit que sinon il viendrait. Mais il est venu, ton fils. Un bébé vilain comme tout... en couveuse [voix aiguë]. Et pourquoi je ne te détestais pas, alors ? Non, je t'aimais. Pour de bon. Sois honnête. Allez, sois honnête. C'est moi qui étais piégée. Tu retournais la situation. Alors, le club. Le golf. Les chaussures. Les chaussures de golf. Où elles sont, mes chaussures de golf ? Les portes qui claquent. Les crises. Et lui qui pleurait et pleurait. Tu sais ce que je pense, Ted ? Je crois que tu l'as déformé avant même sa naissance. Tu lui as ratatiné le caractère comme un pruneau. Tous ces cris et hurlements. Et c'était de ma faute, tu disais. La mauvaise mère. Mets ça par écrit. Je fais de mon mieux. Je fais de mon mieux [elle pleure]. Il détestait Lindy [elle se met à siffler une vieille comptine]. Tu lui faisais peur. Personne ne savait sauf nous. Nous étions dans le secret. Tu étais si lisse, si nickel, et ce rire que tu réservais à tes potes, ce rire malsain. Ah, le grand bonhomme. Le grand méchant loup [elle se remet à siffler sa comptine]. Tu n'aimais pas que je fasse du bénévolat. Même mon club de lecture, tu n'aimais pas. Tu ne lis pas les livres, Luce, tu fais semblant. C'est ça que tu m'as dit. Tu étais méchant, Ted, pourquoi étais-tu si méchant [voix perçante] ? Après tu devenais tout triste. Mon chou, mon chou, mon chou [long silence]. Quand mon bébé est tombé – notre fille si belle, morte, morte dans la cour – tu n'es pas venu me voir à l'hôpital. Si, une fois. Reprends-toi en main, Luce [voix de basse]. Je crois que tu étais déjà avec elle. Elle ! Tu la baisais dans notre lit. Vingt-cinq ans, et j'ai signé que je renonçais à tout parce que j'étais fatiguée, Ted. Lindy était morte et je me foutais de tout désormais. Tu en as profité. J'ai dû prendre les comprimés. Pas de comprimés. Pas de Lucy. J'avais les médecins. Tu avais les avocats. Et tu es à l'autre bout de la ville avec cette traînée et ces maudits gamins. [Elle siffle de nouveau la comptine.]

12 septembre 1978

Pour Libellus. Un autre monologue de Lucy Brite.

Je suis triste. Je suis triste [une centaine de fois]. Je ne te parlerai plus. Ferme-la ! J'ai faim [bruits de pas, froissements, sons non identifiables, soupirs, elle siffle une ballade]. Maman était grognon. Ne fais pas ce bruit, Lucy. Ça me fait mal à la tête. Eh bien, elle était malade, bon Dieu. Tu as un avenir. Tu es si jolie, Lucy. [Elle rit.] Une si jolie silhouette. Tu as un avenir. Qui était ce garçon ? Lucy, je peux toucher tes cheveux ? J'ai envie de toucher tes cheveux. C'était pas bien, en ce temps-là ? Le temps où on dansait. Pense à ça. Le cinéma. Lana Turner et son turban blanc. Tu en avais un et tu le portais avec un rouge à lèvres rouge passion. Une gamine. Je n'étais qu'une gamine. C'était chouette, mon bébé, c'était chouette. [Silence.]

Ne va pas par là. N'y va pas [grosse voix rude].

Pourquoi ne peux-tu pas rester hors de la cuisine ? [Pause.] Elle hurlait, voilà pourquoi. La chute. [Pause.] Son visage à lui. Non. Choqué. [Pause.] Il aurait pu la rattraper. Dis-le. Je ne peux pas le dire. La course. L'ascenseur. Il faut que je le dise. Il faut que je le dise. Regarde. Ne regarde pas. C'était un accident. Non, Lucy, tu crois que tu sais. Mais qu'est-ce que tu sais [voix de basse traînante] ?

Docteur Stone, je ne sais pas [fausse voix aiguë de fillette]. Si tu en parles, Lucy [voix de basse, de nouveau]... [Rire.] J'en parle maintenant, espèce de vieux naze ! [Douze secondes de silence.] Elle avait peur de son propre fils. Voilà. Voilà, je l'ai dit. Voilà, voilà, c'est tout. Ne pleure pas. Je ne pleure pas. Je ne sais rien. [Quinte de toux, elle marmonne, bruits de pas, déclic de la télé. Bruit de sirène à la télé.]

PS. Un cafard gros comme Grégoire Samsa vient de passer sur le plancher.

13 septembre 1978

Chère Page,

J'essaie de penser plus Isadora, moins Lucy Brite. Qu'est-il arrivé à Lindy ? La nuit dernière, j'avais peur que la bestiole revienne. Stupide. Je suis restée éveillée à me faire du souci à propos de bestioles, d'argent (il ne durera pas), de Lindy et du rapport de police. Quel âge avait Lindy quand elle est morte ? "Elle a peur de son propre fils." Lucy a-t-elle peur de son propre fils ou est-ce le fils de quelqu'un d'autre ? Je me réfugie dans la ville de Verbum.

Chapitre 2

Ian rencontra Isadora au cours de biologie devant un porcelet qu'ils étaient destinés à disséquer ensemble. C'est le tempérament d'acier d'Isadora qui l'impressionna, son œil calme et la précision de sa main ouvrant d'un coup de lame le cadavre porcin sur la table. Il admira la façon dont elle rangeait les instruments entre eux – propres et dans l'ordre prescrit – et aima la façon dont ses yeux s'étrécissaient quand elle coupait doucement peau et muscle pour révéler un organe caché dessous. Bien qu'il fît de son mieux pour dissimuler ce sentiment à Isadora, Ian préférait la propreté des mathématiques et de l'astronomie à la boue glaireuse de la biologie. Sa première vision de l'intestin de l'animal lui donna un haut-le-cœur et il souffrit d'épisodes nauséeux pendant tout le trimestre. Il préférait de loin les conversations qu'il avait avec son amie lorsque le cochonnet, de plus en plus diminué, n'était plus en vue. Isadora ne connaissait pas de tels malaises. C'était une enquêtrice et une analyste passionnée des systèmes anatomiques qu'elle énumérait par ordre alphabétique : cardiovasculaire, digestif, endocrinien, lymphatique, musculaire, nerveux, osseux, reproducteur, respiratoire, sanguin, tégumentaire et urinaire. Ian acquit la certitude que lorsque l'expertise d'Isadora relative aux voies principales et secondaires du corps mortel ferait équipe avec ses propres talents raffinés en matière de logique, ils pourraient ensemble résoudre la plus compliquée des affaires de meurtre. Ce meurtre n'avait pas encore été commis, bien entendu, mais Isadora se montrait astucieuse à propos de l'épilepsie de Frieda Frail et Ian espérait qu'elle arriverait à faire une lumière scientifique sur les apparitions régulières de la défunte. Celles-ci pouvaient-elles avoir pour cause un virus circulant dans Verbum qui aurait apporté avec lui des visions hallucinatoires des morts ?

L'affection croissante de Ian pour Isadora était renforcée par son admiration pour toute sa famille. Il se délectait des bizarreries de la maison Simon, si différente de la sienne. Les Simon, mari et femme, étaient tous deux professeurs d'anglais, spécialistes de Chaucer et Milton respectivement, et les citations allaient bon train à tous les étages, des *Contes de Canterbury* en moyen anglais, qui sonnaient à l'oreille de Ian comme autant de grognements et raclements *("The droghte of March hath perced to the roote"),* et du *Paradis perdu*, qui faisait moins appel à la gorge et davantage aux lèvres et aux dents *("With mighty wings outspread / Dove-like satst brooding on the vast abyss").* Ces deux lettrés avaient procréé quatre filles et les élevaient dans une atmosphère de déclamations chaucériennes et miltoniennes sans le moindre dommage apparent pour une seule d'entre elles. Le professeur (M.) Simon était un père particulièrement affectueux et on l'entendait régulièrement clamer dans son bureau : "Où sont, mais où sont les *darling* Dora ?" Il convoquait sa progéniture en faisant durer le "dâ" de *darling* pendant deux ou trois secondes avant de poursuivre avec un "-ing" d'une tonalité plus basse, après quoi il culminait avec "Dor-" pour redescendre en un long "ah".

Cette sténo paternelle était rendue possible par le fait qu'Isadora était l'aînée de quatre Dora : Isadora, quatorze ans, Théodora, douze, Andora, onze, et Dora tout court, neuf ans. Elles avaient organisé leur sororité par discipline : Isabiologie, Théophysique, Anhistoire et Doralitté. Bien que la petite Dora fût restée un certain temps bloquée sur *Les Aventures d'Alice au pays des merveilles*, sa famille nourrissait de grands espoirs quant à sa thèse sur *Finnegans Wake*. La professeure (Mme) S. avait expulsé ses filles en l'espace de six années sans que cela réduise son amour excessif pour le poète aveugle, mais Ian remarqua que, contrairement à sa propre mère, la matriarche Simon faisait preuve vis-à-vis du ménage d'une attitude désinvolte, dont témoignait son habitude d'envoyer d'un coup de pied toutes sortes de jouets sous les canapés ou les fauteuils et de jeter dans le placard à manteaux les serviettes humides qui, bizarrement, avaient échoué dans le salon. Elle avait aussi une tendance à donner des ordres au spécialiste de Chaucer que Ian trouvait surprenante. "Percy, disait la professeure S., la vaisselle !" ou "Percy, le tapis". Bien que clairement destinées à pousser le professeur S. à prendre part à l'activité domestique, ces brèves directives n'étaient guère efficaces. Par exemple, si l'épouse disait "Percy, coussins !", l'époux se figeait au son de sa voix, hochait sagement la tête, comme s'il avait entendu la parole d'un oracle, et puis se précipitait dans l'une ou l'autre direction pour réapparaître un instant plus tard avec un livre à la main ou une perruche sur l'épaule.

La famille possédait un immense chien de berger anglais, Monk, qui produisait quantité de salive et traînait dans toute la maison en secouant sa grosse tête laineuse, mais M. Simon avait aussi dans de grandes cages, au salon, des lapins, des oiseaux et des souris blanches qui se trouvaient souvent en liberté, intentionnellement ou par accident, ce qui signifiait qu'il fallait faire preuve de prudence si l'on se déplaçait d'un mur à l'autre. Les Dora affirmaient en outre que leur père abritait dans la cave un alligator prénommé Geoffrey, reptile auquel Ian n'était pas certain de croire, même s'il remarquait bien que les filles évitaient scrupuleusement la porte menant à la région humide et sombre où Geoffrey était supposé vivre.

L'amoureux des pèlerins de Canterbury avait piloté un tank durant la guerre en Europe et Isadora confia à Ian que les rigueurs de cette expérience lui avaient secoué les méninges, ce pour quoi il pouvait arriver à son père de "flotter hors de lui-même". La politique familiale consistait à ignorer les éventuelles excursions de M. Simon au-delà des confins de ses frontières corporelles. C'était seulement "quand il allait trop loin", quand il se dirigeait vers le bout de la rue avec une expression égarée ou se cachait sous un lit que l'une ou l'autre Dora le récupérait et le ramenait dans son bureau, où il se remettait d'habitude paisiblement à travailler sur ce que ses filles appelaient son "opus". "Il est génial sur Chaucer, tu sais, disait Isadora à Ian. Tu le mets devant une classe, et c'est parti !"

Les cheveux de M. S. avaient blanchi prématurément, et il les portait flous et ébouriffés, coiffure que Ian admirait et se mit à imiter, à la grande contrariété de sa mère. "Tu as envie de ressembler à un interné chez les fous ?" lui demanda-t-elle. Ian rougit, mais la question rhétorique de sa mère l'incita à réfléchir à ses motivations. Peut-être que, malgré son amour de la logique, une part de lui souhaitait en effet ressembler à un poète cinglé, voire à un fou inoffensif. Holmes ne s'était-il pas injecté de la cocaïne, ne jouait-il pas du violon entre deux affaires ? La sévérité d'un côté n'appelait-elle pas la lassitude de l'autre ?

Et puis, un après-midi, Ian se retrouva en train de se balancer dans le fauteuil à bascule que Théodora avait décoré du tableau périodique. Il parcourait du regard le pays des merveilles qu'était le salon des Simon et inhalait la forte odeur d'oiseaux et autres animaux dont l'air était chargé, et à l'instant précis où son regard tombait sur les jolis seins de l'aînée des Dora, qui était son amie particulière, à lui, des seins qui avaient l'air de croître de jour en jour, Roger, le cacatoès des Simon, clama trois mots immortels que l'oiseau adorait répéter, trois mots dont on avait appris à Ian qu'ils figuraient quelque part dans les *Contes* de Chaucer, *"Thy stubbel goos"* (ton oie grasse) ! C'est alors, précisément, que Dora Tout Court fit irruption dans la pièce, écarlate et hors d'haleine, déclarant à qui voulait l'entendre qu'elle avait vu de ses yeux le fantôme à la fenêtre, que ce n'était pas un mensonge, et qu'on devait l'écouter. Ou bien Frieda Frail était encore vivante, ou bien les fantômes existaient !

Je me souviens des Simon et du plaisir que je prenais en leur compagnie, mais l'histoire d'outre-mur s'était faufilée en moi, devenant une sorte de récit parallèle, bien qu'entrecoupé, de celle du roman encore sans titre que j'écrivais. L'interprétation sifflée par Lucy de *Ring Around the Rosy* m'avait particulièrement bouleversée. Cette petite ronde stupide me ramenait à mes propres jours déroutants dans la cour de récréation de l'école primaire de Webster, mais seulement en tant que sensation – une sorte de confusion boueuse, chagrinée, vaguement pétrie de gravier, de goudron, de soleil entre les nuages, de voix chantant une rengaine, sans oublier la bande de ceux que Kari et moi appelions "les autres". J'étais plus proche alors de mon enfance, mais j'y pensais moins. Elle me revient maintenant sous la forme de ce que ma mère appelle des "bribes", pas des histoires, non, mais des fragments sensuels – le fil barbelé soulevé pour que Kari puisse se glisser sous la clôture, ma propre vision du ciel quand elle fait la même chose pour moi, la position accroupie dans laquelle nous tâtions à l'aide d'un bâton les bouses de vache si desséchées en été qu'elles étaient réduites en poudre et allaient le temps aidant disparaître avec le vent, le bruit du ruisseau enflé au printemps et mes mains, rougies par le froid, agrippant l'écorce grise et décollée du tronc d'arbre tombé qui nous servait de pont vers l'autre côté, et la canalisation passant sous l'Old Dutch Road, avec ses parois courbes en métal strié que nous escaladions à mi-hauteur, un pied mal assuré sur un rivet métallique, puis l'autre, les échos que nous pouvions faire naître à l'intérieur du conduit en nous appelant l'une l'autre ou en faisant résonner les noms des personnages que nous jouions à être, et la magie de nos jeux qui pénétrait les broussailles, les herbes et les galets sous l'eau courante. Je me rappelle les pouvoirs de télékinésie dont je jouissais dans mes rêves, quand je soulevais une fourchette de la table et lui ordonnais de voler par la fenêtre et la joie que j'éprouvais de ce pouvoir, et je me rappelle aussi mon émotion quand, éveillée, j'allais m'asseoir sur le trône derrière la maison. Les racines du chêne, en saillie sur la pente raide du talus, formaient en se courbant un siège royal, où une souveraine pouvait s'installer pour surveiller son royaume, se perdre en rêveries, laisser ses pensées s'envoler vers l'ineffable et le sacré, et alors je n'étais plus "moi" mais une créature disséminée dans le bruissement des feuilles au-dessus d'elle, dans l'odeur humide du fond du ruisseau et du pourrissement des branches détrempées, dans les points de soleil qui sautaient dans les herbes folles. Cet être transcendant avait une tête aussi légère qu'un ballon à l'hélium et se laissait enlever, plus haut, toujours plus haut dans des nuages contenant des cierges magiques allumés. Mais sur les voyages étranges qui m'emportaient hors de moi-même je gardais le secret. Je les conservais dans une poche spéciale, sous mes côtes, que seuls Dieu et les anges pouvaient voir.

Mais j'avais des craintes, aussi. Peut-être existait-il un lien entre mes envols et mes terreurs. Je savais que quelque chose était tapi au bas de l'escalier, j'en étais certaine car je le sentais, je sentais sa présence implacable et malveillante qui voulait ma mort. C'est pourquoi, quand j'étais à l'étage, je me gourmandais d'une voix maternelle, comptais jusqu'à dix ou vingt, en fonction du degré de ma force d'âme, et, m'en tenant strictement à mon vœu, m'arrêtais de respirer pour descendre précipitamment l'escalier en sautant les trois dernières marches, comme si ce bond allait empêcher qu'il me frappe – oui, c'était un il, je m'en souviens maintenant. C'était un il.

Le 14 septembre, j'écrivais : "J'ai cet air horrible en tête et ça me démange et me rend folle, comme si je voulais me rappeler quelque chose sans y arriver. Aujourd'hui, les derniers vers, « Cendres, cendres, nous tombons tous » m'ont fait penser à des cadavres d'enfants couchés entre le toboggan et les balançoires. Grotesque. Je mets la radio pour m'en débarrasser, mais ça revient. Fait deux petits tours sur la mousse aujourd'hui." Peut-être que la fillette et la jeune femme n'étaient pas si éloignées l'une de l'autre.

Je n'avais jamais vu de mes yeux Lucy Brite, ce qui la rendait assurément beaucoup plus mystérieuse que si j'avais commencé par la rencontrer dans Riverside Drive ou à la bibliothèque. Cette femme n'était, littéralement, que paroles. En outre, même si j'avais des amis ailleurs, je n'en avais pas encore à New York, ce qui signifie que toutes les distractions que m'apportaient la dame d'à côté, mes livres et mon roman étaient également désincarnés. Je voulais voir la femme qui vitupérait Ted et pleurait Lindy, j'ouvrais donc l'œil et, finalement, le 16 septembre dans l'après-midi, je la vis.

Chère Page,

J'ai entendu des pas dans le couloir, suis sortie et suis tombée devant chez Lucy Brite sur M. Rosalès qui, tout en tenant sous un bras trois paquets en équilibre, frappait à sa porte de sa main libre. J'ai prétendu que j'allais ramasser mon courrier mais au lieu de descendre je me suis attardée près de lui. En fait, j'étais contente de voir M. Rosalès qui m'avait saluée poliment et paraissait de meilleure humeur que d'habitude, car il m'a regardée en face avec une expression ironique que j'ai choisi d'interpréter comme amicale. Il portait une cravate pour la première fois, un étonnant accessoire violet parsemé de petits chiots bruns tirant des langues rose pâle. Il doit avoir senti mon regard car il a désigné l'objet en disant : "C'est ma fille, Bianca. Pour la fête des Pères."

J'ai marmonné quelques mots censés signifier qu'en portant cette cravate il faisait preuve d'une tendance peu commune à la bienveillance paternelle. J'ai jeté un coup d'œil au 2C et chuchoté à mon concierge : "Elle parle beaucoup, et elle siffle. Vous êtes au courant ?"

M. Rosalès a souri, hoché la tête et répondu sans me répondre : "Une gentille dame. Très gentille." Il a frappé de nouveau et Lucy Brite a ouvert la porte. J'ai fait un gros effort pour me comporter comme si je n'étais pas troublée par sa présence, formé le vœu conscient de me transformer momentanément en Ian Feathers pour l'occasion et de porter sur elle le regard insatisfait et scrutateur de mon héros. Une bonne quarantaine – à vue de nez. Ce que le monde qualifie de "beauté mûre". Minces ridules autour des yeux et de la bouche, rouge à lèvres, menton un peu amorti, cheveux châtains tirés en une courte queue de cheval, corps voluptueux, veste boutonnée jusqu'au cou tombant sur les hanches, pantalon étroit, ballerines éraflées. "Luis, a-t-elle gazouillé, comme s'il lui apportait des roses, mon courrier !"

Elle l'a débarrassé des paquets et a souri comme si nous étions à nous deux une centaine d'adorateurs.

Je me suis rendu compte plus tard que je m'étais plus ou moins attendue à ce qu'une voix inconnue émerge de ce corps impeccable, mais la voix était bien celle des monologues, c'est-à-dire la voix qu'elle utilisait quand elle n'était pas en train d'imiter quelqu'un. J'étais frappée que Lucy Brite n'eût pas du tout l'air d'une folle alors que quelque chose, en moi, avait cru acquis qu'elle l'était, que je m'attendais peut-être à une malade mentale aux yeux fous ou, du moins, à une femme dont tous les traits seraient marqués par le malheur, mais elle ne semblait nullement être une personne tourmentée par la mort d'un enfant ou dans les affres de la trahison d'un mari. Bien que je ne l'aie aperçue que durant quelques secondes, j'ai entrevu derrière elle une chambre encombrée de meubles – tapis, lampes, bibliothèques, une belle table avec deux chaises, au moins un tableau, une chambre qui devait être presque identique à la mienne mais qui, comparée à mon désert, avait des allures de jungle domestique. C'est alors qu'elle s'est tournée vers moi et que Luis Rosalès, dont je venais de découvrir le prénom, a dit : "M'ame Brite, votre voisine." Il n'a pas tenté de dire mon nom. Il ne s'en souvenait peut-être pas. Lucy Brite m'a lancé un regard rapide et sans aménité, assorti d'un sourire qui n'incluait pas les dents. "Enchantée", a-t-elle dit froidement, et elle a disparu derrière sa porte.

Je me sentais désorientée. Rentrée chez moi, je me rappelai la phrase de Simone Weil : "Notre vie réelle est plus qu'aux trois quarts composée d'imagination et de fiction." Weil était un génie, une sage, une sainte incandescente, et une diseuse de vérité. Étais-je déçue de ne pas avoir découvert que la Miss Havisham des *Grandes Espérances* habitait à côté de chez moi ? Était-ce là ce que je voulais ? Pour je ne sais quelle raison stupide, *Ring Around the Rosy* me trottait de nouveau dans la tête et j'avais envie de me boxer les oreilles. J'ai respiré un grand coup et décidé de réfléchir rationnellement à cette brève rencontre. J'ai appelé Ian à la rescousse. N'avais-je pas noté les propos de Lucy ? Elle pouvait bien avoir l'air "normale" sur son seuil, quoi que signifie ce mot. M. Rosalès pouvait bien la considérer comme une "très gentille dame" mais elle avait passé une partie importante de ses soirées à psalmodier "je suis triste" et à parler toute seule, en empruntant au moins deux voix différentes, au sujet d'un accident, d'un suicide – ou d'un meurtre. Voilà, c'est dit. Alors j'ai vu l'image d'un enfant gisant par terre dans l'espace entre mon immeuble et le voisin, et je suis allée à la fenêtre pour regarder en bas. Voulais-je m'assurer qu'aucun corps n'était tombé d'en haut ? Est-ce moi qui débloque ? Me détournant de la fenêtre, j'ai regagné mon coin cuisine, depuis peu décoré d'appâts pour cafards, et tandis que je me tenais là en contemplation devant la vermine, j'ai entendu Lucy Brite rire. C'était l'un de ces rires essoufflés et staccato qui ont néanmoins un vrai volume. Et pour une raison quelconque, une raison qui était déraison, son rire a fait naître en moi un sentiment mêlé de crainte et d'abandon.

III

17 septembre

Ma très chère, ma chérie, ma bien-aimée P.

Suis allée à la lecture. Rentrée à l'instant. Deux heures et demie du matin. Joie ! Une amie ! Artiste ! Poète ! Nous avons parlé tard dans la nuit et elle m'a serrée dans ses bras quand nous nous sommes quittées. Je t'en dirai plus demain. S.

Quand j'ai écrit ce message enivré dans le cahier de rédaction, il y avait vingt-deux jours exactement que je résidais à Manhattan. Ce que ce chiffre ne peut exprimer, c'est la sensation du temps passé, un temps qui dans le souvenir a acquis le caractère distendu d'une ère ou d'une époque, une période de soif intense chez une personne qui ouvrirait une porte, entrerait dans une pièce et mettrait fin à l'Âge des gens sans réalité. Mais c'est seulement avec le recul que j'arrive à trouver un sens à mes "trois semaines et un jour" parce que, tant que je les vivais, jamais je ne me suis avoué que jusque-là mes aventures étaient de nature largement imaginaire. Mes personnages IF et IS avaient été lancés dans leur enquête. J'avais soigneusement inscrit dans les pages de mon cahier Mead les titres de tous les livres que j'avais lus, j'avais en toute indiscrétion écouté Lucy Brite. Écriture et lecture auraient pu prendre place n'importe où. Lucy était une personne réelle qui habitait le 2C, mais ses monologues incohérents avaient fait naître des images de violence et d'émoi qui n'avaient nulle réalité avérée hors les confins de mon crâne.

Le 16 septembre, entre le moment où j'avais entendu Lucy rire et celui de mon départ pour la soirée, j'ai regardé plusieurs fois par la fenêtre de ma chambre sur rue pour m'assurer que personne ne gisait, mort, parmi les mauvaises herbes. Si j'avais pour de bon découvert un cadavre, je suis certaine que je me serais évanouie sur-le-champ ; je ne *m'attendais* pas à en voir un. Et pourtant, j'étais attirée vers la fenêtre afin de vérifier ce à quoi je m'attendais, soit l'absence de corps. Il est possible que ce besoin, ce tic psychique, se soit épanoui dans mon isolement, mais il était enraciné dans quelque peur muette que je n'aurais pu nommer. La jeune femme qui s'était installée dans ces deux pièces de la 109e Rue Ouest pour s'embarquer dans sa nouvelle vie aurait considéré comme une défaite l'admission consciente du fait que les choses ne se passaient pas selon ses plans.

Whitney Tilt, artiste-poète ou poète-artiste, pénétra dans l'Ear Inn, Spring Street, au centre-ville, le soir du 16 septembre, sur des chaussures à talons hauts vertes, en bas noirs, robe moulante bleu cobalt et coiffée d'un béret jaune, pour écouter John Ashbery lire ses poèmes en compagnie d'un autre poète du nom de Michael Lally, dont nous ignorions l'œuvre toutes les deux mais que nous nous préparions à admirer puisqu'on lui avait fait place à côté d'un maître vivant, et à la seconde où elle s'assit à côté de moi, je pensai qu'elle était une merveille ou, ainsi que je l'écrivis à Page le lendemain dans un transport d'enthousiasme : "Elle est belle, sophistiquée, un être effleuré par une brise féerique." Même si nous avons, par la suite, plaisanté à l'idée que les vents ou du moins les étoiles devaient avoir été alignés en notre faveur, nous ne croyions ni l'une ni l'autre au destin. Il y a le hasard, et il y a des séquences aléatoires d'événements à partir desquels l'une ou l'autre probabilité peut être établie. Les chances se voyaient, dans notre cas, concentrées par la poésie. Dans une ville de sept millions d'habitants, la poésie était encore une passion réservée aux happy few.

Chaque après-midi, je lisais des poèmes à haute voix dans le 2B. Ma propre voix devenait celle de mes familiers et ces incantations m'étaient un réconfort. Je lisais Ashbery et aussi mes amours anciennes, Thomas Wyatt et Shakespeare. Je lisais Donne, Clare, Dickinson, Moore, Stevens, Riding et Plath. Je lisais la prose de Stein comme sa poésie. Je chantais Goethe, Hölderlin, Trakl, Celan et Bachman dans mon allemand de lycée puis d'université, Baudelaire, Rimbaud, Verlaine et Mallarmé dans mon français de trois ans de fac. Je faisais résonner Anna Akhmatova et Marina Tsvetaïeva en traduction, et elles sonnaient magnifiquement en anglais, et je retournais aux crépitements de la baronne parce que je la considérais comme ma tâche personnelle de sauvetage, presque annihilée à l'époque, et je voulais avec ma voix la protéger de l'oubli. "Dis-le avec… / Détonations ! / Oh foudre ! / Courants d'air serpentins… Hhhhphssssss ! Le mot même pénètre."

Parfois, en lisant, je me balançais d'un côté à l'autre au rythme d'un roulis iambique. Parfois j'oscillais à partir de la taille ou tressautais au hasard des formes inégales propres aux auteurs modernes. Je lisais des poèmes assise, je lisais des poèmes debout et j'allais et venais en lisant des poèmes. Je voulais que la métrique des grands prenne possession de moi, pénètre ma démarche et dirige la musique cinétique de mes pensées. Je voulais que Ian et Isadora se déplacent sur des jambes poétiques, et je voulais qu'ils balancent des bras poétiques. Je voulais une prose mélodieuse, pas les phrases mortes des mauvais romans que je me rappelle avoir achetés au cours de cette première année à New York parce qu'ils avaient des stickers dorés collés sur leurs premières de couverture et sur leurs quatrièmes des commentaires hurlant à l'accomplissement "aussi fascinant que lyrique", des livres que je posais après dix ou vingt pages parce que je m'apercevais que ces ouvrages racoleurs claudiquaient sur deux jambes de bois et me sentais forcée de présumer soit qu'il s'agissait d'échanges de bons offices, soit que les commentateurs étaient des ignares.

J'avais soigné ma tenue pour John Ashbery ce soir-là. Je voulais avoir l'air de vivre à New York depuis toujours, mais ma grande tenue n'était pas la grande tenue de Whitney Tilt. J'avais été élevée dans le dogme minnesotien selon lequel nulle ne doit se faire remarquer ni se mettre en avant ni être trop fière de ses succès, et, moins encore, de son visage ou de sa silhouette. Faire étalage d'"atouts reçus de Dieu", comme disait tante Irma, était au mieux inconvenant, au pire assimilé à un comportement de traînée, aussi avais-je probablement choisi une simple chemise sur un jean pour ma soirée à l'Ear Inn, parfaitement consciente que mes atouts n'étaient pas dissimulés. Ma garde-robe était piètre, mais je sais que mon idée d'ensemble était de paraître à la fois sérieuse et attrayante. Je voulais éblouir par mon intelligence. Cela me fait rire maintenant. Les hommes peuvent séduire par leur intelligence. De telles subtilités sont interdites aux femmes mais j'étais naïve et j'imaginais que, non contents de me regarder, les gens m'écouteraient, qu'ils entendraient dans mes phrases les cadences d'un esprit fort en plein travail. Il m'a fallu des années pour comprendre qu'une telle présomption est la plupart du temps erronée, que ce à quoi l'on s'attend constitue la plus grande part de ce que l'on entend, et que le visage d'une jeune femme fait barrière à son sérieux, surtout si ce visage est accompagné par un comportement dépourvu d'agressivité.

J'étais jeune bien avant que la folie d'autoreprésentation n'envahisse tous les pays de la terre, et il n'existe que peu de photographies de moi à cette époque. En dehors du miroir, la photographie est le seul moyen de se voir de l'extérieur, or le miroir ne peut plus me montrer à quoi je ressemblais alors, mais je me rappelle qu'au cours de ces premières années dans la ville, il m'arrivait de temps à autre de me surprendre moi-même. Je me souviens, quittant des amis au restaurant pour me rendre aux toilettes puis, m'étant lavé les mains, rencontrant mon reflet dans le miroir, d'avoir pensé : Je n'avais pas idée que tu étais jolie comme ça. Il y a souvent une disparité entre le dedans et le dehors. Nous perdons complètement notre visage dans le tangage de la vie et nos visages antérieurs nous échappent encore plus. Si on ne me l'avait pas dit, pourrais-je me reconnaître dans le bébé sur la photographie ?

Nous vivons en compagnie d'une voix intérieure, une voix qui s'est élevée il y a longtemps, dans la petite enfance, et se tait dans l'inconscience, dans le sommeil sans rêve et dans la mort. Tant que nous sommes en vie et éveillés, c'est le porte-parole du moi, et elle ou lui est la personne bavarde que nous connaissons le mieux, certes souvent sujette à l'illusion et néanmoins soucieuse d'expliquer inlassablement les événements au fur et à mesure qu'ils arrivent. Il y a quelque chose de poignant à se rappeler aujourd'hui la jeune femme à peine sortie de l'enfance, surprise par son propre visage parce que ses traits, si charmants qu'ils fussent, avaient un caractère étranger, voire insipide. La narratrice interne que je trimballais alors en moi avait déjà été formée par des centaines de livres, par leurs histoires et leurs personnages, par leurs arguments, leurs concepts et leurs catégories, par des voix autoritaires se prononçant à propos de ceci et de cela et des voix moins autoritaires interrompant le flot de cette conscience pour glisser un mot par-ci, par-là, et en raison de cette incontestable vérité – à savoir que les mots d'un individu ne lui *appartiennent* pas au sens authentique du terme –, je me demande toujours qui est réellement en train de parler là-dedans.

Quoi qu'il en soit, visage et voix peuvent constituer une cacophonie et non une harmonie, et parfois le monde conspire à annihiler le narrateur interne afin de forcer les deux à s'harmoniser. Quand je me surprends aujourd'hui, je suis frappée par une apparence qui m'a prise de vitesse : je suis vraiment si vieille ? Mais en ce temps-là, si je sortais de chez moi pour me promener et réfléchir à une question en écoutant non pas une mais deux voix intérieures engagées dans un dialogue animé, en ayant complètement oublié le miroir et son contenu, j'étais souvent réveillée de mon amnésie par le regard omniprésent qui n'appartenait à aucun homme en particulier mais à de nombreux hommes à la fois et qui m'accompagnait au long de la rue, et je me souviens que tous ces regards sur mon corps en mouvement avaient pour effet de me raidir les membres parce qu'ils transformaient une simple balade en représentation involontaire, et je feignais la surdité quand surgissaient d'un côté ou d'un autre des commentaires obscènes. Je supposais qu'ils voulaient que je rougisse. Mais je ne rougissais pas. Je me souviens, aussi, que je recevais parfois d'un inconnu sur le trottoir l'injonction de sourire. "Pourquoi tu tires cette tête, chérie ? Allez, un sourire !" Je souriais, obéissante, et poursuivais mon chemin.

Un soir, pourtant, je fus prise au dépourvu. Je rentrais chez moi par Broadway quand un homme arrivant à ma rencontre leva poliment l'index pour attirer mon attention, une question dans le regard. Je pensais qu'il allait me demander de lui indiquer un chemin ou de lui donner l'heure. Au lieu de quoi, dès que je me fus arrêtée devant lui, il approcha son visage du mien et, montrant les dents, se mit à grogner d'une voix pleine d'une rage incompréhensible : "Putain de salope, connasse, sale garce, espèce de pute dégueulasse !" Je ne me rappelle pas de quoi il avait l'air, sauf que je crois qu'il était blanc et d'âge moyen, mais je ne suis pas tout à fait sûre. Je me souviens de l'endroit. C'était entre la 114e et la 115e Rue, côté ouest de Broadway. J'ai un souvenir très net de l'heure qu'il était et du ciel crépusculaire, de la démarche ininterrompue des piétons se hâtant d'avancer de part et d'autre de nous, la plupart rentrant chez eux, et je peux encore ressentir le choc que ce fut. Je reculai vivement la tête, m'écartai d'un bond de sa trajectoire et partis à grandes enjambées sur le trottoir, le cœur battant. Je ne courais pas. Je me demandais pourquoi il m'avait distinguée dans le lot. Y avait-il en moi quelque chose qu'il avait vu et détesté ? Avais-je l'air d'une cible vulnérable, ou ce type choisissait-il simplement des femmes au hasard pour leur hurler des horreurs ? Je n'ai rien écrit là-dessus dans le cahier.

Je ne peux être sûre que de deux choses quant à mon apparence le soir du 16 septembre. Quand je suis partie de chez moi vers l'Ear Inn, mes lèvres étaient rouge sang – une bouche peinte effrontément était un petit signe de rébellion personnelle contre la règle interdisant de se faire remarquer pour quelque raison que ce soit, adopté bien avant mon arrivée à Manhattan – et je portais une paire de bottes western noires en peau de serpent que Kari m'avait aidée à acheter et qui, une fois enfilées, me donnaient un sentiment de solidité et de virilité, et je me rappelle que quand l'élégante Whitney Tilt se glissa sur le siège à côté du mien, je me félicitai d'arborer au moins ces bottes sophistiquées.

Je garde un souvenir précis du moment où j'ai franchi le seuil, ce soir-là. Les odeurs louches d'un bar, alcool, fumée de cigarette ancienne et récente, et l'arôme de pin du nettoyant pour le sol. Cette odeur, je peux presque la convoquer. Je vois des lumières floues sur ma gauche quand je regarde les sièges disposés un peu n'importe comment pour la lecture. Je suis intimidée, mais je m'installe sur l'un des premiers parce qu'en même temps j'ai hâte. Whitney arrive, et je la reçois de la tête aux pieds, tout en la trouvant absolument ravissante. Elle s'assied. Nous nous sourions. Elle étend les jambes droit devant elle. Elles semblent être aussi longues que les miennes – elle est grande – et elle contemple ses escarpins verts et les fait tourner sur les talons en frappant les pointes l'une contre l'autre plusieurs fois. C'est si peu de chose, et pourtant je me rappelle parfaitement les petits chocs des pointes, de même que je me rappelle la peau lisse de son cou et les boucles sombres qui ont l'air de s'envoler de sous le béret jaune, et son parfum qu'on pourrait qualifier d'ombreux.

Quand l'homme du jour prend la parole, il explique que le poème qu'il s'apprête à lire, *Litanie*, s'étend sur deux colonnes. Parce que l'œuvre est coupée en deux, il n'a pas encore décidé comment la lire, mais commence tout de même. Ashbery a une voix nasale assez haute, et, après deux ou trois vers, quelqu'un derrière moi crie "Plus fort !" mais le poète répond qu'il ne peut pas lire plus fort, ce qui est curieux, et tandis qu'il continue je suis non seulement forcée d'admettre que je suis déçue par cette voix terne en train de lire un poème dont je peux entendre que c'est un bon, un très bon poème, mais que, quand je me les lis chez moi à haute voix, je lis ses mots mieux que l'auteur du poème en personne.

Je m'ajuste à ce timbre fragile, enjôleur, je ferme les yeux, me concentre sur les mots et me fraie un chemin à travers les poèmes au prix d'un compromis délibéré. Mais il y a ceci, aussi : je sens l'écoute intense de la jeune femme à côté de moi sans même la regarder. Je sens sa présence vive, tendue, comme un champ de forces humain.

Je ne me rappelle pas laquelle de nous deux a parlé la première, et les dix pages de mon journal rédigées le lendemain ne fournissent pas ce détail. Je sais qu'après quelques minutes de conversation polie, elle a dit : "Allez, on met les bouts" et qu'alors j'ai dit : d'accord, en essayant de déguiser l'excitation qui explosait en moi tandis que nous marchions vers le sud jusqu'au Magoos et nous installions là, à une petite table en face du bar. La soirée débutait à peine et il n'y avait pas encore foule, mais c'est là que notre amitié a commencé. Elle n'a jamais pris fin même si Whitney vit maintenant à Berlin et si de nombreux mois peuvent passer sans un mot entre nous. Nos filles sont amies. Nous en avons une chacune. La mienne, c'est Freya. La sienne, Ella, comme Ella Baker, pas Ella Fitzgerald. Les années intermédiaires ont à la fois clarifié et obscurci ce que nous étions alors l'une pour l'autre. Après avoir retrouvé le cahier, je lui ai envoyé par courriel les mots que j'avais écrits à propos d'elle le lendemain de notre rencontre :

"Whitney Tilt. Diplômée de Radcliffe. Étudiante dans le programme MFA d'écriture de Columbia. Yeux noisette, soulignés de khol. Ont soutenu mon regard plus longtemps qu'il n'est habituel entre deux quasi-inconnues. Ai dû souvent détourner le mien. Les sourcils dessinés, comme peints en deux coups de pinceau parfaits d'un maître calligraphe, le nez assez peu marqué, la bouche charnue régulièrement retroussée par une expression de dédain ironique et, quand elle rit, la tête renversée en arrière et les yeux au ciel, elle est magnifique. Elle gesticule de ses longs doigts en parlant, comme pour chasser de sa royale présence une foule d'imbéciles, et quand elle allume sa cigarette, elle éteint l'allumette d'un seul geste sec du poignet. Un être staccato, complètement. Des syllabes précises et nettes qui s'accumulent en phrases parfaitement formées et ponctuées. Je pouvais presque les voir planer devant nous pendant qu'elle parlait. Je me sentais godiche et mal dégrossie. Elle est la ville. Elle est New York. Je l'ai trouvée."

Elle m'a répondu : "Voici ce que j'ai écrit de toi dans mon journal, pas le lendemain mais peut-être une semaine plus tard : « J'ai pris un café avec Minnesota aujourd'hui. À première vue, je l'avais prise pour l'une de ces blondes froides et insipides qui traînent en ville en quête de culture. Impression fausse. Aujourd'hui elle a parlé de Simone Weil, avec son drôle d'accent du Middle West, ces voyelles traînantes, et elle s'est mise dans un tel état à propos de quelque chose que cette mystique a écrit sur la grâce que sa voix s'est complètement enrouée d'émotion. Après s'être reprise, elle s'est excusée pour cette émotion, et puis elle s'est excusée de s'être excusée parce que pourquoi diable ne pourrait-on pas être ému par ce qu'on lit ? » Ta vieille, et je veux bien dire VIEILLE, amie, Whit."

Je me vois comme une absurdité.

Le père de Whitney était un juriste devenu juge. James Tilt est mort l'année dernière, il avait quatre-vingt-dix ans. Selon sa fille, le juge est resté jusqu'à la fin aussi lucide que redoutable avec sa voix sonore d'acteur, ses opinions libérales tranchées et cette manière qu'il avait, comme mon père, de s'attendre, dès qu'il ouvrait la bouche, à bénéficier de votre attention pleine et entière. À la seule exception d'une tante qui s'était faite joueuse professionnelle, Whitney considérait les Tilt comme des gens ennuyeux. "Tout ce dont ma mère était affamée : zéro excitation et zéro excentricité." Clara, la mère de Whitney, vit encore mais affaiblie, ronchon, et parfaitement consciente du sentiment de culpabilité de sa fille dont, comme dit Whitney, elle joue "comme d'un piano". Clara vécut, dans l'opulence, une enfance cajolée mais déphasée parce que sa mère, Mini, avait mené sa vie comme une aventurière. Mini était née dans une famille spectaculairement riche de Buffalo, dans l'État de New York, au tournant du siècle. Elle s'était mariée à dix-huit ans, avait divorcé et s'était enfuie en Italie où elle avait été contaminée par la politique radicale et une espèce particulière d'anti-modernisme – cette folle envie d'un retour à l'intensité et la pureté d'un monde débarrassé de ses strates "civilisatrices". C'est à Rome qu'elle rencontra son deuxième mari, américain, lui aussi, et le couple, de retour à New York, s'installa sur Park Avenue, où Mini tint un salon qui attirait la bohème et les intellos et artistes de tous poils. Elle s'autorisait des amants, arborait des robes fluides surmontées de coiffures florales, se fatigua de son époux, divorça et au bout de quelques mois épousa imprudemment un peintre français mineur, Jean-Claude Lefebvre, qu'elle emmena à Taos, au Nouveau-Mexique, destination prisée par les amateurs de vadrouille de la haute société et paysage prometteur pour un homme armé d'un pinceau. C'est là qu'elle rencontra un Indien pueblo du nom de Charles, marié lui aussi. Mini et Charles s'éprirent ardemment l'un de l'autre, ce qui provoqua un scandale dans la tribu mais eut un effet revigorant sur Jean-Claude, lequel menaça Charles avec un pistolet, geste qui impressionna si fort Mini qu'elle se jeta à nouveau dans les bras fluets de son troisième mari et rentra chez elle à New York. C'est peu après la débâcle à Taos, pendant la période conjugale euphorique, quoique brève, de ses géniteurs, que Clara, leur unique enfant, fut conçue.

Je n'appris pas toute l'histoire ce soir-là, juste un ou deux fragments épars. Jean-Claude est mort avant la naissance de Whitney. Elle garde de sa grand-mère le souvenir d'une petite personne vêtue avec élégance qui empestait le parfum et aimait marcher pieds nus par temps chaud. "Oh, l'herbe entre mes orteils, chantonnait-elle à sa petite-fille. J'adore sentir l'herbe entre mes orteils." Mini est morte quand Whitney avait huit ans. "Je sais une chose, me confia Whitney des années plus tard. La vie de Mini était faite d'argent. Sans l'argent, son histoire est impossible."

Nous avons tous nos histoires de fantômes. La mienne met en scène de rudes fermiers norvégiens venus labourer le sol de la prairie avec leurs vigoureuses épouses blondes capables de manier la hache, leurs enfants aux joues rouges et au cœur plein de vaillance, etc., etc., toutes choses vraies jusqu'à un certain point, sauf que l'une de mes arrière-grands-mères du côté paternel est devenue folle là-bas sous le vaste ciel turbulent du Minnesota. Helga croyait que son mari était en train de l'empoisonner et, bien que ce fût elle qui cuisinait pour toute la famille, elle n'en démordait pas. Elle touillait, humait et servait la nourriture mais restait convaincue qu'Ulf usait de méthodes secrètes, voire surnaturelles, pour se débarrasser d'elle. Afin de repousser l'inévitable, elle cessa complètement de manger, attrapa une bronchite et, en quelques jours seulement, fut "emportée dans l'autre monde".

Je cite la vieille Mme Heglund, qui utilisa ces mots un après-midi où, une tasse de thé sur les genoux, j'étais assise près d'elle lors de la réunion consacrée par ma mère aux "Arts nordiques". J'avais quatorze ans. Mme Heglund en avait quatre-vingt-seize, jouissait de "toute sa tête", et tenait l'histoire de sa mère. À un kilomètre et demi environ par la route, les Heglund avaient été les voisins d'Helga et Ulf. "Ma mère disait que c'était une femme délicate, au beau visage et à la silhouette élancée, qui lisait le journal de bout en bout et découpait les articles qui lui plaisaient, savait deux ou trois choses sur la politique, et faisait de la broderie aux petits points les plus parfaits qu'on pût voir. Elle et ma mère étaient amies, tu sais." Ma tasse de thé ne tinta qu'une seule fois pendant que je l'écoutais me raconter ce que je n'avais encore jamais entendu et, plutôt que de dire "Oh, mon Dieu, quelle terrible histoire", je hochai tristement la tête sans mot dire.

Je n'ai parlé que plus tard à Whitney de ma parente psychotique. Mais, tandis que le bar commençait à se remplir d'une foule de gens volubiles de tous âges, certains en tenue décontractée, d'autres vêtus avec une recherche extrême et qui m'intéressait beaucoup – ainsi d'une femme arborant un chapeau à voilette –, j'ai diverti ma nouvelle amie en lui racontant nos voisins, les deux professeurs Harrington, qui vivaient un peu plus loin sur l'Old Dutch Road, avec leur chien Laurence, en hommage à Laurence Sterne, et leur cacatoès George, en hommage à George Eliot, et leur fille Edith, en hommage à Edith Wharton, et comment, lorsqu'elle avait onze ans, mon amie Edith était arrivée à l'école avec un gros bandage sur la tête et avait fièrement déclaré qu'elle était tombée d'une fenêtre de sa maison en essayant de secourir un oiseau blessé sur une branche d'arbre, et comment ses pairs et ses professeurs lui avaient pareillement témoigné la plus grande sympathie jusqu'à ce qu'un après-midi, trois jours plus tard, dans un moment d'oubli, empoignant les barres du cochon pendu dans la cour de récréation, elle commence à se balancer tête en bas, si bien que le bandage avait glissé sans que la sanglante estafilade qu'elle nous avait voluptueusement décrite en long et en large fasse la moindre apparition.

Par-dessus le tapage du bar, j'entendais le rire de Whitney et je m'oubliai complètement dans l'hilarité de son visage, qui ne tarda pas à entraîner la mienne, me conférant tout le lustre qu'il me fallait.

Ma nouvelle amie écrivait des poèmes, mais elle fabriquait aussi des poèmes-objets à partir d'objets abandonnés qu'elle trouvait dans les rues, les parcs, les allées et les poubelles. La trouvaille, disait-elle, faisait le poème. Par exemple, elle avait récupéré dans une poubelle, à Soho, une poupée écrasée, le visage et les bras couverts de gribouillages fiévreux au feutre. Sur le ventre indemne de la poupée, elle avait écrit : "Je dis une ruine urbaine / Ravivée par un hasard boiteux / Prête l'oreille à la bouche / Le cerveau à l'œil / Et écoute bien – un cri."

Nous découvrîmes que nous adorions toutes les deux *La Chambre de Giovanni*, de James Baldwin, et *Le Bois de la nuit*, de Djuna Barnes, et que nous savions toutes deux que "Jimmy" se trouvait à Saint-Paul-de-Vence, en France, où il vivait dans une grande et vieille maison provençale, mais que lorsqu'il était adolescent il avait l'habitude d'aller rendre visite à son mentor, le peintre Beaufort Delaney, au 181 Greene Street, à peine à quelques blocs au nord du Magoos, où nous étions assises, et que "Djuna", grande amie de la baronne, vivait encore, elle aussi, cachée à Patchin Place, dans le Village, un cul-de-sac fermé d'une grille donnant dans la 10e Rue, au nord de l'ancien atelier de Delaney, une ruelle où avaient habité Theodore Dreiser, e. e. cummings et John Reeds, même si ces derniers comptaient moins à nos yeux. Et nous n'avons jamais arrêté de jouer à ce jeu à base de temps, d'espace et de corps fantomatiques faits de mots et d'images. Baldwin, Barnes, Delaney et la baronne sont tous morts à présent, mais Whitney et moi avons cartographié leurs allées et venues dans New York, Paris et Berlin, transformant ces villes en bibliothèques imaginaires de ces défunts loquaces.

Vers minuit, j'évoquai Lucy Brite. Je ne mentionnai pas le stéthoscope, élément de l'histoire que je considérais comme vraiment pervers, mais que je ne confessai plus tard à ma nouvelle amie que pour m'apercevoir qu'elle trouvait hilarant l'usage que je faisais de cet instrument médical. Pendant que je parlais, Whitney se penchait en avant, les poings pressés fermement contre ses pommettes, une expression d'attention intense sur le visage. Elle m'écoutait de la même façon qu'elle avait écouté Ashbery. Quand j'eus terminé mon récit, elle écarta les bras, leva les yeux au ciel et entonna *"Amsah"*. Ce fut à mon tour d'éclater de rire et je me sentis alors soulagée d'un grand poids. Pour l'instant en tout cas, Whitney avait désenchanté Lucy Brite, l'avait rendue au simple statut de voisine excentrique, quand bien même ladite voisine sifflait, gémissait et jacassait de l'autre côté du mur.

Mais Whitney avait continué : elle pensait que Lucy Brite était dotée d'un potentiel fictionnel énorme. La chance m'avait fait tomber sur "un roman policier clés en main" comprenant un mari brutal, un frère insaisissable et le cadavre d'une enfant. Je ne lui objectai pas que je trouvais son détachement moralement inquiétant. Sans entrer dans les détails, j'avais déjà dit que j'écrivais un roman où figuraient deux jeunes détectives, elle ne faisait donc que reprendre un thème que j'avais lancé. J'avais aussi parlé de Cervantès et sitôt le nom de ce grand écrivain entré dans l'atmosphère entre nous, la honte m'avait envahie. "Quelle prétentieuse j'ai dû faire !" telle était la phrase que j'allais écrire le lendemain dans le cahier, mais Whitney ne paraissait pas gênée par mon outrecuidance. "J'ai une idée !" Elle était en train d'analyser activement le matériau de mon *prochain* roman. “Et si c’était elle la meurtrière ? me proposa-t-elle avec entrain. Tu vois un peu le coup de théâtre ? Du style qui déblatère contre l’odieux mari ou fils, sauf que c’est elle qui a jeté la gamine par la fenêtre ?”

Je contemplai mes genoux. Tout à coup, j’avais les larmes aux yeux, des larmes qui n’avaient aucun sens, mais cette sensation de légèreté que j’avais éprouvée une minute plus tôt avait disparu. Si le cahier de rédaction témoigne de quoi que ce soit, c’est clairement du fait que mes émotions étaient bien plus volatiles quand j’étais jeune. Dans ces pages, je saute d’un extrême à l’autre. Je suis au sommet. Et puis me voici tout en bas. Je suis une pelote de sentiments qui ricoche. *“Amsah”* m’avait fait rire, mais que Lucy jetât sa fille par la fenêtre me remplissait d’horreur. Whitney tendit le bras à travers la table, me prit la main et la serra. Le geste de sympathie fut pour moi le coup de grâce. Je sentis ma gorge se bloquer convulsivement, entendis un affreux bruit de haut-le-cœur et fondis en larmes. “Allez, viens, Minnesota, dit-elle, on va faire un tour.” Elle alla payer nos bières, revint à la table, me prit par le bras et m’entraîna dans la nuit. Une fois dans la rue, je sanglotai carrément. Je reniflais, m’étouffais, coassais, m’imprégnant les mains de salive et de morve, puis parvins à articuler dans un souffle que j’étais désolée, que je ne pouvais pas comprendre ce qui m’avait pris, répétant je suis désolée, sur quoi elle me dit de me taire et de pleurer tant que je voulais, et je trouvai ses paroles à ce point indiciblement gentilles que je sanglotai de plus belle. Mais au bout de quelques minutes, ma première crise de larmes dans la ville de New York avait pris fin, et j'avais reçu un surnom qui m'est resté : Minnesota.

Whitney habitait un loft à Soho et nous sommes parties chez elle à pied dans l'air encore tiède par les rues vides et mal éclairées. Elle m'a passé un kleenex et un miroir sortis de son sac, et j'ai tamponné avec le papier mon visage rouge et mouillé. Le lendemain, j'ai rapporté la soirée dans ses moindres détails quand ceux-ci vivaient encore dans mon esprit, mais si je nous récris, Whitney et moi, depuis ce lieu étrange qu'on nomme "maintenant" c'est parce que cela me permet de considérer les deux jeunes femmes en train de marcher dans West Broadway sous un jour dont je ne disposais pas alors. Et si je n'ai pas tardé à me remettre de mon coup de chagrin, j'ai continué à me demander ce qui s'était brisé en moi cette nuit-là. Il est possible que cela ait à voir avec le verbe qu'avait employé Whitney, *jetée*, dont l'objet est souvent l'ordure. La fillette jetée par une fenêtre était devenue une image si forte que je m'étais surprise en train de chercher des corps en bas de la mienne. Frapper. Botter. Bousculer. Culbuter. Autant d'élans brutaux.

Alors que je suis ici, assise à mon bureau dans le silence relatif de mon quartier de Brooklyn, un bruit d'avion et la pendulette rouge sur ma table sont soudain devenus audibles. Mes livres sont un flou de couleurs à la périphérie de ma vision. Quelques oiseaux de début novembre sifflent une série de notes aiguës et, au loin, la circulation imite le bruit du vent. Walter dort encore. J'essaie de ne pas penser à la cruauté de l'élection présidentielle. J'entends hurler le spleen de la foule blanche qui crache et hurle sur cette femme. L'abomination. Flanquez-la dehors. Poussez-la fort. Et Lindy s'écrase sur le sol dans cet étrange espace intérieur où je revois ce que je n'ai jamais vu. Encore et encore, le corps lourd de la fillette tombe devant la fenêtre d'un appartement. Ce qui manque à l'histoire c'est le jeteur, cogneur, frappeur, secoueur, pousseur – le meurtrier.

Extrait du Mead :

Notre conversation est revenue aux poètes et artistes, à ce que nous avions lu et avions envie de lire. Whitney a cité par cœur May Miller, une poète que ne j'ai pas lue mais j'ai mémorisé ces vers : "La logique est une fleur greffée / Dans un lit inchangé." Ce ne serait peut-être pas mal qu'Isadora cite Miller en réplique à Ian. Je vais aller demain chez Salter acheter ses livres, ou au moins l'un d'eux. L'argent. Me rappeler de faire attention à l'argent.

Avant que nous nous séparions, cette nuit-là, Whitney dit qu'elle avait conscience de s'être montrée cynique à propos de Lucy Brite. Elle s'était emballée pour une possible intrigue et avait dit la première chose qui lui était passée par la tête. Je lui répondis que ce ne pouvait être Lucy Brite qui avait déclenché mon émotion, que je n'avais aucune idée de la raison pour laquelle j'avais réagi aussi fort, ce qui était vrai, et alors elle a dit une chose que je n'ai jamais oubliée. Je n'ai nul besoin du cahier pour me souvenir exactement de ses paroles. Elle a dit : "Il y a en moi quelque chose de bestial et froid."

À quelques lignes de la conclusion de mon long récit du 17 septembre, j'ai écrit : "Je ne peux pas l'expliquer, Page, mais ses paroles m'ont rendue heureuse. Je n'ai jamais rencontré quelqu'un comme elle. Je ne sais comment, « bestial et froid » dit par elle paraissait divin, et j'avais envie d'être bestiale et froide, moi aussi. Je veux me balader dans New York bras dessus, bras dessous avec Whitney en étant bestiales et froides ensemble."

IV

Toute histoire porte en elle une multitude d'autres histoires. Disons que Notre Super-Héros, ou NSH, se rend à Londres en diligence et s'est arrêté dans une auberge pour y passer la nuit. (Le lecteur peut compléter tous les détails relatifs à l'auberge à partir des innombrables auberges décrites dans des romans antérieurs.) Là, NSH rencontre un mystérieux gentilhomme boiteux (on avait, au temps de mes lectures de jeunesse, un faible pour les boiteux, les bandeaux sur un œil et les cicatrices). Jusqu'ici, parce que l'intrigue n'en est encore qu'à ses débuts, le lecteur ne sait pas si le Mystérieux Gentilhomme Boiteux, ou MGB, est une fausse piste ou s'il est essentiel à l'histoire de notre héros. Cette ignorance est précisément ce qui rend significatifs les déplacements furtifs de MGB du haut en bas de l'escalier avec une clé tenue serrée dans sa main. Et que se passe-t-il si le récit, abandonnant NSH en train de ronfler dans son lit à l'auberge, s'en va plutôt à Bath avec le Mystérieux Gentilhomme Boiteux ? MGB est désormais le héros du roman.

Sans doute une majorité de lecteurs désapprouverait-elle pareil changement de héros en plein vol. D'un certain point de vue, un tel saut provoquerait une frustration inutile, en particulier chez des lecteurs irritables qui aiment leurs fictions aussi traditionnelles que leurs héros. Cette perspective suppose que l'auteure d'un roman "choisit" son intrigue. L'auteure est un cerveau tout-puissant, un Sherlock Holmes (SH) en coulisse, qui ne commettrait pas l'erreur de filer à Bath avec le Mystérieux Gentilhomme Boiteux. Et pourtant, ne peut-on soutenir que la vie ne cesse de nous dérouter d'une histoire à une autre ? Une longue expérience m'a appris que la théorie SH est fausse. Je ne sais pas exactement qui écrit, mais j'ai souvent l'impression que cela ne vient pas de moi.

Parfois, en désespoir de cause, nous rattachons un récit à un autre parce que cela satisfait notre soif de signification. Et si nous naviguons à travers les étranges régions de la mémoire, comme nous le faisons toujours, alors il faut s'attendre à des sauts d'un héros à un autre ou d'un moment d'une vie à un autre. Par exemple, que se passera-t-il si Notre Super-Héros Abandonné ne disparaît pas complètement mais se retrouve dans une autre histoire ? Si, au milieu de la nuit, une enveloppe est glissée sous sa porte, s'il s'éveille, trouve une clé dans l'enveloppe, ouvre une porte avec cette clé et entre dans un roman situé à New York dans les années 1978-1979 ? Mais au lieu du héros, le voici maintenant personnage secondaire.

Dans l'histoire de ma vie, Malcolm Silver a brièvement joué le héros avant de se réduire à un personnage secondaire, d'entrer dans une tout autre intrigue et de disparaître. J'avais aperçu la tête de Malcolm avant le reste de sa personne au début d'octobre à une réunion consacrée à la revue *Semiotext(e)* dont l'hôte était, je

LE MYSTÉRIEUX GENTILHOMME BOITEUX

crois, un professeur de Columbia. Je m'y étais rendue avec Whitney et son ami Gus Scavelli, devenu lui aussi mon ami. Gus espérait s'établir en tant que critique de cinéma, en analyste subtil du "langage visuel complexe" de la forme mais, en attendant, il gagnait chichement sa vie en rendant compte de films pour diverses publications new-yorkaises. Aller au cinéma avec Gus était une aventure en raison de sa tendance aux commentaires chuchotés – "Regarde bien cette prise ; c'est là ; un fondu génial ; tu as vu ? Regarde son visage ; ils ont mis de la vaseline sur l'objectif" – mais il faut que je revienne à la tête de Malcolm sans quoi Gus va ouvrir encore une autre porte que je tiens fermée pour l'instant.

Je me sentais étrangère à cette réunion. J'avais vu à la librairie Salter le numéro Schizo-Culture de *Semiotext(e)*, avec sa couverture élégante et à l'intérieur des photos perturbantes, avec beaucoup de grain. À ce que je pouvais dire, son contenu célébrait une forme de schizophrénie qui n'avait rien à voir avec celle dont souffrait ma cousine Alma, de l'espèce qui vous roulait en boule dans un coin de la chambre et vous arrachait des cris de terreur parce que des farfadets voulaient votre mort. Non, il s'agissait d'une folie bien plus abstraite et philosophique que celle qui affectait Alma, avec ses yeux exorbités et ses gestes saccadés. On ne voyait dans la résidence du professeur aucun signe d'insurrection ni de psychose. Elle ne ressemblait à rien tant qu'à l'appartement bien aménagé et tapissé de livres d'un universitaire bourgeois. Pendant que j'observais l'ensemble en m'interrogeant sur sa signification, je vis un jeune homme qui me dévisageait. Il avait les yeux fixés droit sur les miens et son regard – dur, critique, dédaigneux – mit instantanément le feu à mon bas-ventre.

La tête imposante dudit jeune homme surplombait un corps fin et musclé dans une légère disparité de proportions. Il avait des cheveux noirs et bouclés coupés court, une peau lisse et pâle et une expression dénuée d'humour. Ses yeux étaient énormes et, après qu'il se fut détourné, je l'examinai en train de converser avec une femme rousse et en conclus qu'il les clignait moins souvent que la plupart des gens. J'avais l'impression qu'un buste en marbre exposé dans le Metropolitan Museum avait pivoté pour m'inspecter avant de pivoter à nouveau. Je fis quelques pas vers lui, m'arrêtai et me présentai. Désignant d'un hochement de tête la rouquine au cou emmailloté d'une écharpe de soie, il prononça son nom que j'oubliai aussitôt voire n'enregistrai même pas. Dans mon souvenir, elle n'est que rousseur et écharpe. Il ne s'agissait là que d'un geste de politesse, mais ce simple contact entre nous me fit le souffle plus court. Il étudiait la philosophie à la New School. Et d'où venait-il ? "J'ai étudié avec Foucault, dit-il, à Paris." Je n'avais pas lu Foucault à l'époque, n'en connaissais que le nom – *imprimatur* de réflexions fulgurantes. Dans le cahier où je racontai ces détails, j'écrivis dans un langage que je qualifiais de romancien : "C'est alors que Malcolm Silver examina sa montre, exprima sa surprise en émettant un léger sifflement de ses lèvres momentanément pincées, se détourna brusquement de moi, agita négligemment une main à demi levée et disparut."

Après cette rencontre, chaque fois qu'une porte s'ouvrait j'imaginais Malcolm Silver la franchissant. J'imaginais entre lui et moi tout un verbiage sur des sujets philosophiques. Je lus le livre de Foucault sur la folie, qui me parut romantique et excessif dans sa rhétorique, mais je savais que je pouvais me tromper. Et je me masturbai énergiquement à la mémoire de la tête magnifique et du corps séduisant.

Qu'il fût ou non de l'espèce boiteuse, le héros me préoccupait alors comme il ne le fait plus désormais. La lubricité était un élément dominant de ma fixation au héros. Un célibat non voulu avait transformé ma lubricité en souffrance et en un désir douloureux que je traînais partout avec moi dans l'espoir d'un soulagement. Mon problème, ce n'étaient pas les prétendants. Ils faisaient cercle autour de moi, respiraient, souriaient et lançaient dans ma direction des regards significatifs. Mais nul d'entre eux n'était suffisamment héros pour me guérir de mon mal. Si j'avais suivi mon impulsion, j'aurais poursuivi le jeune philosophe dans la rue, lui aurais sauté dessus par-derrière et l'aurais plaqué au sol. Mais j'étais beaucoup trop bien élevée pour courir après un homme. Je me rappelais aussi, me rappelle encore, cette unique fois où j'ai pris l'initiative avec un garçon à l'université. Nous étions assis sur un lit de feuilles d'automne quand je fondis sur lui pour un baiser. La lune se levait au-dessus du Magnus Student Center, et l'air était frisquet. Mais sitôt embrassé, l'objet de mon désir tourna vinaigre. "C'est moi qui suis censé faire ça", dit-il.

L'appétit sexuel n'est jamais pur ; il est poussé et tiré en des formes variées par les forces de fiction mutantes qui soufflent sur nous aussi sûrement que les vents sur la prairie plient et distordent les arbres à leur caprice. Je ne me souviens pas du nom de ce garçon, mais il était grand, bien roulé, et avait des cheveux couleur de sable, il était, autrement dit, conventionnel, conventionnel au point de repousser une fille autour de laquelle il tournait depuis des semaines parce qu'elle avait violé la règle de l'initiative-au-mâle et égratigné son orgueil, lequel, à son tour, flétrit la tumescence que j'avais observée quelques instants plus tôt entre ses jambes. L'excitation a sa logique propre, logique curieuse que je n'ai jamais pleinement comprise, mais en consultant le cahier je peux voir que le Mystérieux Gentilhomme Boiteux, avec son sourire froid et son secret cruel, celui qui a pris le dessus dans cette autre histoire dont j'ai parlé plus haut et est parti pour Bath, exerçait sur moi une emprise dont j'étais peu disposée à admettre la nature et que je ne comprenais pas. On pourrait rattacher le MGB à la fois au personnage arrogant de Malcolm Silver qui prit la fuite quelques instants après notre rencontre, action qui ne le rendait pas moins, mais plus désirable, et à un autre personnage mystérieux : le mari de Lucy Brite, Ted. "Il y a eu des soirs où tu m'aimais, pourtant. T'en avais jamais assez de moi."

20 septembre 1978

Lucy m'a de nouveau réveillée la nuit dernière. Elle criait : "Non ! Non !" Et puis après avoir émis quelques sons aigus et inintelligibles, elle a dit à haute voix, une voix basse, peut-être une imitation de celle de Ted : "J'ai rêvé que je te tuais." Il m'a fallu un certain temps pour me rendormir.

En parcourant le cahier, je vois que la seconde phase de "ma nouvelle vie" a repoussé Lucy Brite dans les marges de ma conscience car des portes se sont ouvertes, grâce auxquelles j'ai pénétré dans des lieux new-yorkais privés qui jusque-là m'étaient restés fermés. Je vois celle que j'étais alors entrer dans des appartements, grands et petits, élégants et miteux, généralement en compagnie de Whitney car j'arrivais en tant que "l'amie". Je ne comprenais pas que l'amie polie qui sourit à la compagnie et converse avec l'un ou l'autre n'est pas la personne qui rentre chez elle et raconte dans le Mead tout ce qu'elle a vu, entendu, senti et touché. Celle qui écrit est une autre. C'est seulement sur la page, pour Page, que le bestial et froid commence à se trouver autorisé à apparaître. Le bestial et froid arrive sous forme de petits hoquets dans l'écriture. C'est sur la page que je commence à tirer doucement vengeance du scénario directeur, celui qui m'est dicté depuis des années et des années, cette voix à peine audible à mon oreille qui insiste pour être obéie.

25 septembre 1978

Chère Page,

Scène : Réunion littéraire bondée dans appartement obscur, 100e Rue Ouest.

Un homme approche. Beau visage. Dents légèrement jaunies. Expression rayonnante. S'assied, se penche en avant, nez contre nez. Philip Hightower. Coincée entre Hightower et poète étique en chaussures noires à bouts pointus, discutant École du langage d'une voix sourde et volubile. Hightower évangélique. Multiples gesticulations vers le ciel, utilise plusieurs fois le mot "RÉVOLUTIONNAIRE". Non, je n'ai jamais entendu parler de Werner Erhard. Non, pas le moindre tintement de cloche proverbiale dans ma mémoire. Air choqué de Hightower ! Haleine mentholée. Sortilèges. Il épelle : "E-S-T[1]." Évoque Nietzsche hors de propos. M'explique que les participants QUI PAIENT sont emprisonnés pendant deux week-ends. En seulement quatre jours, Hightower est devenu LUI-MÊME. Ne réagit pas à ma suggestion qu'en général on n'a pas besoin d'acheter ce genre de devenir. Nouvelles gesticulations. Explication supplémentaire. Je glane un détail essentiel : PERSONNE N'EST AUTORISÉ À UTILISER LES TOILETTES, formule dont la sagesse supérieure me paraît douteuse. J'éloigne ma tête du nez de Hightower. "Il faut que vous le fassiez ! Je vous le dis, il faut que vous le fassiez !" Pesant atterrissage de la paume de Hightower sur mon genou. J'écarte. Le menton de Hightower avance et recule horizontalement afin de démontrer à quel point mon manque de jugement le déçoit. Après soixante heures de coûteuse humiliation, je ne vais plus me dérober à la main de Hightower. Je vais "susciter la vie plutôt que me contenter de la vivre". J'adresse un signe de la main à Gus, me lève, et "suscite" mon départ immédiat.

S. H.

30 septembre 1978

Joseph Brodsky a attaqué l'un des poèmes de Whitney pendant le cours. Elle l'a défendu. Elle dit que les autres étudiants de cette classe sont des dégonflés. Il ne cesse de se moquer d'eux et de les charrier, pourtant après l'acerbe réponse qu'elle lui a servie il a souri. Elle est son chouchou

1. EST : Erhard Seminar Training. Werner Erhard était le fondateur d'un bizarre mouvement d'amélioration personnelle à base d'humiliations diverses.

maintenant. Whitney dit que les poèmes en anglais de Brodsky sont nuls.

1er octobre 1978

Ce soir. 70e Rue Est. Une armée d'esclaves doit tous les jours astiquer les cuivres de l'entrée. Portier à épaulettes. Montée jusqu'au penthouse très "East Side" dans l'ascenseur plein à craquer de gens d'un certain âge qui se connaissent tous à leur manière bruyante, sur fond de blagues conviviales. Tristes branches de céleri fourrées beurre de cacahuète. Bretzels. Mini-hot-dogs. Ce que Whitney appelle "régime WASP" : ces gens-là issus de vieilles et riches familles blanches protestantes arborant de grands noms, ils ne connaissent que ça. Ils préfèrent les cocktails à la nourriture. Whitney m'a montré du doigt, dans un coin, un homme de petite taille en train de glousser en échangeant force bourrades avec un grand type. Norman Mailer. Il était question "des épouses". "C'est dur pour les épouses, quand même." Quelles épouses ? N'a-t-il pas donné un coup de couteau à l'une des siennes ?

3 octobre 1978

Whitney et moi étions couchées sur son lit à West Broadway et elle dit que quand elle était petite et vraiment en colère, elle allait dans la salle de bains, fermait la porte à clé, mordait dans une serviette et martelait le sol de ses poings.

5 octobre 1978

Alvin et Rosie ont une baignoire dans leur cuisine de la Deuxième Avenue. Alvin fait crève-la-faim : t-shirt déchiré, cage thoracique en saillie, cuir, clous. Intarissable sur télévision. Incompréhensible. Rosie : cheveux platinés, muette comme la tombe sur un canapé déchiré. Les yeux qui se ferment. Avant que nous partions, elle a tendu une paume ouverte en disant : "Lude ?" Complètement nazes, ces gens.

Whitney a traduit : Television, c'est un groupe punk. Lude c'est un Quaalude, un relaxant musculaire qui rend les membres spongieux. Oui, complètement nazes, ces gens.

Bien à toi, S. H.

La nuit, il y avait un jeu à jouer, et nous y jouions. Ce jeu s'appelle Pretty Girls. C'est un jeu ancien mais dont les règles n'ont cessé, encore et encore, d'être récrites au fil des siècles.

Je me souviens de Whitney riant aux éclats et caracolant autour de son loft en soutien-gorge et culotte tout en balançant au-dessus de sa tête une robe à sequins et criant : "Ce soir, c'est Mata Hari, Minnesota !" La fièvre nous prenait et nous nous habillions, d'ordinaire avec ses vêtements, car elle en avait beaucoup plus que moi, puis nous nous maquillions et nous coiffions comme si nous allions monter sur une scène pour jouer des rôles de bacchantes, de femmes fatales ou de filles de mauvaise vie lâchées dans la nature. Plus débridées étaient nos tenues et plus hilarantes nous étions l'une pour l'autre, après quoi nous nous baladions aux petites heures du matin, nous déhanchant devant les files d'attente et regardions l'homme que nous appelions "le Discriminateur", le géant qui se dressait au Studio 54 derrière la corde de velours, remonter celle-ci pour nous laisser passer et alors nous dansions jusqu'à quatre heures du matin, deux infatigables filles-femmes se tordant, agitant les bras et riant dans le vacarme de la disco au milieu des autres participants à ce carnaval : travestis en tenues transparentes, mannequins éméchés, gros richards en complets italiens, célébrités qui se prélassaient dans des zones qui leur étaient spécialement réservées.

Jamais je ne me serais aventurée en ces lieux si Whitney ne m'y avait emmenée, je n'aurais même pas su qu'un tel endroit existait, mais une fois sur place je me laissai aller au charme. La musique me dansait, pas le contraire. Je succombais à sa séduction irréfléchie, à la cadence, à la sueur, au frisson. Et quand je la cherchais des yeux, Whitney était là dans mon champ de vision, la tête renversée en arrière, les lèvres entrouvertes et les yeux fermés, parée de mille feux, de plumes ou de faux cils, ou des trois. Elle était avec moi dans les rythmes irrésistibles qui sont du sexe sans le sexe, ce que les Grecs appelaient *ekstasis*, le fait d'être ailleurs, déplacé, hors de soi, soulevé et emporté dans la pluralité et l'absence de limites. C'est ainsi qu'on pénètre l'esprit de la multitude, qu'on devient la ruche, pas l'abeille. Je me rappelle avoir eu la sensation que le mouvement du corps me rendait aveugle et je me souviens de la joie électrique qui se libérait dans la danse. Nous étions increvables, Whitney et moi, sur la piste de danse, et une fois tombées dans une transe dionysiaque nous pouvions continuer encore et encore jusqu'à ce que l'une de nous deux doive aller faire pipi, et là, en général, l'enchantement était brisé.

Les Toilettes pour Dames étaient le Monde souterrain du 54, et la plupart de ses habitants y arrivaient par le fleuve Léthé. Je revois des têtes bien coiffées penchées au-dessus de lignes de cocaïne sur le lavabo et des doigts décidés aux ongles brillants rattrapant des bas résille, et je revois des cous tendus au-dessus d'épaules nues pour vérifier dans le miroir quelque sous-vêtement froissé, et je revois toutes ces jupes tirées dans une cohue de femmes, ce vital ajustage à des robes si serrées qu'elles se retroussaient sur vos fesses si vous ne faisiez pas attention. Bien entendu, ces tractions farouches vers le bas n'importaient que si le look que vous cultiviez ne comportait pas un cul nu. J'en ai vu plusieurs, de ceux-là. Sanglots, gloussements, hurlements et jurons résonnaient dans la pièce. Ça sentait le parfum aigre, le vomi et l'urine. Les gens sobres s'y sentaient dégrisés, et j'étais toujours sobre. Boire coûtait trop cher. Je gardais mon argent pour la nicotine.

Nous entrions et sortions au CBGB et chez Max's Kansas City, et au Mudd Club, White Street, où les garçons étaient minces mais les filles potelées, et je m'habituai aux conventions, le cuir chic S&M, les boucles d'oreilles en lames de rasoir qui devaient avoir un revêtement protecteur car je cessai de m'inquiéter pour les cous vulnérables dans les mouvements de foule. Jamais je n'ai vu personne saigner.

Les différences entre les clubs, *downtown* et *uptown*, la sociologie de la musique et des styles, que certains décortiquaient et analysaient avec attention, me paraissait sans intérêt. Quand je ne dansais pas, je voyais surtout du pathétique, et c'était partout le même. Les êtres humains ont un besoin désespéré d'être vus et de se voir dans les yeux des autres, d'éprouver le réconfort familial du "nous", les bienheureux câlins de la tribu et, à cette époque où New York tombait en ruine, où Ronald

Reagan et l'épidémie de sida n'avaient pas encore commencé leurs ravages, une partie des riches et des pauvres de la ville cherchaient dans l'ébriété collective et la baise vite fait le chemin le plus court vers l'oubli.

Whitney fut un peu déçue que je m'adapte si rapidement à nos expéditions nocturnes dans la décadence urbaine.

Mais mon amie commençait à comprendre que la vie chez les Blancs des campagnes et des petites villes n'est pas de nos jours, et n'a jamais été, un film hollywoodien dirigé par Frank Capra. Je lui racontais des histoires :

Encore enfant, j'avais accompagné mon père "en visite". Il était rare que je le fasse, mais il arrivait, au gré des circonstances, que je me retrouve embarquée en chemin. Je me souviens des bandes de papier à mouches couvertes d'insectes pendues au plafond d'une minuscule cuisine délabrée qui sentait le chou, et de la femme au visage coléreux et pincé, qui, assise en face de moi dans sa robe de coton mal ajustée, faisait les gros yeux pendant que mon père s'occupait de son mari dans la pièce à côté. "Alors, comme ça on a peur des mouches, petite ?" Je secouai la tête. "On voit pas de ces saletés-là en ville, hein ?" Nous n'habitions pas vraiment en ville, mais je ne lui répondis pas. Alors elle s'était levée et avait ramassé bruyamment quelques assiettes en marmonnant : "On se croit trop bien pour nous, hein ?"

Je me souviens de Kari et moi debout devant une caravane sans roues dans le lotissement de mobile homes en face du Dairy Queen un soir pendant que notre père était à l'intérieur. Après quelques minutes, une femme s'est mise à hurler. Quand elle s'est tue, mon père est sorti, et nous avions su que le garçon était mort car les yeux de mon père disaient : “Le patient est mort.”

Un jour, m’étant ruée derrière mon père dans une maison, je l’ai vu s’agenouiller à côté d’une femme bleue étendue à plat sur le sol couvert d’un tapis à longues mèches de sa salle à manger. Il l’a observée avec attention, saisie par les bras, assise droite, a enfoncé deux doigts tendus dans sa bouche et les a ressortis tenant un long morceau de viande de bœuf qu’il a agité devant la fille de cette femme, qui se tenait debout au-dessus de lui. La femme bleue a toussé, hoqueté, viré au blanc, puis au rose, si vite que j’ai cru avoir assisté à une résurrection. La fille s’est mise à bafouiller d’une voix aiguë et surexcitée : “Je croyais qu’elle était morte ! Je croyais qu’elle était morte !” Je suppose que mon père est resté pour examiner la femme, et qu’il a parlé avec la fille, mais je n’en ai aucun souvenir. Ce dont je me souviens, c’est que mon père sifflotait au volant de Clunky qui tanguait et tressautait sur le chemin de terre menant à la grand-route et que, comme nous nous éloignions de la maison basse peinte en vert, il m’a fait un clin d’œil et m’a dit que des mains habiles étaient le meilleur outil du médecin. J’ai reçu ce clin d’œil comme un geste d’amour.

J’avais raconté à Whitney cette histoire de Lazare-au-pot-au-feu avant l’autre, parce que ramener une femme à la vie, à son souffle, est d’une simplicité miraculeuse. Mon père avait joué le rôle du médecin-magicien. L’autre histoire, je l’avais tenue secrète, même Kari ne la connaissait pas, parce qu’elle me mettait mal à l’aise. C’est encore le cas. Je pense que je l’ai racontée à Whitney parce que je savais qu’elle n’en serait pas affectée. J’avais dix ans, on était donc au printemps 1965. Malcolm X venait d'être assassiné et mes souvenirs d'arbres en train de bourgeonner me portent à imaginer que les violences du "Dimanche sanglant" sur le Pettus Bridge, à Selma, avaient déjà eu lieu. Ma mère pleurait et répétait : "Il y avait des enfants ! Des enfants !" On pouvait donc être en avril, et je sortais de mon cours de danse à l'Arts Guild. Mon père était venu m'y chercher, mais il était debout face à un homme qui gesticulait furieusement.

"N'aie pas peur, m'avait dit mon père. Nous allons filer comme le vent."

Je n'ai aucun souvenir du trajet. Je revois la maison, à l'est de la ville. Dans mon souvenir, elle est peinte en jaune. Mon père m'avait dit de rester dans la voiture.

J'avais étudié les taches laissées par mes orteils dans mes chaussons de danse noirs puis regardé des branches vert pâle à travers le pare-brise. Je me rappelle le tremblement de l'ombre et de la lumière sous les arbres et, après avoir attendu tellement longtemps qu'il me semblait ne plus pouvoir attendre, je m'étais retrouvée en train de marcher sur la pelouse boueuse en direction de la maison, pleinement consciente que chaque pas que je faisais était interdit. Je ne me rappelle pas avoir jamais désobéi à mon père avant cet instant. Cela semble impossible, mais la vérité est que je ne peux pas me rappeler l'avoir jamais consciemment contrarié. Je ne me revois pas ouvrant la porte ni franchissant le seuil, et je ne sais plus exactement quels mots je m'étais préparée à offrir à mon père en guise d'excuse.

J'ai en tête des images qui ont survécu, mais leur exactitude est quelque chose que je ne saurais garantir. Le temps peut les avoir figées, car elles ressemblent à une série d'images fixes. Je vois mon père penché sur Mme Malacek. Je la reconnus tout de suite car elle faisait partie du groupe de couture de ma mère et son fils Brian Malacek était l'un des garçons bêtes et méchants que j'ignorais en classe. Mais sa mère, qui paraissait plus jeune que les autres mères et portait des jupes au-dessus du genou, m'avait toujours souri. La mère de Brian était cambrée en arrière sur le bras d'un canapé, ses jambes nues devant elle. Elle tenait une serviette de toilette contre son visage et sa blouse ouverte pendait. Je vis ses seins blancs débordant de son soutien-gorge et les rouleaux de chair de son ventre, et je vis ses cuisses pleines de sang et une énorme tache sombre sur le coussin du canapé en dessous d'elle, tant de sang que je crois que j'arrêtai de respirer, mais je n'en jurerais pas. Je savais que je n'aurais pas dû la regarder car elle n'était pas habillée. C'était une honte. Ils allaient me voir. Et puis j'entendis la voix de mon père. Il parlait à Mme Malacek d'une voix si tendre et si musicale qu'on aurait dit une chanson, mais elle ne lui répondait pas. Alors elle laissa tomber la serviette et tourna droit vers moi son visage rouge, enflé, déformé, mais ses yeux n'exprimaient rien, ni reconnaissance, ni surprise, ni douleur, rien. Est-ce alors que j'aperçus Brian ? Car je l'ai vu. Je sais que je l'ai vu. Brian se tenait serré contre le mur dans un coin, et il tremblait.

"Va attendre dans la voiture." Mon père n'avait pas l'air en colère, mais je me détournai et partis en courant.

J'avais vu ce que je n'étais pas censée voir, mais je ne savais pas au juste ce que j'avais vu. J'attendis longtemps dans la voiture. Des gens entraient et sortaient. Mais ces allées et venues ne sont pas bien claires dans mon esprit. Quand mon père revint enfin, sa chemise blanche, sous sa veste, était couverte de sang. Il se glissa dans la voiture, et je fus prise de terreur à l'idée de la réprimande à venir, mais elle ne vint pas. Comme si je ne lui avais pas désobéi, comme si je n'étais pas entrée dans la maison, comme si je n'avais rien vu. Je sentais la tension du corps de mon père, je sentais ses doigts crispés sur le volant, et il écrasait le frein avec tant de violence aux feux rouges que j'avais envie de pleurer. Alors je me suis concentrée sur la ligne blanche au milieu de la route, nous avons pris l'Old Dutch Road et sommes passés devant la grange des Swansen avant de tourner à droite dans notre allée en gravier. Il s'est arrêté brusquement devant le garage et, juste après avoir coupé le moteur, il a penché la tête sur le volant et murmuré d'une voix basse et étranglée : "Le salaud !"

Autour de ce souvenir intense, il n'y a rien juste avant ou après. Je ne me rappelle ni le cours de danse, ni ce que j'ai fait une fois rentrée à la maison. Mais je sais que l'un des jours suivants, à l'école, j'ai surpris le regard de Brian sur moi, que j'ai senti m'envahir un sentiment de pitié mêlé de gêne et qu'alors je lui ai souri, pas d'un large sourire, seulement d'un petit que je prenais pour l'expression d'une sympathie. Peu après, toutefois, il déclencha sa vendetta. La malveillance de Brian, qu'il avait, jusqu'alors, libéralement distribuée à tout un chacun, ou à peu près, s'était trouvé une seule et unique cible. Pendant des semaines, ce garçon efflanqué avec ses cheveux en brosse, sa mèche sur le front et ses ongles en deuil me traqua dans les couloirs, me pourchassa en cour de récréation et, me suivant comme mon ombre, contrefit le moindre de mes mots, de mes gestes et de mes expressions. Brian se fit mon miroir et ma caricature pour me renvoyer le reflet d'une crétine prétentieuse.

Le lendemain du jour où j'avais raconté cette histoire à Whitney, j'écrivis dans le cahier :

Whitney et moi avons longuement commenté mon erreur : le *sourire*. Elle affirme que Brian a défendu sa dignité de la seule façon qu'il connaissait. Il s'est attaqué à la fille qui avait fait irruption chez lui et avait vu non seulement sa mère à demi nue mais l'avait vu aussi, lui, Brian, grelottant dans un coin. Whitney se demandait si mon sourire n'était pas teinté d'un rien de supériorité. Elle m'a appelée "sainte Minnesota", et je me suis sentie comme un tas de boue morale, mais est-ce que je sais vraiment ce que j'éprouvais à dix ans quand j'ai souri à Brian Malacek ?

Et puis elle m'a demandé : "Et l'homme, qui c'était ?"

J'ai dit : "Quel homme ?

— L'homme qui a fait venir ton père dans cette maison. C'était qui ?"

Quatorze ans après les faits, je m'aperçois que je n'ai jamais bien tenu compte de cet homme. Je fouille ma mémoire en quête de sa présence. Il agite les bras devant l'Arts Guild mais il est sans visage, sans âge – tous les adultes me paraissaient vieux en ce temps-là. Nous devons avoir suivi sa voiture. Il était bien entré en courant dans la maison ? Est-ce que je me le rappelle vraiment entrant dans la maison en courant? Ou est-ce que je fournis une image en réponse à la question ?

Whitney m'a demandé : "Tu crois que c'était le père de Brian ?"

Page, cette idée de Whitney a quelque chose de troublant. Il ne m'est jamais venu à l'esprit que cet homme était le père de Brian, mais il faut dire que je n'avais jamais vu le père de Brian, seulement sa mère. Selon Whitney, l'homme qui gesticulait, désespéré, peut avoir battu, voire violé sa femme dans un moment de colère puis, effrayé de sa propre violence, couru chercher le médecin. D'un autre côté, l'homme pourrait avoir été un voisin ou un ami qui aurait entendu des cris, et qui, une fois le médecin arrivé chez la pauvre femme en sang, aurait disparu de la scène. À moins, a dit Whitney, modifiant de nouveau le scénario, que l'homme n'ait été son amant. "Peut-être M. Malacek avait-il découvert que Mme Malacek avait une liaison."

Un homme passe une porte en courant et disparaît. Passe-t-il par la porte de derrière ? Si quelqu'un était sorti par la porte de devant, je m'en souviendrais sûrement, non ? À moins que l'homme ne se retire dans une chambre de la maison parce que c'est là qu'il vit ?

"En tout cas, elle ne s'est pas fait ça elle-même, me dit Whitney. Où était la police ?"

Où était la police ? Page, où était la police ? il n'y avait pas de voiture de police, hein ? Avait-elle refusé de porter plainte contre l'homme ? Whitney trouve que je devrais appeler mon père, l'interroger sur Mme Malacek et découvrir ce qui s'était passé.

Je ne l'ai jamais fait.

Des années plus tard, après la mort de mon père, j'ai rappelé cette histoire à Whitney, mais elle n'en avait aucun souvenir.

Mon silence, c'était de la peur. J'avais peur des héros, des méchants et des imbéciles, peur de qui était qui.

Et qui est la petite fille qui, debout dans le corridor, regarde la femme ensanglantée qui ne porte pas de culotte, ses yeux qui ne voient rien, et le petit garçon qui tremble dans un coin ? Un témoin muet ? Un fantôme ? Personne ? "Je suis Personne – qui es-Tu ?" Est-ce que Personne peut écrire l'histoire ? "L'Affaire de la mère de Brian Malacek", par une Dame. Par une Petite Fille. Par une Anonyme.

Comme je continuais à travailler mon roman encore sans titre, je m'aperçus qu'Isadora Simon avait commencé à repousser fermement Ian Feathers hors de la page.

Isadora prend de plus en plus de place et le pauvre Ian diminue de façons auxquelles je ne m'attendais pas. Il semble que je n'aie pas le choix : c'est avec elle, non avec lui, que je dois continuer. Le fantôme de Frieda Frail est un problème de plus. Il faut que je prenne un parti ou l'autre quant à la nature du fantôme. Le mot de la fin de mon roman est-il que les moulins à vent sont en réalité des géants ?

Isadora et Ian décidèrent d'interviewer les trois témoins de l'affaire Frieda Frail. Ils commencèrent par prendre le témoignage de Dora, puis allèrent trouver Martin Pesky, copropriétaire de l'épicerie The Red Owl, dans son bureau. M. Pesky avait accepté l'interview parce que les adolescents avaient menti et lui avaient dit qu'ils travaillaient pour l'école à un projet sur l'organisation du commerce de détail et ses effets sur les consommateurs. M. Pesky avait discouru avec enthousiasme sur les procédés utilisés afin d'inciter les clients à acheter plus qu'ils n'avaient prévu. "Les barres chocolatées, les chewing-gums, le journal à la caisse. Les gens doivent poireauter là derrière un autre client et c'est là que l'envie fait mouche ! Et de l'argent en plus dans la caisse !" Mais quand Isadora orienta habilement la conversation sur le fantôme, prétendant qu'elle souhaitait confirmer à sa sœur Dora qu'elle avait eu une hallucination, le commerçant fut soudain saisi d'une nécessité urgente de gratter une démangeaison voyageuse. La question : "Pourriez-vous décrire en détail ce que vous avez vu, monsieur Pesky ?" provoqua le grattage vigoureux d'une cuisse, opération pendant laquelle il marmonna qu'il devait avoir vu quelqu'un d'autre, et quand Isadora suggéra : "Vous et Frieda étiez fiancés, n'est-ce pas ?", M. Pesky fut saisi d'un besoin de s'attaquer de ses dix ongles à son propre crâne chauve, et nia énergiquement tout engagement officiel. Tous deux étaient "un peu sortis ensemble". Mais la question qui mit l'épicier en colère fut la dernière question d'Isadora : "Vous étiez au courant de l'épilepsie de Frieda, n'est-ce pas ?" Les yeux de l'épicier sortirent alors de leurs orbites tandis qu'il hurlait : "Hors d'ici, espèces de petits fouineurs ! Dehors, et tout de suite !"

Sitôt sortis du bureau de Pesky, comme ils passaient à grands pas devant les détergents pour lessive dans une allée, Ian dit à Isadora : "Je suis un cerveau, Watson. Le reste de ma personne est un simple appendice.

— Oh, la paix avec Sherlock, tu veux, Ian ?" s'écria Isadora tout en regrettant aussitôt son impatience parce que son ami paraissait abattu. Son menton, ses épaules et son thorax, tout était effondré en dedans, ce qui lui donnait l'allure inclinée d'un pénitent religieux, et Isadora lui tapota la main et lui demanda pardon, après quoi elle regarda les notes qu'elle avait prises lors du témoignage de Dora Tout Court, laquelle avait été, l'un dans l'autre, un excellent témoin malgré ses incursions dans le Chat du Cheshire, auxquelles il fallait s'attendre.

Isadora aimait Ian à sa façon. C'était, selon les termes de sa mère, "un gentil garçon" et elle savait que, quoi qu'il pût prétendre lui-même, il avait le cœur bien trop grand pour se borner à se muer en simple machine de Turing. Elle savait aussi que Ian la désirait, sans doute de la même façon qu'elle-même désirait Kurt Linder, de deux ans plus âgé qu'elle, ce garçon aux hanches minces, au front balayé d'une mèche de cheveux et dont l'expression perplexe ne disparaissait de son visage que quand il souriait. Lorsqu'elle rencontrait Kurt dans un couloir de l'école, elle se figeait de désir. Son grand amour l'ignorait, toutefois, et Isadora, qui était en train d'acquérir rapidement ce que l'on ne peut qualifier que de sagesse, comprenait que les flèches du désir volent au hasard vers n'importe quelle cible, sans raison ni justice.

Même au pays de Conan Doyle, l'amour était important. Isadora avait acquis la conviction que la véritable idylle de ces célèbres romans se jouait entre les deux hommes, le médecin et le génie. Watson se marie à un moment donné, certes, mais Mme Watson meurt et le médecin revient à son véritable amour. La propriétaire, Mme Hudson, n'est pas exempte de coquetterie mais elle demeure si périphérique à tous les événements réellement significatifs que son apparence physique n'est jamais décrite. Les autres femmes volettent mystérieusement dans l'ombre, laissent échapper quelques mots ou ont été victimes d'un poignard, d'une balle ou de poison (même si Isadora estimait que Violet Hunter, Kitty Winter et Irene Adler étaient des exceptions à la règle dominante), mais puisque Ian se prenait pour Holmes, Isadora s'était vu assigner le rôle de l'auxiliaire permanent et inférieur : Watson. Lorsqu'ils s'étaient embarqués dans l'affaire Frail, quatre mois plus tôt, Isadora n'avait que quatorze ans et elle avait adopté avec enthousiasme son rôle de second. À présent, âgée de quinze ans, elle se sentait à l'étroit dans ce rôle et, afin d'analyser son "personnage", avait entrepris une relecture attentive des textes sacrés de Ian.

Dans *Les Trois Garrideb*, elle crut avoir trouvé sa réponse. Dans cette histoire, on tire sur le fidèle Watson : la blessure est superficielle et Isadora s'imagina l'évaluant, la nettoyant et la pansant avec le plus grand soin, mais ce fantasme n'avait aucun rapport avec la révélation, arrivée par la voie de la remarque de Watson lorsqu'il voit combien Holmes est bouleversé par cette blessure : "Cela valait bien une blessure, beaucoup de blessures, de mesurer enfin la profondeur de la loyauté et de l'affection qui se cachaient derrière ce masque impassible !" N'ayant pas limité ses lectures à l'anatomie mais ayant également lu de très nombreux romans des deux derniers siècles, Isadora avait les yeux grands ouverts sur les éreintantes conventions de l'amour.

"Oh, blessure bienheureuse ! se dit-elle cyniquement. Puisse-t-il y en avoir d'autres ! Savoir que l'objet cher à mon cœur me rend mon affection est tout ce qui compte ! Bon Dieu, Watson est la femme pâmée d'amour !" Allongée sur son lit dans sa chambre, notre héroïne était en train d'étudier une fêlure de son plafond lorsqu'elle se demanda si elle avait envie de se charger plutôt du rôle de Sherlock Holmes, envie de jouer ce masque impassible et supérieur. Watson était le médecin et l'écrivain, après tout. Sans Watson, il n'y aurait pas eu d'aventures de Sherlock Holmes. Et en ce qui concernait la question de l'amour, ne se pâmait-elle pas, elle, devant Kurt ? Et Ian ne se pâmait-il pas devant elle ? Elle réfléchissait à ces graves questions quand le téléphone sonna à l'étage de la résidence Simon, et elle sortit dans le couloir pour y répondre. C'était Ian : "Mon cher Watson, dit-il, ta présence immédiate est requise."

Mead :

7 octobre1978

J'ai revu le jeune homme pâle. Je n'en ai pas parlé, mais c'est la troisième fois, en une dizaine de jours, que je l'aperçois près de l'immeuble. On dirait un malade, un tuberculeux, en fait, un Trilby[1] masculin en train de dépérir, sa pâleur est extrême et il a de profonds cernes violets sous les yeux. Il ne fait rien à part rester planté là, à se frotter les bras dans le froid en surveillant anxieusement la porte, comme s'il attendait quelqu'un, mais quand je passe à côté de lui, il me dévisage comme s'il voulait m'abattre avec ses yeux.

10 octobre 1978

Le jeune homme pâle semble avoir élu résidence devant l'immeuble. Je me demande ce qu'il veut. Je me demande quel âge il a, guère plus vieux que moi. Il ne mendie pas, mais ses yeux ont une expression terriblement implorante.

1. *Trilby* : titre et nom de l'héroïne d'un roman de George Du Maurier.

11 octobre1978

Je suis restée ici pour écrire, hier soir. Il faut que j'économise mon argent. Lucy sifflait et marchait de long en large. Ensuite elle est sortie de chez elle pendant deux heures. C'est inhabituel. Quand elle est rentrée elle s'est tout de suite mise à parler. J'ai pris le stéthoscope pour l'écouter. J'ai noté des bribes, mais je ne sais qu'en faire.

"Rien dans ses yeux. Tu vois ce que je veux dire ? Un *alien*. Chose effrayante. Chose. Pourquoi as-tu tué ce pauvre petit animal ? Oh, ce sourire encore. Si Lindy savait, elle n'a rien dit. Elle n'aurait rien dit. Je ne peux pas me sortir ça de la tête. Vider ça. Lobotomie. Oh, c'est si vieux. Plus personne ne fait ça. Comment se débarrasser de cette idée ? Aide-moi. Aide-moi. Ne me mens pas. Je veux la vérité. C'est toi qui l'as fait ? C'est toi qui l'as fait ? Je suis tellement triste. Tellement triste. Il n'est pas là. Non. Pour moi il est mort, mort. Comment appelle-t-on une femme dont les enfants sont morts ? Il devrait y avoir un nom pour ça ! [Plus fort.] Peur toute ma vie. Peur de Jimmy. Peur de Ted, de Ted et de Ted. Tortiller du cul. Sourire. Lucy, qui fait tourner les têtes, oh, Lucy, toi la diva, toi. [Raclements. Rire.] Te déteste. Porc. Tu deviens gras. Tu ferais bien d'arrêter de te bourrer de Mallomars." [Pleurs.]

Lucy était au téléphone avec une nommée Patty. Patty parlait beaucoup, parce que Lucy ne disait presque rien pendant plusieurs minutes d'affilée. Et puis Lucy a geint : "Patty, je ne sais pas quoi faire. Je n'en peux plus ! Il faut que je sache." Elle a de nouveau écouté Patty, en poussant de petits gémissements.

Page, Lucy m'agace. Son abjection. Oh blessure bienheureuse ! Tire encore sur moi! Et pourtant, j'écoutais, non ? Je pensais à MS. (Non, non, pas mon manuscrit.)

Suis-je capable de la voir clairement, maintenant ? Je vois S. H. allongée contre le mur en position fœtale avec son stéthoscope, elle écoute l'histoire qui se déroule par fragments. Non, elle n'est pas notre Super-Héros. Elle n'est pas Sherlock Holmes. Non, elle est entravée par une narration antérieure à sa naissance. Là, je suis en train de créer une image d'elle car je ne m'en souviens pas vraiment. Ma lecture du cahier a fait naître l'image d'un personnage. L'écrivain en jeune femme vêtue d'un pyjama pelotonnée sur le sol. Le pyjama pourrait être celui que sa mère lui a donné, en flanelle à rayures roses, celui qui a rétréci au séchage au point que les jambes du pantalon n'atteignent plus ses chevilles. Je me souviens du pyjama.

Et je vois le Mystérieux Gentilhomme Boiteux qui monte l'escalier, car il a pris le dessus dans cette histoire. Il a une clé à la main. Ce que l'écrivain ne sait pas encore, c'est qu'elle va devoir lui sauter dessus et le plaquer au sol. Elle devra prendre la clé dans son poing serré et s'en servir pour ouvrir une porte.

V

Lorsque Malcolm Silver franchit la porte de l'East Hall Lounge de la Maison française à l'université de Columbia une minute ou deux avant dix-huit heures le 1er novembre 1978 pour assister à une conférence donnée par Paul de Man : "Shelley défiguré – l'image de Jean-Jacques Rousseau dans *Le Triomphe de la vie*", je m'étais déjà trouvé un siège. Le super quoique temporaire héros trouva un siège dans la rangée devant la mienne et je rapportai dans le cahier que j'avais "sous les yeux sa nuque et le duvet de petits cheveux au creux de celle-ci".

La présence de Silver presque à portée de main m'infligea une petite brûlure génitale que je m'efforçai d'ignorer en écoutant le professeur de Man disséquer un poème que je connaissais assez bien, mais je me rappelle moins comment il coupait le texte ou en excisait des parties afin de les examiner de plus près, que l'impression d'anémie que sa technique revêtait à mes yeux, si bien que l'ennui venant, mes pensées avaient peut-être dérivé vers ce même *Triomphe de la vie* inachevé et de là à *Don Juan*, autre poème inachevé, celui-ci de Byron en *ottava rima*, poème dans lequel le héros naufragé est porté par les vagues jusque sur une île, mais *Don Juan* était aussi le nom du schooner de Shelley qui, pris dans la tempête survenue brusquement dans le golfe de La Spezia, sombra le 8 juin 1822, et ce ne fut que dix jours plus tard que le corps noyé du poète végétarien échoua sur le rivage, mais comme les poissons avaient alors mangé la chair de son visage et de ses mains, on identifia le cadavre grâce à ses vêtements et au recueil de poèmes de Keats encore au fond de sa poche et, après l'avoir enseveli sous le sable en vertu des règles italiennes de quarantaine, on le déterra pour le brûler sur un bûcher funéraire édifié sur la plage.

Mort à vingt-neuf ans, Shelley devint un martyr littéraire car le monde adore les poètes, les acteurs et certains romanciers qui meurent jeunes et jamais n'auront ni bajoues ni ventre ni arthrite, et on les aime encore plus lorsqu'ils sont tourmentés, hallucinés et suicidaires, parce que l'artiste calme et raisonnable, dont l'espèce est abondante, n'engendre pas le même frisson. C'est ainsi que nous recouvrons d'or leurs jeunes cadavres, les présentons à la lumière et les regardons briller.

Je peux aussi avoir pensé à Mary Shelley. Trois mois avant la mort de son époux, elle se plongea dans un bain glacé afin d'arrêter la copieuse hémorragie consécutive à la fausse couche qui avait failli la tuer. Trois de ses quatre enfants étaient morts à l'époque, et l'auteur de *Frankenstein* ne voulait plus d'autre bébé. En réalité je ne sais pas à quoi j'ai pensé parce que je n'ai pas noté mes rêveries à ce moment-là. Mais écrire, il y a un instant, la phrase à propos de Mary Shelley immergée dans l'eau glacée m'a fait m'interroger sur Mme Malacek, dont j'ai parlé au chapitre IV. Cela m'a fait me demander si j'avais assisté non pas seulement aux suites d'une raclée, mais à celles d'une fausse couche. À dix ans, je ne pense pas que je savais ce que c'est qu'une fausse couche.

Chacun d'entre nous était venu à l'East Hall Lounge afin d'apprendre du grand homme en écoutant ses phrases sublimes, aussi sinueuses que rigoureuses. C'est une scène que je connais bien, une scène qui s'est répétée à de multiples reprises au cours de bien des années de ma vie : les acolytes attentifs, par dizaines, centaines, voire milliers, menton dressé vers le génie ou l'homme du peuple debout au pupitre avec son fort accent français/allemand/espagnol/italien/mandarin/anglais/américain. Son propos peut être obscur ou limpide, raffiné ou grossier, inoffensif ou sinistre. Il peut mettre en avant la figure aveugle de Rousseau chez Shelley ou impressionner son public en exposant une tentative d'unification entre la théorie de la gravitation quantique à boucles et la théorie des cordes. Il peut lire des extraits de son dernier roman ou afficher ses opinions politiques racistes. Le public peut être silencieux ou éclater en applaudissements, en cris ou en violence. Mais le secret du grand homme *ne réside jamais en ce qu'il dit* ; il gît dans le charme collectif issu de la foule elle-même, de son adhésion à la grandeur de l'orateur, à l'amour qu'elle lui porte. En lui la foule trouve une conscience d'elle-même qu'elle ne peut trouver nulle part ailleurs, et cette sensation est contagieuse. Elle était là, dans la salle, ce jour-là. Je la sentais.

Personne ne savait que Paul de Man, professeur très respecté de littérature comparée à l'université de Yale, portait la souillure du fascisme. Personne ne savait, avant quelques années après sa mort, qu'il avait commis des articles antisémites pour le journal belge *Le Soir*, alors que ce quotidien était sous contrôle des nazis, que ses diplômes universitaires étaient faux, qu'il avait volé de l'argent, abandonné ses enfants, s'était rendu coupable de bigamie, et qu'il ne s'était tiré que par le mensonge d'innombrables situations critiques vis-à-vis des autorités. En bref, le 1er novembre 1978, personne dans la salle ne savait que Paul de Man était un psychopathe.

Dans le Mead, je rapportai fidèlement le titre de la conférence, le nom de l'orateur, mon ennui et l'atmosphère de dévotion de la foule.

Ils l'ont adoré. Pour moi, son propos ressemblait à une *explication de texte**[1], mais sans arriver à une conclusion significative. C'était intelligent, pénétrant, mais pas vraiment une révélation. Est-ce que c'est chez moi que quelque chose cloche ? Qu'est-ce qui m'a échappé ? Je suis bête ou quoi ? Il parlait avec une espèce de lassitude qui me donnait envie de dormir. Je l'écoutais par intermittence tout en regardant l'arrière de la tête de Malcolm Silver, par intermittence aussi. Je n'osais pas attarder mon regard. M. S. aurait pu le sentir. Et puis la fille devant moi, qui avait les cheveux maintenus en chignon par un de ces bidules en cuir traversés d'une pique, a bougé un pied, renversé son sac de courses et une boîte de soupe Campbell (crème de champignons) est sortie du sac à une vitesse surprenante, a roulé entre mes jambes, sous mon siège et vers le fond de la salle, où elle a heurté quelque chose – un pied de chaise, le mur ? J'ai eu envie de rire mais personne n'a pouffé ni même souri, à ce que j'ai pu voir. Personne n'a bronché, ni toussé ni remué les yeux. Tous étaient sous le charme.

1. Les mots en italique suivis d'un astérisque sont en français dans le texte original.

PERSONNE NE SAVAIT QUE PAUL DE MAN,
PROFESSEUR TRÈS RESPECTÉ DE LITTÉRATURE COMPARÉE,
PORTAIT LA SOUILLURE DU FASCISME.

Et, à la fin, M. S. m'a parlé. Alléluia ! Il m'a parlé de théorie critique, de Bacon et de Bentham, il m'a dit que je devais lire *Surveiller et punir*, et je me suis sentie défaillir de bonheur. Bien sûr que je vais le lire ! Oh, Page, chère Page, nous nous voyons demain !

Pauvre fille toquée d'amour. Bien sûr qu'elle allait le lire ! Elle allait tous les lire : et Foucault et Derrida et Lacan et Kristeva et Barthes, sans parler de moindres lumières, comme de Man, parce que telle était la grande mode à cette époque, et à l'automne suivant elle commencerait ses études de doctorat et, la tête penchée sur un livre puis sur un autre (franchement pas à la mode pour la plupart) dans la salle de lecture de la Butler Library, elle lirait, écrirait et fumerait tout au long de ces études et, au printemps 1986, elle soutiendrait devant un comité de six hommes blancs grisonnants et sévères sa thèse de doctorat sur les prodigieuses acrobaties pronominales accomplies par l'inégalable Charles Dickens, un an seulement avant que le passé de Paul de Man soit exposé et que soient organisés des symposiums consacrés à l'attitude qu'il convenait d'adopter face au chagrin et à la honte de toute cette affaire, mais tandis qu'elle se tenait là dans une salle de la Maison française, ayant absorbé le défigurement métaphorique de Shelley *via* Rousseau et peut-être envisagé le défigurement effectif du pauvre Shelley par la mer, le sel et les poissons, elle, qui n'avait pas encore vingt-quatre ans, ne savait rien du naufrage posthume du conférencier ni des amis qui espéraient le sauver de l'ignominie dans ces eaux profondes que nous qualifions de postérité. Non, elle se pâmait devant l'étudiant en philosophie qui avait étudié à Paris avec Michel Foucault.

Je regrette de n'avoir pas rendu compte des détails de ladite pâmoison, qui dura dix semaines, mais c'est ainsi. Je suppose que j'ai préféré la vivre. Les passages existants sont soit cryptiques, soit exclamatifs. Les mots du cahier me sont devenus familiers, mais je reste toujours sur ma faim. Quand j'essaie de les parcourir et d'en ressentir l'immédiateté d'os, de muscle et de signification, je n'y arrive pas. Je me rappelle et puis j'oublie. Je feuillette les pages et, bien que je sache ce qui vient, je ne peux pas en retrouver le maintenant. C'est un maintenant fané.

Entre le 2 novembre et le 15 janvier, j'ai écrit dans le cahier un long passage sur le grand homme de Jonestown qui tenait ses fidèles sous son emprise et en envoya neuf cents mourir dans un champ au Guyana. J'ai écrit à propos du fauteuil bleu que Malcolm et moi avons découvert dans des poubelles de la 83e Rue Ouest et rapporté chez moi, un fauteuil qui après quelques jours s'est mis à dégager une odeur étrange, à laquelle je me suis adaptée par la suite. J'ai noté de nouveaux monologues de Lucy, médité à propos de Whitney, de Gus et de Fanny, la nouvelle et flamboyante colocataire de Whitney, une artiste performeuse qui avait élu domicile dans la deuxième chambre à coucher du loft. Je me suis aussi émerveillée de la profondeur de mon sommeil pendant mon séjour dans le Minnesota pour Noël et je me suis fait une longue liste de titres de livres, dont certains agrémentés de mes commentaires de lecture, mais la totalité de l'extatique et lamentable *affaire de cœur** entre S. H. et M. S. consiste en neuf entrées énigmatiques :

6 novembre

Trop vif. Le bandeau sur les yeux, les cache-oreilles, le pince-nez, les gants épais obligatoires !!!!????

12 novembre

Cru. Le monde est cru. Oh, chère tête bleue ! Il a qualifié Whit de "royale". Pas franchement positif à mon avis.

17 novembre

La baronne à la rescousse ! "« Sang du cerveau ! », je claque – « Je suis malade / Serre-moi fort – vite ! »" Malade à cœur, ma vieille, tu te noies.

8 décembre

Corps merveilleux ! Nos corps ! MOI-TOI, TOI-MOI, T'M !

10 décembre

Lointain. Résistant. Masqué.

12 décembre

Roulé en lui. Souriant.

15 décembre

Blessée.

10 janvier

Répit.

15 janvier

Mendiante.

L'histoire est ancienne et peut facilement devenir un film muet, encore que classé X : Fille rencontre Garçon. Ravissement. Sueur. Salive. Langues en action, en haut en bas. Dedans, dehors, en haut en bas, aussi. Oh, le sursaut bienheureux quand éclate l'orgasme : un, deux, trois, quatre (quatre pour Elle, un pour Lui). Mais Garçon effrayé par amour impétueux de Fille. Se retire. S'en va. Fille part à la poursuite de sensation merveilleuse, ce qui signifie poursuivre Garçon tout au long de toutes les rues de la ville. Garçon se met à courir. Fille court. Garçon disparaît en haut de la pente. Fille arrête de courir, fait demi-tour et rentre chez elle en pleurant à chaudes larmes dans son grand mouchoir blanc. Mais maintenant que Fille n'est plus sur ses talons, Garçon s'arrête, se retourne, embrasse du haut de la pente le paysage du regard et pose la main sur son cœur avec, dans ses grands yeux, une expression nostalgique. S'aperçoit que Fille lui manque. Redescend en courant et ne cesse de courir qu'arrivé chez elle. Réunion. Ravissement. Sueur. Salive. Sursauts bienheureux. Et de nouveau : poursuites, courses, retours, marches, pleurs et sursauts bienheureux. Et puis encore, et encore : poursuivre, courir, demi-tour, marcher, pleurer, sursauter, pleurer, sursauter. C'est trop. La pellicule casse et la roue des courses et des pleurs cesse de tourner.

Mais qu'est-ce que je me rappelle vraiment ? Quand j'évoque les deux mois et demi où nous avons été ensemble, je trouve des bribes et morceaux de souvenirs sous des modes divers et dépourvus d'ordre particulier : je vois la lumière du soleil par la fenêtre de sa chambre et je sens l'odeur du radiateur en dessous, cette odeur hivernale du chauffage à vapeur des appartements new-yorkais que j'aime tant. Et à partir de ce souvenir de vitres illuminées et de l'odeur de la chaleur qui cogne et parfois siffle dans les tuyaux, j'arrive à récupérer quelque chose de mon état d'enivrement, des draps entortillés, des halètements, de la sensation humide de se perdre en deux corps, l'émerveillement du toucher, et ça, je ne peux le regretter. Il préparait des expressos dans une sorte de machine à café que je n'avais encore jamais vue. Il versait de l'eau dans la partie inférieure, s'assurait que le niveau était correct, déposait les cuillerées de café dans le petit récipient rond qui s'adaptait parfaitement à l'engin, tapotait le café avec le dos de la cuiller, vissait ensemble les deux gros éléments et posait le tout sur la cuisinière. Je le revois, en robe de chambre, genoux fléchis, les doigts sur le bouton pour régler la flamme. Un jour il me dit : "Tu te dépêches de manger pour arriver au café et à la cigarette." Je ne m'en étais jamais rendu compte, et je me demandai si c'était vrai. Il donnait ses chemises blanches à laver et repasser et, quand il les portait, il laissait les deux boutons supérieurs ouverts. Il n'avait pas le corps velu, mais n'était pas glabre non plus, et sa peau n'était pas d'un blanc rose, mais d'un blanc olive. Il portait des slips moulants, avait la taille étroite et on voyait ses côtes. Il ne parlait jamais vite, et il ne riait pas souvent, mais quand il riait je riais avec lui parce que c'était une respiration délicieuse. Je me rappelle qu'il avait une paire de chaussures en daim et qu'il portait des pantalons à pli. Il dansait mal et avec raideur, et je n'aimais pas le regarder danser parce que je me sentais lui se regardant.

Tout au début, il y avait une petite amie, possiblement hollandaise, vivant à Amsterdam et dont le nom, j'en suis certaine, commençait par un B. Il avait une photo encadrée d'elle debout en bikini sur une plage française et je trouvais du réconfort dans la pensée que ses cheveux oxygénés et son bronzage chocolat au lait n'avaient rien de séduisant à mes yeux, mais il parlait d'elle avec révérence. D'un autre côté, elle se trouvait au-delà de l'océan et moi à New York et il était dans mon lit ou moi dans le sien, si bien que je ne m'inquiétais guère de B. Je ne sais plus trop à quelle semaine de notre aventure B, qui en était déjà absente, disparut de notre conversation mais il lui écrivit une lettre et après cela ne parla plus d'elle.

Il me donna à lire l'un de ses textes, et j'en trouvai la prose pleine de nœuds terribles : j'aurais voulu m'emparer d'un crayon rouge et m'appliquer immédiatement à les dénouer, mais je craignais que Malcolm ne se sente insulté et j'étais intimidée par la confiance sereine qu'il paraissait éprouver envers ses aptitudes à la ratiocination. Je marmonnai quelque chose à propos de l'opacité du style et suggérai une clarification dans l'intérêt du lecteur, ce qui le fit sourire, et bien que profondément blessée par ce sourire condescendant, je ne dis plus un mot. Le professeur destinataire du texte se fichait des nœuds, lui aussi, car cet invisible et savant personnage de la New School, dont j'ai oublié le nom, qualifia le devoir de Malcolm de “brillant”. Leçon apprise.

Ian et Isadora et leur enquête amusaient mon héros du moment qui me déclara talentueuse et spirituelle mais, à la réflexion, je compris qu'il n'avait pas accès à mon humour ni à mes ironies parce qu'il ne connaissait pas grand-chose à l'art du roman ni à son mode de croissance. Il n'était pas fasciné par le gras et le maigre de la chose au fil du temps, n'éprouvait nulle passion pour mon bien-aimé caméléon et son sac de tours, aucune sympathie pour toutes ses gloires rythmiques, pour sa façon de flâner, de gambader, de ralentir jusqu'à se traîner et puis, sans crier gare, de faire la culbute.

Quant à moi, S. H., en insatiable étudiante de toutes les bibliothèques, je lus tous les livres qu'il recommandait, sa Schizo-Culture bien-aimée, et tous les livres traduits en anglais de son Svengali[1] à lui, Foucault, mais aussi *Histoire de l'œil*, de Bataille, *La Vénus à la fourrure* de Sacher-Masoch, la *Justine* de Sade, le *Journal du voleur* de Genet et les derniers poèmes déments d'Artaud. Lui ne lisait aucun des livres que j'aimais, vérité qui ne résonne à mon oreille comme un clairon que quand je l'entends aujourd'hui. Il trouvait la baronne extravagante et aimable, par exemple, mais je ne crois pas qu'il la prenait au sérieux, et il ne sympathisait pas non plus avec mon adulation de George Eliot, Simone Weil ou Djuna Barnes.

Je me revois debout dans son appartement, mon manteau sur le dos, je l'écoute parler sur son mode circonspect,

1. Svengali : personnage de *Trilby*, le roman de George Du Maurier, qui séduit, domine et exploite l'héroïne, faisant d'elle une chanteuse célèbre.

imperturbable, tout en regardant la photographie pendue à son mur d'une femme momifiée, entourée de bandelettes. Seuls les yeux sont visibles. Je me souviens de mon malaise flagrant, de l'indubitable oppression que je ressentis dans la poitrine, quand il déclara que le tabou concernant les relations sexuelles entre adultes et enfants était "une construction intellectuelle bourgeoise". Ce à quoi je rétorquai, "Non, ce n'est pas vrai, les adultes ont tout le pouvoir, et l'auront toujours !", protestation qu'il reçut avec un sourire moqueur. Je le quittai pour aller marcher dans la Troisième Avenue avec un sentiment de malaise et de trouble, marchant et marchant sans cesser de réfléchir avant, quelques heures plus tard, de me retrouver devant sa porte.

Malcolm était une énigme pour moi parce que, voyez-vous, il était gentil la plupart du temps et toujours irréprochable. Né dans les faubourgs de Cleveland, d'une famille de la petite-bourgeoisie juive dont le père gérait une quelconque affaire banale, je voyais en lui un improbable défenseur de la liberté de mœurs des adultes vis-à-vis d'enfants de cinq ans. Et il était aussi un amant attentif qui, dans la mesure où je pouvais en juger, n'aspirait ni à des cordes, à des fouets, ni à aucune espèce d'accessoires lorsqu'il était dans les transes du céleste sursaut.

Plus d'une décennie après que M. S. fut parti de chez moi, me laissant inconsolable, tas humain noyé de larmes sur mon lit en caisses à oranges, je lus trois lignes d'un livre intitulé *I Love Dick*, de Chris Kraus, jadis mariée avec Sylvère Lotringer, le professeur à Columbia qui avait fondé *Semiotext(e)*. Je me souviens de lui parce qu'il arborait un magnifique complet entièrement en cuir au lieu des simples pièces de cuir dévolues aux seuls coudes dont se satisfaisaient la plupart de ses collègues. L'auteur de *I Love Dick* et autres ouvrages remarqués entra en scène (bien après que j'en fus sortie) en tant qu'éditrice d'une série de livres, presque tous écrits par des femmes, mais le temps, apparemment, n'avait altéré ni l'allure ni les goûts des disciples du professeur. "Les fans de Sylvère, écrivit-elle, étaient surtout de jeunes Blancs attirés par les éléments les plus transgressifs du modernisme, les sciences héroïques du sacrifice et de la torture humains tels que légitimés par Georges Bataille. Ils scotchaient dans leurs cahiers des photocopies de la célèbre photo du « Supplice des cent morceaux » figurant dans *Les Larmes d'Éros*, de Bataille – un régicide photographié sur plaque de gélatine en 1902 par des anthropologues français en Chine. Les « Bataille boys » voyaient de la béatitude dans l'expression atrocement douloureuse de la victime dont le bourreau sciait l'ultime membre."

Je me souviens des *Larmes d'Éros* et je me souviens de la photographie parce que je la trouvais abominable et que Malcolm insistait pour longuement débattre de ses significations transcendantes. J'ignorais bien sûr à l'époque que mon bon ami existait en multiples exemplaires. Mais je me rendais compte que les livres étaient un élément de notre amour. Sans livres, il n'y aurait pas eu d'histoire d'amour du tout. Je n'ai jamais, jamais, versé de larmes d'éros à cause d'un garçon bête et inculte. En outre, si notre histoire s'effondra ce fut en partie parce que chacun de nous avait été conçu par des auteurs différents et, tels le bien-aimé chevalier vivant son illusion et la pauvre Emma Bovary malavisée, chacun de nous était ivre d'idées, d'où la bataille des livres. (Ne croyez pas un instant que je me considère comme plus bovaryenne que quichottesque, bien au contraire.) Malcolm, comprenez-le, n'allait pas démembrer qui que ce fût. Il aimait imaginer qu'il était un type dangereux sans être effectivement un type dangereux parce qu'il se voyait surtout de l'extérieur et que, de ce point de vue éloigné, il avait décidé qu'une pichenette d'insurrection purement intellectuelle apportait à sa personnalité un "plus" séduisant. Je m'efforçais, quant à moi, d'atteindre à l'élévation d'esprit, à la sainteté et à l'excès de vertu parce que je vivais ma vie surtout de l'intérieur et que, de ce point de vue interne, je me sentais terrifiée par la colère, l'hostilité et les élans de violence que je sentais parfois remuer en moi.

Et, donc, approchant de la fin de l'histoire de ma passion depuis longtemps éteinte pour Malcolm Silver, je propose la relation d'un rêve, pas un rêve à moi mais à Malcolm. Je l'ai entendu quelquefois dans les derniers temps de notre idylle. Un jour que nous nous étions réveillés ensemble dans son lit et avions déjeuné à sa petite table, il m'avait raconté qu'il avait, cette nuit-là, fait un rêve dans lequel j'avais assassiné quelqu'un et l'avais démembré dans son appartement. Il m'avait expliqué que, dans le rêve, il s'était désespérément efforcé de me protéger et de cacher à la police les fragments découpés. Il y a longtemps qu'il m'a raconté ce rêve et je peux en avoir oublié des détails supplémentaires, mais je me rappelle distinctement qu'il disait avoir trouvé la tête de ma victime dans sa corbeille à papier.

Il est vrai que l'appartement de Malcolm était un peu plus agréable que le mien, et qu'il possédait plus de meubles que moi, mais tant que durèrent nos rendez-vous, si je couchais chez lui bien plus souvent que lui chez moi c'était parce qu'il ne supportait pas d'entendre Lucy. La première fois qu'il l'avait entendue, nous étions nus et entremêlés sur mon lit en fin de soirée. Il m'écarta de lui d'une poussée, s'assit, regarda autour de lui et balbutia : "Bon sang, c'est quoi, ça ?"

Lucy effrayait Malcolm. Surtout, il détestait ses deux voix – l'aiguë et la basse. "Pourquoi ne tapes-tu pas sur le mur pour lui dire de la fermer ? Pourquoi ne te plains-tu pas ?" Il m'était difficile de répondre à ces questions. J'avais un jour signalé à M. Rosalès que Lucy sifflait et parlait, mais il ne m'était jamais venu à l'esprit de prendre des mesures contre ma voisine. J'avais fait place à sa voix parce que je m'y étais habituée. Mon accoutumance impliquait une nécessaire élasticité de l'âme, le sentiment que le bavardage de Lucy, ses dialogues intérieurs audibles m'appartenaient en tant que son auditrice : *Tu m'écoutes ?* C'était comme si j'avais déjà répondu : *Je t'écoute, Lucy*. Sans doute aurais-je dû savoir que si grande que fût ma faim de la bouche, des mains, des bras et jambes et de la bite de Malcolm, et si fort mon goût pour nos longues conversations sur des sujets variés, il ne faisait pas vraiment l'affaire en tant que confident, qu'il était bien plus chatouilleux que moi dans le monde dit réel, qu'il m'était donc impossible de lui raconter les passages de l'histoire de Lucy que j'avais fait partager à Whitney le soir de notre première rencontre, et plus encore de lui confier que, munie d'un amplificateur d'oreille placé contre le mur, j'avais pris note des propos de Lucy dans le cahier, ou que le fantôme du corps défenestré de Lindy ne me quittait pas, hésitant à cette frontière ineffable entre l'inconscient et le conscient, comme un spectre qui m'effrayait tout autant que j'avais besoin de lui. Difficile de verbaliser les fantômes. Manquent d'ossature.

Casse-têtes. Paradoxes. Intrigues déconcertantes. Des portes s'ouvrent et se ferment et parfois claquent quand le vent secoue la maison. Bruits de pas. Une femme siffle, une autre femme chante. Un homme siffle au volant de sa voiture. La nuit tombe tôt en hiver. Après avoir lu et chanté les berceuses, ma mère m'embrasse et je hume son odeur. L'odeur de la divinité, du ravissement, de la grâce est une combinaison de savon, de poudre et de peau maternelle tiède, puis elle va de l'autre côté de la chambre embrasser Kari, laisse la lumière allumée dans le couloir et ajuste la porte de façon que la fente soit juste comme il faut – un petit peu plus, juste un petit peu plus. Là, c'est bon ? Oui, oui, c'est bon.

Le mur se fend en une longue ligne déchiquetée et maintenant le trou béant. Je hurle. Une telle terreur est un couteau. La maison est en train de tomber. J'essaie de soutenir le mur. Je me suis jetée contre lui. Je presse mon corps dedans. Maman arrive en courant et m'écarte du mur. À Kari de hurler maintenant. Maman m'étreint et me berce vigoureusement, elle caresse mon visage avec force et me parle de la voix douce qu'elle réserve aux chéries. Nous sommes les chéries. Puis elle court vers Kari, la berce, et en quelques minutes plus personne ne hurle.

Je me rappelle ce rêve ou cette terreur nocturne ou cette hallucination avec une clarté incroyable. J'avais cinq ans. Près de vingt ans plus tard, l'enfant qui souhaite désespérément maintenir le mur est devenue grande. Elle a quitté ses parents pour vivre sa vie en ville, et elle est convaincue que l'année qu'elle s'est donnée, l'année académique 1978-1979, jouera un rôle essentiel dans son destin. Elle s'imagine en train d'écrire son avenir. Elle adore ces scènes, dans les vieux films, où un vent soufflant de nulle part fait s'envoler un par un les mois d'un calendrier pendu au mur : septembre, octobre, novembre, décembre. D'habitude une musique accompagne l'envol des pages. Le temps passe. À l'approche de son vingt-quatrième anniversaire dans l'histoire que je suis en train d'écrire, moi, son auteur, ai dépassé mon soixante-deuxième. Le présent est effrayant, ici, en février 2017. La maison est en train de s'écrouler. Le secret du grand homme ne réside pas en ce qu'il dit. Ça ne pourrait pas se passer ici, dit-on, ça ne peut pas se passer ici.

À la mi-janvier 1979, je dormais de nouveau chez moi, sans autre compagnie que l'absence de Malcolm Silver et le fauteuil bleu à l'odeur bizarre que nous avions trouvé ensemble dans la rue. Comme le savent tous ceux qu'ont un jour affligés l'amour ou la mort, une personne absente prend souvent plus de place qu'une qui est présente et la douleur du manque-dans-ma-vie de Malcolm Silver se compliquait de la honte que j'éprouvais de moi, la Pleureuse, la Fille qui était partie et revenue et s'était excusée pour rien, excusée parce qu'elle avait désiré si fort le Garçon, alors même qu'elle méprisait la misérable Fille qui avait bel et bien sangloté les mots : "Mais je t'aime ! Je t'aime !" et s'était mal comportée à tous égards. À quel point s'était-elle mal comportée ? L'avait-elle appelé après qu'il avait dit qu'il ne voulait plus lui parler ? Je ne m'en souviens pas et je ne l'ai pas noté. Quand je me concentre et projette vers l'intérieur ma seconde paire d'yeux, pas les yeux qui voient le monde au-delà de ma peau mais ceux qui sont censés évoquer le passé sous forme d'images flottantes, je ne peux pas convoquer la moindre image, seulement un sentiment. Ce dont je me souviens sans aucune spécificité c'est qu'elle, la moi d'autrefois, se sentait houspillée par un lutin pervers, un être minuscule qui lui courait de haut en bas du torse en provoquant des démangeaisons et quand venait la démangeaison il lui fallait se gratter à s'écorcher la peau.

Le 18 janvier, j'écrivais dans le cahier : "Broadway à West Broadway hier soir." Et contrairement à la chaîne de souvenirs de Malcolm Silver, ces mots relatifs aux Broadways portent une floraison d'images. Je vois Whitney qui m'enlace et me caresse sous le menton d'un index taquin afin de chasser mon humeur obstinément morose. Elle se moque : "Tu adores être triste ! Tu adores ça ! Oui, tu adores ça ! Pauvre Minnesota. Oh, oh ! Laissez-la à son chagrin, qu'elle en jouisse !" Et je la vois devant moi qui, adoptant une invraisemblable voix nasale, entonne une chanson improvisée, intitulée *Un de perdu, dix de retrouvés* (en hommage à tante Irma, Grande-Duchesse des Clichés) et je vois ses paumes et ses doigts écartés s'agiter en rythme d'avant en arrière à pas plus de trente centimètres de mon visage tandis qu'elle tape des pieds en une imitation absurde de ce genre déjà absurde qu'est la comédie musicale de Broadway, et il est impossible de ne pas rire. Je me suis promis de me souvenir d'elle, de me rappeler la chère "Tilty" en train de chanter et danser, et c'est peut-être la raison pour laquelle je m'en souviens. Whit venait de se séparer d'un étudiant en médecine du Nigeria, un beau parleur qu'elle voyait depuis trois mois. La relation avait dépéri pour des raisons qu'elle qualifiait de "culturelles". Si cet homme lui avait fait le moindre mal, elle n'en montrait rien. Sa sérénité me gênait et je me rappelle que je me suis levée d'un bond du bord de son lit et que j'ai chanté *Un de perdu, dix de retrouvés* avec mon amie et qu'à un moment donné, cette nuit-là, nous nous sommes tenues ensemble à la fenêtre dans le loft de West Broadway en regardant la vue, et que Whitney a dit : "À nous de les croquer !"

Depuis le jour de mon installation au 309, 109e Rue Ouest, ma voisine Lucy Brite avait décrit des cercles autour de son chagrin comme un chien tourne en rond dans l'herbe avant de s'installer pour faire un somme. Elle était passée et repassée aux mêmes endroits : la cuisine. La fenêtre. La cour. Le corps de Lindy sur le pavé. L'hôpital. Ces médecins qu'elle haïssait. Elle avait interpellé Ted puis lui était tombée dessus quand Ted, interprété par Lucy, était, pour dire le moins, devenu plus hargneux. Le personnage de Ted l'avait traitée de "ver de terre", de "truie" et de "salope minable" mais, comme les vitupérations s'amplifiaient entre "eux", les *amsah* avaient diminué et vers la fin janvier un changement notable était intervenu chez la femme d'à côté. Elle sortait de plus en plus souvent de chez elle et parfois rentrait tard le soir. Elle tenait des conversations téléphoniques avec Patty et deux autres personnes dont les noms, si je les avais entendus correctement, me paraissaient ridicules : Moth (mite) et Gorse (ajonc). Pendant deux mois, elle ne cessa de mentionner un certain Sam Haynes. “C’est moi, disait-elle d’une voix sourde de conspiratrice. C’est moi, Lucy.”

Début février un blizzard blanc déchaîné vida les rues de toute circulation motorisée. Je me revois, debout devant la Citibank, en train de regarder les New-Yorkais, mes concitoyens, glisser sur leurs skis de fond dans Broadway ou marcher comme des canards, chaussés d’après-ski. En sortant de la banque, ce jour-là, j’avais compris que ma situation financière était grave. Tant qu’avait duré l’emprise de la pâmoison, j’avais dépensé imprudemment – tirant des billets de vingt des distributeurs sans vraiment prêter attention à mon solde. Des mesures strictes s’imposaient. Autrement dit : finis les cafés-croissants à la Pâtisserie Hongroise et les dîners entre amis. Autrement dit : trouver sa subsistance dans les conserves de haricots et de soupes et les paquets de pâtes jusqu’à ce que le placard soit vide. Autrement dit : revendre des livres à Salter. Autrement dit : se mettre en quête, du haut en bas de Broadway, des happy hours où l’on servait des minisaucisses de Francfort et du fromage sur des bâtonnets. Autrement dit : trembler d’inquiétude pour le loyer de mars. Autrement dit : chercher des boulots de serveuse. (Pas d’embauche.) Autrement dit : consulter fréquemment le tableau des offres d’emploi de Dodge Hall, à Columbia, et les numéros de téléphone composés seulement pour découvrir que les offres avaient déjà trouvé preneur. Le jour arriva où il me restait à la banque de quoi payer le loyer de mars, mais rien pour manger d'ici là. Avec le recul, je sais aujourd'hui que j'étais idiote de ne pas faire appel à mes parents ou expliquer mon problème à Whitney. Je sais aussi que ces deux options me paraissaient alors impossibles. J'allais devoir admettre que j'avais échoué.

15 février 1979

Chère Page,

Aujourd'hui je suis allée faire un tour dans Riverside Park parce que j'étais agitée – si énervée que je n'arrivais pas à écrire. Mon pauvre livre ! Comment puis-je écrire une comédie dans ces conditions ? Je ne peux même plus me payer des nouilles. Hier soir une happy hour de plus mais la serveuse du bar devient méfiante. Je n'ai pas osé manger plus de deux tout petits morceaux de fromage orange en sirotant mon coca le plus lentement possible. Il n'y avait rien au petit-déjeuner, comme tu sais, rien à midi. Je ne peux pas toucher à l'argent du loyer. Il faisait froid dehors mais j'ai laissé souffler sur moi le vent venu du fleuve et l'effet de la promenade a été bénéfique. Mes pensées ont tourné autour de Hamsun, pour des raisons évidentes *(La Faim)* puis de Dostoïevski, dont l'influence a été grande sur le Norvégien, et puis j'ai pensé à la maison, pas l'appartement mais la maison, chez nous, et à la vue sur le pré depuis la fenêtre de devant et aux boîtes aux lettres le long de l'Old Dutch Road avec leurs fanions rouges dressés et aux lettres joyeuses que j'avais envoyées à notre adresse et j'étais morte d'envie de renoncer, Page, de simplement renoncer, me coucher et pleurer pendant un mois. Je n'ai pas pleuré du tout, tu sais ? Depuis mes deux jours de larmes après M. S., je me suis complètement tarie. J'ai été dure comme pierre, une sacrée stoïque. Whitney est en vacances d'hiver avec sa famille, c'est une bonne chose parce que pas besoin d'explications. Elle est sur une île des Caraïbes. Je l'imagine, en sarong, splendide. En tout cas, hier soir j'ai continué à marcher et alors je l'ai vu : un sandwich jambon fromage d'où dépassaient un bout de laitue vert pâle, toute une tranche de tomate et un peu de mayonnaise, dans une poubelle. La poubelle était pleine et le sandwich reposait proprement sur un lit de papier paraffiné. Je l'ai examiné. Il était entamé, oui, mais il en restait une bonne partie. J'ai regardé autour de moi. Un couple passait, et j'ai fait semblant de chercher quelque chose dans mon sac. Il y avait une femme assise sur un banc, pas loin, mais elle paraissait absorbée.

Je me suis penchée sur le sandwich et me suis rendu compte que sa récupération nécessiterait la mise à l'écart d'un mégot de cigarette qui avait déjà semé des cendres sur le papier. Ce que j'avais imaginé comme un geste preste et instantané se muait en une tâche plus compliquée. Penchée sur la poubelle, j'ai soigneusement chassé les cendres du papier opaque avant de le replier autour du sandwich. J'étais excitée, Page, j'en sentais déjà le goût. Mais en redressant la tête, j'ai vu que la femme du banc s'était levée et m'observait d'un air dégoûté. Nos regards se sont croisés et j'ai senti mes lèvres trembler, et puis des larmes de honte, et je suis partie en courant. J'ai couru avec le sandwich jusqu'à l'appartement et dès que j'ai eu passé la porte je me le suis fourré dans la bouche, j'ai mordu dedans un bon coup et je l'ai mangé tout entier et c'était si bon, et j'ai pleuré pendant tout le temps que je le mangeais parce que j'avais tellement honte. Voilà. Ma dégradation. S. H.

16 février 1979

J'ai encore fait la tournée des bars et des restaurants. Rien jusqu'ici. Je ne me sens pas très en forme. *Branlante* est le mot. Mal à la tête. Kari a appelé. Elle n'en a que pour sa dernière année de premier cycle à l'université. Adore son cours de génétique. Le temps où j'en étais là me paraît si loin. Je lui ai menti. Gus a appelé. À lui aussi, j'ai menti. Je suis une grosse vilaine menteuse. Il faut que je me cache.

Voilà Simone Weil à ce sujet : "Un malheur trop grand met un être humain au-dessous de la pitié : dégoût, horreur et mépris.

La pitié descend jusqu'à un certain niveau, et non au-dessous. Comment la charité fait-elle pour descendre au-dessous ?

Ceux qui sont tombés si bas ont-ils pitié d'eux-mêmes ?"

Ai-je pitié de moi ? Là où j'en suis, je me pose la question.

Aujourd'hui j'ai bu tellement d'eau que mon ventre clapote quand je marche.

17 février 1979

Le jeune homme pâle était là, dehors, aujourd'hui, et en le voyant je me suis rendu compte qu'il y avait des semaines qu'il n'y était plus, et quand je l'ai revu j'ai eu l'impression de me regarder dans un miroir, et j'ai su que j'avais changé. Je lui ai souri et il m'a souri en retour – un petit sourire triste d'un seul coin de la bouche. Je suis passée devant lui quand il commençait à faire noir. Vois-tu, je partais à la chasse avec ma lampe torche.

Il a fallu fouiller un peu pour découvrir mon repas mais comme j'allais de poubelle en poubelle en éclairant les résidus et les écoulements de liquides et poussant du bout de ma torche les boîtes de conserve, les journaux, les mégots et les bouteilles en quête de comestibles cachés, j'ai compris ce qu'il me fallait : une autre histoire. L'histoire est intitulée *L'Introspectrice Détective*. L'héroïne de la nouvelle histoire s'intéresse aux problèmes philosophiques du monde réel. Elle, l'Introspectrice Détective, également appelée ID – n'est-ce pas merveilleusement freudien et approprié ? – est incitée par son ventre vide à mener des expériences à ce seuil même que Simone Weil a décrit avec son incisive honnêteté : cette limite où finit la pitié et où commence la charité. Les aventures d'ID vont bien au-delà de la simple expérience réflexive. Ni fauteuil confortable, ni pirouettes dépourvues de risque mental pour cette fille-là ; elle vit la question. ELLE EST DEVENUE LA QUESTION. Je trouvais ID plus que consolante. Elle m'a remplie de JOIE.

Et, ma chère Page, le succès m'attendait : trois morceaux intacts de pizza dans une boîte, dans l'une des poubelles du parc ! Personne ne m'a vue soulever le couvercle en carton pour évaluer ma prise. Personne ne m'a vue refermer la boîte et prendre mon trésor dans mes bras. Et quand j'ai remonté Riverside Drive d'un pas désinvolte et tourné dans la 109e Rue, des tas de gens m'ont vue mais que supposez-vous qu'ils croyaient ? Ils croyaient que j'avais commandé ma pizza au fromage chez le marchand de pizza, que j'avais payé ma pizza et que, jeune femme libre et sans soucis avec des billets de dix et de vingt dans son portefeuille, j'étais en train de rentrer chez moi pour savourer la pâte brûlante et les tomates et le fromage épais et coulant. Je jubilais et, une fois chez moi, après avoir chauffé dans le four l'un des morceaux de pizza en parfait état, je l'ai mangé. Je l'ai mangé, et il était délicieux.

Au bout d'une heure, j'ai mangé le deuxième morceau.

Plus tôt, ce matin, avant de m'être saturée de pizza, j'ai jeté un coup d'œil dans le puits d'aération pour m'assurer qu'aucun CORPS ne gisait là. Il y a un moment que je ne l'ai plus fait. Je ne peux pas m'en empêcher. C'est parce que Lucy me perturbe. Je crois qu'elle ourdit une VENGEANCE. Je n'ai aucune idée de ce qu'elle compte faire ni de comment elle compte le faire, mais d'autres personnes qu'elle sont concernées. Patty est l'une d'entre elles. L'introspectrice Détective est sur cette affaire. N'est-ce pas drôle ? Ian et Isadora dorment sur mon bureau. Je n'arrive pas à les écrire. Mes adolescents de Verbum ne sont plus à la hauteur de leur tâche, en ce moment. J'ai envie de les suivre, mais c'est Lucy que je suis. Ça changera quand j'aurai un travail et de l'argent. Je réveillerai ces deux gamins et je les remettrai en route, mais je suis à bout de nerfs et je respire trop vite. Mohammed m'a dit de revenir demain. Ils auront peut-être quelque chose. J'ai aussi passé des coups de fil pour trois boulots de recherche. Deux avaient été pourvus. J'ai rappelé le troisième mais personne n'a répondu. Quelque chose se présentera. Il est dix heures et demie du soir, maintenant, et Lucy est silencieuse. Pas un mot, pas de télé. Elle dort peut-être déjà, mais elle a bavardé au téléphone, ce soir. Elle a beaucoup chuchoté, et je ne pouvais pas entendre l'autre bout de la conversation, alors la transcription est pleine de trous, mais la voici, Page. Je donnerais n'importe quoi pour que tu puisses me dire ce que tu en penses.

"C'est encore moi, Patty. Comment vas-tu ? [Silence.] Je sais. C'est arrivé… livre des ombres. Dès que j'aurai fini, je te préviendrai." [Silence.] "Le jardinier boiteux est le type à suivre, oui, je comprends ça… [inaudible] aube dorée, Sam

Haynes, c'est ça. Tu sais, je veux le punir… [Long silence, elle écoute.] Je vis pour ça. Pourquoi crois-tu que je t'aï parlé ? [Elle chuchote.] À quoi servent les sorciers, alors ?… Non, non, écoute-moi. Et s'il est coupable ? Je ne peux pas vivre sans savoir. Je ne peux pas vivre ! [Silence.] Il faut la faire revenir pour qu'elle nous le dise. Il faut la rappeler. [Silence, elle écoute.] J'ai des images, des documents. Des poupées. Tu as des poupées ? [Silence, respiration.] Mmmmmm. Elle a passé le pont. Je me le dirai. Elle a passé le pont. [Pause.] C'est tout. [Pause.] Oui, je te promets. Ça aide. [Silence, elle écoute, murmures musicaux.] Peux-tu extirper la peur qui est en moi ? [Elle chuchote.] Oui, ça peut m'aider. L'enfant magique, ouais, ouais, demain trois heures… [chuchotement inaudible]… eh, Lena la folle, Lena la folle, Lena la folle… [rire]… Au revoir, non, je n'oublierai pas. Huile de lavande dans de l'eau distillée, thym, deux cuillerées et demie de vodka. OK. Oui." Elle a raccroché, s'est mise à siffler – pas un air triste, un truc vaguement entraînant – et a composé un numéro. "C'est moi. Je suis prête pour demain. Oui, j'ai répété. Est-ce que la tentation. [?] C'est là, dans le livre [elle chuchote]. Mais si, c'est vrai. [Silence.] À demain, alors, sœur chérie."

J'ai presque envie de suivre Lucy à ce rendez-vous de quinze heures. Il me reste trois tickets de métro.

PS. J'ai mangé le troisième morceau. Je ne pouvais pas le laisser me torturer du fond du frigo. Bonne nuit, Page. Je t'aime. Minnesota.

Non, je n'ai jamais cessé de me revoir en train de chercher mon dîner dans les poubelles et, oui, ça reste terrible de me rappeler l'expression de la femme du parc parce que sa répulsion était aussi la mienne et que la brûlure de la honte transperce le temps. Et, oui, j'ai pitié, à présent, de cette jeune femme, et je passe de la pitié à la charité parce qu'elle était jeune, et que je devine, à peine voilé par le ton enjoué et nerveux et par toutes ces majuscules, un gémissement teinté d'une sorte d'hystérie née de la faim, de l'isolement volontaire et d'un orgueil stupide. Sa situation désespérée ne dura pas et il me semble évident qu'elle non plus ne croyait pas qu'elle durerait : sa couleur de peau et sa classe sociale la vaccinaient contre un tel pessimisme. Dès le lendemain, elle téléphonait au numéro qu'elle avait trouvé sur le tableau d'affichage à Columbia : une femme lui répondit, elles convinrent d'un rendez-vous pour l'après-midi même et, lorsqu'elle fut ressortie du splendide duplex de la Cinquième Avenue, avec vue sur Central Park et une sculpture bleu cobalt d'Yves Klein, une femme sans tête ni bras ni jambes – réduite à ses parties sexuelles – trônant sur un piédestal dressé dans le coin d'une pièce où, munie d'une tasse de thé aromatisé, elle s'était posée sur un magnifique canapé bas d'un blanc immaculé et avait ingéré sept biscuits granuleux (dont cinq pendant que son interlocutrice avait disparu pour répondre au téléphone), elle avait une nouvelle patronne : Mme Elena Bergthaler.

VI

1er février 2017

“J’ai regardé la télé, m’a dit ma mère, hier, au cours de notre conversation téléphonique. Cet homme-là peut-il être président ? Il est si mal élevé, si vulgaire. Ça n’a aucun sens.

— C’est un ignorant, un bouffon vantard.”

Ma mère a claqué la langue et soupiré. “Je suivais de près la politique autrefois. Maintenant j’oublie. Ce doit être l’âge. Quel âge j’ai ?

— Tu as presque quatre-vingt-quatorze ans.”

Ma mère a ri. “C’est vieux, vieux, vieux, ça, ma chérie, vraiment vieux. Je reste là, couchée, à regarder par la fenêtre. Je somnole et je rêve.” Elle a pris une inspiration et demandé d’un ton inquiet : “Tu ne perds pas tes cheveux, dis ?”

J’ai rassuré ma mère, des cheveux me poussaient encore sur la tête.

“Je dois l’avoir rêvé, vois-tu. Parfois je ne sais pas bien si j’ai rêvé une chose ou si elle est vraie.” Elle a fait une pause. “Je pense à maman.” Elle s’est tue. “Parfois je me réveille et je crois qu’elle vit encore.” J’attendais. “Et je

" CET HOMME-LÀ PEUT-IL ÊTRE PRÉSIDENT ? "

pense à vous quand vous étiez bébés. Vous étiez de si beaux bébés. En ce moment même, je regarde, sur la commode, les photos de quand vous étiez bébés." Elle s'est tue de nouveau. "T'ai-je jamais parlé de ce jour où nous prenions le petit-déjeuner à la maison ? Oscar était quelque part aux Philippines. Nous ne savions pas où et nous n'avions plus eu de lettre depuis un moment. Nous lisions les journaux. Le cœur de mon père, tu sais, son cœur n'allait pas bien. Il était terriblement essoufflé en ce temps-là. Les escaliers, surtout, c'était dur. Bref, nous étions tous les trois autour de la table, un dimanche. La guerre avait pris un tour plus favorable. Ça je le sais. Mon père avait fini son café et ma mère s'apprêtait à lui remplir sa tasse quand il a remarqué qu'il y avait à la tasse une minuscule fêlure – une fêlure pas plus épaisse qu'un cheveu – et il lui a dit : « Tu aurais dû prendre celle-ci, elle est abîmée. » Cela ne ressemblait pas à mon père. Ce n'était pas gentil. Plus tard, maman m'a prise à l'écart et m'a dit : « Tu sais, il n'aurait jamais dit ça s'il n'était pas malade et si Oscar était à la maison. »

— Non, dis-je, je ne connais pas cette histoire.

— Oui, cette tasse fêlée. Elle ne fuyait pas, c'était à peine un cheveu. J'aimais mon père, mais il m'a déçue quand il a dit ça. Je ne l'ai jamais oublié. Je regrette que tu ne l'aies pas connu. Je regrette que tu n'aies pas connu maman. Ils sont morts trop jeunes. Eh bien, mon enfant chérie, dit ma mère, n'est-ce pas curieux, comme ces histoires reviennent ? Il y a des moments où je crois que maman est encore en vie, en particulier après un petit somme. Je m'embrouille un peu, parfois, mais enfin je suis vieille. Je t'embrasse, je t'envoie des baisers, par téléphone. Et Freya, Freya va bien ?

— Oui, elle va bien, elle travaille beaucoup à sa musique. Nous l'avons entendue chanter la semaine dernière. Elle a un album qui sort bientôt.

— Est-ce qu'elle a quelqu'un ?

— Non, pas en ce moment.

— Quel âge a-t-elle ?

— Vingt-neuf ans."

J'entendis un son léger au téléphone – ni soupir ni murmure, un simple "hm" évasif.

"Et… ma mère s'interrompit. Ah, ton mari, comment s'appelle-t-il ?

— Walter.

— Bien sûr, ce cher Walter, et il est encore à Rockefeller ? Et son travail si important en mathématique et biologie – c'est bien ça ? – ça marche bien ?

— Oui, c'est ça, et il va bien.

— Et ton livre, ma chérie ? Tu écris ton livre ?

— Oui, je l'écris. Ça avance.

— Eh bien, ma fille chérie, je t'envoie des tas de baisers par téléphone d'ici à Brooklyn." Et, en écoutant sa voix, je me suis dit : nous sommes toujours ses chéries, Kari et moi, et la mélodie de sa voix m'a ramenée au temps ancien où elle avait des pouvoirs surnaturels.

Je lui ai dit que je l'aimais et j'ai raccroché.

La mère que j'avais été stupéfaite de découvrir assise par terre, immobile, dans la cuisine après l'assassinat de Kennedy, la mère qui disait qu'elle partirait au Canada si Goldwater était élu, la mère qui montrait le poing à l'image de George Wallace à la télévision, la mère qui a marché avec moi pour protester contre la guerre au Viêt-nam, la mère qui suivait dans leurs plus complexes détails les audiences du Watergate, la mère qui, à peine quelques années auparavant, dénonçait les agissements obscurs de politiciens de sa région dont j'ignorais pratiquement tout, a disparu et été remplacée par une mère qui allume la télévision pour voir défiler une masse d'images fluctuantes et de sons brouillés aux significations émotionnelles confuses. "Cet homme-là peut-il être président ?"

Le cerveau de ma mère a perdu la dimension du "maintenant", cette béance temporelle qui nous fait transiter du passé immédiat au présent immédiat dans l'attente de l'avenir immédiat, le tout complètement insaisissable, s'estompant et réapparaissant à une allure qui dépasse notre entendement. Nous vivons à une vitesse perceptuelle qui me fait me demander pourquoi nous ne volons pas en éclats. C'est cette succession désordonnée et insondable des expériences que ma mère n'enregistre plus et il y a quelque chose de pertinent et d'ironique à la fois dans sa façon d'être incapable de mémoriser les détails concernant le nouvel individu au pouvoir, et dont, lorsqu'elle se penche en avant, les yeux plissés, vers les images de son petit écran plat, sa mémoire qui tombe en lambeaux ne trouve aucun sens à ce qui est, de fait, une obscénité politique.

Un aspirant despote trapu et dérangé court d'un bout à l'autre du terrain de croquet en beuglant : "Qu'on leur coupe la tête !" Nous vivons au Pays des Merveilles à présent. Peu importe qu'il ignore tout du protocole, qu'il tienne des propos aussi grossiers que hideux, ou qu'il mente.

C'est un grand homme, le héros du peuple et eux, "le peuple", ils adorent ses fanfaronnades et sa colère et ses allez-vous-faire-foutre-bande-d'intellos-citadins-snobinards-qui-vous-croyez-trop-bien-pour-nous, NOUS, le vrai peuple, nous les Blancs d'ici, dans la Prairie. Oui, le vrai peuple se pâme devant l'inanité des superlatifs qu'il balance aux caméras, toutes braquées sur lui lorsqu'il s'inquiète publiquement de grandeur, de la grandeur de sa victoire, la grandeur de ses foules, de la grandeur de ses mains, la grandeur de sa trique. *They love Dick*, oui, la trique, ils adorent.

"Tu te crois trop bien pour nous, c'est ça ?" La petite fille qui, assise dans la cuisine, mains jointes sur les genoux, attend que son père ressorte de la chambre ne répond pas parce qu'elle sait que la femme au visage maigre et ridé et au nez pointu n'est pas en train de poser une question et qu'il serait impoli de répondre à une question qui n'en est pas une, mais elle n'oublie pas la rage et la haine qui imprègnent la voix de la femme qui marmonne ces mots, alors la fillette a honte pour la femme et puis, elle le sent, elle a honte aussi pour elle-même. J'ai raconté à ma mère que nous avions marché à Washington, Freya et moi, le lendemain de l'investiture, mais elle ne s'en souvient pas. Maman, la maison part en morceaux. Le mur s'est fendu : le monde des mauvais rêves a rougi de son sang le monde éveillé. Il ne s'agit pas de ce qu'il dit, mais de ce qu'eux, les adorateurs, ressentent quand il parle. L'émotion se propage dans la foule comme une maladie. La foule ressent, et le grand homme est la route qui les mène de la honte à la fierté.

Je ne peux pas lire ce qui nous attend. Tout ce que je peux dire, c'est ce que disait le vieux M. Jensen, assis sur une souche devant sa grange : "Ça ne présage rien de bon." Quant à ma lecture du passé, la prudence est également de rigueur sur ce front-là. Je suis certes une narratrice évoluée, mûre, instruite, généralement bienveillante, parfois cruelle et aussi sujette aux illusions que tout un chacun, même si je m'efforce de rester honnête en admettant qu'il y a des trous dans mon propre récit. Je chantonne ma chanson à ma façon, madame, je chantonne en parcourant avenues et ruelles, en pénétrant dans des immeubles où je prends l'ascenseur ou gravis les escaliers, ouvre et ferme des portes et, où, oui, j'écoute aux murs stylo et carnet en main.

Nous avons laissé notre jeune héroïne, Minnesota, 74e Rue Est, à la fin de février 1979.

Extrait du Mead :

Mme Bergthaler est une femme d'une sollicitude et d'une gentillesse peu communes, qui a l'habitude de joindre les mains juste en dessous de son menton afin de communiquer la joie et la surprise. "Donnez-moi votre manteau, mon petit." Vigoureuses tractions sur caban bleu marine qui finissent par me libérer les bras. Porte de placard qui glisse sans bruit pour accueillir à l'intérieur caban râpé et écharpe rouge à côté de longues fourrures. Porte de placard qui se referme dans un glissement. Long papotage à propos de sacs entassés dans vestibule. Je dois faire comme si ces gros sacs de vêtements à donner n'existaient pas. Plus besoin de penser à eux puisqu'ils vont bientôt être enlevés par obligeant jeune homme du nom de Kyle, "un gentil garçon" susceptible de sonner dans l'heure et de nous interrompre, mais nous deux (si on peut en croire son comportement) sommes déjà, en deux minutes, devenues d'intimes conspiratrices (elle m'a prise par le coude et m'a tapoté le poignet plusieurs fois de sa main libre) et si Kyle, le gentil-garçon-débarrasseur-de-sacs, se présente à la porte, cela ne prendra qu'une seconde pour la bonne raison que, en dépit d'une immense charge de travail et de responsabilités qui mettraient à rude épreuve jusqu'au plus organisé des êtres humains, Mme Bergthaler a la situation bien en main. Sur quoi, ma future employeuse m'ayant littéralement enfoncée – en appuyant fermement ses mains sur mes épaules – dans le plus vaste canapé que j'aie jamais vu en dehors de l'*Architectural Digest*, elle exprime son impatience de tout savoir sur moi mais, avant que j'aie pu ouvrir la bouche pour répondre, elle demande en cuisine à une invisible Lilibeth d'apporter du thé et continue à parler. Et derrière le Klein, n'est-ce pas un Giacometti, une petite femme debout ? Et qui savait que des citrons jaunes dans un bol bleu sur une table pouvaient être d'une telle beauté ? Mais même cette lumière coûte beaucoup d'argent, Page, cette éclatante lumière du jour venue par la fenêtre illuminer les citrons. J'espère que tu as conscience de cette réalité. En ville, la lumière est une denrée rare et uniquement réservée à ceux qui peuvent se la payer. Nous autres, tous autant que nous sommes, rampons dans la pénombre en compagnie des cafards.

J'ai déjà oublié ce que disait Mme Bergthaler pendant qu'elle cherchait ses lunettes afin de lire mon *curriculum vitæ* parce que sa façon de discourir et de gesticuler me donnait le vertige de sorte que je n'arrivais pas à suivre ce qu'elle voulait dire. Je sais qu'elle a parlé de *The Gin Game*. Elle avait vu la pièce trois fois à Broadway avant qu'elle cesse d'être à l'affiche, "une merveille, une merveille, et d'une telle profondeur". Et d'une nouvelle qu'elle avait lue dans le *New Yorker*, elle aussi "une merveille, une merveille" et elle avait lancé dans ma direction plusieurs noms que je ne reconnaissais pas mais tandis qu'ils me volaient aux oreilles je me suis dit qu'elle était sans doute en train de me mettre à l'épreuve. (Je n'ai pas dit que j'avais vu la pièce et que je l'avais trouvée mauvaise, mais les acteurs bons, ni qu'en matière d'arts littéraires je considérais le plus important magazine de la ville avant tout comme le promoteur d'une médiocrité satisfaite d'elle-même.) Il y avait tellement de Mme Bergthaler cet après-midi, Page, tellement d'elle et si peu de moi que j'ai fait ce que je faisais enfant : je suis devenue rigide, sur mes gardes et silencieuse.

Quand mon hôtesse a eu ajusté ses lunettes de lecture et donné pour instruction à la petite et leste Lilibeth, probablement de nationalité philippine, de poser le plateau du thé sur la table basse, elle s'est laissée tomber en face de moi dans un somptueux fauteuil vert mousse, a redressé la tête et a de nouveau voulu "tout savoir sur moi". J'ai donc commencé à lui parler de mes intérêts en littérature et en philosophie ainsi que de mon année consacrée à l'écriture, mais au bout de quelques minutes ma lady affalée dans son fauteuil, les paupières en berne, s'est mise à me regarder par-dessous en souriant d'une façon qui m'a donné l'impression d'une brusque extradition. J'ai attiré son attention sur les deux pages du résumé des hauts faits de mon existence, piqué un biscuit quand elle avait la tête penchée, et puis un autre, et les ai mâchés en m'efforçant de ne pas émettre le moindre bruit de plaisir.

Dans le calme momentané de ma mastication et de sa lecture, j'ai remarqué que la peau du visage de Mme Bergthaler est lisse et pâle, alors que celle de son cou et de ses mains est ridée et tachetée. J'en ai conclu que son visage est plus jeune que le reste de sa personne. Pas une once de graisse, une femme maigre, le corps ferme ; une chevelure au tomber follement coûteux. J'examinais la coupe parfaite de sa veste en cachemire violet et, dessous, le col de son chemisier de soie bleue tout en inspirant sa bonne odeur – conifères, orange amère et bergamote (d'après moi). Les yeux de Mme Bergthaler se sont d'abord agrandis lorsqu'elle a prononcé à haute voix *"summa cum laude"*, puis une sorte de suspicion les a étrécis au moment de situer l'établissement, Saint Magnus – "Où disiez-vous que se trouve cette université ?" Mais, un instant plus tard, avec un hochement de tête approbateur, l'exclamation : "Oh, une bourse à Columbia cet automne", que j'ai comprise comme signifiant : Si cette auguste institution de l'Ivy League a accepté cette mention comme authentique, pourquoi ne ferais-je pas de même ? Elle doit avoir conclu que la personne qui défilait sur ces deux pages imprimées, récipiendaire du grand prix du Middle West pour la Meilleure Dissertation universitaire en Philosophie, possédait les qualifications nécessaires pour téléphoner au boucher et au coiffeur, faire des courses et ranger son bureau, parce qu'elle m'a fait un sourire chaleureux exposant la quasi-totalité de ses dents parfaites, s'est penchée en avant et m'a engagée en tant qu'assistante à temps partiel à six dollars de l'heure.

Après un coup de téléphone dans la pièce à côté, qui m'a permis d'ingérer encore cinq biscuits, elle a abordé un sujet de nature plus délicate, un autre boulot possible, plus lucratif. "J'espère que vous n'êtes pas trop facilement choquée", a-t-elle dit. J'ai répondu qu'on pouvait m'envoyer dans le corps mille watts de courant alternatif sans le moindre effet. Mme B. a paru embarrassée pendant trois ou quatre secondes, a de nouveau joint les mains sous son menton et a laissé échapper : "Oh, vous plaisantez, n'est-ce pas ?"

Quelques instants après ma tentative d'humour, Kyle est apparu : le "gentil garçon" était, en fait, un adolescent à l'expression hostile et aux joues envahies de pustules acnéiques et, à l'idée des sacs qu'il allait emporter, j'ai imaginé toute une garde-robe de soie et cachemire passant la porte pour disparaître dans l'ascenseur, et j'ai laissé mon cœur caché se serrer pour moi.

L'autre boulot, celui qui est mieux payé mais pourrait me choquer, est un livre, ou plutôt un début de livre. Mme Bergthaler a écrit soixante pages d'une autobiographie astucieusement intitulée *Mon intéressante existence*. L'entreprise n'avance pas bien. "Je sais ce que je veux dire mais une fois que je suis assise devant la machine à écrire, les mots ne viennent pas du tout aisément, et je change d'avis. Je ne tape pas bien, seulement avec mes deux index, voyez-vous, et je passe mon temps à intercaler ces petits machins blancs pour annuler la frappe. Oh, c'est terrible. Et j'ai de si jolies histoires à raconter. Vous savez, mon père disait toujours que j'avais du culot." Mme B. aime le mot *culot* et elle a utilisé plusieurs fois le nom et sa forme adjective *culottée* pour se décrire elle-même ainsi que la qualité qu'elle souhaite communiquer au monde dans son livre, mais chaque fois qu'elle s'en servait, le mot lui semblait perdre en signification plutôt qu'en gagner, il devenait de plus en plus abstrait et donc étranger, et je me suis retrouvée comme sidérée par ces quelques lettres et par la laideur sonore du mot qu'elles composaient. Dans mon passé, le terme a souvent qualifié les *cheerleaders*, ces filles tout sourire qui bondissent, font la roue et hurlent à s'en casser la voix pour encourager leur équipe. Et les garçons culottés, ça existe ? Bien sûr que oui. Et les hommes culottés ? Non. Le mot n'est pas utilisé pour des hommes adultes, sauf s'il l'est dans un tout autre sens, en tant qu'allusion au sperme, cette substance poisseuse que, chez les Hua, les hommes tenaient si fort à économiser. *Culotté* serait-il l'équivalent d'*avoir du tempérament* ? Et *avoir du tempérament* n'est-ce pas l'une de ces expressions appliquées surtout aux femmes, aux filles et aux chiens de petite taille ? À écouter Mme Bergthaler du fond du canapé, je me suis rendu compte que je n'avais pas envie de culot, et que je ne voulais jamais de ma vie être qualifiée de culottée, que *culot* et *culottée* étaient des mots condescendants, voire dégradants. D'un autre côté, dans la bouche de son père *culot* avait peut-être été un terme affectueux. Il était peut-être prononcé sur un ton très chaleureux avec un sourire d'approbation et, par conséquent, dans l'esprit de Mme B., le mot s'était chargé d'un sens plus noble, apparenté à valeureux.

J'en ai conclu que l'histoire que mon employeuse espère raconter combine le culotté et le choquant. Les "chocs" tiennent à ses quatre maris, à ses voyages en Europe et ses *protégées**, en d'autres termes, à ses rapports sexuels avec des parents, des amis et autres. C'est là que j'interviens. Pour ses aventures culottées et choquantes, elle a besoin d'une assistance éditoriale. Elle veut, pour après-demain, dix pages revues et le commentaire du manuscrit intégral. Elle m'a tendu cent dollars. Cent dollars ! Une petite avance, a-t-elle dit. Ô avance bénie ! "Et, je vous en prie, a-t-elle ajouté, appelez-moi Elena !" Je lui ai dit de m'appeler Minnesota. Et elle a répondu que c'était "un surnom adorable", et je me suis sentie adorable avec mes cent dollars en poche, tout simplement adorable. *Mon intéressante existence* pourrait me sauver la vie. Si mon travail lui plaît, je gagnerai plus. Des centaines de billets de cent dollars pourraient me pleuvoir sur la tête. Page, oh, Page, me voilà ressuscitée ! Qui l'aurait cru ? L'Introspectrice Détective de Riverside Park s'est métamorphosée du jour au lendemain en l'Adorable, consommatrice de thé et de muffins de la Cinquième Avenue !

À bientôt, S. H.

Le recul confère une forme à ce qui est informe au moment où on le vit. L'homme qui sort de chez lui un matin et qui, à l'instant où il met le pied sur le passage piéton, est heurté par un chauffard qui vient de brûler le feu rouge, s'il vit pour raconter l'histoire, boiteux et affligé d'une douleur chronique à la jambe qui a été écrasée ce jour-là, donnera à l'accident une importance extrême dans le récit de sa vie parce que l'homme qui est sorti de l'immeuble par ce matin fatal en sifflotant et balançant sa serviette, cet homme entier, vigoureux et parfait, a disparu quelques instants plus tard. Mais imaginons qu'après ce malheureux accident, notre homme rencontre une femme, ou un homme (selon ses préférences romantiques), une ou un physiothérapeute qui travaille avec lui à la remise en état de sa jambe et que, pendant qu'elle (ou il) masse doucement le membre endommagé, l'amour naisse et, juste pour en faire une bonne histoire, imaginons que l'amour dure entre cet homme et cette femme, ou entre ces deux hommes, cet amour – le simple fait de cet amour – ne pourra jamais être séparé de la jambe abîmée ni même de la douleur persistante au fil des années.

Nous ne sommes rien, sinon l'accumulation de ce qu'Alfred North Whitehead appelle des "gouttes d'expérience" et moi, assise ici en train de t'écrire, à toi, ami ou amie imaginaire, je sais que les chagrins et les injustices de la vie – les jambes démolies, les dents perdues, les remarques cruelles – et aussi ses joies – un genou ou une cuisse caressés tendrement ou le mot *culot* prononcé de telle façon qu'il en devient affectueux, ou cinq billets de vingt dollars apparaissant à l'instant de la plus grande nécessité – sont des éléments de ce que nous sommes même si nous ne nous en souvenons plus très bien, même quand ils sont définitivement oubliés. Ils font partie de ces mystérieux va-et-vient d'un univers qui n'est pas statique mais en mouvement jusque tout au bout de ses quartiers quantiques hantés et de leurs incertitudes pulsées par un cerveau ou une sorte de cerveau. Et, cette nuit même, allongée dans le lit auprès de Walter qui respirait avec lenteur et régularité, et me sentant si proche du sommeil que notre chambre dans l'obscurité avait commencé à perdre de sa réalité, j'ai eu l'intuition étrange que je sentais le remuement et entendais le bruissement d'affinités multiples, étendues et distendues vers le dehors et vers le dedans sans localisation fixe, et j'ai à présent dans l'idée que ma lecture de Whitehead, plus tôt dans la journée, me revenait au fil de ces pulsations inquiètes.

Je n'ai parcouru des milliers de livres de la bibliothèque, ne suis passée par d'innombrables chambres mentales et ne me suis engagée dans des couloirs dont j'ignorais l'existence que pour découvrir à la fin d'autres portes à ouvrir. Il y a toujours une autre porte et une autre chambre. Et il y a, aussi, maintenant, des décennies que j'écris et, en écrivant, je marche, car l'écriture est la déambulation de la narration, et elle m'a emmenée dans les rues de la ville et sur des chemins de campagne où je foule à nouveau le sol de mon enfance. Je vois autour de moi rangée après rangée de maïs dressé ou en désordre, selon la saison, et j'observe la distance entre les poteaux du téléphone reliés les uns aux autres par des fils noirs distendus. Parfois ces fils sont ponctués des minuscules et fermes silhouettes des moineaux qui, au moindre bruit – un coup de feu, la pétarade d'un moteur –, se dispersent en un instant pour aller ponctuer le ciel. Il m'a fallu faire plusieurs fois le tour du monde sans bouger de ma chaise pour commencer à formuler ce que je savais dès mon enfance, ce que je ressentais dès l'enfance dans le bourdonnement intense de mon système nerveux à l'unisson avec gens, arbres, oiseaux et horizon, lune et soleil. Mais le don de raconter des histoires et le don supplémentaire de les écrire font assurément partie des myriades de formes que le temps a adoptées chez moi.

Je penserai toujours aux Mémoires d'Elena Bergthaler, *La Débutante rebelle*, parues au printemps 1982, comme à mon premier livre publié. Pas une seule phrase de cette autobiographie de 286 pages n'appartenait à l'auteur dont le nom figurait sur la couverture en si ostensible position. Les phrases de ma lady étaient mollassonnes. Son style était banal, sa ponctuation extravagante et ses propositions indisciplinées. Quand j'emportai chez moi les soixante pages, je découvris qu'elle avait passé tellement de temps à soigner et arroser l'arbre généalogique des illustres Bergthaler, avec ses racines juives en Allemagne et ses rejetons bourgeonnants en Amérique, qu'elle n'était pas née avant la page 59. (Après ses quatre mariages, Elena avait coupé du sien tous ses autres noms pour revenir à son patronyme d'origine.) Je réduisis le préambule à un paragraphe en recourant à l'argument flatteur selon lequel c'était son histoire à elle que le lecteur aspirait à connaître. Du moment que le lecteur savait que le colporteur de la première génération devenait dans la deuxième propriétaire d'un magasin et que le propriétaire d'un magasin dans la deuxième devenait dans la troisième propriétaire d'un grand magasin, même si de considérables sommes d'argent étaient allées et venues au sein du clan Bergthaler, qui continuait à engendrer des rejetons, tout bien considéré il restait des millions à l'époque où était née l'héritière culottée – tout irait bien. Sans être l'événement qu'avait espéré ma lady, le livre fut bien reçu. Le *New York Times* en vanta le "charme insouciant", "l'autodérision" et "les réflexions piquantes, souvent cinglantes, sur la société new-yorkaise".

Travailler pour Elena me fut très utile. L'argent gagné vint compléter ma bourse lorsque je commençai mon doctorat, à l'automne. Elle me donnait des "bonus" sans raison particulière, m'invitait à déjeuner et de temps en temps à dîner. Elle lançait dans ma direction gilets en cachemire et chemisiers en soie lorsque les vêtements faits de ces fibres précieuses ne lui plaisaient pas ou qu'elle s'en était lassée. Bien que nous n'ayons jamais été amies, je lui en reste reconnaissante. Un an au moins après la fin du livre que vous lisez en ce moment (nonobstant les digressions, anecdotes et voyages dans des années ultérieures pour des besoins de clarification, mon histoire dans son ensemble n'ira pas au-delà de septembre 1979), Elena et moi étions assises dans son bureau. Je sens encore la lumière dans la pièce. Nous étions, je crois, au printemps. Je lisais à haute voix un passage que j'avais écrit la veille au soir à propos d'un des amants qu'elle avait eus à Paris quand elle avait vingt et un ans, un comte français qu'elle avait découvert debout devant le lavabo de la salle de bains de sa chambre, au Crillon, en train de laver soigneusement un préservatif après leurs ébats. La pauvre Elena s'était sentie légitimement mortifiée à l'époque, mais en écoutant l'histoire en 1980, étendue dans sa chaise longue, elle en pleurait de rire. Elle riait trop, sans conteste. Je m'en souviens comme d'un moment de camaraderie heureuse entre nous.

Le soir de la somptueuse réception qu'elle donna en son propre honneur au printemps 1982, je compris que mon employeuse m'avait subsumée sous sa personnalité considérablement plus vaste et plus riche et que, si fort qu'elle pût avoir admiré mon récit de sa vie ou les nombreux tours et rebonds que ma prose avait effectués pour elle, elle avait bel et bien acheté mes efforts. Ce soir-là, elle me présenta à la foule souriante comme sa dactylo. "Je ne tape pas bien, vous savez, seulement à deux doigts, mais cette jeune femme est un as." Ma patronne faisait savoir clairement à tous ces Blancs extrêmement bien habillés et souriants que, sans les efforts de sa secrétaire, la formidable tâche aurait pu n'être jamais terminée. "Oyez, oyez !"

Être complètement caché est une chose. Il est possible de rester en coulisse, fantôme détenteur d'un secret, de sourire sous cape et d'éprouver une certaine fierté de résultats directement issus de son labeur, mais être présentée publiquement comme la personne qui a tapé le livre, la championne aux doigts légers, était une humiliation à laquelle je ne m'étais pas préparée. Avec la distance qu'apportent les années, je devine que cette tactique reflétait une malice inconsciente, pas consciente. Je crois honnêtement qu'Elena Bergthaler m'admirait et m'aimait. Il y avait aussi des moments où je l'intimidais. "Qui est Christopher Smart ? me demanda-t-elle un jour d'un ton cassant. Vous m'ennuyez avec vos références." Cachée quelque part dans la soupe subliminale de son esprit devait se trouver la conscience qu'en faisant publiquement de moi sa dactylo, elle provoquerait ma sortie volontaire de sa vie, ce qui signifiait qu'elle n'aurait pas à me congédier. Elena détestait laisser tomber les gens. Peu de temps après la réception, je quittai cet emploi. En guise de cadeau d'adieu, elle m'offrit un bracelet en or, que j'ai perdu trois ou quatre mois plus tard. Il est tombé de mon poignet.

Mais la jeune femme qui marchait sur son petit nuage dans la Cinquième Avenue avec cent dollars dans son porte-monnaie ne se doutait nullement de la façon dont son nouvel emploi allait se terminer. Tout ce qu'elle savait, en ce jour clair et froid de février, c'était qu'elle était sauvée de la pénurie et la première chose qu'elle fit fut de se ruer dans une cabine téléphonique pour appeler Whitney, qui venait de rentrer de vacances, et lui annoncer la nouvelle, après quoi Minnesota gambada, oui, gambada jusqu'à la ligne n° 6, émergea à Spring Street et courut – comme elle pouvait courir en ce temps-là avec ses longues jambes et ses poumons alors jeunes (malgré les cigarettes) – jusqu'à West Broadway. Et Whitney actionna l'interphone, et elle bondit dans l'escalier, et Whitney était là, au seuil de sa porte ouverte, superbement bronzée, et elles s'embrassèrent, riant, dansant l'une autour de l'autre, s'embrassant encore. Et elles passèrent ensemble toute la soirée, à parler de poésie et d'art, et Whitney déballa un objet qu'elle avait déterré sur l'île d'Antigua, une sonnaille de chèvre rouillée au son aigu et creux qu'elles firent chacune à son tour résonner dans le loft et, chaque fois, elles se tordaient de rire, non que le son de la cloche eût quoi que ce fût de comique mais parce qu'elles avaient envie de rire. Minnesota passa la nuit chez son amie et le lendemain, une fois rentrée chez elle au 2B, elle écrivit dans le Mead :

Je crois que je suis la créature la plus heureuse du monde. Même penser à Malcolm ne me fait plus mal aujourd'hui. Je ne le voulais pas pour toujours. S'il ne m'avait pas quittée, moi je l'aurais quitté. Il y avait en lui quelque chose de tendu – noué. Whitney m'a dit qu'elle ne l'avait jamais beaucoup aimé. J'ai lu Laura Riding à Whit :

Aujourd'hui semble maintenant.
Avec le réel-à-venir va un temps.
Avec l'esprit va un monde.
Avec le cœur va le temps-qu'il-fait.
Avec le visage va un miroir.
Comme avec le corps une peur.

Je sais que le temps-qu'il-fait change mais aujourd'hui, dans mon cœur, il fait un temps exquis. Nous étions bien, dans le lit de Whitney, cette nuit et quand j'ai ouvert les yeux ce matin, elle était lovée contre mon dos, un bras passé autour de ma taille. Je pensai à Kari. Si l'une de nous deux était inquiète, nous dormions ensemble dans mon lit ou le sien. Je vais écrire bientôt une longue lettre à ma sœur. Et, bonne nouvelle : mes limiers se sont réveillés. Ces pauvres Ian et Isadora ont besoin d'une génitrice au ventre bien rempli. Il leur faut une grosse mère heureuse avec un bon emploi, qui gagne de l'argent et peut subvenir à leurs besoins. Je t'aime, Ms. Page Mead. Je t'aime follement ! S. H.

Au lieu de se précipiter chez Ian, Isadora le convoqua chez elle, et elle décida de ne pas encore soulever la question de qui-était-Holmes-et-qui-était-Watson, en dépit du fait que s'il lui disait de nouveau "Élémentaire, mon cher Watson", elle craignait de lui balancer amicalement sur le crâne la première arme qui lui tomberait sous la main. Isadora s'était mise à éviter la maison de Ian. Bien que Mme Feathers se tînt toujours "hors du chemin" afin de "ne pas vous déranger, jeunes gens", elle annonçait les lieux où elle s'estimait hors du chemin à des intervalles si réguliers – "Je vais m'occuper dans la cuisine" – "Ne vous souciez pas de moi, il faut que je fasse la poussière dans le salon" – "Dites-moi juste si en arrosant les plantes ici près de la fenêtre je gêne votre conversation" – que son retrait se métamorphosait en une manière de s'imposer qui faisait parfois grincer les dents d'Isadora.

Mme Feathers s'affairait, s'agitait, se tracassait et était encline à verbaliser le flux de conscience relatif à son extrême discrétion vis-à-vis des "jeunes gens", et elle développait ce discours intérieur sous forme d'un discours extérieur d'une voix haut perchée qui bifurquait sur des sujets complètement adventices, tels que notes de dentiste, augmentation du prix des pépites au chocolat chez Red Owl et la nouvelle pièce de l'Arts Guild, avec Ronald Flury et Jeannie Valek, qui tenaient toujours les rôles principaux, où que ce soit, et franchement ne faudrait-il pas, par pitié, donner leur chance à d'autres ? Quand Mme Feathers n'était pas partie dans un monologue agrémenté de digressions sur l'air de "je ne vous dérange pas", elle parcourait la maison pour lutter contre les impertinents ennemis de l'ordre : manteaux vautrés avec une provocante impudence sur la rampe de l'escalier, livres nonchalamment étalés sur le canapé, emballages de bonbons en papier d'argent roulés en boule sur la table basse, si petits qu'ils la mettaient au défi de les voir, bols zébrés par des restes de crème glacée en train de s'y incruster qui se moquaient d'elle du fond de l'évier jusqu'à ce qu'elle les saisisse d'une main ferme et efface de leurs figures ces sourires idiots.

La vérité était qu'Isadora enviait souvent à Ian sa maison impeccable, balayée, époussetée, étincelante, où chaque objet était bien rangé à sa place assignée. Elle avait une affection particulière pour le sachet de lavande posé sur une étagère blanche dans la salle de bains, et elle aimait approcher son nez de la petite herbe prévenante qui se donnait tant de mal pour déguiser les odeurs inconvenantes. Ce qui troublait Isadora lors de ses visites dans la maison de Ian, ce n'était pas sa propreté, ni même les soliloques de Mme Feathers, c'était une expression particulière dans le regard dont Mme Feathers lui réservait l'exclusivité, une expression soucieuse, et qu'une infime contraction de bouche distinguait de la désapprobation. L'expression en question était présente même quand la mère de Ian gazouillait un accueil chaleureux : "Eh bonjour, Isadora, et comment vont tes parents ?" Et si Ian et Isadora se retiraient dans la chambre de ce dernier pour faire ensemble des maths, de la biologie ou de l'anglais, ou pour discuter de l'affaire Frail, avec la porte toujours un peu entrouverte, Mme Feathers rôdait dans le couloir ou frappait un petit coup à la porte ou passait la tête dans l'entrebâillement et leur demandait avec des trémolos dans la voix : "Je vous propose des biscuits, à tous les deux ?" Et lorsque la tête et le cou maternels s'étaient infiltrés dans cet espace liminal entre décence et indécence, chasteté et relâchement sexuel, les yeux maternels étrécis étaient tournés non vers son rejeton mais vers la partenaire féminine d'icelui.

L'ironie n'échappait pas à Isadora. C'était *elle* et pas Ian que Mme Feathers tenait pour responsable de la libido de Ian, même si la libido d'Isadora avait un autre objet. La mère avait probablement humé l'avidité sentimentalo-sensuelle qu'inspirait à son fils la jeune Miss Simon aux seins naissants, mais l'idée que son grand gamin anguleux, myope et obsédé par Sherlock pouvait être responsable de sa propre concupiscence n'entrait pas dans la cervelle de plume de Mme Feathers. Non : avec ses courbes, ses grands yeux et sa jolie bouche rose, Isadora était assurément la coupable.

Si, une fois confortablement installés dans l'odoriférant living des Simon, également connu sous le nom de la Ménagerie, Ian et Isadora se trouvaient à l'abri de l'incessante discrétion de Mme Feathers, cela n'impliquait pas qu'ils ne seraient pas dérangés. La notion de dérangement était consubstantielle à la maison Simon. Autrement dit, le dérangement ne les visait pas. Les dérangeurs n'étaient pas des espions. Avant qu'Isadora ait pu demander à Ian ce qu'était ce qui ne pouvait attendre, Théodora passa à côté d'eux affublée d'une miteuse combinaison noire qui avait pu, par le passé, appartenir à la Professeure, un abat-jour à pompons sur la tête et une pince à linge sur son nez en trompette, dans le rôle de l'impératrice de Byzance, au VIe siècle, en mémoire de qui elle n'avait probablement *pas été nommée*, épouse de Justinien Ier et immortalisée dans les *Anecdota* de Procope sous les traits d'une femme intelligente, salace et ambitieuse. Théodora était suivie de sa sujette obséquieuse, Andora, en mode sacré, tête penchée vers un livre qui reposait sur ses paumes étalées et psalmodiant d'une voix sonore, d'après le texte historique en question : "Elle n'avait aucun sentiment de honte, et personne ne la vit jamais se troubler, mais elle se prêtait sans aucune hésitation à des pratiques impudentes. Elle était telle que, souffletée et frappée sur les joues, elle plaisantait ou même éclatait de rire. Elle se déshabillait et montrait nus à ceux qui étaient présents son devant et son derrière, des parties qui doivent rester cachées et invisibles aux hommes."

À l'instant précis où Andora prononçait ce dernier mot, un gigantesque chapeau de cowboy drapé de plusieurs *leis* hawaïens faits de papier crépon rose, bleu et jaune déboula en trombe dans la pièce juché sur une paire de jambes maigrelettes en collant noir qui pochait aux genoux. Le chapeau s'empara du livre d'Andora et rugit : "Maman a dit pas les *Anecdota* !" La volumineuse coiffure traversa alors la pièce d'un pas digne, s'agenouilla devant la bibliothèque, étudia un arrangement au bas de celle-ci et réinséra le volume. L'impératrice et son acolyte bondirent sur le chapeau, lequel lâcha soudain celle qu'il protégeait. Dora Tout Court disparut de la pièce, poursuivie par les deux autres Dora, ses aînées, dans la salle à manger où les deux plus grandes s'écroulèrent, en proie à une crise de fou rire, sur la demi-portion qui poussait des cris perçants et toutes trois se roulèrent par terre comme si elles n'étaient pas des filles mais des chiots et furent bientôt rejointes par Monk qui leur lécha le visage avec excitation et augmenta ce faisant tant l'hilarité que l'hystérie.

Mais le pauvre Ian n'avait pas bougé une seconde ni d'un centimètre après le passage provocant de *Maman a dit pas les* Anecdota, un livre dont il ignorait jusque-là l'existence, un livre qui semblait avoir réduit sa conscience en morceaux. Quelques minutes plus tôt, il était devenu écarlate sur le canapé et, bien qu'il lui fût impossible de voir la couleur qu'avait prise son teint, il en avait senti la chaleur, et, obligé de détourner son visage d'Isadora, s'était efforcé de s'absorber dans quelque casse-tête logique. Hélas, il était trop tard pour la logique. La Petite Impudente lui avait sauté dans la tête et la courageuse mais immodeste enfant s'y sentait déjà comme chez elle. Même si, au cours des semaines suivant son installation, elle se pencherait parfois en avant en agitant devant lui son arrière-train nu durant les pauses, à l'école, c'est la nuit que son activité deviendrait la plus violente lorsqu'elle exécuterait une démonstration de gymnastique dont les pareilles auraient certainement provoqué la panique de la mère de Ian. Et c'est ainsi que le festival nocturne de *rantanplan*, avec, dans le rôle principal, la Dévergondée romaine, en 550 environ, fut, moult siècles plus tard, inauguré par Isadora Simon et sa sœur férue d'histoire, Andora, grâce à la bibliothèque familiale des Simon, laquelle contenait un volume des observations de Procope, observations propres à faire hausser bien des sourcils, sans parler des pénis.

Sans le savoir, Ian se retrouvait fantassin dans ce que le pieux doyen de la cathédrale Saint-Patrick, à Dublin, Jonathan Swift, qui rédigea entre 1713 et 1745, parmi d'autres œuvres, de nombreux sermons solennels, appela "La bataille des livres". Ce grand homme de lettres, véritable tour phallique d'esprit et de sagesse, articula ainsi le vieux conflit : "et par conséquent, les livres de controverse, étant entre tous ceux qui sont hantés par les esprits les plus turbulents, ont toujours été enfermés dans une loge, à l'écart des autres ; et de crainte d'actes de violence à l'égard les uns des autres, nos ancêtres jugèrent prudent de les attacher par de solides chaînes de fer pour qu'ils restent en paix." En raison de quelque erreur flagrante, la Petite Impudente n'avait pas été, ainsi qu'il eût fallu, enchaînée à un mur de béton dans la cave des Simon pour tenir compagnie souterraine à Geoffrey, le mythique alligator, mais avait vécu en liberté à l'étage parmi les P dans la section des classiques côte à côte avec des volumes bien moins sujets à controverse, les *Élégies* de Properce et les effusions chrétiennes de saint Prudence. Le grand détective au cerveau superlatif résidait sur une étagère assez distante de l'Impudente et, comme aucun des Simon ne le lisait à ce moment-là, il se trouvait inactif, entre deux affaires, ce qui signifiait qu'il reposait dans une brume de coke sur un divan au 221B Baker Street, ce qui le rendait vulnérable à toute agression sexuelle.

Il est à présent nécessaire de poser la question philosophique concernant la situation exacte des livres, de demander carrément : où vivent-ils ? Notre sage de Dublin parle d'Esprits, et il parle vrai. Un livre sur son étagère est endormi ; c'est l'Esprit de la chose qui perdure, et seulement après qu'il a été lu et hante le cerveau de son lecteur. Or les cerveaux sont divers, ce qui implique que dès lors qu'il est lu, un livre prend lui aussi des formes diverses, formes qui peuvent ou non ressembler aux mots imprimés sur ses pages. Bien que le cerveau de Ian eût été modelé par des gènes Feathers et Whortle (Mme F. avait jadis été Mlle Whortle) et par l'intérieur indubitablement nerveux (quoique bien en ordre) du sein de sa mère, il avait également été façonné par ce Cerveau-à-pattes asexué et dépourvu d'avenir en tant que père : Sherlock Holmes. Ian savait que Holmes était un personnage de fiction. Il n'était pas de ces croyants naïfs persuadés que S. H. avait un jour effectivement déambulé sur Terre, mais le déductif, inductif et abductif héros faisait depuis longtemps partie intime de Ian Feathers et celui-ci avait le désir fervent de maintenir son homme dans les hautes sphères immaculées de la Raison et de la Science, ce domaine de pureté hors d'atteinte des fourberies de la chair féminine. En outre, parce que celui qu'il aimait, c'était le personnage, il avait prêté peu d'attention à l'auteur de son héros, Sir Arthur, et n'avait *pas du tout apprécié* qu'Isadora l'informe que Conan Doyle avait été un ardent spiritualiste, encarté à la Société pour la recherche psychique, à laquelle Ian trouvait un vague relent de communisme (idéologie qui inspirait à son père la plus extrême répugnance) mais, en vérité, les Esprits de l'un n'avaient rien à voir avec les Esprits de l'autre.

Alors qu'assis sur le canapé à côté d'Isadora, Ian écoutait les aboiements rauques de Monk, les cris barbares des trois Dora et les répétitions excitées du *"Thy stubbel goos !"* de Roger le cacatoès, il parcourait des yeux les bibliothèques qui couvraient les quatre murs de la Ménagerie à la seule exception des trois fenêtres donnant sur la rue, et c'est alors que l'édition complète des *Aventures de Sherlock Holmes* entra en collision avec les *Anecdota* sur le champ de bataille de son esprit. De telles collisions sont inévitables. Plus on lit, plus grande devient la promiscuité entre un livre et un autre. À Rouen, Emma Bovary est en train de rêver de Paris. On frappe à la porte, et qui fait son entrée dans le sanctuaire qu'est la chambre de Madame, sinon le Chevalier à la Triste figure, un bassin de barbier sur la tête, suivi de près par la jeune Catherine Morland, de *Northanger Abbey* ?

Les vétérans de la lecture finissent par s'attendre à semblables intrusions, mais Ian était encore jeune et, bien que vaste, le champ de ses lectures avait également été étroit : romans policiers, logique symbolique, mathématiques (algèbre surtout) ; Ian aimait les groupes, les anneaux et les corps[1]. Nous pouvons donc pardonner à ce garçon brillant mais limité d'avoir éprouvé un choc (même si l'événement à l'origine du choc s'était produit dans son propre cerveau) en voyant l'Impudente quitter les P, où le chapeau l'avait cérémonieusement déposée, et grimper avec une remarquable agilité d'étagère en étagère jusqu'à atteindre les D et, après être passée en courant devant Dickens, ayant trouvé l'adresse qu'elle cherchait, monter silencieusement l'escalier du 221B Baker Street, se mettre nue devant le détective gisant sans méfiance sur le canapé dans un état confus mais satisfait, exécuter son ignoble danse de révélations avant et arrière, grimper sur le grand homme et le violer. Il est vrai que Sherlock avait été pris par surprise. Il est vrai que de vagues pensées de résistance

1. Structures algébriques.

passèrent brièvement par la tête du grand détective, cette tête admirable qui n'avait jamais deviné mais s'emplissait de données, données et données, et pourtant cette tête avec la merveilleuse machine qu'elle renfermait, cette machine libre en principe des "caractères émotionnels antagonistes à un raisonnement clair", ne fut pas de taille à résister à l'impératrice.

Et c'est pourquoi, lorsque Isadora se tourna vers Ian en demandant : "Alors c'était quoi, ce dont il était si urgent que tu me parles ?" Ian la regarda, le visage tout rouge et l'air perplexe, et répondit : "Je ne sais plus.

... ET, APRÈS ÊTRE PASSÉE EN COURANT DEVANT DICKENS,
AYANT TROUVÉ L'ADRESSE QU'ELLE CHERCHAIT ...

VII

Le passé peut-il servir à se cacher du présent ? Ce livre que vous lisez maintenant est-il ma quête d'une destination nommée *Alors* ? Dites-moi où finit la mémoire et où commence l'invention ? Dites-moi pourquoi j'ai besoin de vous pour m'accompagner dans mon voyage, pour être mon autre, tantôt ravi, tantôt grincheux, ma moitié pour la durée du livre. Qu'est-ce qui fait que je peux sentir votre foulée à mes côtés pendant que j'écris ? Qu'est-ce qui fait que je vous entends presque siffloter pendant que nous marchons ? Je ne sais. Je ne sais. Je ne sais. Mais si : Mon amour des inconnus.

Tout livre est un repli de l'immédiat vers le réfléchi. Tout livre inclut un désir pervers de faire cafouiller le temps, de tromper son cours inévitable. Blablabla, et tam-ta-di-dam. Je cherche quoi ? Je vais où ? Suis-je en train de chercher en vain l'instant où le futur qui est maintenant le passé m'a fait signe, avec son visage vaste et vide, et où j'ai tremblé ou trébuché ou couru dans la mauvaise direction ? Mes souvenirs, douloureux ou joyeux, apportent-ils une preuve ténue de mon existence ? Les révolutions de la mémoire, ces passages en boucle de l'an huit à l'an vingt à l'an cinquante et un, apportent-elles l'illusion d'un surplus de temps ? Sont-elles une façon de me faire accroire que la mort peut être remise à plus tard, et puis à plus tard encore ? Rappelons-nous ceci : Schéhérazade était une créature de la bibliothèque. Elle lisait les philosophes, les historiens, les hommes de sciences, les poètes, et le rythme qu'elle imprimait à ses histoires la maintenait en vie nuit après nuit parce que le grand homme écoutait et, tout en écoutant, allait et venait dans le temps et parcourait de nombreuses routes jusqu'à devenir quelqu'un d'autre, et alors arrive l'instant où toutes les histoires ont été racontées, et le livre s'achève.

Presque tous les jours, ma mère me dit qu'elle n'est pas prête à mourir. Et puis elle ajoute : "Mais je ne veux pas vivre vieille et décrépite sans plus un seul neurone valide. Je ne veux pas de ça." (Non, moi non plus je ne veux pas de ça, maman.)

"J'ai quel âge ? me demande-t-elle une fois de plus.

— Quatre-vingt-quatorze.

— Et toi, tu as quel âge, alors ?

— Soixante-deux."

Et elle me dit qu'il ne peut être vrai que son enfant soit devenue si vieille. Elle me dit que j'étais un si beau bébé, et qu'elle a toujours été d'avis que la première enfance est trop brève. Comme elle a aimé cette période de nos vies, la mienne et celle de Kari, et puis, comme pour corriger son idéalisation, elle rappelle mes convulsions quand j'avais un an, son coup de fil paniqué à mon père, son désespoir, son cœur battant, "pas seulement dans ma poitrine, dans ma tête aussi", mon corps accroché au sien tandis qu'elle sentait son bébé se contracter, mais le temps que mon père arrive à la maison, la crise était passée. Dieu merci, disait-elle, Dieu merci. Le soulagement qu'elle avait ressenti, oh, le soulagement. Et moi je me rappelle quand nous avons perdu Freya au zoo de Central Park. J'avais cru qu'elle était avec Walter et Walter avait cru qu'elle était avec moi et pendant cinq minutes nous n'avons aucune idée de l'endroit où elle peut être. Elle est perdue ou enlevée, et dans ma tête j'anticipe follement, je nous vois au poste de police et je nous vois vivant des jours, des semaines, des mois. Je ne respire plus. Et puis je l'aperçois, en train de parler d'une voix sonore et claire à une femme qui s'est penchée pour l'écouter.

Hier, quelques minutes après la fin de la conversation téléphonique avec ma mère, je suis allée voir les jonquilles qui sont sorties du sol dans le jardin derrière notre maison, à Brooklyn, et je me suis souvenue des printemps de mon enfance qui ont dans ma mémoire un caractère excitant et violent, absent de la saison ici et maintenant. Quand les vents de mars soufflaient, ils me soufflaient si brutalement au visage qu'il fallait me pencher en avant pour conserver mon équilibre sur la route, et quand les abondantes neiges du long hiver avaient enfin fondu elles saturaient la terre et transformaient la pelouse en un marécage sur lequel Kari et moi allions naviguer. Cela arrivait-il tous les printemps, ou n'est-ce arrivé que trois, quatre ou cinq printemps ? Nos pieds s'enfonçaient si profondément dans la fange herbue que nous ne pouvions plus bouger, et l'immobilité était une aventure. Je vois une botte en caoutchouc, verticale et abandonnée, et mon pied en partie nu, la chaussette tassée autour des orteils, qui s'agite en l'air au-dessus des pousses vertes boueuses.

Je me souviens des premières sanguinaires dans les bois derrière la maison, et du jus écarlate qui me teintait les mains. Je frémissais devant la terrible étrangeté de choses qui sont vivantes et de fleurs qui saignent, et j'apportais à ma mère les fragiles corolles blanches : elle en faisait grand cas, et de moi aussi. Je vivais pour ses baisers, alors, et elle m'en donnait à foison. En ce temps-là, si elle se montrait sévère ou irritable, car elle en était capable, la sévérité et l'irritabilité m'éraflaient l'intérieur de la poitrine comme si ses paroles avaient bel et bien été pourvues de barbes et d'épines. À cette époque, quand les bourgeons commençaient à éclater, je les entendais se briser dans mon corps et, ça aussi, ça faisait un peu mal. Et quand les lilas passaient d'un intense violet foncé à un léger lavande, leur parfum attaquait mon nez, m'enivrait jusqu'à me faire perdre l'équilibre, si bien que je m'en approchais avec prudence pour inhaler avant de battre en retraite, inhaler et battre en retraite.

Mon père est dans son bureau, plongé dans un livre de médecine, par un après-midi d'une de ces années, pendant l'un de ces printemps d'autrefois. Je le sais parce que dans mon souvenir je regarde par la grande fenêtre la pelouse qui verdit et les lilas qui fleurissent. J'interromps mon père parce que j'ai appris par cœur les os du corps dans l'*Anatomie de Gray*. Je tiens en l'air devant mon père le squelette en caoutchouc et je récite les noms des os, en prononçant mal *femur* parce que j'ignore qu'il y a un accent sur le *e*, et mon père sourit. Il dit, gentiment : “Oh, tu feras une bonne infirmière.”

Et je fais comme s'il ne venait pas de m'envoyer un coup de poing dans le ventre. Je suis stupéfaite qu'il ne sache pas que je veux être médecin. Que je veux faire les tournées. Que je veux extraire de longues tranches de bœuf de la bouche de femmes étendues sur le dos et réparer les fémurs de garçons de ferme tombés de meules de foin. Que je veux porter ma sacoche noire. Que je veux tapoter l'épaule de vieillards et les rassurer quant à leur pression sanguine. Que je veux hocher la tête devant le corps de gens que je n'ai pas pu sauver. Que je veux ma propre Mme Stydniki, au bureau, et qu'elle lève la tête vers moi en disant "Oui, docteur H., non, docteur H.". Que je veux être un héros. Je ne suis pas un héros, je suis une fille, amer constat.

Mais à cette époque je n'étais pas capable d'organiser en mots ce sentiment d'amertume, même si je vois encore les lilas par la fenêtre – les fleurs de ma défaite. Et est-ce alors ou plus tôt ou plus tard que la minuscule graine d'amertume a commencé à germer en moi ? Personne ne m'enlèvera les noms des os ou des muscles ou des constellations dans les cieux. On ne me dira pas que ma maîtrise de la connaissance n'est pas vraiment de la maîtrise mais un jeu de petite fille, pas sérieux puisque c'est une petite fille qui y joue. Je ferai mon chemin en lisant bien plus loin que toi, papa. Je lirai, lirai et lirai tous les livres de ton bureau et tous les livres de la bibliothèque de l'école et tous les livres de toutes les bibliothèques du monde entier, et je deviendrai si grande que je serai une géante sur la terre. La malheureuse enfant debout dans la pièce avec son squelette, n'ayant pour seul destin que d'être infirmière, était incapable de dire cela. Ni de le penser car les mots étaient indicibles et les pensées impensables. L'enfant ignorait qu'elle était une hérétique, mais elle ressentait la brûlure d'affreuses émotions hérétiques.

Elle consomma des histoires d'injustice avec une détermination et une énergie qui constituaient sûrement un indice, mais ni l'un ni l'autre de ses parents ne le remarqua ou, s'ils le remarquèrent, ils ne dirent rien, et puis qui sait ce qui bouillonne dans la tête d'un enfant ? Elle lut le *Journal d'Anne Frank* et se convertit mentalement au judaïsme, et tenta d'imaginer les souffrances qu'Anne ne raconte pas. Et c'est vers cette époque, n'est-ce pas, qu'elle vit un film de Philip Leacock intitulé *Hand in Hand*, l'histoire d'un petit garçon catholique et d'une fillette juive. Je me souviens mal des détails de l'histoire. Mais elle, S. H., fut si émue par la beauté de cette amitié et la cruauté du monde qu'elle sortit chancelante de la projection spéciale à l'Arts Guild, presque incapable de respirer.

Elle lut tous les livres qu'elle put trouver sur les abolitionnistes, même lorsqu'ils étaient trop ardus pour elle. C'est ainsi qu'elle trimballa partout pendant un mois *Up from Slavery, Ascension d'un esclave émancipé*, de Booker T. Washington, le lut, mais ne le comprit pas (je me souviens encore de longues discussions spécialisées). Frederick Douglass était trop difficile : que disait le grand homme, en fait ? Elle découvrit *Harriet Tubman : Conductor on the Underground Railroad*, d'Ann Petry, dans la bibliothèque de l'école, avec sur la couverture une splendide Harriet en robe blanche immaculée et armée d'un fusil. Je me souviens de cette couverture. Je me souviens du fusil. Elle lut ce livre trois fois et rêva qu'elle était Harriet Tubman, magnifique de vertu, conduisant les esclaves vers la liberté. Cette étrange gamine était légion. Elle fut Jeanne d'Arc sur son cheval blanc, elle fut Florence Nightingale durant la guerre de Crimée, les mains dans les ventres ouverts, du sang jusqu'aux coudes, et elle fut David Copperfield, mortifié et humilié par M. Murdstone. Elle fut une Jane Eyre paniquée dans la chambre rouge, et elle fut Edmond Dantès désespéré se laissant mourir d'inanition, prêt à périr en prison, privé d'espoir, oublié et seul, jusqu'à ce que lui parvienne un bruit de grattements, le bruit de sa renaissance, le bruit que fait quelqu'un en train de creuser.

Elle vit Mme Malacek ensanglantée juste avant que l'accélération du rythme de ses lectures n'en vienne à revêtir un caractère obsessionnel. S'il ne faisait aucun doute que le sang de Mme Malacek s'épanchait bien des corps des soldats et esclaves mourants dont elle avait lu l'histoire, ce sang lui appartenait à elle aussi. Elle était la malheureuse créature dont la dignité et l'humanité avaient été agressées. Elle mourut, mourut et mourut encore, noblement, en combattant pour la cause – dans un ravin herbeux, sur une paillasse militaire sale, dans son lit de malade aux draps blancs repassés. Elle fut un garçon et elle fut une fille. Elle fut une femme et elle fut un homme. Elle fut le jeune soldat périssant d'une large et pitoyable blessure au côté, ou d'une jambe arrachée. Elle fut incinérée dans un brasier en tant qu'hérétique, pauvre Jeanne réduite en cendres et en poussière, ou alors elle mourut, pâle, belle et tuberculeuse, avec, aux joues, deux taches écarlates et, après sa mort, des récits célébrant sa bonté et sa grandeur se répandirent dans tout le pays.

Il est facile de ridiculiser le moi d'autrefois, de condamner la petite fille blanche dans une petite ville blanche, là-bas dans ce qui était jadis la Prairie, et ses dérisoires fantasmes de souffrance injuste. Oh, blessure bienheureuse ! Que savait-elle ? Et il est plus facile encore de rire à en inonder de larmes notre visage collectif des histoires et poèmes d'orphelins maltraités, de jeunes filles affamées et d'esclaves courageux qu'elle écrivait en secret. Je suis mieux disposée envers elle aujourd'hui que je ne l'ai été. Cervantès se montre bienveillant, à la fin, envers son pauvre chevalier, n'est-ce pas ? Sa mort m'a fait pleurer. Le pauvre homme. Redevenu sensé. Cervantès est aussi bienveillant que Flaubert est cruel. Le Français torture sa créature puis la dissèque avec la froide jubilation d'un chirurgien sadique qui enfonce sa lame dans la chair d'un cadavre féminin et la découpe en longueur, du pubis à la cage thoracique. Et le monde applaudit. Il chante. Je me demande si ce serait aussi amusant si Emma s'appelait Étienne ?

Je prends en pitié cette enfant-moi, qui est, après tout, une créature de mon imagination et était elle-même une créature imaginative, comme le sont tous les lecteurs. Nous balançons au rythme de la mélodie des autres, n'est-ce pas ? Nous devenons eux lorsque, tout à fait tranquilles, bien installés dans notre fauteuil, nous pénétrons par la lecture dans leurs vies. Je suis toi. Tu es moi. Et certains de ces inconnus décident de rester, éventuellement sur le long terme. Certains sont gens calmes et rangés ; d'autres sont bruyants et grossiers. Je vois bien maintenant qu'il lui fallait écrire, dissiper la pression qu'exerçait dans son jeune corps la bataille que se menaient les livres, et si ce que produisaient ses gribouillis relevait de la naïveté et de l'effusion romantique, ça n'a rien de nouveau. L'auteur du Cahier de rédaction Mead, la mère de Ian et d'Isadora avait écrit pendant une bonne partie de sa jeune vie, griffonnant et dessinant dans ses journaux et carnets, et sur des bouts de papier fourrés dans des enveloppes.

Mais il nous faut revenir à notre histoire. C'est encore le début du printemps. Le mois de mars avait été froid à New York cette année-là, et la ville était longue à reverdir. La narratrice du cahier s'en plaint. Mars 1979 : "Bouillasse, temps pourri, et humide." Et pourtant, le rythme et l'envolée qui caractérisent le ton général de ces pages témoignent d'une humeur conquérante.

17 mars 1979

Page, j'apprends à danser la danse d'ici, les claquettes, au cas où tu l'ignorerais, changements de pied, glissades, déhanchés. Je peux les enfoncer, tous. Je me suis entraînée devant le miroir à prendre l'air supérieur et dédaigneux. Il faut baisser les yeux et tourner un peu la tête d'un côté et veiller à ne pas sourire ou, si on sourit, que ce soit du coin de la bouche, mine de rien. Bien entendu, je réserve cet air pour les crétins. Je ne le fais pas avec mes vrais amis, jamais avec la bande des cinq. Whitney fait ça naturellement, ça va de soi.

Je n'ai aucun souvenir de cet "entraînement". Et je me demande si l'auteur invente, si ce n'est pas devant la glace qu'elle se donne des airs mais dans le cahier. Impossible à dire. La bande des cinq, récemment formée, consistait en Whitney Tilt, Gus Scavelli, Fanny Cumberland (locataire flamboyante susmentionnée), Jacob Ackermann (physicien) et moi. (Sur la bande et sa formation, voir aussi chapitre VIII.)

À ce moment-là, Minnesota avait payé son loyer de mars. Elle évoque son compte bancaire, qu'elle surveille désormais régulièrement. Des bribes de sa comptabilité apparaissent dans les marges du cahier. Elle travaille au livre encore intitulé *Mon intéressante existence* et se fait du souci à propos du tour que vont prendre ses deux ados. Elle lit Wittgenstein, lentement. La pensée de Whitney ne la quitte pas. "Whitney écrit un poème qui fonctionne comme une machine à explorer le temps ; c'est une spirale." Notre héroïne reprend ses petits tours réguliers et percutants sur la mousse en compagnie de différents fantômes, et reste attentive à la possibilité de héros bien réels susceptibles de rendre l'atmosphère plus charnelle. Trouve le charnel, pas le héros, le 18 du mois.

19 mars

Compte rendu d'une rencontre. Étudiant en droit, vingt-quatre ans, D. T. Grand et mince, bras splendides, jambes longues et un petit cul bien rond et ferme. Yeux implorants, nez légèrement busqué. Belles dents. Conversation sympa à propos de jargon légal au resto chinois. Me ramène chez moi dans appartement minuscule. M'allonge sur petit canapé couleur crème avec grande tache de café, me déshabille méthodiquement, range chacun de mes vêtements bien en ordre sur chaise proche, dispose à son gré mes membres nus. Je souris d'un bout à l'autre. D. T., encore vêtu, s'agenouille par terre à côté de moi. On dirait qu'il m'a confondue avec un instrument à cordes. Il pince délicatement, avec sérieux. Fait danser le tendre bout de ses doigts près de clitoris endormi. J'ai peur de me mettre à rire mais je ferme les yeux. À la fin des fins, sa technique paie, petite explosion. Il baisse sa fermeture éclair, se fait plaisir, et c'est fini.

Je ne peux pas remplacer les deux lettres par un nom et un prénom. Je ne vois qu'ombre et canapé, et je me rappelle vaguement ma participation étonnée à la conception érotique du jeune homme, qui n'était pas du tout la mienne. Je m'étais soumise avec bonne humeur à son rituel parce qu'il était sympathique, beau et inoffensif. J'ai eu de nombreux amants au cours des années qui ont précédé ma rencontre avec Walter Feld, mais j'en ai oublié la plupart et l'ironie c'est que de ces personnages essoufflés, acharnés (ou doucement tripoteurs) jadis si solides, ne reste désormais qu'un défilé de fantômes aériens sans visages ni noms avec qui je suis entrée en collision dans une ville où les collisions simples et éphémères étaient fréquentes. Est-il possible de célébrer ou de regretter ce qui nous est sorti de la tête ?

Lucy Brite, en revanche, telle qu'elle était alors, une femme que j'avais à peine vue et avec qui je n'avais jamais eu de vraie conversation, est encore intensément vivante dans ma mémoire. Je l'écoutais aller et venir dans son appartement en sifflant ou en chantonnant, j'entendais couler l'eau de la douche, les cintres s'entrechoquer, ses petits pas rapides en direction de la porte. Trois fois, au cours d'une seule semaine, j'ai entrouvert la mienne et l'ai regardée sortir du 2C dans un nuage de parfum, vêtue d'un long manteau à capuche qui ballonnait dans son dos quand elle marchait. "Ma chère Page, c'est comme si Lucy était devenue l'une de ces dames furtives qui, dans un roman du XIXe siècle, filent dans la nuit porter une lettre à un amant ou à un enfant depuis longtemps perdu de vue, né hors les liens du mariage. Où va-t-elle ?"

Pour Page, enregistré le 27 mars

"Patty, c'est moi. On peut parler maintenant ? [Elle écoute.] Hummmm. Je ne pige pas. Tu es trop profonde pour moi, tu sais. [Elle écoute.] Je répète : la puissance de l'air – tourbillons, sel et eau. Voyelles longues. J'apprends. [Elle écoute.] Revanche, ma cocotte. [Elle écoute, soupire.] J'essaie. Je ne sais pas comment je m'en suis tirée sans toi. [Elle écoute.] J'ai le couteau. Non, ça fait deux jours que je ne l'ai plus vu. Je lui ai dit de me fiche la paix. [Elle écoute.] Je ne veux plus avoir affaire à lui. C'était une erreur de lui parler de nouveau. Patty, je ne l'ai pas. [Elle écoute.] Je suis d'accord. Oui, pour la chauve-souris. [Elle écoute.] Tu as raison. Je sais. Je sais. Je fais ce que je peux, je surmonte. [Elle écoute.] *Younger self.* Bou… [inaudible – Boomerang ?] Sang, le sang, oui. Je l'ai goûté. Comme tu avais dit, avant le ligotage. Les autres en sont ? [Elle écoute.] Moth ? Gorse ? Clair de lune. On en a besoin ? [Elle écoute.] L'aiguille. Ted. [Elle écoute et rit.] Le ligoter, le bâillonner, lui couper les couilles. [Elle rit, écoute longuement. Murmure :] Oui, je vois tout ça dans ma tête. Lindy. [La voix s'étrangle. Silence.] Je dis son nom, je le dis. Pourquoi les docteurs n'ont-ils pas pensé à ça ? Ils sont si bêtes. Ampérage insuffisant. [Silence. Elle chuchote – inaudible.] Je répète ! Bien sûr que je répète ! Le cercle. [Elle écoute.] Non, j'adore le jardinier. Chaque jour sans faute, mon chou. J'en suis. J'en suis. [Longue écoute silencieuse.] Sentir la corde. Visualiser la corde. Serrer le nœud. [Elle écoute.] Au revoir, ma douce."

28 mars 1979

Je me sentais nerveuse, ce matin. Couteau, cordes. Le jardinier boiteux traîne la patte sous une tonnelle chargée de roses. Terreur sous-jacente pendant qu'en fumant trop de cigarettes j'ajoutais trois pages à *Mon intéressante existence*. Elena parle en agitant les deux mains. Je l'appelle "la grande gesticulatrice". J'écris. Mon personnage Elena et l'Elena qui me raconte ses histoires ont un air de famille, mais pas plus. J'ai considérablement accentué sa silhouette mais ma lady n'a rien remarqué du tout. Le livre est un roman à épisodes, une œuvre de fiction comme le sont toutes les autobiographies et pourtant je me méfie des souvenirs de cette femme. Je la soupçonne de mentir. Si on écoutait Elena, la narratrice du livre (elle, moi, ou une mixture de nous deux, selon l'angle sous lequel on voit les choses) serait sans cesse en train de décrire les apparitions de l'héroïne, qu'elle qualifie de "svelte", ou de "séduisante", ou "aux yeux de biche". Quand je lui ai fait remarquer l'impossibilité phénoménologique qu'il y a, pour tout un chacun, à véritablement se voir entrer dans une pièce, elle a froncé les sourcils mais n'a pas insisté. En tout cas, alors que je voguais avec E. B. et ses parents au printemps 1931 sur un paquebot à destination de Londres, je réfléchissais à la date, une date prégnante d'une horreur annoncée, et je me suis retrouvée accrochée à la mystérieuse famille de Lucy : les deux Ted et la Lindy morte dans la cour. Le bavardage énigmatique de Lucy est mon mauvais rêve.

Quand j'ai retrouvé Whitney en ville à la Cupping Room vers dix-sept heures, elle m'a regardée, les yeux étrécis, et m'a demandé : "Qu'est-ce qui ne va pas ?" Pendant que je lui racontais mes aventures d'espionne, j'ai fait tomber ma fourchette de la table et le bruit qu'elle a fait en heurtant le sol m'est remonté le long des nerfs, de la main jusqu'en haut du bras. Whitney m'a regardée sans mot dire. Je lui ai lu la transcription de la conversation téléphonique d'hier soir, maintenant ma voix au stade du chuchotement afin que nos voisins ne puissent pas nous entendre, et j'avais à peine fini que Whitney me piquait le cahier et me relisait le texte d'une voix sonore, en énonçant les mots comme s'ils faisaient partie d'un poème ou d'une pièce absurde. Les deux hommes à la table voisine la regardaient en souriant. Quand je lui ai dit que ce n'était "pas très sympa", Whitney s'est penchée vers moi et m'a dit que si elle ne me connaissait pas si bien elle penserait que j'avais "fabriqué" de toutes pièces cette histoire insensée, mais qu'elle savait que ce n'était pas le cas et qu'elle avait voulu me faire entendre les mots, les entendre vraiment, et puis elle a dit : "Ta voisine, on dirait une fée barjo dans une version foldingue du *Songe d'une nuit d'été*." Elle m'a assuré que je m'étais monté la tête sans raison, et puis elle a poursuivi : "« Je répète. » Elle dit qu'elle répétait. Et s'ils étaient en train de répéter une pièce ? As-tu jamais envisagé ça ? Peut-être que la pièce a pour titre *Le Jardinier boiteux* ? Peut-être qu'elle sortait de chez elle avec le script ? Peut-être que « Le Cercle » est le nom d'un théâtre. Il y a des tas de petits théâtres à New York."

Elle a raison, évidemment. C'est une explication plausible. Whitney est intelligente. Toutefois, ce n'est pas elle qui a écouté au mur. Elle n'a pas entendu l'émotion dans la voix de Lucy quand elle parlait de ligoter, bâillonner, couper des couilles. Elle n'a pas entendu la façon dont Lucy a dit "Lindy".

29 mars 1979

Sur la couverture du *Times*, ce matin, j'ai lu ce titre : ÉMANATIONS DE RADIATIONS SUITE À UN ACCIDENT DANS UNE CENTRALE NUCLÉAIRE DE PENNSYLVANIE. J'ai eu pendant un instant un sentiment d'irréalité. J'entendais la ville au-delà du puits d'aération. N'aurait-on pas dû évacuer les gens des environs ? Cet endroit s'appelle Three Miles Island. Un joli nom rendu affreux.

1er avril 1979

Page, nous sommes dimanche soir. La ville est toujours là. Bien sûr, nous pouvons mourir lentement par contamination, tous les habitants de New York peuvent succomber lentement à l'un ou l'autre mal et mourir dans une évacuation massive d'âmes abandonnant derrière elles des millions de cadavres en décomposition. Personne n'a envie de penser à une chose pareille. Je me suis fait des rigatonis et suis restée chez moi pour lire. Vers dix-neuf heures, j'ai entendu des gens arriver à côté. Il est vingt-trois heures maintenant et ils sont partis, mais Lucy a eu des visiteurs. Au début ils parlaient tous en même temps et je n'ai pu en enregistrer aucun convenablement. Juste ces fragments :

"Rouge pour moi. Blanc pour Patty." [Tintements de verres, froissements, rires.]

"Non, c'est toi qui vas chercher le fromage."

Lucy : "Dis donc, Moth, merci de ne pas garder le pâté pour toi. Fais passer."

[Rires. Tout le monde parle en même temps.] "Il est super, ce coussin, Lucy. La broderie."

Lucy : "Ma cousine, à Tulsa…" [Redoublement de conversations – inintelligible.]

Voix douce, haut perchée : "Comment ça se présente, Patty ?"

[Boucan surexcité, glapissements, rires. Tous féminins.]

Voix rauque mais grave et impressionnante. "Rappelez-vous : La mère est la baleine de la philosophie occidentale, toujours frémissante, juste en dessous de la surface. Toute la tradition à la noix constitue une négation de l'origine."

Lucy : "Je ne sais pas vraiment ce que ça veut dire."

Voix stridente : "Melville. *Moby Dick*."

Quelqu'un d'autre : "Pas une seule femme dans ce roman. Aucune digne de ce nom."

Voix stridente : "La mère baleine. Ce serait impeccable, mon chou. [Continue d'une voix aiguë, déchaînée.] Évidemment nous pourrions tous être bientôt contaminés par les radiations qui se sont échappées, bon Dieu. La mère suprême devrait nous démolir tous ces foutus connards avant qu'ils nous zigouillent tous. Ça me prend la tête, ça me rend cinglée. [Exclamations, caquetages.] Alors, d'accord, les filles, tout le monde est prêt pour l'opération ? Qui a le couteau ? Elle est où, cette petite créature ? Je sais que je l'ai apporté. Viens là, petit bonhomme. Nous allons te ligoter solidement [voix chantante]. C'est le moment ! Où es-tu, mon mignon ? Gorse, je te dis qu'il était dans le sac."

"Chut."

Lucy : "Pas si fort, les murs, ici, c'est du papier."

Voix douce : "Je l'ai. Je l'ai. Tu as le couteau ?"

Silence soudain. Chuchotements.

Voix rauque : "Déverse sur nous ta radiance. La roue tourne..."

Quelqu'un souffle : "La radio. Préservons le secret."

Voix douce : "Je suis nue."

[Fou rire. Encore des "Chut". Sifflement admiratif. Rires.]

On a allumé la radio. Programme de jazz. Batterie. Quelqu'un joue de la batterie. Quelqu'un joue de la batterie dans la pièce, pas à la radio.

Page, je n'ai plus entendu très bien après ça à cause de la musique à la radio plus la batterie. Borborygmes – psalmodies et chants, moments avec musique seule. Ça durait et durait, et j'étais fatiguée. J'ai arrêté parce que mon bras n'en pouvait plus de tenir le stéthoscope et que je commençais à avoir mal à la hanche sur le plancher dur. Vers vingt et une heures, j'ai entendu quelqu'un qui pleurait sur fond de Chet Baker. Je crois que c'était Lucy. Quelqu'un a crié : "Retiens-la !"

Nouvelles psalmodies. Paroles indistinctes. Gémissement. Une voix : "J'ai peur. Il ne va pas mourir ?"

Et puis, tout ça, quoi que ce fût, a pris fin. Quelqu'un a éteint la radio. Les femmes ont échangé des chuchotements. L'une d'elles a roucoulé. Des bruits de pas. La porte qui s'ouvre et se referme. Suite d'au revoir mélodieux : "Bonsoir, ma douce. Je t'aime, petite sœur. Moi aussi je t'aime. Dors bien. Plus de soucis maintenant. Tout est bien."

Ensuite Lucy marche. De l'eau coule. Lucy se couche. J'entends une sirène, le hululement de New York. Maintenant elle diminue. Je compte jusqu'à onze. Partie, maintenant. Fanny parlait de "*rolfing*", l'autre jour. On vous masse à vous faire crier. Gus disait qu'il avait un ami qui avait subi une "thérapie agressive". On l'avait agoni d'insultes à tel point qu'il avait fini par se tordre de douleur tout en sanglotant. Il disait que cette technique s'adressait aux individus des classes supérieures en demande d'humiliation. Il a probablement raison. Thème urbain : des citadins expulsant leurs monstres à travers des gémissements. Il existe un mot pour ça : *abréaction*. Dans ma tête, la voix féminine basse et rauque : "La mère est la baleine de la philosophie occidentale." Cette phrase est fascinante, mais dans Melville il s'agit d'un grand cachalot blanc. Whitney se trompe. Lucy ne joue pas dans une pièce. "Viens là, petit bonhomme." Ça me fait penser à des elfes et des fées. Qu'est-ce que tout ça signifie ? J'espère que je vais pouvoir dormir. Je me demande ce que Whitney en dira demain.

Bises, S. H.

Des fées dansent sous la lampe qui pend au-dessus de notre seuil. C'est le soir et je vois leur ballet agité à travers la porte moustiquaire, par où un vent encore brûlant de soleil souffle dans la maison. "C'est la lumière qui les attire", dit mon père, d'en haut. Est-ce un souvenir ? Je supplée. Je supplée. Pourtant je suis encore capable de circuler dans la vieille maison, vendue il y a des années à l'homme aux tatouages après la mort de mon père, puis revendue à deux écologistes pourvus de trois enfants. J'avance pas à pas d'une chambre à l'autre. Se souvenir, c'est une navigation, une répétition, une roue : j'entre dans le débarras et je vois les manteaux et les vestes pendus à ma gauche et, au-dessus, l'étagère avec les bonnets de laine tricotée, les bérets de mon père, l'écharpe blanche en mohair de ma mère, des moufles dépareillées, puis je passe dans la cuisine et voici la table en chêne et, derrière, un comptoir avec quatre tabourets peints en rouge, et je ferme les yeux à la lumière qui brille par la fenêtre, une lumière qui change avec les saisons, une lumière qui revient à ce qu'elle était à chaque printemps, été, automne et hiver précédent et si je fais le tour du comptoir, passe devant le poêle et m'arrête près de l'évier, j'arrive à lire la température sur le thermomètre de l'autre côté de la vitre. Dans les trois premiers mois de l'année, elle peut tomber à trente, trente-deux, trente-trois degrés au-dessous de zéro, et quand le ciel est sans nuage, la neige scintille de centaines de milliers de diamants qui me font cligner les yeux quand je regarde en direction des dunes de neige blanche et des bois au-delà, et alors il m'arrive parfois de sentir la mélopée en moi, une incantation dans mes oreilles – les elfes ou les fées ou les lutins me parlent. Alors j'arrête tout et j'essaie de prier Dieu d'une voix qui domine les leurs, et j'attends qu'ils s'en aillent.

Le 7 avril, sortant de l'immeuble pour me rendre comme d'habitude chez Elena je vis à ma droite Lucy et le jeune homme pâle en conversation animée. Je me rappelle l'attitude de Lucy, droite et raide vue de dos, et qu'elle paraissait petite par rapport à lui ; sa tête arrivait à peine à l'épaule du jeune homme, mais c'est le visage blême de celui-ci qui est resté fixé en moi. Ses yeux étaient humides et ses traits convulsés. J'inspirai un grand coup pour me raffermir et, au moment où je tournais à gauche vers le métro, j'entendis s'élever derrière moi la voix de Lucy : "Je te l'ai dit, c'est fini !", un cri aigu dont il me sembla sentir l'impact à l'arrière de mon crâne et puis l'écho dans mes oreilles tandis que je m'éloignais dans la rue, et avec ces mots me vint le soupçon d'une relation amoureuse entre eux. Malgré leur différence d'âge, l'expression était intime. "C'est fini." C'est ce que les gens disent, n'est-ce pas ? "C'est fini." Restons-en là. Basta. Chacun pour soi. Fin. Refermons le livre. C'est terminé. Salut, l'ami. Tu vas ton chemin, je vais le mien. Dégage. Fais ta vie. Je veux plus voir ta sale gueule par ici. On est séparés maintenant, disjoints, coupés l'un de l'autre, pour toujours. "Je te préviens, si tu passes cette porte, ne reviens jamais." C'est ça qu'on dit dans les films. "Si tu passes cette porte, ne reviens jamais."

Tante Irma disait volontiers : "Il ne faut jamais dire jamais." Mais voici le secret : le jamais dispose lui aussi de temps et d'espace, même si l'on oublie souvent ces coordonnées-là. Peut-être est-ce l'Oublié en personne. Quand vous arrivez au bout du chemin, prenez à droite, et puis marchez environ quatre cents mètres jusqu'à la maison abandonnée, sur votre gauche. Vous la verrez. Toutes les issues sont bouchées par des planches. On dit qu'une femme squatte là-dedans. Personnellement, je ne l'ai jamais vue, mais on dit qu'elle boite et qu'elle a vu des merveilles et des terreurs. On dit qu'elle est sortie d'une histoire pour entrer dans une autre.

VIII

J'étais la seule de la bande à avoir entendu ma voisine à travers le mur, la seule à l'avoir jamais vue. Pour mes amis, Lucy Brite était moins un être humain qu'un tas d'inepties transcrites dans mon cahier au fil des mois, dont très peu trouvaient un fondement quelconque dans des faits avérés. Lindy, Ted, Ted junior et les médecins incapables étaient des créatures des monologues de Lucy, qui réapparaissait ensuite dans ses conversations téléphoniques avec la mystérieuse Patty. J'avais bel et bien vu et entendu Lucy sur le trottoir avec le pâle jeune homme. Je savais sans le moindre doute que Patty et au moins deux autres femmes s'étaient trouvées dans l'appartement de Lucy et s'étaient à cette occasion livrées à une activité impliquant une batterie, un petit bonhomme, des tourbillons, des baleines mères, un couteau et une corde.

Chacun de mes amis concocta un récit possible afin d'expliquer ce qui arrivait à ma voisine. Les données étaient les mêmes, les imaginations différentes. Si cynique que cela paraisse, comment-raconter-l'histoire-de-Lucy devint un jeu auquel nous jouions pour nous amuser. Malgré les remords que j'éprouvais à nous voir nous renvoyer Lucy comme une balle de tennis, je trouvais du réconfort dans les diverses théories échangées car je n'avais pas envie de vivre seule en compagnie de ce mystère. J'avais besoin que mes amis me soutiennent et m'aident à échapper à la violence tapie dans le récit fragmentaire encore en cours dans l'appartement 2C.

Dans mon souvenir, je nous revois souvent autour de la table dans le loft de Whitney, en fin de soirée. Un restant de bougie brûle dans une soucoupe où la cire liquéfiée arrive au ras de la mèche, pratiquement noyée, et quand je lève les yeux je vois sa lumière instable réfléchie dans le bombé d'un verre à vin et la fumée des cigarettes qui flotte au-dessus de nos têtes. J'aimerais pouvoir nous écouter maintenant, entendre nos voix, y compris la mienne. Je me demande si les discussions de haute volée dont à vingt-quatre ans je faisais mes délices ne me paraîtraient pas aujourd'hui moins rigoureuses. En vérité, ce n'est pas d'un dîner que je me souviens mais de plusieurs qui se sont mêlés dans ma mémoire : 1979, 1980, 1981 et 1982 se confondent dans mon esprit parce que les dîners se succédaient dans la même pièce.

S'il m'est à ce point impossible aussi bien d'évoquer avec précision les visages de mes amis que de reproduire nos conversations, je peux toutefois décrire dans les grandes lignes les traits de chacun. Le langage solidifie la mémoire visuelle et, après que l'image s'est désintégrée, les mots survivent. Mais de nous cinq l'image m'est moins importante que la sensation, cette atmosphère de complétude qui n'était pas le fait d'un seul mais était générée par nous tous. Nous étions contents de nous, voyez-vous, et cette autosatisfaction provenait de juste ce qu'il fallait de conscience de nous-mêmes – pas assez pour rigidifier nos paroles et nos gestes, mais pas assez, non plus, pour que nous ne nous percevions pas comme un allègre assemblage romantique et échevelé de jeunes artistes et intellectuels.

Quand nous étions ensemble, ce que nous n'avions pas encore fait mais ne manquerions pas de faire avait le pouvoir du sortilège. Nous étions la jeunesse à l'état brut, nous avions avalé l'avenir en une seule bouchée, c'est-à-dire que ce que nous étions dépendait de ce que nous imaginions que nous allions devenir et, parce que nous nous impressionnions les uns les autres, nous étions illuminés par notre admiration mutuelle. Bien que les humains ne cessent de se projeter dans les lendemains, le temps prend, quand on vieillit, la forme d'un entonnoir. L'ouverture, au bout, diminue, le passage se rétrécit. Le possible devient le probable. Ces temps-ci, je m'accroche à l'immédiat. J'écris en chemin vers la mort.

Ma seule possibilité d'accès à l'ancien loft de Whitney est à présent mon propre fantôme. Je peux nous imaginer autour de la table, mais je ne peux pas revivre cette forme particulière de contentement qui était le nôtre parce qu'il était fondé sur des espérances qui ont aujourd'hui disparu. Dans le cahier, j'écris indifféremment "la bande des cinq" ou une autre expression, plus affectueuse.

15 avril 1979

Je n'utilise pas cette expression devant eux. Elle manque d'ironie et exhale un sentimentalisme très XIXe siècle. Pour être parfaitement honnête, elle sent à plein nez Dickens en personne, mais avec toi, Page, je suis tout à fait libre de les appeler les "Bien-aimés". J'ai dîné avec les Bien-aimés, hier soir. Tout le monde est d'un avis différent sur l'histoire de Lucy. Je me demande ce qu'elle penserait si elle savait que cinq détectives en chambre étudient son cas. S. H.

Je ne donnais aucun autre détail sur ce dîner.

Tandis que je médite sur la question des multiples repas fondus en un seul, je vois Jacob Ackermann s'enfoncer dans son siège, les manches de son pull remontées au-dessus des coudes, une Gitane entre les doigts. Jacob est notre physicien de Princeton, un blond rubicond de vingt-huit ans, né et éduqué à Paris, juif ayant des racines en Palestine, souvent en jean blanc étroit et baskets. Whitney a rencontré Jacob à la galerie Castelli, sur West Broadway, où ils avaient discuté de Jasper Johns sous le signe d'une affection partagée. Il roulait dans une vieille décapotable bleu et blanc d'une marque américaine que j'aimerais pouvoir me rappeler. Aucun de nous ne comprenait ce que Jacob faisait réellement à Princeton, mais nous chérissions l'idée qu'il œuvrait dans le but d'extraire de notre univers infini des secrets minuscules.

C'est Jacob qui, le premier, utilisa le mot *quark* en ma présence. Il décrivait les fermions comme des particules "barbouillées" et me conta l'histoire de Murray Gell-Man, qui avait prédit leur existence et les avait nommées d'après un extrait de *Finnegans Wake*. Jacob parlait aussi des quarks en termes de *up*, *down*, *top* et *bottom*, de charme et d'étrangeté. Ce langage me faisait moins penser à Joyce qu'à Lewis Carroll, comme si la physique elle-même existait de l'autre côté du miroir. Quatre ans plus tard, Jacob me présenterait un autre physicien, Walter Feld, en disant : "Il est *left string*", commentaire déroutant qu'allait bientôt éclaircir Walter en personne mais pour moi, en 1979, "Walter Feld" n'était même pas un nom et celui qui le portait n'occupait ni temps ni espace dans mon univers.

Lors d'un de ces dîners en ville, Jacob m'apprit qu'en physique théorique il fallait à trente ans avoir percé, réalisé quelque chose de grand, sans quoi on était envoyé sur la touche. Jacob avait publié un article important mais il me laissa entendre que celui-ci devait être suivi par quelque chose de meilleur et je compris qu'à l'instar du corps des danseurs, l'esprit des physiciens n'était pas autorisé à vieillir, et en vins à me demander pourquoi certaines espèces d'idées semblaient s'épanouir dans des cerveaux jeunes alors que d'autres avaient besoin pour arriver à maturité d'années de soins attentifs.

Je mis un certain temps à comprendre qu'aux yeux de Jacob la justesse de ton jouait un rôle important dans la conversation, un ton qui mêlait sincérité et cynisme, compliment et plaisanterie. Je découvris aussi que, comme beaucoup de ses compatriotes, Jacob considérait le flirt comme un art. En France, une phrase bien tournée est parfois préférable aux contorsions acrobatiques de la chair. Badiner avec Jacob me rappelait que j'avais fait du chemin depuis le Midwest, et le sentiment de cette distance me plaisait. J'ai un souvenir très vif de Jacob me disant un jour, sur un ton de tristesse mesurée : "Pourquoi portes-tu ce genre de pantalon ?" et moi, baissant les yeux sur le pantalon en toile que j'avais toujours aimé, de m'apercevoir que, soudain, il me déplaisait.

Rien d'étonnant à ce que la position de Jacob par rapport à l'histoire de Lucy combinât jovialité et raison. Lucy, selon lui, était une malade mentale en plein délire. Il soutenait que les deux Ted, Lindy, le jardinier boiteux, Sam Haynes et les enfants magiques, tous étaient les créatures d'une psychose. N'avait-elle pas fait sans cesse allusion à "l'hôpital" et aux "docteurs" ? Jacob affirmait qu'elle avait parlé au téléphone avec son psychiatre, l'indulgent Patrick Quelque Chose. Comme je le mettais au défi de réviser sa théorie de façon à tenir compte du "c'est fini" révélateur sur le trottoir et des femmes gémissantes chez ma voisine, il sourit, déclara qu'il était bien connu que certains fantasmes peuvent être contagieux et cita en exemple la bonne douzaine d'individus qui, dans une bourgade italienne, avaient vu une statue de la Vierge pleurer trois larmes de sang. (Je suis frappée maintenant par l'idée que de tels propos doivent m'avoir fait penser à Frieda Frail et aux difficultés que j'avais à concevoir ce que j'allais faire d'elle mais, en réalité, je ne m'en souviens pas.) Je réagis avec indignation. J'avais vu le jeune homme pâle devant l'immeuble et il y avait des mois que j'écoutais Lucy. Je ne souffrais pas d'hallucinations. Sur quoi il m'avait tapoté l'épaule en disant : "Je sais que tu n'es pas folle, Minnesota, mais es-tu, oui ou non, une *romancière** ?"

Même alors, il n'était pas évident de savoir si Jacob croyait à l'hypothèse Lucy-est-psychotique. Il aimait la provocation pour la provocation, avait été maoïste pendant une brève période quelques années auparavant (ce qui me consternait mais que lui semblait considérer comme ayant grande allure) et, quelle que fût son agilité en matière de physique théorique, en matière de psychologie sa perspicacité laissait beaucoup à désirer. Le féminin de *romancier*, *romancière*, est inévitablement affecté du coefficient de paternalisme dont les Français font preuve depuis des siècles envers les personnes qui prétendent écrire sans être du "bon" sexe, et c'est pourquoi cette phrase qui commençait en m'accordant que je n'étais pas folle et se terminait par une qualification féminine ne m'est jamais sortie de la tête.

J'aimais bien jouer avec Jacob, j'appréciais le tac au tac de nos répliques, même si je ne pouvais pas l'égaler sur ce plan. Nous sommes toujours amis. Ce propos apparemment inoffensif m'a blessée parce que j'y reconnaissais une musique familière et condescendante. Jacob n'avait pas et n'a pas pris l'habitude de me toiser de haut mais à cet instant sa voix s'était fondue avec d'autres voix entendues au long des années de ma brève existence. Si cette tonalité particulière n'avait résonné qu'une seule fois en ma présence ou si elle avait été le fait d'une seule et unique personne, je suis certaine qu'elle aurait disparu de ma mémoire, mais ces notes dévalorisantes ont au fil des années pris l'allure d'un refrain écœurant.

Et écoutez-moi bien : la sorcellerie de la répétition fait perdre au temps sa direction. Le voilà qui saute en avant, en arrière, fait des bonds, qui flotte vers la surface puis s'enfonce et tourne sur sa roue. La mélodie résonne, se réverbère et atteint un crescendo, et c'est alors qu'elle devient vraiment difficilement supportable. "Tu feras une bonne infirmière."

J'ai fermé la porte sur August Scavelli au chapitre IV pour m'en prendre à Malcolm Silver, le super-héros qui a complètement disparu de ce livre. Je vais installer Gus en face de moi à la table imaginée-remémorée, appeler Whitney à s'asseoir à côté de lui et évoquer la brise qui a si souvent soufflé sur nous par la fenêtre ouverte sur West Broadway. La rue a une odeur caractéristique, mais je ne peux que la deviner : essence, échappements, sueur humaine, papier journal, poubelles, crottes de chien, et bien d'autres choses encore, qui rendent le mélange indescriptible.

Avec son embonpoint et ses cheveux blancs, le Gus que je connais toujours a éclipsé son image plus jeune, mais je peux affirmer qu'à l'époque il n'était ni gros ni mince. Son corps avait l'agréable sveltesse des bien nourris et bien traités. Il avait d'épais cheveux noirs toujours soigneusement peignés, une peau olivâtre, portait des lunettes sur ses yeux bruns, était doté d'une vaste mémoire, et prononçait ses communications sous forme de bulletins rapides et détaillés, bourrés de noms et de dates, qu'il s'agît de son héros du moment, Wim Wenders, du génie d'Eisenstein ou de Jimmy Carter, des significations émotionnelles des angles de prise de vue ou des ingrédients des lasagnes de sa mère.

Gus avait grandi à Toms River, près de la côte du New Jersey, avec ses parents, ses six frères et sœurs et son grand-père paternel, qui fulminait en italien quand les relations familiales devenaient tapageuses, ce qui était souvent le cas. Selon Gus, sa passion pour le cinéma fut déclenchée par la maladie. L'été suivant son neuvième anniversaire, il commença à se sentir lourd et bizarre et dit à sa mère que "ses genoux étaient fatigués". Sa mère lui saisit alors le visage à deux mains, geste que Gus expliquait comme étant la méthode permettant à sa mère de se concentrer sur un seul de ses sept enfants, et elle remarqua que les lèvres de son quatrième avaient pris une teinte cendreuse. Mme Scavelli emmena Gus en hâte voir un médecin qui diagnostiqua chez le garçon une forme rare mais passagère d'anémie, après quoi il dut rester au lit pendant deux longs mois au cours desquels ses sœurs et ses frères entraient et sortaient précipitamment de la maison, laissant claquer devant ou derrière eux la légère porte grillagée chaque fois qu'ils allaient et venaient, en gambadant ou en courant, entre la maison et les jeux, les amis et la plage. Je me souviens de la porte grillagée parce que Gus aimait agrémenter ses histoires de force détails. Nous apprîmes que sa mère compatissante l'avait beaucoup gâté cet été-là, qu'il avait consommé, au lit, de grandes quantités de crèmes glacées et de *cannoli* et que, comme avant lui d'innombrables enfants devenus des artistes et des intellectuels, Gus s'était découvert résident d'autres mondes.

Il regardait tous les films qu'il pouvait trouver à la télévision et cédait à son penchant pour le *Million Dollar Movie*, le "film à un million de dollars", qui passait un même film deux fois par jour pendant une semaine. Il m'avait raconté que grâce à cette possibilité de voir et revoir les films, il se rejouait mentalement ses scènes préférées avant de s'endormir. "Je me baladais dedans", nous disait-il, les yeux brillant de la joie de ce souvenir. La première reine de l'écran fut pour lui Fay Wray, la victime-objet d'amour de King Kong, qui crie et se débat entre les mains du grand singe. Ce film était devenu une blague entre nous et nous prenions plaisir à débattre de ses significations pernicieuses. Pour le meilleur et pour le pire, Hollywood projette sur l'écran une foule de fantasmes, peurs et préjugés, mixture souvent grotesque de piété et de folie américaines, surtout quand il y est question de sexe et de race. C'est Gus qui m'a raconté qu'en 1925, Samuel Goldwyn tenta d'attirer Sigmund Freud en Californie en lui offrant cent mille dollars, mais que l'auteur de *L'Interprétation des rêves* ne voulut rien avoir à faire avec la Fabrique des rêves.

Whitney appelait Gus "Dr Plénitude" parce qu'il avait tendance, lorsqu'il abordait un sujet important, à fournir davantage de renseignements que strictement nécessaires ou désirés : dates exactes de sortie des films, nom intermédiaire des acteurs, habitudes alimentaires de tel ou tel réalisateur, erreurs de continuité et désastres sur le tournage. Ces tours et détours étaient presque toujours intéressants, mais il arrivait parfois à Gus de ne pas retrouver son chemin vers la route principale. Whitney attirait régulièrement l'attention sur les défauts des gens qu'elle aimait, et le côté brutal de cette stratégie la rendait non pas moins mais plus merveilleuse encore aux yeux de ses amis. Je soupçonne que c'était parce que ses critiques étaient fondées sur une combinaison de perspicacité et d'intimité et que, loin de blesser, lorsque ses flèches touchaient leurs cibles humaines elles nous donnaient l'impression d'être distingués – pas comme les autres – et donc compris.

Gus ne se limitait pas au cinéma, toutefois. Il était attiré par le rêve collectif sous de multiples formes et s'intéressait vivement aux phénomènes de mode. Il défendait l'hypothèse d'une Lucy-adepte-d'un-culte-psychothérapeutique-tendance. Il s'appuyait sur des modes psychiques apparues et disparues : colonies de nudistes, neurasthénie, cornflakes et eugénisme. Le *rolfing*, le cri primal, l'EST et la thérapie Z étaient alors en vogue. Il nous régalait d'histoires de sa cousine Maria, qui était devenue *moonie*. Gus affirmait que les gens les plus improbables étaient susceptibles de ressentir l'appel de l'idéalisme, d'émotions intenses ou de leaders charismatiques. Voyez Jonestown. Jones avait offert à ses disciples une vision d'inclusion raciale. Ils étaient partis fonder un monde nouveau au Guyana. Gus mentionnait aussi les sullivaniens, qui avaient leur quartier général dans des immeubles de l'Upper West Side. Il connaissait la sœur de l'un d'entre eux. Son frère avait coupé tous les liens avec elle et leurs parents, mais après l'accident sur Three Miles Island il avait enfreint son vœu et l'avait appelée pour lui enjoindre de quitter New York. Il lui avait appris qu'il était en chemin vers la Floride avec le reste de "la famille", que toute la partie nord de la côte est était sur le point "d'exploser".

Lucy, croyait Gus, s'était laissé prendre à l'une ou l'autre arnaque psychothérapeutique. N'avait-il pas été question d'argent ? La plupart de ces cultes fonctionnaient grâce aux économies de leurs membres. Le galimatias téléphonique et les mélopées que j'avais entendus à travers le mur lui faisaient l'effet de démonstrations définitives. Et qui était le jeune homme pâle ? Un membre qui avait transgressé la règle, été expulsé et, à présent, perdu sans sa communauté, suppliait les autres de le réadmettre.

Whitney soutenait la thèse selon laquelle *Le Jardinier boiteux* était une pièce de théâtre tout en l'embellissant légèrement afin de faire place aux informations supplémentaires perçues à travers le mur, et en citant Stanislavski. Celui-ci n'avait-il pas plaidé pour "la mémoire affective" en tant que véhicule permettant d'entrer dans un rôle ? De nombreux groupes n'avaient-ils pas porté très loin cette idée ? Ne savait-on pas que des coaches encourageaient leurs élèves comédiens à "s'exprimer" ? Cela ne signifiait-il pas parfois crier et hurler ? Patty était la coach de Lucy. Lucy ne répétait plus "je suis triste, je suis triste" ces derniers temps, pas vrai ? Elle sortait, se baladait avec une enveloppe kraft – le scénario –, pas vrai ? Elle semblait plus heureuse, s'apitoyait moins sur elle-même. Elle invitait des amies chez elle – des amies actrices. Ne psalmodiaient-elles pas "de vagues hymnes à une lune froide et stérile" ? À les entendre, ces femmes ne ressemblaient-elles pas à de vagues comédiennes ? Peut-être que le jeune homme pâle avait été chassé du groupe, et qu'il souhaitait revenir. C'était sûrement cela. Peut-être qu'il buvait ou qu'il se droguait. Peut-être avait-il manqué la répétition une fois de trop et, bourrelé de remords, implorait-il le pardon de ses fautes. Si Whitney pensait que Lucy voulait véritablement tirer vengeance de son ex-mari, elle était persuadée que Patty "explorait" ces sentiments féroces en vue du rôle de Lucy.

Et que pensait Fanny ? "Lucy veut la mort de ce connard. C'est pas évident ?" Fanny prononça ces phrases le 23 avril 1979. J'en suis certaine parce que je les ai rapportées dans le Mead le soir même. Fanny, que nous appelions aussi "Tiny[1]" – elle mesurait un mètre cinquante-cinq –, avait des cheveux châtains coupés court, un visage en forme de cœur, un grand nez parsemé de taches de rousseur, une grande bouche toujours rosie au rouge à lèvres et un corps aux proportions de starlette. Les courbes au-dessous de son menton lui avaient valu un emploi de strip-teaseuse et de danseuse érotique qui avait financé son doctorat en psychologie à l'université de New York. Les quatre amis aimaient l'idée que la cinquième du groupe ait bravé les restrictions des bonnes manières bourgeoises avec témérité au point d'avoir bel et bien porté des cache-tétons. Fanny avait gagné sa vie comme danseuse et économisé pour l'avenir, et pourtant j'avoue que je n'ai jamais aimé l'idée d'un quelconque quinquagénaire renversé sur son siège, la queue raidie dans son pantalon, pendant qu'une Fanny quasi nue ondule au-dessus de lui.

Après la fin de ses études, Fanny s'était faite performeuse, avec un penchant pour une nudité vigoureuse. Elle suspendait des clochettes à ses seins, écrivait sur son corps, rampait sur le sol, gloussait, hennissait, miaulait et récitait des textes d'une voix sonore. Elle citait régulièrement *L'Anti-Œdipe*, de Gilles Deleuze et Félix Guattari, un livre qu'elle avait manipulé si souvent et avec tant de ferveur qu'il avait perdu et puis recouvré sa couverture à l'aide de ruban de masquage et de Super Glue. Ses entrailles avaient souffert, elles aussi, fort chiffonnées en raison de l'habitude qu'elle avait de prendre régulièrement son bain en compagnie des deux philosophes. Les

1. Minuscule.

citations qu'elle faisait des deux anti-freudiens ne manquaient jamais de revigorer ses publics, peu abondants et en majorité jeunes : "Merde à tout votre théâtre mortifère, imaginaire ou symbolique !"

L'intelligence de Fanny était vive, mais elle fonctionnait par à-coups. Elle était réfractaire à la méthode, à la logique et à toutes formes d'étude lente. Elle abordait le savoir par la méthode de la foudre. Elle lisait constamment, pour être électrifiée par des éclairs de vérité auxquels elle réfléchissait ensuite pendant des mois. Elle et moi nous disputions à propos de son adoration pour D&G, ainsi qu'elle aimait à les appeler. "Minnesota ! Relax ! Tu comprends pas ? Je veux tout casser, donner des coups." Alors que Jacob conservait vis-à-vis du "travail" de Fanny une distance stupéfaite, Gus s'en indignait. Lui qui, à neuf ans, avait eu le béguin pour Fay Wray, une "petite femme" s'il en fut jamais, ne réussissait pas toujours à cacher son inconfort, et je me souviens qu'un jour il lui dit rudement : "Si tu crois que mettre des clochettes à tes nichons sera un boulet de démolition pour le capitalisme, tu peux courir !" Fanny jouait les dures à cuire, mais elle était sensible à l'humiliation, surtout venant de Gus, car je la soupçonnais d'être secrètement amoureuse de lui.

Où finit la performance et où commence la vie, c'est l'un des grands mystères. Fanny n'avait pas résolu ce dilemme, non plus que le reste d'entre nous, mais elle avait un don que nous ne possédions pas. Elle adorait avoir un public, sauf qu'il pourrait être plus exact de dire que ce qu'elle aimait, c'était son amour. Elle pouvait amener une foule à un summum d'excitation, et elle pouvait la ramener à un silence révérencieux, et ce pouvoir avait sur elle un effet enivrant. Et, ainsi que nous le faisons tous, elle jouait à la ville des rôles dans lesquels elle pouvait être tout aussi fascinante – bombe sexuelle agressive, intellectuelle pleine de sérieux, humoriste. Sa dimension plurielle l'autorisait à faire de ses charmes des usages qui nous seraient à jamais impossibles, à Whitney et moi. J'étais jolie, Whitney était belle mais Fanny, qui n'était ni l'un ni l'autre, possédait le "glamour", cette magie d'une forme particulière de narcissisme. L'amour de Fanny pour elle-même exsudait autosuffisance et abondance, comme si elle en avait plus qu'assez pour son compte et prenait plaisir à les distribuer. Et, en ce temps-là, presque tout le monde semblait en manquer.

Je n'oublierai jamais le visage extatique de Fanny après une performance qu'elle avait donnée dans le loft d'une amie. La concentration lui avait fait des pupilles immenses et sa bouche gardait une expression démente – autant grimace que sourire –, et elle se jeta toute en sueur dans mes bras en rugissant de rire et entreprit de me relever du sol, ce qu'elle parvint à faire en un rien de temps car elle avait beaucoup de force. Elle avait accroché à son string une queue d'âne et je regardai celle-ci balayer au rythme de ses bonds le plancher de polyuréthane blond. C'est curieux, à quel point je revois clairement cette queue.

Je n'ai jamais cessé de revenir à Fanny dans mes souvenirs. Je la revois sur scène, la bouche grande ouverte, déclamant une phrase de Nietzsche ou de Mae West, cul en l'air, ou riant d'un rire éraillé, vêtue seulement d'un haut-de-forme et d'une énorme *merkin*, autrement dite perruque pubienne, qui lui donnait l'air d'avoir un animal collé sur le bas-ventre. Je l'entends hurler : "Je ne mangerai pas mes petits pois pour ces foutus petits Chinois !" Je la vois brandir un phallus gigantesque tout en bourrant de coups un poupon gisant sur le sol. L'extrême inconfort qu'elle provoquait était, évidemment, le but. Je sais aussi que si j'avais fait ce qu'elle faisait, mes parents en auraient pleuré de honte. Les parents de Fanny étaient divorcés, et elle parlait rarement d'eux. Une fois, une seule, en réponse à quelque chose que j'avais dit, elle avait déclaré : "Mon vieux ? C'est simple. Il me déteste."

Je dois ajouter que les habitudes de Fanny étaient brouillonnes. Elle laissait traîner ses vêtements un peu partout dans le loft. Elle faisait des bruits de bouche quand elle mangeait des céréales, ce qui était fréquent. Elle buvait tout le jus d'orange sans penser un instant à sa colocataire. Elle se curait le nez devant nous et si nous gémissions, dégoûtés, mugissait des obscénités. Elle se rongeait les ongles jusqu'au sang et si Whitney exprimait sa désapprobation et suggérait une manucure, Fanny lui tirait la langue et geignait : "Oui, m'man" et "Non, m'man". Elle parlait ouvertement du plaisir qu'elle éprouvait à renifler son doigt après se l'être fourré dans le "trou du popotin". En même temps, elle était extrêmement affectueuse. Elle nous étreignait, nous embrassait, nous chatouillait et nous faisait rire. Nous aimions Fanny mais notre petite amie pugnace et rebelle dépassait, à l'époque, nos capacités de compréhension.

Tiny n'était pas sans peur. Elle vomissait souvent avant ses performances. Elle émergeait de la salle de bains, blême et souriant d'un air penaud, en disant : "Bon, une bonne chose de faite." Par définition, les gens sans peur ne peuvent avoir de courage, et Fanny en avait énormément. C'est maintenant seulement que je me rends compte que, comparées à Fanny, Whitney et moi, si ambitieuses que nous fussions, étions des jeunes femmes bien comme il faut, qui respections la plupart des règles. Vous voyez donc que la tablée de cinq a changé de signification entre 1979 et 2017. *Le souvenir est changement.* Notre "Minuscule" est devenue plus grande et plus sage : "Lucy veut la mort de ce connard."

Contrairement à Carolee Schneemann, Marina Abramović ou Karen Finley, Fanny n'est jamais devenue célèbre ni même à moitié célèbre. Elle en avait l'énergie, mais pas cet acier, ce métal nécessaire pour continuer un numéro qui était plus ou moins une version, voire de multiples versions, de son moi profond. Elle avait aussi des crises de découragement pendant lesquelles elle pleurait beaucoup et faisait de fortes fièvres qu'aucun médecin ne pouvait expliquer. Je me souviens de lui avoir apporté un gant de toilette frais un jour que sa température avait dépassé les 39° et, comme je le posais sur son front, Fanny s'était mise à balbutier qu'elle m'aimait. "Je t'aime, Minnesota, parce que tu es gentille." Whitney était là aussi, assise sur le lit de Fanny, à l'étage. En me regardant droit dans les yeux, elle articula silencieusement : "Sainte."

Quand je parcours du regard les assiettes à dessert sur lesquelles gisent des morceaux de tarte entamés et les verres contenant encore un doigt ou deux de vin rouge luisant d'une lueur rubis à la lumière des bougies, ma vision intérieure se brouille et c'est comme à distance que je nous entends parler et rire. Que disions-nous ? Je tourne les yeux vers la porte et je la vois s'ouvrir. Une femme entre dans la pièce. Elle porte un soutien-gorge en fer-blanc et a un timbre-poste soigneusement collé sur une joue. Elle a la tête rasée et s'est peint le crâne en rouge. J'ai déjà présenté la baronne à Fanny et Fanny s'est entichée d'elle. Fanny appelle Elsa "Grand-mère", "la Créature Fracassée" et "le Barde Embrasé". Un an plus tard, un vers d'Elsa devint un élément de son numéro : *"Tinkle I mellow ukulele."*

La baronne était une *femme fatale** qui plaquait les hommes au sol quand le désir frappait, et les mordait jusqu'au sang. C'était une bête effrontée douée d'intelligence. Elle effraya Marcel Duchamp et William Carlos Williams. Je regarde les deux petits hommes s'enfuir vers les collines. "Viens, petit bonhomme, nous allons te ligoter solidement." La baronne était une calembourière phallique, arrêtée à Pittsburg pour port d'un complet d'homme et parce qu'elle fumait une cigarette. Quand elle était adolescente, son père l'avait agressée et elle lui avait en réponse envoyé un formidable coup de poing avant de sortir à jamais de sa maison. Sa mère était morte. Quand Ida-Marie Plötz était devenue folle, son mari l'avait bannie dans un asile où elle mourut d'un cancer de l'utérus. Elsa en tint le grand homme pour responsable, ce père violent et autocrate. Elle était convaincue que c'était lui, avec sa syphilis non traitée, qui avait été cause du mal. Elle resta toute sa vie la vengeresse de la mort de sa mère.

Mon esprit paillard est inné –
Héritage de mon Papa –
Sa plaisanterie grossière m'a conféré
L'étincelle de l'obscénité

L'héritage de ma noble mère
Mélancolie – passion – ardeur –
Courbé par des rênes de grande dame
Exilée du château – noblesse gâchée.

Les Bien-aimés sont assis autour de la table dans le loft de Whitney. Ils sont tous vivants, et tous encore jeunes et prometteurs. Elsa est là, elle aussi, un bras drapé autour de Fanny. Peut-être qu'elles s'embrassent. L'une et l'autre emmenaient filles et garçons au lit. Fanny et moi nous sommes un jour embrassées pour voir quel effet cela faisait, mais alors j'ai ri et ce n'est pas allé plus loin. As-tu été déçue, Fanny ? Tu t'en fichais peut-être. Il semble que j'aime mieux les filles dans mes fantasmes que dans la vraie vie.

Je n'écris pas seulement pour raconter. J'écris pour découvrir. Whitney sait ce que je veux parce que je lui ai parlé de "bestial et froid". J'entends son rire. La Petite Impudente escalade la bibliothèque. Fanny est au lit avec un gant de toilette sur le front. Gus réfléchit au piètre et flagrant abus du plan rapproché. Jacob prononce le mot *romancière* – la Petite *Romancière*. Quelqu'un veut la mort de ce connard.

Il ne reste pas beaucoup de temps, et presque plus d'argent. Peut-être qu'elle a faim. La baronne écrit une lettre : "Ma très chère Djuna, mon livre de poésie… Oh !

ce qui peut être – ce serait pour moi me maintenir – au moins à flot – si je pouvais le voir bientôt ! Djuna, j'en ai un besoin désespéré –"

Il n'y a pas de livre. Il n'y a pas de livre avant 2010.

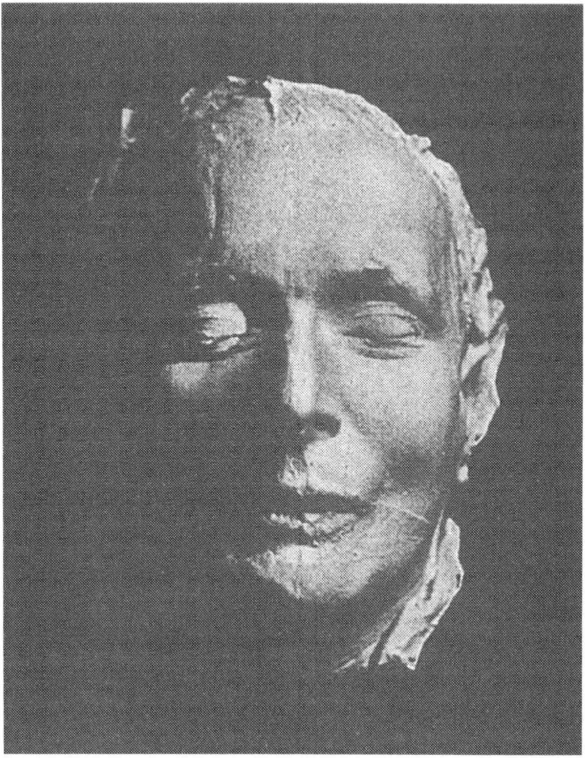

MASQUE MORTUAIRE DE LA BARONNE

REPRODUIT DANS TRANSITION 11, FÉV. 1928

IX

Je suis dans le Minnesota. C'est le petit matin. La fenêtre est ouverte et ça sent le printemps. Hier, comme le taxi m'amenant de l'aéroport roulait sur la grand-route en direction de Webster, je me laissais pénétrer par les verts de la chaude lumière de mai, et je sentais les légères ondulations du vaste paysage de plaine et le staccato périodique de ses élévations : les granges, silos, maisons et caravanes, et, par intermittence, au bord de la route, les grands panneaux publicitaires pour des aliments, des motels et Jésus. La musique visuelle de chez moi.

J'écris jusqu'à midi et puis, parcourant un couloir silencieux après l'autre, je me rends aux appartements Tournesol. J'appuie sur le bouton pour entrer, traverse la salle commune où la télé est toujours allumée, le plus souvent sur la chaîne "Nature", et j'entraperçois la gueule béante d'un mammifère dégoulinant du corps écrasé de sa proie, ou quelque calmar océanique qui va et vient en se tortillant au travers de feuillages subaquatiques, tandis qu'une voix d'homme explique les merveilles du monde animal, généralement en termes anthropomorphiques. Je pousse la porte, je salue ma mère d'un baiser et la veillée commence. Je m'assieds auprès d'elle sur une chaise, elle est allongée dans son lit. Nous contemplons les orchidées, les photographies au mur et, parfois, les tableaux familiers, et nous bavardons. Ma mère somnole de temps à autre puis se réveille en sursaut et demande d'une voix anxieuse : "Tu es encore là ?" Et quand je l'assure que je suis là, elle dit : "Comme je suis contente que tu sois encore là, ma chérie." Je suis là. Lundi je serai partie.

Elle m'interroge sur ce livre, et je lui dis que j'en suis à la moitié. "Tu parles de ta vie, de *ta propre* vie ?" Une année seulement de ma vie, lui dis-je. "Tu crois que je le comprendrai ?" Et je l'assure que oui, et je lui dis qu'elle figure dans le livre. "Rien de mauvais sur ta mère, j'espère." Non, rien de mauvais, dis-je et quelques minutes plus tard elle m'interroge à nouveau sur le livre, et je lui dis que j'y travaille et que, oui, ce sont des souvenirs, mais que les souvenirs ne sont pas fixes. Que j'ai toujours cru que mémoire et imagination étaient une seule et même faculté. "Je ne sais pas ce que tu veux dire", dit-elle. J'entame une explication et ma mère soupire. "Tu lis beaucoup, je sais, mais ensuite tu t'en souviens. Comment te souviens-tu de tout ça ?" Et nous parlons encore. Et alors elle demande : "Et comment va ton livre ?" Je lui explique, et elle dit : "Ah, oui, je crois que tu m'as dit ça hier, n'est-ce pas ?" Le temps n'existe-t-il plus pour ma mère, ou est-ce la perception du temps qu'elle perd ? Est-ce que les deux sont une seule et même chose ?

Quand les minutes et les jours s'effondrent, l'existence perd-elle sa tension ? "Est", "était" et "sera" entrent-ils en collision, formant, dans leur chute, une masse de temps indifférenciée ? La relation du temps perd-elle de son enchaînement ? Je me glisse dans le lit auprès d'elle et lui caresse la main, une main qui ressemble à la mienne. Je dois faire attention à cause de son arthrite. "J'ai quel âge ? Soixante-dix ans ?" Et je la corrige : "Quatre-vingt-quatorze." Ma mère rit. "C'est gênant. Tu sais, quand je t'ai posé la question, je croyais vraiment avoir soixante-dix ans. Vingt-quatre de plus ! N'est-ce pas étrange ? À ce moment-là, c'était ce que je croyais." Et je me dis : son arithmétique ne faiblit pas.

Je vois ma mère, en veste de grosse toile et bottes de caoutchouc, qui sort de la maison pour sa promenade quotidienne dans les bois et au-delà, je la regarde déambuler le long du ruisseau, se pencher pour cueillir une fleur ou ramasser une feuille morte ou une brassée de longues herbes, selon la saison, et je la regarde traverser l'eau en passant sur l'arbre tombé, en se hâtant, à petits pas décidés, les bras écartés pour l'équilibre, et une fois qu'elle est de l'autre côté je l'admire en train d'escalader le raidillon terreux en empoignant des racines avec ses mains et en s'en servant pour caler ses pieds. Maintenant elle traverse le grand pré. C'est une petite silhouette mince et vive sous une immensité de ciel – houleux, gris et humide. "Le ressort de mon pas me manque", me disait-elle hier. Oui, c'était hier. Maman, il me manque aussi.

Je ne lui ai jamais parlé de la nuit du 7 mai 1979. Même si elle vit assez longtemps pour voir la publication de ce livre, il restera posé sur sa table de nuit comme un talisman scriptural de sa fille. Elle ne le lira jamais parce que lorsqu'elle arrive au bas d'une page, le sens de cette page a disparu. Cette idée me réconforte. J'ai raconté dès le lendemain dans le cahier le déroulement des événements.

8 mai 1979

Je veux raconter ça exactement comme je me le rappelle. Je veux rendre cette nuit intelligible, si c'est possible. Je ferai de mon mieux. À la dernière minute, nous avions décidé, Whitney, Fanny et moi, de nous rendre à une fête dans Prince Street parce que Fanny était convaincue que Meredith Monk y serait. Meredith Monk n'y était pas. J'avais mis mon nouveau pantalon bleu, bleu cobalt, acheté chez Loehmann, à Brooklyn, trois réductions de prix successives, de 200 à 39,99 dollars, avec une blouse blanche, simple mais bien coupée, encore une occasion, et le chandail rose que maman m'a tricoté pour mon anniversaire. Je m'étais relevé les cheveux. Je donne tous ces détails parce qu'ils deviennent importants par la suite. Loft immense, des fils électriques pendant partout, murs de briques, sol dégradé. Un instant après notre arrivée, Fanny a reconnu un homme chauve et a couru vers lui. "Freddy !" Whitney a été accostée par Mark Gold, le peintre. Il a au moins cinquante ans. Je l'ai rencontré plusieurs fois. Il se tient penché, l'œil lubrique, et parle de ses expositions et de tous les artistes célèbres qu'il connaît.

C'est alors que j'ai vu l'homme en question. Veston lâche, bleu marine, et chemise classique, très "quartiers chics", au moins un mètre quatre-vingt-dix. À peu près mon âge, à mon avis ; Jeffrey, Jeff. Il a l'un de ces visages à menton carré qui me font instantanément penser à un meneur d'hommes, nez droit, yeux bruns, aisance. Beau. Ai-je remarqué autre chose ? Non. J'essaie de me rappeler de quoi nous avons parlé en premier. L'Italie. Il rentrait juste d'Italie, de Milan. Pourquoi était-il là-bas ? Sa mère y vit. Elle est italienne. Il parle italien. Je lui ai demandé de dire quelque chose en italien, une langue que je ne connais pas du tout. Il l'a fait, mais je ne sais plus ce que c'était. Et j'ai dit que j'étais allée à Florence quand j'avais dix-huit ans. Nous avons parlé des Offices. Je lui ai raconté qu'au bout de deux heures dans le musée j'avais eu la nausée : trop de tableaux en même temps. J'avais fait une overdose de beauté, une indigestion de couleurs. Il a ri. Ai-je aimé son rire ? Je n'en suis pas sûre. Difficile, maintenant, de me rappeler mon opinion sur le moment. Il m'a demandé si je voulais boire quelque chose. J'ai dit oui et alors il m'a pilotée jusqu'au barman en me tenant gentiment le coude. Réfléchis bien. Oui, le geste m'a fait plaisir. Son côté magistral m'a frappée.

Retournes-y, essaie de te souvenir le plus que tu peux. Son père, américain, vit ici à New York, mais il n'en a pas dit grand-chose. Sa mère a travaillé toute sa vie dans la mode, carrière qu'elle a abandonnée pour se vouer à l'observation des oiseaux. La mère de Jeff prend l'avion pour des destinations lointaines à la recherche de certaines espèces et vit maintenant, à en croire son fils, dans un état de parfait bonheur ornithologique. Nous bavardons. Il se tient droit, n'a pas l'œil lubrique. Ai-je parlé de moi ? Très peu. Mon boulot pour Elena, c'est tout. Il a suggéré que je l'accompagne à une autre soirée *uptown*. J'ai hésité. Je sais que j'ai hésité. Quelle heure était-il ? Dix heures et demie, onze heures peut-être ? Ai-je senti que quelque chose clochait ? Non, clairement non. J'ai accepté. Je me suis imaginée l'embrassant, étreignant son grand corps souple. Je l'ai imaginé nu. Ça, c'est un fait. Je m'attendais à finir au lit avec lui. J'ai dit que je devais informer mes amies de mon départ. J'ai cherché partout Whitney et l'ai trouvée assise par terre à côté d'Amanda Blake, qui travaille à la galerie Sonnabend. Amanda était vêtue d'un combi-pantalon violet à épaulettes. Je vois encore la couleur à côté de la chemise noire de Whitney, leurs visages levés vers moi. Quand j'ai désigné Jeff à Whitney, elle a lâché un petit sifflement et a dit : "Les aventures de l'existence."

Dehors, dans la rue, il faisait plus froid que je n'aurais cru. Je le revois tenant ouverte pour moi la portière du taxi. Je me rappelle ses jambes à côté des miennes et sa grande main aux longs doigts sur un de ses genoux. L'anticipation était encore agréable. La vitre était baissée de mon côté et un air froid entrait. J'ai commencé à la remonter, mais il s'est allongé au-dessus de moi pour terminer le travail. "C'est mieux ?" Et j'ai hoché la tête. Jeff est allé à Yale. M'a-t-il offert spontanément cette information ? Peut-être. Il a fait des études d'histoire et d'économie. J'ai oublié presque tout cet échange, sauf que j'ai cité Marx : "L'argent est la confusion et la perversion universelle des choses ; il fait fraterniser les impossibilités." Je lui ai expliqué que j'avais renoncé au marxisme quand j'avais seize ans, mais que cela ne signifiait pas que Marx n'a pas eu des intuitions précieuses. Et il a dit : "Tu es une drôle de fille." Signe de condescendance ? En quoi cette remarque faisait-elle de moi une drôle de fille ?

Je me souviens de ceci, aussi : Il m'a raconté qu'il avait fait partie de l'équipe poids lourds d'aviron de son université. Je savais ce qu'est l'aviron – de jeunes Anglais en shorts, oh hisse, oh hisse, à moins que ce ne soit la voile – toutefois l'expression "aviron poids lourd, ou ouvert", m'était inconnue. Comme en boxe, il s'agit du poids des athlètes. Il parlait avec ferveur de la compétition annuelle Yale-Harvard sur la "Tamise", un fleuve qui pour moi a toujours signifié Londres, mais celui-ci semble se trouver dans le Connecticut et, comme j'observais dans la pénombre du taxi son profil et de temps à autre son visage entier s'illuminer ou redevenir obscur en fonction de la circulation, j'ai pensé que le souvenir de l'aviron avait révélé en lui un sentiment puissant pour la première fois depuis notre rencontre.

Je n'ai pas enregistré l'adresse, je sais que c'était dans l'East Side, et probablement près de l'East River, parce que le taxi a pris la voie rapide. Pourquoi ne me suis-je pas souciée de noter l'adresse ? Je ne faisais pas attention. Quand je suis seule, je fais attention. Et aussi, je ne connais pas cette partie de la ville. Je lui ai proposé dix dollars pour la course, mais il a repoussé ma main. "Non, non, je t'ai invitée." Cela m'a-t-il ennuyée ? Non, j'étais contente d'économiser ces dix dollars. Nous avons pris l'ascenseur jusqu'au neuvième étage. Je vois encore le bouton ; un disque en laiton. De quoi avons-nous parlé ? Il a dit que j'avais l'air d'un mannequin, mais pas la façon de parler. On me dit tout le temps que j'ai l'air d'un mannequin – grande et mince. C'était une remarque banale. J'ai soudain regretté qu'il ne soit pas moins banal. Mais, bon, j'ai l'habitude qu'on me regarde sans me voir. Pourquoi les gens ne me voient-ils pas ? J'ai aussi remarqué sur sa joue une petite coupure de rasoir qui avait commencé à s'enflammer.

À l'intérieur, la grande pièce était dans la pénombre. La vue donnait sur les immeubles avoisinants – géométrie régulière de fenêtres éclairées. Plusieurs lampes de table carrées disposées avec soin répandaient dans l'appartement une lumière blanche et froide, et j'entendais des conversations murmurées, de légers gloussements et une inoffensive musique douce. Jeff m'a présentée à "Rick", un homme qui était soudain apparu, de petite taille, pas gros mais affligé d'un ventre rondelet. Je me souviens que le tissu de sa coûteuse chemise avait craqué sur sa panse, révélant de la peau et quelques poils. Il avait les cheveux peignés en arrière et une légère odeur d'eau de Cologne. Rick se montrait amical de cette façon raide, de pure forme, impersonnelle qui m'était devenue familière à New York, et il avait une voix haut perchée, presque féminine. Il m'a offert un verre de champagne. Je l'ai pris, et j'ai regardé par la fenêtre. Jeff avait dérivé en direction d'un vaste canapé modulable et s'était assis à côté d'un jeune homme blond qu'il semblait bien connaître. Je revois ce jeune homme blond, bouche grande ouverte : "Oh, mon Dieu, Catherine Bales. Comment ai-je pu oublier cette soirée !" Jeff avait les yeux brillants d'amusement au souvenir de Catherine Bales. Je l'aimais moins. Pour renforcer son propos, M. Comment-oublier-cette-soirée a abattu son poing sur la vitre de la grande table basse carrée. Un vase a vibré sur la surface transparente et une rousse au carré impeccable à la Louise Brooks s'est écriée : "Gaffe au cristal, trésor."

Ennui, fatigue, les deux ? Je commençais à me sentir seule et impatiente. Une sensation si ancienne. J'appelle ça "me sentir à la marge". Peut-être est-ce la sensation du gouffre – l'abîme qui s'ouvre entre moi et le lieu où je me trouve – un grand fossé de différence qui ne cesse de s'agrandir et ne peut être ponté. Qu'est-ce qui me sépare de tant de gens ? Une tournure d'esprit ? Je me suis approchée de la table et j'ai remarqué des lignes de coke, coupées avec soin et isolées sur un morceau de papier d'alu.

J'ai regardé un homme aux cheveux bruns et lisses inspirer la fine poudre blanche au moyen d'un billet de cent dollars enroulé, et puis passer le billet à Mme du Carré Impeccable, qui s'est penchée pour faire de même et, comme elle inclinait la tête, j'ai remarqué que le dos de sa robe était largement décolleté. Je vois encore l'alignement bosselé de ses vertèbres, et j'ai eu soudain un sentiment de vulnérabilité – la sienne ou la mienne, je l'ignore.

Sa part prise, elle m'a adressé un signe de tête, mais j'ai refusé du geste. J'ai probablement souri pour dissimuler ma pitié mais aussi mon dégoût. L'idée de me fourrer les narines de cette drogue coûteuse au moyen d'un billet de cent dollars me faisait penser à "confusion et perversion". Une pensée froide et bestiale m'est venue : me voilà retombée au pays des idiots, des idiots décadents et sans cervelle. Que faisait ici l'"équipier" semi-italien de Yale ? Peut-être étaient-ce des gens de la mode, des associés de sa mère. Mme du Carré Impeccable m'attira auprès d'elle sur le canapé en m'appelant "mon chou". Je vis que le maquillage de ses yeux avait coulé. Elle s'est tapoté l'aile du nez avec délicatesse, du bout des doigts, et s'est lancée dans une conférence sur les joies de la cocaïne, "la drogue parfaite. Vraiment. On a une sensation merveilleuse. On se sent juste soi-même, en mieux, et ce n'est pas addictif".

J'ai remarqué que Jeff m'observait. Il paraissait en éveil. À côté de lui, M. Comment-oublier-cette-soirée paraissait en éveil, lui aussi. J'ai dit à Mme du Carré Impeccable qu'elle se trompait. "Que voulez-vous dire ?" Je lui ai raconté que Freud avait été tout à fait de son avis en ce qui concerne la drogue. Qu'il avait écrit à propos de la drogue et de ses propriétés bénéfiques, mais avait découvert ensuite qu'elle est extrêmement addictive et dangereuse. Il avait changé d'avis. Elle pouvait trouver cette histoire dans les écrits de Freud sur la cocaïne. Rick a souri. "Je vois que la copine de Jeff est une experte en schnouf." Le mot copine m'a irritée. J'aurais dû dire : "Je ne suis pas sa copine. On se connaît à peine." Mais, maintenant que j'y repense, pourquoi ne s'était-il pas adressé à moi ? Est-ce que je me rappelle combien on était à cette fête ? Une vingtaine ? C'était le petit matin et à part Rick, la Rousse au carré et Comment-oublier-cette-soirée, les autres ne sont plus que de vagues et mouvantes formes humaines. J'avais envie de partir. Pendant un instant, j'ai envisagé de prendre le métro vers le bas de la ville pour aller à la recherche de Whitney et Fanny. Elles étaient peut-être déjà rentrées et endormies. Je m'offrirais la traversée de la ville en taxi. J'avais assez d'argent. L'idée des trois métros à cette heure tardive, des embardées et des grincements, des lumières vacillantes, des voitures occupées çà et là par un solitaire louche, à moitié endormi ou drogué ou fou ou les trois à la fois me répugnait. Je me suis encore attardée pendant plusieurs minutes ; les autres parlaient. De quoi parlaient-ils ? Propriété foncière. Loyers. Adresses. Quelle importance ? Pourquoi serait-ce important ? Je veux me souvenir de tout. Voilà pourquoi. Je veux comprendre.

Je suis allée trouver Jeff, je l'ai remercié et lui ai dit que je rentrais chez moi. J'étais fatiguée. Il s'est levé du canapé, m'a fait face et a déclaré : "Une fille qui arrive avec moi part avec moi. Je te reconduis chez toi." Il souriait, mais son sourire était faux, je le voyais bien.

Que signifiaient ces mots ? Est-ce que je savais quel sens il leur prêtait ? Pourquoi me faisaient-ils éprouver un vague sentiment de honte ? Était-ce un truc de macho italien ? Insinuait-il que je ne connaissais pas les usages ? Étais-je "une fille" ? Je restai muette pendant plusieurs secondes. Pourquoi ? J'avais franchi cette porte avec lui, c'est vrai, mais nous nous étions choisis dans une autre soirée, il y avait quelques heures à peine. Je lui ai dit que ce n'était pas nécessaire, mais il a insisté. Il faut que je réfléchisse maintenant. Je dois essayer de ne pas lire le passé à travers le présent. "Une fille qui arrive avec moi part avec moi." Ai-je reçu cette phrase comme une menace ? Je ne l'ai pas entendue sans alarme. Alors pourquoi suis-je restée ? Il y a quelque chose en moi que je ne comprends pas.

J'ai remercié Rick, lui ai serré la main, et me suis dirigée vers le couloir menant à l'ascenseur. Derrière moi, j'entendais Jeff en conversation avec Rick et Cette-soirée. Rick a dit "embrasse ta mère". Aparté à voix basse. Une minute après, je les ai entendus rire, tous les trois, et l'âpre mélodie de leurs voix mêlées m'a suggéré que l'un d'entre eux avait raconté une blague salace et je me suis demandé comment, sans avoir écouté le contexte de l'échange, on pouvait deviner ne serait-ce que le sens approximatif de ce que trois personnes se sont dit. Les hommes rient d'un rire différent selon que des femmes les écoutent ou non. C'est certain. J'ai attendu Jeff devant l'ascenseur. Pendant que j'attendais, je me sentais mal à l'aise. Pourquoi ai-je attendu ? Parce qu'il était poli d'attendre, et que je suis polie. Mais ça n'explique pas. Il y avait autre chose – quelque chose de plus – non ? Je craignais, si je n'attendais pas, que ce soit embarrassant. Il avait proclamé haut et fort qu'il quitterait la fête avec moi. Il se sentirait insulté, peut-être même humilié si je partais seule. Mais pourquoi m'en souciais-je ? Cette explication non plus ne suffit pas. Pourquoi n'ai-je pas pris l'ascenseur et disparu ? Qu'est-ce qui m'en empêchait ? De quoi me sentais-je tenue envers lui ?

Il n'a pas dit grand-chose dans le taxi, au début, mais je sentais sa tension, une irritation crispée. Il était sans doute ivre. Je l'avais vu boire du bourbon. Et pourtant, il articulait clairement. Ses gestes n'étaient pas hésitants. Il était grand et pouvait sans doute boire beaucoup. Il m'a demandé sur un ton condescendant ce que je lisais "en ce moment". Est-ce que je lisais Marx ? Ou Freud, peut-être ? Ça me paraît important, maintenant. Il paraissait agacé par mes lectures. Mes lectures semblaient représenter pour lui un affront personnel. Il n'a pas essayé de déguiser son sarcasme. Il supposait que c'était quelque chose de "difficile". Ça m'a énervée et j'ai répliqué avec Wittgenstein et ses *Investigations*. Ce livre m'avait demandé de gros efforts. Je l'avais lu lentement, l'avais étudié, avais pris des notes. J'aurais pu en citer des extraits. J'étais tentée de le faire, mais me suis abstenue. Le beau visage de Jeff avait commencé à me paraître stupide, presque vénal. Il s'est gratté le nez et l'éclat de sa montre en or dans la lumière changeante de la circulation m'a soudain fait horreur. C'était un taxi Checker, spacieux. Je me souviens que je me suis rapprochée de la portière et que j'ai regardé par la fenêtre pendant que nous traversions le parc à vive allure.

J'étais si contente de revoir ce bon vieux 309, 109e Rue Ouest que, si j'en avais été capable, j'aurais serré le cher et vilain immeuble dans mes bras. J'ai plongé la main dans mon sac et offert à Jeff le même billet de dix dollars que j'avais tenté de lui donner plus tôt. Il l'a repoussé sèchement et je lui ai dit "Merci. Bonne nuit". Il faut toujours que je remercie les gens. Grand Dieu, qu'est-ce qui cloche avec moi ? Je suis sortie d'un bond de la voiture, mes clés à la main. J'ai entendu la portière claquer, le taxi qui s'éloignait, et j'ai respiré un grand coup, et puis arrêté de respirer quand j'ai entendu derrière moi le pas rapide et énergique de l'Équipier Poids Lourds. Ma clé avait déjà tourné dans la serrure et j'ai senti sa main qui ouvrait d'une poussée la lourde porte. J'ai retiré violemment la clé de la serrure et serré mes doigts autour d'elle. Dans l'entrée, je me suis retournée. Je lui ai dit que je n'avais pas besoin qu'on m'accompagne, et il a répondu : "Je t'amène à ta porte." Ai-je dit d'accord ? Non. Ai-je eu un geste d'acquiescement ? Non. Et pourtant, je ne me suis pas précipitée dans l'escalier. Je n'ai ni appelé M. Rosalès, ni dévalé les marches vers son appartement en sous-sol. Est-ce que je croyais pouvoir "faire face" à la situation ? Est-ce que c'était parce que je n'avais pas envie de le mettre en colère, ou plutôt de le mettre encore plus en colère qu'il ne l'était déjà ? Savait-il alors ce qu'il allait faire ?

Comme j'enfonçais la deuxième clé dans la serrure du 2B, il s'est appuyé de tout son corps contre mon dos, m'aplatissant contre la porte. J'ai senti ses hanches bouger autour de mon coccyx et puis ses doigts dans mes cheveux, qui tiraient doucement sur une barrette. Ne me comprenait-il pas ? Je me demande aujourd'hui s'il s'agissait là de gestes éprouvés de séduction. Ils lui avaient sans doute réussi par le passé. Me retournant brusquement, je lui ai fait face. Il souriait, l'air sûr de lui. Je voyais ses gencives. Sa bouche m'a paru laide avec ses gencives rouges. C'est curieux que j'aie eu le temps de penser à ses gencives, mais il en fut ainsi.

J'avais le cœur serré d'angoisse. J'ai dit : "Il est temps de vous en aller." Il m'a regardée de haut, un regard patient, indulgent. "Tu ne penses pas vraiment ça, a-t-il dit. – J'ai bien peur que si." Je devais croire alors que ma volonté avait encore voix au chapitre. J'ai mis ma clé dans la serrure, prête à la tourner, me ruer à l'intérieur, claquer la porte et veiller à fixer la chaîne, mais il a posé les mains sur mes hanches, m'a poussée en avant et a refermé la porte derrière nous, mais sans tourner la clé.

Puis il a continué à jouer son jeu bizarre. Comme s'il n'était pas entré de force chez moi, comme si je ne lui avais pas demandé de partir, il a dit : "Laisse-moi t'aider avec ton gilet." Il s'est avancé vers moi, mais j'ai vite ôté mon gilet et l'ai drapé sur mon bras. Il a souri et désigné la chambre du geste. "Alors c'est ici que tu habites ? Sympa." Il a jeté un coup d'œil aux étagères de livres sur sa droite, puis de l'autre côté de la pièce. "Que de livres. Je ne me serais pas attendu à autre chose." Puis il a montré du doigt le fauteuil bleu. "Où as-tu déniché ça, chez Bloomingdale ?" Cette phrase me paraît maintenant hostile. Sur le moment, j'étais seulement éberluée. Que voulait-il dire ? Il est allé et venu deux ou trois fois, toujours le sourire aux lèvres.

"Je vous prie, s'il vous plaît, de partir", ai-je dit. Ai-je dit autre chose ? Est-ce que j'oublie quelque chose ? Non, je ne crois pas. Pourquoi ai-je parlé sans élever la voix ? Pourquoi étais-je calme ? Pourquoi ai-je dit "s'il vous plaît" ? Est-ce que je me croyais capable de le persuader de s'en aller ? Il s'est approché de moi comme si je n'avais rien dit. Il a passé les doigts sur mes bras, des épaules aux coudes. Tous mes sens ont alors paru se ralentir, comme piégés dans un long bâillement, et pourtant cet étrange décalage temporel avait pour effet d'accentuer leur précision. Ma vision gagnait en acuité. J'ai parcouru des yeux les livres sur l'étagère juste à droite de sa tête et me suis arrêtée sur *Voyage au bout de la nuit*. Un titre tout à fait adéquat, ai-je pensé. Je n'arrive pas à comprendre comment j'ai été capable de penser ça, mais c'est un fait. Je l'entendais aussi respirer. Sa respiration était-elle précipitée ?

Il a posé une main sur mon dos en disant : "Allez, ma belle, dansons."

J'ai écarté sa main et fait quelques pas en arrière. Je n'étais que dignité. Je n'ai pas élevé la voix. C'était comme si je jouais un rôle, comme si je récitais le texte d'un personnage de roman. Je m'aperçois maintenant que chacun de nous jouait un rôle, mais ces rôles appartenaient à des histoires différentes. "Je n'ai pas envie de danser. J'ai envie que vous partiez. Il y a des heures que votre comportement a cessé d'être amusant." J'ai choisi ces mots. J'ai choisi exactement ces mots. J'ai entendu l'ascenseur. En train de descendre ? Il a ri à pleines gencives. Je me suis dit : Il a les dents trop petites. Pourquoi ne m'en étais-je pas aperçue plus tôt ? Il ne m'entendait pas. Il ne me croyait pas.

"Allez, ma belle, je t'invite à danser."

J'ai couru vers la porte et l'ai ouverte. Ai-je crié ? Non, j'ai dit : "Sortez."

Il a bondi vers moi et fermé la porte. J'ai reculé mais il m'a bousculée et empoignée par les épaules. J'ai glapi ou couiné. Un bruit aigu est sorti de moi, qui n'était pas un hurlement. Ma trachée s'était presque fermée, mais j'ai avalé une gorgée d'air. Maintenant il faut que je réfléchisse bien parce que je veux reconstruire avec exactitude ce qui s'est passé. Ce n'est pas facile. Il m'a enlacée, me collant les bras au corps, a pressé son visage contre le mien et s'est mis à chercher ma bouche à grands coups de langue. Je me détournais, m'efforçais de me dégager, le mot camisole de force en tête. Il était une camisole de force. "Tu en as envie, me disait-il. Tu sais que tu en as envie. Je t'ai vue me regarder. Tu avais faim. Tu as envie." J'ai commencé à gémir. J'avais honte de ce bruit impossible, même s'il sortait de mes lèvres. J'avais l'impression d'entendre son écho dans l'air.

Il m'a secouée avec violence, m'a couvert la bouche de sa main et m'a susurré à l'oreille : "Pour qui tu te prends ? Tu crois que tu peux me rendre cinglé et puis m'envoyer paître ?" Là encore, je me souviens de chaque mot. Ils sont gravés dans ma conscience. Il m'a traînée sur le sol. J'ai perdu une chaussure. Je l'ai sentie tomber, mais je ne l'ai pas vue. Je lui ai mordu la paume de la main si fort que j'ai eu mal aux dents. Il a crié. Je suis certaine de tout cela, jusqu'ici.

Ensuite je dois avoir valdingué. C'est lui qui doit m'avoir envoyée valdinguer. J'ai heurté l'étagère à livres. Avec la tête. Je suis tombée. J'ai glissé par terre, mes pieds nus devant moi. Je l'ai vu, lui, j'ai vu la chambre, les livres, tout en noir et blanc. Je m'en suis fait la remarque. Il avait sorti son pénis de son pantalon – un pénis extrêmement mince, petit et dur. J'ai bien vu son pénis. Fanny appelle ça une bite-crayon. Je n'en avais encore jamais vu. Son visage furieux. D'où venait sa fureur ? Il haletait, le visage empourpré, debout au-dessus de moi, me regardant d'en haut, son pénis hideux pointant hors de sa braguette ouverte. Le refrain avait déjà commencé, à ce moment-là. "Non, je vous en supplie. Je vous en supplie. Non…" La voix est brouillée de larmes. J'entends maintenant la voix implorante, suppliante, sanglotante, mais c'était comme si j'étais une autre personne, une autre personne malheureuse, désespérée. Ce n'était pas ma bouche qui remuait. C'est à elle que la bouche appartenait. Je n'étais plus à l'intérieur de moi. Cette pauvre fille sur le plancher ne faisait plus partie de moi. C'est la pure vérité. Une vérité qui aujourd'hui me consterne. Elle avait des sentiments, mais moi pas. Elle suppliait, moi pas.

Le tambourinage, à côté, a-t-il commencé pendant que la fille, sur le plancher, gémissait "Non, je vous en supplie" ? Peut-être avant. Bang, bang, bang. On tapait sur le mur. La voix de Lucy, sa voix de Ted : "Sortez. J'appelle la police. Sortez !"

J'ai vu Jeff, livide, courir vers la porte. C'est tout ce que je me rappelle avoir vu, le dos de sa veste au-dessus de ses jambes filant à grandes enjambées. La porte s'ouvrit. Elle resta ouverte. Il était parti. Il était parti et je me sentais étrangement peu concernée.

C'est alors que Lucy est apparue sur le seuil, tenant à deux mains un balai. Ce devait être l'outil avec lequel elle avait frappé contre le mur. Je me souviens que j'ai examiné sa tunique violette, son pantalon noir, ses cheveux aux épaules. Elle était en couleurs. Ma vision en noir et blanc avait été momentanée. Je suppose que lorsqu'il m'a envoyée contre l'étagère à livres, mon nerf optique a trinqué. N'ai-je pas lu quelque chose là-dessus ? Lucy s'est penchée en avant, a jeté un coup d'œil à gauche et à droite et puis m'a regardée, moi. "Ça va ?" Un large visage rond doté de plusieurs mentons s'est dessiné dans l'embrasure de la porte. Le visage était entouré de courts cheveux gris. Il avait un regard véhément et une petite bouche presque dépourvue de lèvres, encadrée de bajoues profondes. Et puis le formidable corps appartenant à cette tête est apparu. De ses larges épaules à ses pieds, il semblait avoir les proportions d'un carré parfait et était couvert d'un long *muumuu* hawaïen marron. Tout en imprimant une légère poussée aux omoplates de Lucy, la grosse femme est entrée pesamment dans la pièce avant de tordre le cou pour regarder derrière elle et d'aboyer : "Moth, pourquoi restes-tu tapie sur le palier ? Entre donc !" J'ai reconnu Voix Rauque. Moth avait un visage aussi long et étroit que celui de sa compagne était grand et rond. Elle est entrée en trottinant et en gazouillant : "Patty, Patty, je ne savais pas s'il était parti." Patty et Moth. Moth était Voix Stridente.

J'ai baissé les yeux vers mon propre corps. Mon beau pantalon bleu tout neuf était méchamment chiffonné et j'ai vu une tache sombre sur ma cuisse. Pour des raisons qui m'étonnent maintenant, ces deux constatations m'ont tracassée. Ma blouse avait été tordue d'un côté, de sorte que les boutons n'étaient plus alignés devant, et du sang coulait de mon épaule sur le tissu blanc. J'ai pensé : la blouse aussi. Dommage. Je me suis demandé si je pourrais la récupérer avec de l'eau de Javel. Je n'éprouvais toutefois nulle inquiétude à propos de Jeff. Il n'était plus là. Je pourrais difficilement exagérer mon indifférence. Je sais que je me suis dit : Tu es vivante, pas morte. Il ne t'a pas violée. Tu n'as pas été violée, mais je ne ressentais aucun soulagement, aucune gratitude, rien. C'était une simple observation.

Lucy, Moth et Patty s'affairaient autour de moi. Mon attention se relâchait. J'avais la nausée. C'est déjà arrivé. J'ai pensé que je pourrais m'évanouir. De minuscules lumières blanches scintillaient dans ma vision périphérique. La voix aiguë de

Moth : "Elle saigne. Elle saigne. Oh mon Dieu, ce qu'elle est pâle !" Lucy s'est agenouillée devant moi et a pris mon visage entre ses mains. Je me sentais perdre conscience. Elle a dit : "Nous sommes là. Tout va bien." Je lui ai dit : "Je veux pas bouger. Je bougerai pas." Personne n'allait me faire bouger. Je voyais de nouveau le visage de Lucy. "Ça va aller, ma petite, tout ira bien." Je ne me suis pas évanouie.

Les trois femmes faisaient des allers-retours entre mon appartement et celui de Lucy pour chercher ce qu'il fallait. Malgré mon refus obstiné de bouger, elles ont manipulé ma tête de haut en bas et conclu que, grâce au ciel, la blessure n'était pas grave, juste une petite entaille près du haut de mon cou. "Beaucoup de sang, mais pas grave." Patty y a appliqué une compresse de glaçons enveloppés d'une serviette, après quoi Moth, à l'aide d'une paire de ciseaux et de sparadrap, m'a fait un bandage en me demandant à plusieurs reprises : "Ça fait mal ? Oh, je te fais mal, ma douce ?" Je n'avais pas mal du tout. Je me demandais pourquoi. Lucy craignait une commotion. "Il faut qu'on la surveille, si elle a des vertiges ou si elle vomit, c'est direct aux urgences."

Ensuite il a été question de la police. Patty allait les appeler. J'ai dit non. Je sentais ses doigts chauds sur ma main droite glacée. Elle m'a parlé de cette voix profonde, brumeuse. "Tu as été agressée." J'ai dit : "Pas la police." Elle était à quatre pattes et le volume de son corps m'a de nouveau impressionnée. Une femme si grosse. Elle s'était mis le visage juste en face du mien, afin que je puisse la regarder dans les yeux, ses yeux si intelligents, et j'ai remarqué sa peau laiteuse, pas un grain de beauté, pas une tache, une peau sans défaut, avec de doux plis de graisse. J'ai eu envie de lever la main pour la toucher, mais je ne voulais pas bouger. J'ai dit à Patty : "Je n'aurais jamais dû monter dans ce taxi avec lui. J'ai été idiote. Mais il ne m'a pas violée. Vous l'en avez empêché. Je vais bien, vraiment."

Tout cela me paraissait éminemment clair, et mes pensées se déroulaient en phrases entières, pas en fragments. Lucy déclara que j'avais le temps de me décider à propos de la police. Elles m'avaient entendue crier. "Nous sommes témoins", disait-elle. Moth voltigeait à mon oreille. "Elle est en état de choc, maintenant." J'ai écouté une discussion sur ce qu'il fallait faire de moi. Elles ne pouvaient pas me laisser là toute seule. Elles allaient m'emmener chez Lucy. J'ai accepté de bouger. À elles trois, elles m'ont aidée à me mettre debout. Quand je me suis retrouvée sur mes pieds, Moth s'est exclamée : "Oh là là, t'es une sacrée grande asperge, pas vrai ?" Elle a rajusté ma blouse et m'a donné deux petites tapes sur le bras, une caresse timide. Lucy a pris mon coude droit, Patty mon coude gauche. J'ai commencé à avancer sous le regard empressé et plein de sollicitude des deux femmes, et l'absurdité m'a frappée. J'étais en pleine comédie. Je me suis mise à rire. "Je peux marcher, ai-je dit. Je vais bien." J'ai dégagé mes bras. Je marchais et je riais. "Je vais tout à fait bien." Toute l'affaire était ridicule, hilarante. J'avais, en fait, un léger vertige. Mon rire affligeait les trois femmes. Patty m'a enjoint d'une voix ferme de me calmer, et je l'ai écoutée.

Il y avait des bougies allumées dans le salon obscur de Lucy, des bougies noires. J'ai senti une odeur d'encens, aussi, qui m'a rappelé la chambre d'Edith Harrington au lycée. Elle faisait brûler de ces bâtonnets pour dissimuler l'odeur de cigarette. Les trois femmes m'ont assise sur un confortable canapé occupant presque la longueur entière du mur de droite, près duquel elles ont allumé une petite lampe à l'abat-jour peint de jacinthes, avant de reprendre leurs délibérations. Elles se parlaient entre elles comme si je n'étais pas là. Peut-être n'y étais-je pas. "Elle a besoin de quelque chose pour dormir. – Je crois qu'elle reprend des couleurs. Qu'en pensez-vous ? Regardez son visage dans la lumière." J'ai entendu des chuchotements concernant la police, il fallait faire une déclaration. "Foutu salaud, connard, sale type." Moth maintenait un marmonnement continu, lourdement teinté de jurons. Je me sentais flasque et vide. La pièce était pleine d'ombres carrées et mouvantes, j'y devinais la présence d'un bric-à-brac, de tableaux et de dessins, sur les murs, dont je ne discernais ni les scènes ni les personnages, des livres empilés sur de petites tables, portant sur leurs dos des titres invisibles. "Reste assise là, nous allons t'installer." Je suis restée assise. Moth faisait du thé à l'autre bout de la pièce et je me suis rendu compte qu'elle avait dû avoir les jambes raidies par un accident ou une maladie. Elle ne pouvait marcher qu'à petits pas, clopin-clopant. Je me souviens de Moth chantonnant et marmonnant pendant que la vapeur montait de l'eau en train de bouillir sur le réchaud. J'ai laissé Lucy me déshabiller comme si j'étais un enfant. Pendant un instant, ne portant plus que ma culotte, j'ai contemplé mon nombril en me trouvant pathétique, mais alors Lucy m'a adroitement passé autour de la tête une masse de flanelle chiffonnée, m'a glissé un bras dans chaque manche et a tiré jusqu'en bas de mes hanches la douce étoffe flottante. Patty est revenue de l'autre chambre chargée d'une couverture et d'un oreiller. Lucy m'a bordée sur le canapé. Moth m'a tendu une tasse de thé. J'ai considéré le liquide vert et brûlant. Des feuilles flétries flottaient à la surface. "Il y a quelque chose dans le thé, mon petit, m'a dit Patty, un sédatif. Ça t'aidera à dormir."

Ce passage continue dans le cahier mais je m'arrête à cet intervalle commode pendant lequel Minnesota, la jeune moi, dort profondément grâce à l'aide d'une drogue sur le canapé de Lucy. Elle a été sauvée par un balai et trois femmes qui pensent être pour elle de parfaites inconnues, mais le sont moins qu'elles ne le croient. Si elle rêve, cette nuit-là, elle ne se rappellera pas ses rêves. Pendant qu'elle dort, son cœur bat, elle inspire et expire et une pendule, dans le 2C, tictaque les minutes et la terre tourne sur son axe invisible et au matin le soleil se lèvera et la ville deviendra plus bruyante et les gens envahiront les trottoirs et les trains. Si le passé n'est pas un endroit qu'on peut visiter, alors en arracher des vérités revient à extraire rien de rien. Non, le passé n'est pas un lieu. Et si le passé n'existe que dans les machinations de la physique théorique et de la science-fiction, alors que nous reste-t-il ? Devrais-je dire que tout ce qui nous reste, ce sont des images mentales fluctuantes dans la tête des gens, qui disparaissent avec eux lorsqu'ils meurent, et des comptes rendus historiques, volumes après volumes de mots et de chiffres ?

Minnesota mettra deux jours à se rendre compte qu'elle ne connaît même pas le nom de famille de l'homme qui l'a balancée contre une étagère de livres. Elle est en bonne santé et sa plaie guérira vite. Mais, sept nuits de suite, elle se réveillera terrorisée après un rêve. C'est toujours le même rêve, sans image, rien que les sensations explosives de sa tête contre une surface dure et de son corps privé de souffle, et d'une présence malveillante qui s'avance vers elle. Une fois calmée, elle comprend qu'elle revit l'agression. Elle a entendu parler de pareilles expériences après des accidents d'avion ou de voiture ou après des combats. Le rêve se répète durant une semaine et puis disparaît. Des années passent et, une nuit, il revient. Des années passent encore, et elle rêve pour la deuxième fois ce terrible rêve et puis, trois ans après, il frappe de nouveau. Trois fois. Pour autant qu'elle sache, il n'y a ni rime ni raison à ces retours. La signification de ce fantôme gît dans ce qu'elle ne peut savoir, enfouie dans les vérités muettes de son corps qui n'ont personne pour les raconter.

Et moi je raconte maintenant, du mieux que je peux. Il y a trente-huit ans, elle a écrit : "Je ferai de mon mieux." Je ne vous mentirai pas. Le souvenir me fait mal – il me fait mal à cet instant précis – et c'est ainsi que le passé reste vivant. Ce n'est pas un lieu mais un mouvement, un surgissement de l'alors dans le maintenant. L'écho de la violence de cette nuit-là et du son d'une voix répétant en vain *Non, je vous en supplie* se propage d'un bout à l'autre et à travers et au-dedans du temps, pas seulement du mien. Il se mêle et se confond avec d'autres temps. Les nôtres. La violence a remué en moi bien avant que j'aie jamais vu Jeffrey, et elle est là en ce moment où j'écris dans la chambre d'amis à quelques pas seulement de la chambre où ma mère est en train de dormir. Maman dort toujours tard le matin. À d'innombrables reprises, je me suis demandé pourquoi il ne m'entendait pas, pourquoi il semblait être un personnage d'une autre histoire, et pourquoi son histoire avait étouffé la mienne. À d'innombrables reprises, j'ai parlé et on ne m'a pas entendue. À d'innombrables reprises, on m'a regardée sans me voir. Je l'observe, au vieux bureau dans la petite chambre du 2B. Elle écrit. J'écris :

> Il y a un couteau, et il y a une clé.
> Il y a une dame qui fait bouillir le thé.
> Ouvre le livre, apprends le charme.
> Il y a une histoire que je dois conter.

X

Je me suis souvent demandé ce que pensait Jeffrey Sans Nom de Famille lorsqu'il s'est enfui de mon immeuble de la 109e Rue Ouest. Je veux dire après avoir pu reprendre son souffle. S'est-il repassé dans sa tête les événements de la soirée afin de les comprendre ? Éprouvait-il des remords ? Était-il stupéfait de sa propre violence ? Je peux me tromper, mais je me risque à dire : rien de tout cela. "Pour qui tu te prends ? Tu crois que tu peux me rendre cinglé et puis m'envoyer paître ?" Ces mots constituaient sûrement un indice pouvant éclairer le mystère de "Qui était Jeffrey ?". Un jeune homme contrarié, oui, mais aussi un jeune homme étonné, un jeune homme qui, juste avant de prononcer ces mots, avait regardé presque tendrement la jeune femme debout devant lui et avait doucement promené ses doigts sur ses bras. Dans ses yeux, elle avait vu sa conviction, elle avait vu sa certitude qu'elle allait se laisser fléchir, qu'elle allait céder à ses charmes et laisser agir les techniques qui lui avaient réussi depuis si longtemps. Peu importait qu'elle lui ait dit de partir. La surdité qu'il manifestait n'était pas universelle mais, plutôt, sélective. Jeffrey avait écouté, ravi, M. Rappelle-toi-cette-soirée-avec Catherine-Bales. J'en étais venue à plaindre Catherine

Bales. Il n'avait pas entendu Minnesota parce que ses mots ne signifiaient pas pour lui ce qu'ils signifiaient pour elle. Deux histoires étaient entrées en collision dans le 2B.

En 1979, le Super-Héros sans nom de famille était pleinement caucasien parce que, même si, un siècle plus tôt, Irlandais et Italiens étaient des Noirs en Amérique, il y avait, à la fin du XXe siècle, pas mal de temps qu'ils étaient devenus blancs, et le héros désormais supérieur se balade impunément dans la ville pour prendre sa part des aventures à vivre. Il a de l'argent en poche, une éducation "Ivy League", des souvenirs précieux de courses d'aviron avec l'équipe des poids lourds suivies de beuveries avec ladite équipe, des exploits sexuels que lui valait sa qualité de membre de l'équipe, des conquêtes dont il se vante devant l'équipe afin d'accroître son statut dans l'équipe et de baigner dans l'admiration de l'équipe, qui compensera, au moins en partie, la petite taille de son organe, et les filles, oh, les filles, elles font preuve de bonne volonté dans l'ensemble. Elles écartent les jambes pour sa petite queue, et elles gémissent et crient lorsqu'elles jouissent dans l'orgasme, réel ou feint. Elles veulent lui faire plaisir, et elles s'y emploient.

Dès qu'il aperçoit la jolie fille, *downtown*, il sait que la chance vient de lui sourire. "Dites quelque chose en italien." Bénies soient les idiotes. Mais ensuite elle cite Marx dans le taxi, plus tard elle évoque Freud avant de le mettre mal à l'aise avec ce sermon de bas-bleu sur la cocaïne. Seigneur. Mais pour qui elle se prend ? Salope prétentieuse. Il va lui fermer la bouche en la baisant.

Ou peut-être n'est-ce pas du tout ça qu'il pense. Peut-être qu'elle le déroute. Elle lui dit qu'elle part, et puis elle attend sagement devant l'ascenseur et le laisse la reconduire chez elle. Elle s'échappe du taxi mais quand il la suit, elle lui permet de l'accompagner jusqu'à sa porte. Elle n'arrête pas de répéter qu'elle ne veut pas de lui, mais lui ne s'y trompe pas. Regarde ce visage, cette bouche, ce corps. Regarder, c'est savoir. Les mots, c'est du blabla. Il connaît ça. Elles changent d'avis. Elles changent toujours d'avis. Et comme elle ne change pas d'avis, il perd le nord. C'est plus fort que lui. Non, il est peu vraisemblable que ce jeune homme rentre chez lui, se jette sur son lit dans son vaste appartement, et éclate en sanglots. Il va sans doute retrouver le jeune homme blond à la soirée de l'autre côté de la ville pour se vanter et ricaner sur le "beau petit cul" qu'il vient de "se faire", cette grande perche qui se faisait appeler Minnesota, lui et son copain vont bavarder encore un moment, les minutes vont passer, et une métamorphose magique va avoir lieu. Le mot *Minnesota* va perdre toute référence humaine pour n'être plus qu'un nom propre qui reviendra de temps en temps comme une plaisanterie entre mecs, un État dans l'union souffleté çà et là par les bourrasques du rire, façon "Catherine Bales".

Y a-t-il en moi de la pitié pour mon Presque Violeur ? Dois-je descendre au-delà de la pitié ? Y a-t-il en moi de la charité à l'égard du Héros Pas Si Super, ou du héros devenu vaurien ou du vaurien qui a brièvement ressemblé à un héros ? Non. Je n'ai pas l'âme aussi généreuse que Simone Weil. Je ne suis pas une sainte. Ce que je veux par-dessus tout, c'est le bannir du paysage de ma mémoire, annihiler sa présence dans mon esprit, mais ce n'est pas possible. Alors je lui demande de s'en aller du livre maintenant. “Et, s’il te plaît, lui dis-je, ferme la porte derrière toi.” Nous ne le verrons plus en chair et en os. Il ne reviendra pas se défendre ou raconter sa version des événements tels qu’ils se sont déroulés. La police n’est jamais arrivée parce qu’on ne l’a jamais appelée, exactement comme elle n’a jamais été appelée et n’est jamais arrivée pour Mme Malacek. La seule personne qui s’occupe de l’affaire est l’Introspectrice Détective, et elle ne se retrouve sur la scène qu’après que le crime a été commis et que le coupable a fui, et elle n’a pas assez de cran pour poursuivre. Ce n’est que sa deuxième affaire, après tout, elle n’est encore qu’une bleue.

Mais moi, la narratrice d’un âge avancé, je me demande pourquoi mon moi d’alors a attendu. Je suis si honteuse d’avoir attendu. Il y a presque quatre décennies maintenant que j’ai honte d’avoir attendu et mon humiliation ne prend pas fin. Non, elle brûle ardemment. C’est comme si je me trouvais encore là, en train d’attendre devant l’ascenseur un Jeffrey qui a dit que s’il arrivait avec une fille il repartait avec elle. Comme si j’étais encore cette jeune femme devant l’ascenseur, incapable de bouger. C’était le moment où j’aurais dû filer, mais je n’ai pas bougé. Quelque chose m’était, lui était, déjà arrivé à ce moment-là. Longtemps avant qu’elle ne valdingue dans l’étagère de livres, longtemps avant qu’elle ne glisse sur le sol et n’implore : “Non, je vous en supplie”, le charme agissait déjà. Et la voilà qui attend, rougissante et à jamais humiliée.

Il doit exister un moyen de la tirer de là. Les dernières heures du 7 mai 1979, devenues les premières heures du 8 mai 1979, ne peuvent être annulées et les deux aiguilles de la pendule continuent à tourner en rond et le visage jadis joli et lisse de la personne devant l'ascenseur est aujourd'hui ridé. Mais la main qui tient la plume écrit encore dans un cahier et le secret de cette forme figée au neuvième étage d'un immeuble de l'East Side de Manhattan gît peut-être ailleurs. N'oublions pas qu'un souvenir est toujours au présent. N'oublions pas que chaque fois que nous évoquons un souvenir, il est susceptible de changer, mais n'oublions pas non plus que ces changements peuvent apporter des vérités dans leur sillage. Nous retournons à la fillette bien élevée assise toute droite sur le banc avec les autres membres du chœur d'enfants. Elle essaie de ne pas balancer sa jambe d'avant en arrière pendant le sermon, mais la jambe paraît avoir une volonté propre et sa chaussure en cuir heurte le dossier du banc devant elle. "Ça c'est de la « masdabation », tu sais", lui chuchote Ellie Thorson. La fillette au pied indiscipliné ne sait pas ce que c'est que la masdabation. En tout cas, ça semble être quelque chose de mal, et elle immobilise son pied.

Il y a de nombreuses règles à respecter. Dieu surveille pour s'assurer qu'on respecte les règles. Dieu surveille en compagnie de son flamboyant partenaire, le Saint-Esprit, qui, à tout moment, pourrait lui voler à l'intérieur de l'oreille et se mettre à chuchoter ou à psalmodier avec les gobelins car il est fait de feu et peut aller n'importe où n'importe quand. Il n'a même pas de visage. Le Fils a un visage, un visage pitoyable, douloureux. Ils ont enfoncé des clous dans ses mains et ses pieds, et quand elle pense à sa terrible histoire, ses propres mains et pieds lui font mal. Jésus est beaucoup plus gentil que les deux autres, plus gentil que l'Esprit et le Père, mais Jésus surveille, lui aussi.

"On ne gigote pas." "Posez vos mains jointes sur vos genoux." "Silence. J'exige le silence." "En rangs, filles et garçons." "Il est défendu de parler dans le réfectoire." Elle voit l'ombre du principal sur le mur. "Je veux que vous vous conduisiez comme des jeunes filles et des jeunes gens bien élevés." Elle écoute et elle rêve, mais garde les yeux fixés sur la page : "Cours, Dick, cours." Dick n'arrête pas de courir. Dans son livre de lecture, les enfants n'ont pas d'entrailles, et elle ressent intensément ce manque en eux. Leurs ventres ne font jamais de bruit et leurs dents ne picotent jamais. Ils n'ont pas de pensées. En classe, la petite aiguille de la grande horloge a tendance à manifester de soudaines saccades qu'elle observe attentivement. La petite fille attend d'avoir la permission. Elle lève la main et demande "S'il vous plaît, puis-je aller aux toilettes ?" Rien n'est en couleurs à l'école.

Mais à la maison elle peut trouver le livre d'Alice, étudier les images et rêver qu'elle tombe lentement dans le trou, et elle peut tourner les pages jusqu'à celle où fiure l'illustration qu'elle aime et qui montre la hideuse duchesse avec une tête immense, le vilain bébé qui se transformera en cochon et la cuisinière malveillante qui a mis trop de poivre dans la soupe, et elle peut lire les paroles de la chanson qui lui réchauffe les cuisses d'un plaisir tellement sinistre qu'elle doit inspirer profondément : "Soyez ferme avec votre petit garnement, et battez-le bien fort sitôt qu'il éternue." Elle ne parle à personne de cette joie sadique, mais la confusion silencieuse de ces sentiments s'accroît et parfois, la nuit, des tornades d'affliction la font se tordre et se tourner en suppliant d'être délivrée de sa méchanceté. Elle est méchante, une mauvaise créature, et dans le silence de la chambre qu'elle partage avec Kari, profondément endormie de son côté de la pièce, l'angoisse qui la fait trembler atteint son paroxysme et elle mord profondément son oreiller. Écoute le bruit d'ailes battantes dans le placard, comme si un grand oiseau blessé avait réussi à y entrer. Un ange. Terreur.

Et puis, au matin, elle oublie. La lumière brille dans la fente entre les rideaux et, si c'est l'été, il n'y a pas école et pas autant de règles. Les heures d'une seule journée sont assez spacieuses tant pour l'ennui que pour les jeux. Maman nous conduit à la piscine. J'entends la course des pieds sur le plongeoir et puis la résonance métallique d'un saut ou d'un plongeon, suivie par un "plouf" dominant le vacarme des voix poussant des cris aigus. Je sens l'odeur du chlore, et je sens le ciment chaud et mouillé sous mon ventre. Kari se plaque à côté de moi dans son maillot de bain deux-pièces, le haut rayé de rouge et le bas rouge uni, l'oreille collée à la surface dure. Je regarde son visage arrondi sous ses cheveux courts luisants et dégouttant d'eau, elle me sourit avec une satisfaction avertie parce que nous allons bientôt nous lever et nous jeter de nouveau à l'eau, dans le grand bain. Nous ne cessions de sauter, de courir et de tomber, en ce temps-là.

Mon père m'a juchée sur le comptoir de la cuisine. Il lave mon genou sanglant avec un chiffon plein d'eau savonneuse. Il tamponne doucement et me regarde dans les yeux pour voir s'ils expriment de la douleur. Il m'explique qu'il ne peut pas rester de terre dans "la plaie", et le mot *plaie* me donne le sentiment d'être importante. À l'aide de brucelles, il enlève un caillou minuscule, un petit point noir dans l'entaille et me le présente pour que je l'examine. Voilà : une "parcelle du chemin d'accès" qui doit être enlevée parce que chemins et enfants ne vont pas ensemble. Une infection pourrait se développer et nous ne voulons pas de ça. Je vois le mercurochrome, d'un rouge de rouille sur ma peau, une paire de ciseaux dans sa main, et la gaze. Tout en coupant le sparadrap et en pressant fermement le pansement en place, il m'informe que ces choses-là doivent être bien faites. Et puis il entoure ma taille de ses mains, me soulève en l'air et me dépose tout doux, tout doux sur le sol. En m'éloignant, je boite pour exagérer ma blessure. Je suis la fille la plus heureuse du monde.

On ne nous permet pas souvent les bonbons. Assise à côté de Kari et excitée par la barre de chocolat Hershey, je grignote la mince plaque brune de manière à la faire durer, en cassant chaque carré soigneusement le long de la ligne afin de conserver nettement les divisions rectangulaires. Nous comparons la taille des barres dont maman nous a fait la surprise. C'est à celle de nous deux qui mangera le plus lentement. La voix de mon père, au-dessus de nous : "Laissez-moi mordre un petit coup." Sa main apparaît et mes doigts lâchent prise. Il rend la barre chocolatée décimée. Kari et moi considérons de telles interventions comme relevant du destin, pas différentes de la graine de pissenlit qui a volé dans mon œil et mis si longtemps à en ressortir, ni des tornades qui soufflent de temps en temps sur Webster et nous forcent à nous réfugier à la cave. Comme maman, nous sommes philosophes. “Nous souffrons tous et nous mourons tous.” Après la mort de notre père, ma mère s’assied en face de moi et m’en dit plus sur lui qu’elle ne l’a encore jamais fait. “Il ne me demandait jamais mon avis avant ces sorties dominicales chez la tante Irma. Il ne me donnait jamais le moindre avertissement. Je le voyais mettre la glacière dans la malle. C’était signe qu’il fallait que je commence à préparer des sandwichs.” La mémoire de ma mère était parfaite, alors. “J’aurais aimé qu’il me demande.” Et d’ajouter : “Évidemment, une famille n’est pas une démocratie.”

Et tante Irma parle à voix basse de la mort de sa sœur avec ma mère. Je m’en souviens parce que je n’étais pas censée entendre. Je suis debout dans la pièce à côté. Elle dit quelque chose à propos d’un “râle d’agonie”. Oui, dit-elle, mon père a perdu sa mère quand il était trop jeune, douze ans, et il faut en tenir compte, excuser ses humeurs noires. Evangeline, la mère de mon père, a été longtemps malade avant qu’Irma vienne habiter avec le père et le fils. Il y a la guerre en Europe, aussi. Irma chuchote. Terrible, ce qu’il a dû voir, des choses terribles en Allemagne à la fin de la guerre. J’aimerais voir ma mère et Irma, mais je ne peux pas. Mais j’entends alors Irma chuchoter à ma mère : “Malades, certains en sont revenus malades.” Et les paroles qu’elle prononce ensuite s’incrustent à jamais dans mon cerveau. “Névrose de guerre.”

Il y a des moments où je fais apparaître mon moi enfant, et je la vois, les bras tendus et un mouchoir sur les yeux lors d’une partie de colin-maillard. Mains ouvertes et tendues, elle cherche à tâtons ses camarades qui évitent ses doigts remuants. Elle a la tête qui tourne parce qu’ils l'ont fait pivoter plusieurs fois sur elle-même. Une grande partie de la vie s'est passée ainsi : à essayer d'avancer sans y voir. Puis elle grandit, lit davantage, écrit et dessine davantage. C'est une excellente élève, mais ses professeurs ne l'aiment pas beaucoup. Ils donnent les meilleures notes à ses devoirs, mais elle sent leur irritation et leur rancœur. Elle écrit ses poèmes et ses histoires à la maison. Elle écrit un autre texte sur les révoltes d'esclaves parce que le sujet l'inspire, mais M. Wolf lui rend ses pages. Il n'a pas demandé de points supplémentaires. Et, l'année suivante, M. Burdock lui rend son texte, le visage froid, en disant : "Ceci n'est pas ton travail. Je ne crois pas que c'est toi qui l'as écrit. Ce n'est pas le travail d'une fille de seize ans. Ton père t'a aidée, n'est-ce pas ?" Elle dit que non. Elle insiste : c'est elle qui l'a écrit. Il secoue la tête. Elle pleure.

Oui, et je me rappelle ce jour chez le dentiste. J'ai quinze ans, je suis penchée sur un livre dans la salle d'attente. C'est la fin du printemps, il fait chaud. Je porte un short en jean. Le ventilateur vrombit parce que la climatisation doit être détraquée. La femme à côté de moi examine mes jambes nues. Je l'ai déjà vue, mais je ne sais pas qui c'est. Je sens enfler sa désapprobation au fur et à mesure qu'elle devient de plus en plus grosse sur sa chaise, un gros ballon de femme qui peut éclater d'un moment à l'autre, je le sens. Elle m'a identifiée sans me demander mon nom. "Tu es la fille aînée ?" Je fais signe que oui. "Ton père est un grand médecin et un homme remarquable. L'un des meilleurs qu'on ait jamais eus à Webster. J'espère que tu le sais." Elle me parle durement, avec colère, comme si j'étais coupable de ne pas savoir, comme si elle avait détecté dans mon caractère une malformation qu'elle devait corriger immédiatement. Je m'évanouis. Ils disent que c'est la chaleur.

Ne vous y trompez pas. Ces histoires ne sont pas sans rapport avec ce dont il est ici question. Elles sont nécessaires si nous souhaitons comprendre comment nous pourrions tirer notre héroïne de cette malheureuse situation où elle attend l'homme qui va lui faire du mal, qui lui en fait encore, non parce qu'il est digne de considération – il ne l'est pas – mais parce que cette immobilité s'est inscrite en elle en châtiment de ce qu'elle est : ratée, ratée quelque part, inadaptée, une prétentieuse qui doit cesser de vouloir se faire remarquer. Mais le nœud temporel dans lequel elle se trouve paralysée obéit à sa propre loi, une loi qui fait exploser la chronologie. Dans un autre registre temporel, le temps s'écoule, comme aimait à dire William James, et il reste d'autres choses à raconter :

Minnesota s'éveilla à douze heures quarante-cinq. Pendant un instant, elle fut surprise par son environnement, par la chemise de nuit à fleurs aux manches trop courtes, le tableau, au mur, représentant un épagneul brun et blanc près d'un panier de fruits, le canapé installé comme un lit, et tout à coup ses souvenirs s'animèrent et, avec eux, sa honte et ses regrets. Elle a écrit tout cela dans le cahier plus tard dans la journée mais le texte est assez prolixe et bénéficiera de ma brièveté. Lucy n'était pas dans la pièce. L'appartement avait l'air vide. Il était, en réalité, plus vaste que le 2B mais si encombré de meubles et d'objets que leur masse en rétrécissait l'espace. Elle fit deux découvertes notables. Sur une table ouvragée appuyée contre une petite bibliothèque, elle remarqua un dessin simplement encadré représentant un pentagramme, une étoile à cinq branches à l'intérieur d'un cercle. Minnesota pensa aux pythagoriciens. Elle savait que cela avait eu pour eux une signification. Était-ce la musique des sphères, ou autre chose ? Elle se leva, s'approcha du symbole et essaya de se rappeler ce qu'elle en savait. Les Grecs, eux aussi, l'avaient utilisé comme un symbole. Et, plus tard, les Celtes. Elle le saisit comme si le tenir en main l'éclairerait et, en le soulevant de sa place, elle vit autre chose : allongé sur les livres qui avaient été cachés par le cadre, le corps empaillé d'une poupée, un petit bonhomme en complet bleu marine. Il mesurait une vingtaine de centimètres et était solidement entouré de ficelle de la tête aux pieds. "Nous allons le ligoter solidement." "Tu as le couteau ?"

Je n'ai pas besoin de lire de cahier pour me rappeler que la poupée m'a perturbée. Je me suis penchée vers elle, mais sans la toucher. La personne qui avait cousu ses vêtements l'avait fait avec soin, complet d'homme d'affaires et cravate miniatures, une petite chemise blanche avec des boutons minuscules, mais son visage avait été dessiné grossièrement sur une tête en tissu couverte d'un morceau de bas nylon – les yeux, un simple trait pour le nez, une ligne droite pour la bouche. Il avait une tignasse châtain clair qui ressemblait désagréablement à de vrais cheveux. Le bruit de la clé dans la porte me fit reprendre précipitamment le dessin, le remettre à sa place et me retirer sur le canapé.

Lucy entra chargée d'un sac en papier brun, parlant joyeusement de bagels et de saumon fumé, me demandant comment j'allais et me congratulant pour mon sommeil prolongé. Elle alla, en sifflotant, chercher des assiettes et des tasses et mettre la cafetière en marche. Et, pendant ce temps, l'affreux petit bonhomme restait caché dans la bibliothèque, un totem secret, le sien mais aussi le mien, même si elle ne savait pas que je l'avais vu, et il aurait été peu indiqué de demander : "Que fait cette petite poupée derrière l'image ? C'est Ted ? Et si c'est lui, qu'est-ce que ça signifie ?" Mais quand je vis le visage de Lucy pendant le déjeuner, ses yeux verts avaient un éclat que je ne leur avais jamais vu, et je me sentis séduite par les petites rides entourant ses yeux brillants et par sa bouche, ses cheveux raides et ses drôles de petits gestes féminins. Elle fit montre pour son fromage à la crème d'une rare sollicitude. Après en avoir raclé un petit peu à la surface de son bagel grillé à l'aide de son couteau, elle eut soin de l'étaler doucement et également, comme s'il était essentiel qu'il n'y eût pas dans la couche blanche de trous inconvenants risquant d'exposer le pain nu au-dessous. Elle piqua alors soigneusement son saumon avec sa fourchette, le plia sur le pain et prit son temps avant la première bouchée, hochant la tête à plusieurs reprises en admirant sa création.

Le pantalon bleu et la chemise blanche que je m'étais inquiétée d'avoir abîmés alors que je gisais sur le sol au petit matin du 8 mai étaient devenus répugnants l'après-midi du même jour. Lucy les jeta et revint dans la pièce avec, pour les remplacer, une robe violette sur un cintre. Elle était trop petite pour elle, déclara-t-elle. Elle avait grossi, et elle voulait que je la porte. Je l'ai portée – pendant des années. Ma voisine, petit-fétiche-ligoté ou pas de petit-fétiche-ligoté, était devenue la dame vraiment “très gentille” que M. Rosalès avait affirmé qu’elle était. C’était Lucy qui était retournée chez moi après que je m’étais endormie, avait trouvé mes clés dans mon sac et fermé la porte. C’est Lucy qui a insisté pour faire avec moi les quatre pas séparant le 2C du 2B, et c’est Lucy qui m’a caressé le bras en me disant que j’étais “trop chou” dans sa robe. Et c’est Lucy qui, après que j’étais entrée chez moi et l’avais remerciée, s’est retournée pour me dire : “Les plaies et bosses ne comptent pas. C’est la brutalité qui fait se sentir merdique, comme si on n’était rien. C’est ça qui fait vraiment mal.”

Vers dix-sept heures, après avoir appelé Whitney et lui avoir raconté l’histoire d’une voix morte, la seule voix possible pour raconter cette histoire à ce moment-là, et après être convenue avec elle que nous nous retrouverions pour le dîner, après quoi je passerais la nuit chez elle, je remarquai une enveloppe glissée sous ma porte.

Chère Minnesota,

Patty et Moth te prient de leur faire le plaisir de venir dîner chez elles samedi prochain, le 17 mai, à dix-neuf heures. Je suis invitée aussi, donc, si tu ais [sic] *disponible, nous pourrions y aller ensemble. Ce n’est pas loin. Frapperai-je à moins le quart ? J’attends ta réponse avec impatience et j’espère que tu te sens mieux,*

Sincèrement,
Ta voisine,
Lucy

XI

Même si je remerciais le ciel pour les Trois Grâces au balai et comparais froidement ma mésaventure mineure aux événements monstrueux qui s'abattaient sur d'innombrables autres individus – viols, tortures, lynchages, guerres, famines, inondations, épidémies – les sermons que je m'adressais n'avaient guère d'effet sur les répliques nauséeuses qui s'emparaient de moi, non seulement le rêve qui lacéra de panique sept nuits consécutives mais aussi la manière appliquée, obsessionnelle avec laquelle je revenais aux heures de Jeff. Je ne cessais de disséquer cette soirée, ses scènes, ses dialogues, sa violence, et l'insanité de ma faiblesse et de ma lâcheté ne cessait de me frapper. Et, quelle ironie, exactement comme j'avais perdu le contrôle de l'histoire avec Jeffrey *pendant* les heures en question, j'avais perdu le contrôle de mes pensées *à propos* des heures en question. Je refusais de penser à l'agression. Le problème c'était que l'agression refusait d'arrêter de penser à moi.

Et c'est ainsi, affirmerais-je, que le temps perd tout élan vers l'avant et se met à tourner sur lui-même. C'est un vieux problème : aurais-je pu modifier ce qui est arrivé ? J'ai lu de nombreux débats sur la question du libre arbitre.

J'ai consulté Augustin et Thomas d'Aquin et me suis colletée avec le célèbre démon de Laplace, dont l'intelligence embrasse du regard les continents de Partout et, à partir de cette vision suprême, guidé par les lois universelles, prédit tout ce qui doit advenir. J'ai couru après les principes conflictuels en logique et valsé avec le principe d'incertitude d'Heisenberg mais ce qui m'en reste, c'est que nous devons, nous autres humains, croire à notre propre vouloir, que nous en ayons un ou non. Nous devons nous sentir libres de nos actes, ou c'en est fini de nous. Et c'est là que l'ironie se corse : mon insistance à me croire responsable de mon humiliation me permettait de conserver l'impression que je pouvais décider de mon sort.

Whitney était une amie solide et tendre, mais pendant les jours suivant l'agression je résistai à sa compassion et refusai d'en parler davantage. Je lui avais raconté l'histoire. Elle savait ce qui était arrivé, et nous en restions là. Je pense aujourd'hui que ma réticence provenait de l'idée que Whitney allait me voir telle que je me voyais, une créature d'une faiblesse répugnante qui avait attendu et qui, parce qu'elle avait attendu, s'était muée en pathétique suppliante gisant sur le sol. J'étais certaine, voyez-vous, que Whitney n'aurait jamais attendu, qu'elle n'aurait jamais capitulé devant la règle du "si une fille arrive avec moi elle part avec moi". Elle aurait redressé la tête et signifié d'un geste au type de disparaître. Lucy savait. Le problème, c'était de se sentir merdique. Les plaies et bosses que j'en gardais étaient sans importance. C'était du mépris et de la condescendance de l'homme que je n'arrivais pas à me débarrasser, de sa souriante conviction que mes paroles ne signifiaient rien, que je ne méritais pas de réponse, que je n'étais Personne.

Dès l'instant où il m'avait empoignée, j'avais perdu mes frontières parce qu'il ne croyait pas en elles. Ce qui restait alors était une chose informe, chair abjecte bonne à pénétrer et puis à jeter. C'était ça, son plan, n'est-ce pas ? – si l'on peut parler de plan.

Il m'a fallu des années pour restaurer la distance entre les deux personnages dans cette pièce et comprendre que ce qui aurait dû être sa honte était devenu la mienne, que quoi que j'aie pu faire de mal, ce n'était pas du tout aussi mal que ce qu'il m'a fait. Mais la honte ressemble à une substance visqueuse aux propriétés adhésives. La dérision et le dégoût que j'ai lus dans ses yeux ont infecté ma vision de moi-même, et ce que je voyais depuis son point de vue m'était intolérable. J'étais devenue sa créature, et cette chose laide qu'il avait fabriquée était responsable du silence et du chagrin qui creusèrent entre Whitney et moi une fissure qu'aujourd'hui encore je regrette. Nous l'avons réparée. Nous l'avons réparée avec le temps, mais dans la nuit du 8 mai, alors que, couchée auprès d'elle dans son lit, je sentais ses doigts sur mon épaule et l'entendais dire : "Ne te renferme pas. Tu ne dois pas te renfermer. Si tu le fais, tu comprends, ça veut dire qu'il gagne", je ne lui ai pas répondu. À ce moment, il me semblait que je n'avais pas le choix. Il fallait que je raidisse chaque parcelle de moi-même. Il me semblait que sinon, si je me laissais aller, si je n'étais pas aussi dure que je pouvais l'être, j'allais me dissoudre en quelque chose d'inachevé et d'impossible à reconnaître, que j'allais me mettre à hurler ou me mettre à rire sans jamais m'arrêter.

La chose informe que je ne parvenais pas à formuler s'évada dans le rêve. Whitney s'éveilla en m'entendant haleter et m'étouffer à côté d'elle. Pendant plusieurs secondes, je restai sans savoir où je me trouvais ni qui se trouvait auprès de moi.

Malgré le tournoiement sur place, Minnesota écrivait. Elle avait besoin d'écrire. Nombreuses sont les histoires de gens qui, après la mort d'une personne aimée, sont saisis d'une soudaine obligation d'écrire. On raconte aussi que d'autres, après un AVC ou atteints d'épilepsie, découvrent qu'ils ne peuvent résister à la tentation de la page. L'écriture comme deuil, l'écriture comme maladie, l'écriture comme exorcisme, l'écriture comme vengeance. Minnesota avait perdu la maîtrise de son livre, il est vrai. Le manuscrit était devenu indocile, un tas de pages en désordre filant dans plusieurs directions à la fois. Elle continuait à remettre à plus tard l'intrigue de l'affaire Frieda Frail parce qu'elle n'arrivait pas à se décider quant au fantôme de Frieda. Et pourtant elle continuait, dans le cahier, à s'essayer à l'écriture de passages destinés au roman récalcitrant. Elle revint à Verbum, cette mythique petite ville de la Prairie à un moment mythique du milieu du XXe siècle, un il-était-une-fois qui n'avait jamais vraiment existé mais qui, en tout cas, avait tout l'air d'un portrait craché de Webster. Je me rends compte maintenant que la comédie que j'essayais d'écrire avait pour ressort la colère, une colère bien plus forte que je ne le savais.

La version de l'adolescence que M. Feathers préférait était celle dont Hollywood avait fait la promotion quand lui-même était jeune, tout particulièrement dans les films d'Andy Hardy qui avaient été si chers à son cœur. En vérité, exactement comme M. Feathers avait aimé s'imaginer en Andy Hardy (interprété avec entrain par Mickey Rooney, dont peu importaient la petite taille et le visage comique puisque toutes les plus jolies filles de la ville étaient amoureuses de lui), il aimait désormais se voir comme le bienveillant juge Hardy (incarné à l'écran par Lewis Stone), un homme qui prodiguait régulièrement à son fils de solides conseils paternels. Telle était la fiction qui avait guidé M. Feathers dans sa fonction de père, et il s'y tenait, en dépit du fait qu'il parlait rarement à son fils hors la présence de Mme Feathers et que, s'il le faisait, c'était pour commenter avec aménité un article du magazine *Time*, publication à laquelle il se fiait pour tous sujets ésotériques et grâce à laquelle il espérait impressionner son rejeton. Mais quelque part dans la géographie de son âme, M. Feathers savait que son fils était un territoire non cartographié, un blanc inquiétant sur la carte qui était encore à combler. Il savait que son Ian ne ressemblait en rien au jeune Américain souriant, plein de cran et bien tourné des films, mais cela ne faisait que pousser M. Feathers à s'accrocher plus fermement encore à la réconfortante illusion qu'il était le juge Hardy.

M. Feathers fut donc fort affligé quand Mme Feathers sonna l'alerte à propos d'Isadora Simon et déclara qu'il devait parler à son fils de "protection". Bien que le sujet n'apparût jamais dans les films, la "protection" relevait clairement de la sphère d'action père-fils et n'avait rien à voir avec les mères. M. Feathers avait à peine remarqué la petite Simon. Que savait-il d'elle, en réalité ? La mère de la jeune fille, qu'il avait rencontrée une seule fois à Verbum lors d'une réunion consacrée à l'urbanisme, était une femme désagréablement masculine s'exprimant en longs paragraphes houleux et pétris d'un vocabulaire prétentieux qui lui avait donné la chair de poule. Du père, que M. Feathers n'avait jamais vu, on disait qu'il était un traumatisé de la dernière guerre. (M. Feathers avait été appelé sous les drapeaux mais était heureusement demeuré au pays et avait par conséquent réussi à conserver une vision du monde pratiquement intouchée par toutes choses étrangères.) Malgré la maigreur de ses informations concertant les Simon, M. Feathers en conclut qu'Isadora était le produit d'une maisonnée partie à vau-l'eau. Sa femme avait raison de s'inquiéter. Chez les Simon, la culotte proverbiale, en laquelle il avait une foi si fervente, avait migré de son propriétaire légitime quoique handicapé pour trouver asile sur la partie inférieure du corps d'une personne qui n'avait aucun droit à la porter.

Tandis que M. Feathers réfléchissait à la façon d'aborder avec son fils le problème de la protection et savourait les souvenirs de ses propres folies de jeunesse (un domaine qu'il imaginait fort éloigné des *"vertus patriotiques"* mais néanmoins vaguement en rapport), Ian s'ébattait en compagnie de l'Impudente fantasmée et se languissait d'amour pour la bien réelle Isadora. De son côté, Isadora continuait à lorgner Kurt Linder qui, il y avait à peine quelques jours, lui avait adressé un large sourire et lancé "Salut, Isadora". Cela s'était passé dans un couloir de l'école, juste en face de la salle à manger des professeurs. Isadora ne pouvait pas savoir que Kurt était aussi prodigue de ses "Salut" que de ses sourires car leurs trajectoires se croisaient rarement. Tout ce qu'elle savait, c'était qu'à se voir saluée par lui elle s'était sentie parcourue d'un courant électrique atteignant jusqu'au siège de sa pudeur, et extraite du grand anonymat du couloir par le projecteur d'une reconnaissance particulière. Fréquemment décrit par tout un chacun comme un "gagnant", Kurt Linder excellait dans de multiples sports, obtenait pour son travail scolaire des B confortables quoique indulgents, roulait trop vite au volant de sa voiture et, dans la tradition d'Andy Hardy, s'emparait des cœurs de toutes les plus ou moins jolies filles de la Webster High School, ainsi que de ceux de quelques garçons, dont les cœurs, bien entendu, ne devaient pas être cités.

À sa mode américaine personnelle, Kurt incarnait le personnage connu dans les contes de fées comme un "simplet". Le héros de Verbum avait toute sa vie durant évité les livres mais il tenait en particulièrement piètre estime la poésie et les romans, alias des trucs imprimés pour les filles et les tarlouses, ce qui signifie qu'il avait réussi à se garder l'esprit libre de tout énoncé susceptible d'interférer avec la gloire actuelle de sa personne. Évidemment, il aimait les filles, mais dans la belle tête de Kurt il n'y en avait que de deux sortes : celles qui voulaient bien et celles qui ne voulaient pas. Bien qu'il appréciât les filles qui voulaient bien, surtout au moment où bien vouloir signifiait permettre, il savait qu'il n'était pas censé les aimer. Seules les filles qui ne voulaient pas valaient quelque chose, étant entendu qu'à long terme, aucune fille ne valait les "autres mecs", sauf peut-être cette brillante créature de son imagination qu'il pensait pouvoir épouser vêtue de pied en cap dans un avenir lointain et indéterminé, après la fin de ses études, la pin-up de *Playboy* dont il qualifiait pour lui-même les yeux d'"embués" parce que ses relations avec le langage le mettaient dans l'impossibilité de reconnaître un cliché même s'il lui tombait dessus lourdement.

La littérature, certes, déborde d'amour. Sans l'amoureux, qu'adviendrait-il de la littérature, je vous le demande ? Imaginez le roman dépouillé des histoires d'amour. Imaginez les poèmes privés de sentiment érotique. Imaginez le sonnet sans les battements de l'amour. Que seraient-ils ? Existeraient-ils ? "Éros, de nouveau, le briseur de membres, sous les frissons me courbe." Isadora n'avait pas encore lu Sappho, mais ses membres s'étaient brisés et le mal qui s'était attaqué à ses articulations n'avait rien à voir avec l'arthrite. Mais elle, Isadora Simon, qui n'avait jamais ressenti aussi vivement la morsure de l'amour que lorsque Kurt Linder l'avait ointe de son "salut" dans le couloir, était imbibée de la grande tradition amoureuse. Tristan et Iseult, Elizabeth Bennet et M. Darcy, Jane et Rochester, Cathy et Heathcliff, ainsi que Watson et Holmes, étaient devenus des éléments de sa propre bataille des livres. Les chiens, les lapins et même les mouches peuvent éprouver du désir et se précipiter pour l'assouvir, mais seuls les êtres humains transforment ce désir et cette précipitation en un art littéraire qu'ils prennent ensuite plaisir à lire. Et c'est ainsi, avec l'aide considérable de la bibliothèque familiale des Simon, que l'esprit d'Isadora avait déjà voyagé bien au-delà des provinces où les intellects de M. et Mme Feathers ou de Kurt Linder demeureraient sans doute bloqués à perpétuité.

Time et *Playboy* avaient certes rendu de grands services aux citoyens de Verbum mais ces publications tant appréciées des Américains moyens vers la moitié du siècle ne pouvaient fournir ni les outils ni les talents nécessaires pour délivrer de leur blocage M. et Mme Feathers et le chéri de la ville, Kurt Linder, ce qui veut dire que la virginale Isadora savait, grâce à la littérature, deux ou trois choses de l'amour, deux ou trois choses que les deux Feathers tout comme la totalité du clan Linder ignoraient parce qu'ils étaient attachés à une vision de l'amour à ce point prisonnière des stéréotypes bien-aimés quoique contradictoires qui peuplaient les pages de leurs magazines que la spécificité de la passion humaine était complètement perdue pour eux.

Même la littérature d'un niveau supérieur n'est pas, toutefois, une solution à l'amour non réciproque. Isadora était jeune et bien qu'elle eût déjà ingéré de nombreux livres, assez pour l'engraisser si la littérature avait littéralement été un festin, les recommandations qu'elle avait reçues de ces livres quant à la façon de se conduire dans les affaires de cœur n'étaient guère cohérentes. Isadora avait remarqué dans des livres dits "classiques" quantité d'objets d'amour féminins assez sots, des objets d'amour aussi vides et absurdes que Miss Février en personne. En outre, elle avait remarqué que dans le monde, ou plutôt dans le monde au-delà des livres, qui consistait surtout en l'école, les filles qui étaient l'objet d'admiration adoptaient une apparence de douceur et de docilité même si elles n'étaient ni douces ni dociles mais faites d'acier.

La décision prise par Isadora d'agir selon le désir que lui inspirait le parangon de Verbum était due en partie à une conversation qu'elle avait eue avec sa mère. Bien qu'Isadora n'eût révélé aucun détail expliquant directement son problème, sa mère, l'experte ès Milton, n'avait guère eu de difficulté à interpréter les circonlocutions de sa fille et avait doctement énoncé la vérité suivante : "Si un garçon ne sait pas qu'une fille s'intéresse à lui, on ne peut guère lui reprocher de ne pas faire attention à elle." (Isadora n'avait pas mentionné le "Salut, Isadora".) À peine une demi-heure après avoir entendu les mots de sa mère, Isadora se mettait à rédiger un message à l'intention de Kurt. Elle en rejeta un parce que trop sentimental, un autre parce que trop froid et un autre parce que trop bavard. Elle se décida pour une demande aussi prudente que digne qu'elle déposa dans le casier de l'intéressé.

Cher Kurt,

Je t'écris parce que tu as piqué mon intérêt et j'ai pensé que nous pourrions nous voir et parler ensemble. Si ça te paraît plausible, laisse-moi un mot.

Isadora

Isadora regretta "piqué" et "plausible" dès l'instant où la lettre eut quitté sa main, mais il était trop tard. Le lendemain, elle reçut sa réponse.

Sûr. RDV dans le parc de Green Boughs ce soir à huit heures. Kurt.

Comment, au juste, les trois autres Dora devinèrent qu'il y avait "un garçon" dans le tableau, on ne peut que le conjecturer. Peut-être à cause du visage anxieux aperçu par Théodora dans le miroir du vestibule où Isadora ne cessait de consulter sa montre et de se presser les mains l'une contre l'autre, peut-être à cause de cet instant où Dora tout court remarqua sur la bouche de sa sœur aînée une couche mince mais précise de rouge à lèvres. Quel que fût l'indice qui déclencha la découverte, quand vint le moment où, sa montre indiquant 7:50, Isadora s'apprêta à franchir la porte, ses trois sœurs s'étaient réunies au bas de l'escalier pour accompagner sa sortie d'une combinaison d'encouragements et de moqueries. Théodora agita un mouchoir puis fit semblant de sangloter dedans. Elle se moucha de manière exagérée avant de grimacer en direction de la sœur en partance afin de télégraphier la douleur qu'elle ressentait. Andora, tout en gesticulant du bras droit, cita l'une des sœurs Brontë : "Adieu à toi, mais pas adieu / à mes plus chères pensées de toi." Quant à la plus petite, Dora, elle sautait sur place en chantant : "Isadora a un petit ami ! Isadora a un petit ami !"

Ledit petit ami avait pris la pose sous un arbre et quand Isadora aperçut sa forme svelte dans la lumière de cette soirée de printemps, elle sentit s'accélérer les divers systèmes biologiques qu'elle avait passé tant de temps à étudier, remarquant en particulier les irrégularités spectaculaires de sa respiration. Kurt arborait cette expression perplexe qu'elle en était venue à connaître et aimer. Il sourit et, au moment où elle arrivait devant lui, se laissa brusquement tomber sur l'herbe. Elle s'assit à côté de lui et contempla avec admiration la taille de ses baskets qui, elle en était sûre, devait être au moins du 46.

La conversation, chacun le sait, est un instrument de séduction. Des mots bien placés sont souvent plus efficaces que des mains bien placées, surtout quand les intéressés n'ont échangé jusque-là que des "Salut !". Autrefois, cette sorte de conversation était appelée "conter fleurette". Isadora n'était pas ringarde au point de croire que seul Kurt devait s'en charger. Elle était parfaitement prête à conter elle aussi quelques fleurettes. La question était toutefois, ce soir-là, à qui Isadora les contait-elle ? Car il y avait deux Kurt Linder : celui qu'Isadora avait inventé et celui qui était assis sur l'herbe à côté d'elle, un individu doté de multiples talents à l'exception de l'éloquence. Soyons justes envers Isadora, elle n'avait pas attribué à son héros des prouesses intellectuelles. Elle avait créé un héros tout en gentillesse et sentiments, un héros correspondant à la sensation que son "Salut !" et son sourire avaient fait naître en elle ce jour-là dans le couloir. Elle savait que Kurt était conventionnel mais ayant grandi dans sa famille peu conventionnelle auprès des trois autres Dora, de Roger, Geoffrey et Monk et des *Anecdota*, elle aspirait à un brin de convention de temps en temps histoire d'alléger son "étrangeté". Elle s'était imaginée flânant dans les couloirs en compagnie du grand et mince Kurt Linder dont un bras reposait nonchalamment sur ses épaules. Elle s'était avoué qu'il ne serait pas désagréable, pour une fois, de faire partie du monde qui l'entourait au lieu de rester éternellement en dehors.

Isadora lança la conversation avec une question polie sur les équipes de Kurt, une question qu'elle avait répétée à l'avance. Elle l'interrogea sur l'équipe de football, l'équipe de basketball et l'équipe de baseball, de quoi couvrir toutes les saisons de l'année, après quoi elle se prépara à écouter attentivement son bien-aimé discourir sur l'*Homo ludens*. Elle lui sourit et se demanda de quoi avait l'air son rouge à lèvres, du point de vue de Kurt. Ce dernier prit la parole et, tandis qu'il parlait, elle entendait des "euh" et des "tu sais" envahir son discours comme autant de traînards déplaisants, mais trouvait plus gênante encore son expression de suffisance et le curieux vide de ses yeux, comme si ce n'était pas à elle qu'il s'adressait mais à la foule anonyme dans laquelle il l'avait cueillie avec son "Salut, Isadora". Il ne paraissait pas la voir du tout. En fait, il ne la regardait pas en face. Elle commença à se demander ce qu'il voyait en réalité. Elle fit un effort pour se concentrer sur son avant-bras à la fine toison courte, un avant-bras tellement fort, tellement attirant, mais les brises proverbiales s'étaient déjà mises à souffler dans une autre direction et à température plus basse. Isadora eut un peu froid. Elle eut si froid qu'elle pensa à Ian. Elle pensa à la précision avec laquelle Ian pouvait expliquer un détail, et se rappela douloureusement comment il s'était effondré quand elle lui avait dit de cesser de se prendre pour Sherlock. Pauvre Ian, pensa-t-elle.

Pendant ce temps, Kurt Linder n'en finissait pas de raconter combien Jack avait été comique à l'entraînement et de répéter une plaisanterie facile qu'il attribuait au "Coach". Le Coach a dit ci et le Coach a dit ça. Kurt était apparemment très attaché à son coach. Il passa ensuite à des blagues que différents membres de l'équipe avaient perpétrées contre d'autres membres de l'équipe, des jeux désopilants impliquant la manipulation de sous-vêtements masculins, et Isadora se surprit en train de contempler le gazon. Elle se rendait compte que Kurt Linder était ennuyeux et, à l'instant où elle venait de se formuler cette triste vérité, l'ennuyeux Kurt Linder décida qu'ils avaient assez parlé.

Kurt avait volontiers accordé à Isadora quelques mots le concernant, sachant que les filles avaient toujours envie de parler avant de se taire, instant où lui-même pouvait jouer sa partie et voir jusqu'où allait toute la question du vouloir/non-vouloir. Isadora lui avait écrit, ou pas ? Son mot était une invite, non ? Quelle sorte de fille lui aurait écrit et serait venue le retrouver dans le parc si elle n'avait pas envie d'un peu d'action ? Il savait qu'Isadora n'était pas clairement conforme à la catégorie des filles faciles. Elle ne représentait pas un choix évident pour son "foutoir à filles", ainsi que Jack aimait à appeler son pénis. Elle faisait partie des bas-bleus, et Kurt savait d'expérience que les membres des filles intelligentes étaient plus prompts à se briser que ceux des idiotes, bien qu'il n'eût, évidemment, pas lu Sappho non plus.

Kurt ne soupçonnait pas que pour Isadora la définition de "se voir pour parler" puisse inclure sa propre participation à la conversation. Qu'était Isadora pour Kurt, exactement ? Rien qu'une fille. Et c'était bien ça le problème. Isadora s'était imaginée disant quelques mots, elle aussi, elle avait, à vrai dire, espéré parler à Kurt du *Voyage du Beagle*, de Darwin, le livre dont elle était arrivée à la moitié, mais il n'allait pas être question du *Beagle* parce qu'alors Kurt Linder se pencha sur Isadora Simon et lui empoigna fermement de la main le haut interne de la cuisse. Ce geste surprit tant Isadora qu'elle se leva d'un bond, après quoi lui aussi se leva d'un bond, la saisit dans ses bras, se pencha vers elle et se mit à promener aux environs de sa bouche un museau baveux.

La vérité, c'est qu'il était trop tard désormais pour que Kurt pût poser même un gentil baiser sur les lèvres qu'Isadora avait si soigneusement colorées en rose parce que l'ennui était venu se mettre entre eux et que contre l'ennui il n'est point de salut. Mais le virage soudain dans leurs relations n'ennuya pas notre héroïne. Le virage soudain alluma sa fureur. Elle s'écarta de Kurt avec violence, gagnant ce faisant plusieurs centimètres, et alors, avec toute la force dont elle était capable, lui balança son genou dans l'entrejambe.

XII

Dès le dimanche 12 mai, treize heures, la nouvelle de ma mésaventure du lundi soir / mardi matin avait fait un tour complet : Whitney en avait parlé à Fanny, qui en avait parlé à Gus, qui en avait parlé à Jacob, lequel m'appela chez moi pour m'asséner un sermon sur les monstres de sexe mâle qui rôdaient dans les rues de New York en quête d'une proie féminine. Un autre "fils de Sam[1]" pouvait se trouver là-dehors juste maintenant, et Jacob me recommandait fortement d'avoir toujours dans mon sac une bombe de gaz incapacitant. En fait, il allait m'en acheter une. J'étais trop confiante. Je devais adopter une attitude défensive. Des cours d'art martial seraient une excellente idée. Je me souviens de ce coup de téléphone. J'étais assise sur mon lit, la voix inquiète de Jacob collée à mon oreille et, en l'écoutant, je répondais oui, et puis encore oui. Je disais oui même si je n'étais pas d'accord avec lui. J'étais tourmentée par ma propre culpabilité mais son affection dénuée de tout cynisme, couplée avec la représentation très frappante qu'il se faisait d'une

1. "Fils de Sam" était le surnom d'un tueur en série tristement célèbre à New York dans les années 1970.

faible enfant innocente et vulnérable traquée, bousculée et presque dévastée par un ogre urbain, une jouvencelle qui avait besoin d'un armement et de conseils si elle voulait braver les flots impétueux susceptibles de la surprendre, me touchait profondément, en dépit du fait que je n'étais pas cette tremblante damoiselle, et quand j'ai eu raccroché le téléphone, mes joues ruisselaient de larmes dont je n'aurais su dire si elles coulaient pour elle, pour moi ou pour Jacob. J'ai découvert que je pleure face à l'expression de la bonté ou de la sympathie, mais jamais si je suis confrontée à la cruauté ou à la froideur. La musique de la bonté m'ouvre à des vagues de sentiment alors que les dissonances de la cruauté me ferment complètement.

Fanny voyait les choses autrement, même si elle aussi pensait qu'il fallait une arme : "un gentil petit couteau à cran d'arrêt". Elle alla jusqu'à m'expliquer où je pouvais acheter ce mortifère article le samedi soir, pendant le dîner. Pour être honnête, avant que j'aie relu dans le cahier le récit de notre conversation, cette soirée s'était perdue dans le brouillard. Je ne me souvenais pas du nom du restaurant, mais ce devait être le Kiev, dans la Deuxième Avenue. (Whitney était sortie de son côté avec un photographe nommé George.)

12 mai 1979

Fanny était étincelante, ce soir, toutes lumières dehors. Pendant les vingt premières minutes, elle était si excitée à propos d'une attaque de rats dans Anne Street qu'elle respirait difficilement et qu'il m'a fallu un moment pour comprendre ce qui s'était réellement passé. Selon Fanny, l'incident a eu lieu le 8 mai dans le bas de la ville. "L'espèce est connue sous le nom de *Rattus norvegicus* – des parents à toi, Minnesota." J'ai protesté avec énergie et elle a changé de chanson. Voici l'histoire : le 8 mai, une douzaine de rats longs d'une trentaine de centimètres, de l'espèce appelée *Rattus norvegicus*, ont surgi d'une montagne de déchets qui fermentait depuis un certain temps dans Anne Street, tout en bas du *borough* de Manhattan. L'accumulation de détritus est due en grande partie, mais pas uniquement, à la grève des remorqueurs. Quand ceux-ci ont arrêté de débarrasser l'île de ses déchets, les ordures ont commencé à s'entasser et, au fur et à mesure qu'elles s'entassaient, elles se sont mises à pourrir, à moisir et empester, et, le 8 mai, douze monstrueux rats géants ont émergé de l'un de ces tas en putréfaction, et, gueule béante, ont poursuivi une piétonne au long de la rue, l'ont rattrapée, lui ont enfoncé leurs dents dans les jambes et ont entrepris de les dévorer. Selon les sources de Fanny, la victime a vaillamment combattu les rongeurs à grands coups de poing, de pied et de sac à main, après quoi elle a fini par se libérer et est partie en hurlant dans la rue, avec de gros morceaux de chair manquant à ses chevilles et à ses mollets et des plaies qui saignaient à flots. Fanny a dit que c'était un film d'horreur dans la vraie vie et que tout le monde en parlait.

Après s'être déchargée de cette histoire répugnante et s'être vigoureusement frappé la poitrine afin de récupérer son souffle, Fanny a allumé une cigarette et est devenue méditative. Fumant sa Camel d'une main et se grattant le haut du bras de l'autre, elle m'a expliqué, pendant que nous attendions notre chou farci, qu'une architecture parallèle de déchets a surgi dans la ville, qu'elle grandit régulièrement et rivalisera bientôt avec la silhouette de la cité. "Nous avons des tours de pourriture habitées par des millions et des millions de rats, de loin plus de rats que de gens. Les gens quittent la ville, Minnesota, mais les rats s'installent. Il y a deux villes maintenant, et ces sales bêtes sont beaucoup plus calées que nous pour la survie. Avant longtemps, elles vont nous bouffer vivants." À Webster, les seuls rats que je voyais étaient apprivoisés : petits, blancs, amicaux et propres. Rien à voir avec les énormes rôdeurs gris qui fainéantent sur les rails du métro, filent le long de murs de brique ou apparaissent brusquement à l'angle d'une ruelle. Les rats m'ont rappelé un vieux rêve. J'ai raconté à Fanny que quand j'étais encore à l'école secondaire, j'ai rêvé qu'au moment où je fermais la porte de ma chambre un rat se précipitait dans l'ouverture. Je claquais la porte sur lui, mais son corps m'empêchait de la fermer complètement et il commençait à se faufiler à l'intérieur, sa graisse suintant à travers l'entrebâillement.

Les rats réels avaient ramené le rat rêvé, qui ramena le rat de cale fils d'une mère ornithologue. "Ce type avec sa bite-crayon qui a essayé de te violer, a dit Fanny. Ce type est un rat, pire que ceux d'Anne Street. Tu sais ce qu'il te faut, Minnesota ? Il te faut un gentil petit couteau à cran d'arrêt pour découper cette foutue merde de rat."

Fanny a commencé à porter un couteau du temps où elle était danseuse érotique, au cas où "ça deviendrait chaud" et elle ne jure que par lui. Les hommes s'enfuient. Elle m'a parlé d'un client qui refusait de la laisser tranquille, alors elle avait brandi son couteau pendant qu'il répétait : "Holà, holà, mon chou, holà." Fanny disait que le type était chauve, avec un gros ventre et des bagues, et qu'il devait avoir au moins soixante ans. "Alors, je te le demande, Minnesota, pourquoi ce hideux vieil emmerdeur sans un poil sur le caillou croirait-il avoir une chance avec une fille aussi somptueuse et intelligente que moi ?" Nous avons ri comme des folles, Page. Ce n'est plus aussi drôle maintenant, mais ce l'était à ce moment-là et, dès que nous avons été dehors, elle m'a attirée contre un mur de brique au coin de la rue, a sorti le couteau de son sac pour me le montrer après quoi elle s'est dressée sur la pointe des pieds, a posé une main sur ma nuque, attiré ma tête vers elle et chuchoté à mon oreille : "Systèmes / Acier égal / Façonné / Femelle." La baronne. Le tranchant effilé du couteau brille encore dans ma tête. Et désormais, Page, les deux sont liées pour toujours : la baronne et la promesse d'une entaille, d'une estocade, d'une tranche. Nous nous sommes serrées fort dans nos bras, Fanny et moi, avons échangé un baiser sur les lèvres, et elle m'a donné l'argent pour le taxi comme faisant partie de l'invitation à dîner. Je lui ai dit que c'était trop mais elle a insisté, et je suis repartie vers le haut de la ville avec un sympathique chauffeur natif de Flatbush, qui m'a raconté que son fils faisait des études de médecine. Rassemblant tout mon courage, je lui ai demandé d'attendre que je sois entrée dans l'immeuble. Il m'a répondu qu'il aurait attendu de toute façon. Cela m'a fait penser que, pour la plupart, les gens sont gentils, en réalité. J'espère ne plus faire ce rêve cette nuit.

Love,
S. H.

Je savais que Gus savait, et il savait que je savais qu'il savait, mais quand nous nous parlions au téléphone, ce que nous avons fait au moins deux fois après ma propre agression par rat, il n'en disait mot. Et puis, l'après-midi du 15, Gus m'invita au cinéma. J'étais heureuse d'y aller. J'aimais être assise à côté de Gus dans l'obscurité du Thalia à deux heures de l'après-midi. J'aimais le fait que, lorsqu'il y avait peu de monde dans la salle, je pouvais étendre mes jambes sur le siège devant moi, et j'aimais la perspective de me perdre pendant deux heures dans le drame de quelqu'un d'autre. Le film était *Baby Face*, tourné en 1933. Pendant le générique, Gus resta inhabituellement silencieux. Il ne me chuchota pas à l'oreille des informations sur le directeur de la photographie, n'attira pas mon attention sur une modification de mauvais augure dans la musique ni sur un plan de coupe intéressant.

Lily Porter, dite Baby Face, interprétée par Barbara Stanwyck, est une jeune femme de caractère, à la langue bien pendue et aux gestes langoureux et réfléchis, que j'admirai dès l'instant où elle apparut sur l'écran. Le père de Lily est une brute sans cœur, un homme dont les projets avaricieux incluent celui de prostituer sa fille à un politicien, Ed Sipple, une "grosse légume" de la ville, interprété par Arthur Hohl, un sale mec au cheveu gras, mâchouilleur de cigares. Vers le début du film, un Ed souriant se dirige vers Lily dans le bar clandestin de son père, s'assied en face d'elle et se met à lui tapoter le genou puis à le caresser. Après avoir examiné froidement l'importun pendant quelques secondes, Lily prend sa tasse de café et en vide le contenu sur la main du grand homme en disant, d'une voix lourde d'ironie : "Excusez-moi, j'ai la main qui tremble si fort quand je suis près de vous." Elle se lève alors, rajuste sa jupe et, d'un pas tranquille, traverse la salle et quitte les lieux. Je me souviens de la félicité implacable et vengeresse qui m'envahit en la voyant faire. Il se pourrait même que j'aie souri. Je me tournai vers Gus. Nos regards se croisèrent et il me considéra calmement pendant peut-être trois secondes, un temps considérable. C'était assez.

Mais quand Whitney insista pour que je lui décrive mon "état émotionnel", je m'aperçus que je n'étais pas capable d'en parler. S'il m'était facile d'accepter la muette compréhension exprimée par Gus *via* Barbara Stanwyck, les yeux scrutateurs de Whitney, en revanche, étaient en quelque sorte plus que je n'en pouvais supporter. Sa compassion menaçait de me briser. Le 14, j'écrivis dans le cahier : "Whitney dit que je me punis sans raison, mais que signifie la raison dans mon cas ? Je ne sais pas ce que je ressens maintenant. Parfois je ne ressens rien. Un vide. On dirait qu'une histoire a coulé dans une autre, comme si je confondais des vies. J'ai recommencé à aller voir, je vais à la fenêtre voir si le corps est là. Il doit s'agir de celui de Lindy mais, parfois, je pense que c'est le mien. C'est macabre. J'ai nettoyé l'appartement aujourd'hui, à quatre pattes avec une brosse à récurer. Ça m'a fait du bien. J'ai utilisé de l'eau de Javel. Je combats de la vermine."

En m'éveillant le matin du 16, je me rendis compte que j'avais dormi toute la nuit pour la première fois depuis que j'avais bu la tisane de Patty. Aucun cauchemar ! L'après-midi, j'écrivis dans le Mead : "Je crois vraiment que c'est fini, Page. Pardonne-moi de dire ça, mais je crois que nous avons tourné un nouveau feuillet." Il se trouve que j'avais raison – pendant des années le rêve allait demeurer interrompu – mais j'aurais très bien pu me tromper. Mon enthousiasme infondé pour la page tournée prend, avec le recul, un caractère pathétique, mais il démontre aussi que la créature vidée, contrôleuse de cadavres et récureuse à quatre pattes de la veille, n'avait pas sombré dans la dépression. Et pourtant, le plus gros de ce que j'écrivis le 16 mai est consacré à une visite de Lucy. Je n'ai jamais oublié cette visite mais je me la rappelais en termes imprécis et amputée de nombreux détails. "Lucy est venue. Il y a quelques minutes qu'elle est partie. C'était tellement bizarre. Je vais écrire tout ce dont je me souviens mot pour mot si je peux."

Dans le passage qui suit, je cite longuement Lucy. J'utilise des guillemets. Il est vrai que j'avais enregistré ma voisine crayon en main pendant des mois, que sa voix m'était entrée dans la tête, et pourtant, pourquoi ai-je écrit comme si je me rappelais chaque mot ? Impossible de le savoir. Il n'existe pas de perspective ultime à laquelle me référer pour répondre à cette question. Même si ces magiciens patriarcaux, Dieu le Père, Zeus et le démon de Laplace existent, je n'ai pas le privilège de posséder leur vision. Je soupçonne que je lis un texte qui témoigne de mes propres ambitions de jeunesse d'écrire sur un autre ton, de faire l'expérience d'une autre sorte de roman, un roman saisi directement dans les événements du jour.

16 mai 1979

Chère Page,

Après avoir poussé sous sa porte le billet acceptant l'invitation à dîner, je n'avais plus eu de nouvelles d'elle, elle sortait durant la journée et souvent dans la soirée. Je l'avais entendue siffler, mais pas parler. Dès que j'ai ouvert la porte, j'ai su qu'elle avait quelque chose à me dire. Elle avait une expression anxieuse et le regard déterminé. Quand je l'ai invitée à entrer, elle a serré les lèvres et inspiré plusieurs fois, comme si elle se préparait à lâcher un secret sévèrement gardé sans bien savoir comment s'y prendre.

Après avoir fait deux ou trois pas hésitants dans la pièce, comme je l'invitais à s'asseoir dans le fauteuil bleu, elle a regardé brusquement d'un côté puis de l'autre, des mouvements qui m'ont fait penser à un oiseau, et a dit : "J'avais oublié." Je lui ai demandé ce qu'elle voulait dire et elle a répondu : "Il n'y a rien ici. Pas de meubles. Rien que des livres et des papiers." Elle avait les yeux fixés sur mon cahier, qui gisait, ouvert, sur le plancher. La page était presque entièrement couverte de griffonnages, des visages et des formes, avec des volutes de feuillages.

Lucy s'est approchée du fauteuil et a reniflé. Elle m'a dit que le fauteuil avait une drôle d'odeur et j'ai répondu que je le savais. "Un truc chimique. Ce fauteuil est peut-être en train de t'empoisonner." Elle s'y est assise tout de même, les mains jointes sur ses genoux, m'a examinée, et a lancé au cahier un autre regard acéré. Je me suis assise par terre en face d'elle. Elle a écarté les mains, les a regardées comme si elles ne lui appartenaient pas et a déclaré, d'une petite voix : "Patty voudrait savoir de quoi tu parles, ici ?"

J'ai contemplé ses mollets ronds, puis son visage. Je lui ai demandé d'expliquer ce qu'elle voulait dire. Elle m'avait entendue dire "des choses étranges à propos de lunes et d'arbres", et elle se demandait de quoi il s'agissait. Patty était curieuse. Et elle aussi, Lucy, était curieuse. Je me demandais comment cette folle inversion des rôles s'était produite. C'était Lucy qui avait parlé de lunes et d'enfants magiques et du jardinier boiteux, et c'était moi qui l'avais écoutée en parler, pas le contraire. Je ressentais une impression familière, cette vieille sensation de n'être-plus-moi-même.

Lucy a essayé de m'aider. "Patty s'intéresse aussi à la circonférence, aux cercles et aux sphères. Elle se demande pourquoi tu en parles."

Comme je secouais la tête, Lucy a ajouté : "C'est parce que Patty pense que tu pourrais en être.

— En être ?"

Lucy s'est soudain plaqué une main devant la bouche et, sans la laisser retomber, a marmonné : "Oublie ça. Oublie ce que je viens de dire. "

Lunes. Arbres. Circonférence. En être ? Je ne sais pas combien de temps il m'a fallu, Page, mais après avoir considéré en silence les propos de Lucy, j'ai pensé, *circonférence*, Emily Dickinson. Les poèmes ! J'ai éclaté de rire .

"Oh, Lucy, ai-je dit, je lis beaucoup de poèmes et parfois je me balade dans la pièce en les récitant à haute voix. Les rythmes sont bons pour mon travail."

Lucy a agité les doigts devant elle, imitant vaguement une dactylo. Elle m'avait entendue taper à la machine.

LA PAGE ÉTAIT PRESQUE ENTIÈREMENT
COUVERTE DE GRIFFONNAGES,
DES VISAGES ET DES FORMES,
AVEC DES VOLUTES DE FEUILLAGES.

Elle a fermé à demi les yeux, reniflé et déclaré : "Ce que tu fais m'est égal. Mais tu es bruyante. Il existe quelque chose qui s'appelle penser au bien-être des voisins."

Je me sentais dépitée. Où était la gentille dame qui m'avait sauvée avec son balai, qui m'avait laissée dormir sur son canapé, qui était arrivée en courant avec la robe violette ? Je lui ai répondu qu'elle aussi était bruyante, que je l'avais entendue parler toute seule, elle aussi, qu'il y avait eu des soirs où j'avais eu du mal à m'endormir, qu'on ne pouvait pas vraiment comparer mes récitations de poésie dans l'après-midi avec ses longs soliloques en voix alternées, les longs et étranges coups de téléphone, sans parler des cris poussés au milieu de la nuit. Je n'ai pas parlé de la réunion de groupe, de l'affreux petit homme ni du pentagramme, mais j'ai failli le faire.

Page, je n'ai pas élevé la voix, mais j'étais irritée. Et pourtant, tout en lui exposant mes plaintes, je me suis rendu compte que jamais je n'aurais parlé aussi librement à une inconnue, que j'ai avec Lucy une relation particulière d'intimité simplement parce que je l'ai écoutée à son insu. Je connais à peine cette femme. Mais aussi, que signifie "connaître" ? Peut-être que je la connais, en réalité.

Lucy contemplait ses genoux cachés par sa jupe bleu marine. Avec un soupir théâtral, elle a dit, en s'adressant au plancher. "J'essaie de remettre les pièces en place. J'ai tout perdu, tu sais."

Elle a commencé à raconter son histoire et j'ai fait semblant de n'en rien savoir, même si elle devait se douter que j'en avais recueilli des bribes à travers le mur. Est-ce pour ça qu'elle s'est mise à parler et ne s'est plus arrêtée ? Voulait-elle compléter "les pièces" pour moi ? J'ai appris de Lucy que Lindy était morte il y a dix ans. Dix ans, ça paraît longtemps. Lucy a dit qu'elle était "tombée" par la fenêtre et que son frère était arrivé en hurlant après qu'elle était "tombée" et qu'elle, Lucy, avait souffert plus qu'elle n'avait jamais cru qu'on pouvait souffrir. Je l'écoutais avec compassion – mais c'est alors que, tout à coup, elle m'a dit que son fils aussi avait "disparu", et quand j'ai répété : "Disparu ?", elle m'a regardée farouchement en aboyant : "Mort, mort, mort." Et puis, sans me dire comment il était mort, elle a dit qu'elle avait été morte, elle aussi. "La catatonie, tu sais ce que c'est ?" Comme je hochais la tête affirmativement, elle m'a ignorée et a continué : "J'étais une statue dans une petite chambre blanche à Payne Whitney, c'est le nom de l'asile où on m'a reléguée. J'étais en catatonie. Je ne pouvais ni parler ni bouger ni rien. Pendant que j'étais une statue, mon mari m'a quittée pour cette petite pétasse de Richmond. Ils ont deux chiards maintenant, et moi je suis ici, pratiquement sans un rond, dans ce trou de merde. Excuse mon vocabulaire."

Lucy vient de Lincoln, Nebraska, information nouvelle parmi les anciennes. Je lui ai raconté que j'étais passée par là avec ma famille lors de l'une de nos expéditions de camping dans l'Ouest, et que c'était l'endroit le plus plat que j'avais jamais vu, et elle a confirmé d'un hochement de tête en disant : "Vaste, désolé et splendide", expression que j'ai aimée et que je me suis promis d'emprunter. Elle n'était pas tout à fait cohérente, mais j'ai compris que Ted l'avait enlevée après un repas d'entreprise où il était un invité et où elle travaillait comme serveuse, "dépérissant après le lycée". Elle avait vingt et un ans. Une grossesse avait suivi. Le vaurien, un super-héros à l'époque, en pleine ascension dans les rangs de sa société, l'avait emmenée à New York, l'avait épousée, s'était lancé à son compte dans des activités en rapport avec l'immobilier et avait fait fortune, non pas avant mais pendant qu'ils étaient mariés. "Tout pour la façade. Il faut avoir l'air riche pour devenir riche. Tu sais ça ? Il se montrait dans ses beaux costumes avec ses boutons de manchette en or et ses chaussures cirées, rien que du spectacle. Le large sourire, les bonnes manières. Bref, il les a eus." Lucy sautait d'un sujet à un autre. Elle adore Patty. "J'ai une nouvelle vie maintenant grâce à Patty." Comme je lui demandais ce que Patty avait fait pour elle, exactement, Lucy m'a répondu : "Elle m'a aidée à nommer l'ombre et à dire la vérité." Comme je lui disais que je ne comprenais pas, elle a dit : "Tu te souviens quand tu as dit à Patty que tu n'aurais jamais dû monter dans un taxi avec ce salaud ?"

Je ne respirais plus, Page. Je ne respirais plus.

"Eh bien, a dit Lucy, ç'a été comme ça pour moi aussi, mais ça a duré pendant des années, des années, des années et des années. Tu sais ce que je suis en train de te dire ?"

Je n'ai pas répondu.

"Je ne comprends toujours pas pourquoi il piquait de telles colères. Je l'appelais l'amadou, pas devant lui, évidemment. Il marchait en rond dans l'appartement et puis, tout à coup, il prenait feu. Oh, ce qu'il pouvait crier, cet homme. Nous disions *brailler*, chez nous, un fou furieux brailleur. Il y a des hommes qui sont comme ça. Mon père non. C'était un homme tranquille. Ne parlait jamais beaucoup. Fallait le voir avec ses chiens. Il adorait ses chiens, n'aimait pas les gens à moitié autant. Bon, Ted avait l'air vraiment bien, au début, traditionnel, tu sais, des bonbons et des fleurs, et des cartes avec des oiseaux. Il m'appelait sa petite oiselle. Mais je crois qu'il a détesté le bébé avant qu'il soit né, vraiment détesté, parce que ce bébé le liait à moi, Lucy, la petite oiselle qu'il avait mise en cloque. Il aurait pu me laisser là-bas, déshonorée. Ça a changé maintenant, c'était il y a long-temps. Ils vous donnent l'impression que vous êtes sale et que vous ne valez rien. Pourquoi est-ce que les hommes peuvent fourrer leur queue n'importe où et partout, et que personne n'y trouve à redire ? Ted avait un code d'honneur. Il ne voulait pas qu'on parle de lui. Il voulait avoir l'air d'un type bien, et il voulait se conduire comme il faut. Il n'arrêtait pas de répéter ça. Il allait se conduire comme il fallait. Et je l'aimais. C'est pas dingue ? Je l'aimais vraiment, mais tout clochait depuis le début." Lucy fit une pause pour réfléchir.

"Il était allé à la fac, mais il ne venait pas d'un milieu riche, pas à proprement parler. Son père était un entrepreneur qui avait pas mal réussi. Sûr que Ted avait de grandes idées sur ce que ça deviendrait quand nous aurions l'argent, pourtant. Ce club et ce vin et l'allure que j'étais censée avoir, un manteau de vison." Lucy a eu un sourire narquois. "Et comment j'étais censée parler. Il a engagé quelqu'un pour me donner des leçons de diction et me débarrasser du Nebraska." Lucy leva le menton, se tourna vers la gauche et agita une main. "Ça me nouait à l'intérieur, tu vois ce que je veux dire ? Je n'étais pas assez bien. Je n'étais jamais assez bien, sauf au lit. Je n'avais rien contre les leçons. Cette femme était gentille, Sandra Dietrich. « Allons, Lucy, qu'elle disait, écoute le son que je fais, bah comme dans *bâh, c'est pas grâve. Pâ-â-âhrk Avenue.* »"

J'ai ri et Lucy m'a souri.

"Eh bien, il a eu l'argent grâce à l'immobilier, et nous avons eu *Pâ-â-âhrk Avenue*. J'ai fait ça pour lui parce que je croyais que c'était bien. Nous avons tous nos bons et nos mauvais côtés. J'étais à son service, je rampais autour de lui, je ne demandais jamais rien puisque je ne pouvais avoir besoin de rien, je devenais juste de plus en plus petite." Elle m'a montré son pouce et son index à deux bons centimètres l'un de l'autre. "Pas plus grosse que ça." Elle a plissé les yeux en regardant l'espace. "Plus je rapetissais, plus il devenait enragé, et plus il devenait enragé, plus il criait, et plus il criait, plus il était à deux doigts de me frapper. Mais, je dois être honnête, il ne m'a pas frappée tellement souvent, seulement six fois pendant toutes ces années, six fois dont quatre pas loin de la fin, mais s'il ne m'avait pas frappée ces six fois je n'aurais pas été si petite. Tu vois, c'est un cercle. Patty dit que tu dois le regarder bien en face. Tu dois nommer l'ombre."

Lucy regardait fixement le mur de l'autre côté du puits d'aération. "J'avais envie de lui. Tu ne croirais pas combien j'étais jolie quand j'étais jeune." Je n'étais pas sûre de la façon dont la seconde phrase s'articulait à la première, mais je lui ai dit que je pouvais le croire parce qu'elle était encore jolie, et Lucy a fait la grimace. "Eh bien, j'ai fait ce qu'il fallait." Elle a haussé les épaules en m'adressant un sourire amer. "La moitié du temps il nous fichait une frousse bleue, aux enfants et à moi. L'autre moitié il était gentil comme un cœur." Elle m'a regardée. "Trouve-toi un homme bien."

J'ai dit : "Je ne cherche pas un homme.

— Tu es lesbienne ? Si tu es lesbienne, pourquoi étais-tu avec ce connard l'autre nuit ?"

J'ai essayé d'expliquer que je ne cherchais pas à me marier, que je voulais étudier et écrire. Lucy a sauté du sujet à un autre. "As-tu jamais eu envie de tuer quelqu'un ?", m'a-t-elle demandé.

Quand j'ai répondu que non, ce qui est la vérité, elle m'a considérée d'un air sceptique. J'ai dû insister.

"Eh bien, ça m'a prise assez lentement, a-t-elle dit. J'avais cette idée que c'était de ma faute, la perte de Lindy. (De nouveau, j'ai, sans la trouver, cherché la logique entre ses deux phrases.) Lindy était la petite fille la plus vivante que tu aies jamais vue. Tout le monde l'adorait parce qu'elle était si mignonne et drôle, elle dansait dans toute la maison dans ses costumes dingues. Elle avait cette baguette magique que je lui avais achetée. Elle dormait avec, la nuit, et oh, malheur à nous si on ne la trouvait pas. Elle avait eu un peu de difficulté à l'école, au début. C'était dur pour elle de rester assise tranquille, mais après ça a vraiment bien marché. Ce n'est que plus tard, je veux dire, dans le secondaire, qu'elle est devenue triste. J'essayais de la faire sortir du lit, mais elle me repoussait. Elle pleurait tout le temps, mais je pouvais lui parler, pas toujours mais parfois. La vérité c'est que c'était Lindy la plus facile. Teddy, mon premier, il était bizarre depuis le début. J'en parlais au pédiatre, mais il ne m'écoutait pas. Oh, il va bien. Il va bien. Il n'allait pas bien. Bébé, je le berçais, je le faisais danser, mais c'était comme s'il n'était pas là, il n'allait pas bien. Je me sentais coupable. Je pensais que ça devait être moi. Ted pensait que c'était moi." Lucy s'est penchée en avant dans le fauteuil et a étreint ses genoux. "Il y avait quelque chose dans ses yeux qui était ailleurs."

Je lui ai demandé ce qu'elle entendait par "ailleurs". Il était évident pour moi que Lucy n'allait pas s'arrêter. L'effroi que j'avais ressenti en l'écoutant à travers le mur n'était pas allégé par la confession que j'entendais, si c'était ce dont il s'agissait.

Lucy a dit : "Ses yeux ne connectaient pas. Tu comprends ce que je dis ? Quand je le regardais, il ne me regardait pas en retour. Qu'est-ce qu'on fait alors ? Qu'est-ce qu'on fait pour arranger ça ? Je ne pouvais pas arranger ça. Tu sais, il m'a dit, il avait quatre ans, je crois : « Je déteste papa. Je déteste papa », mais il était tout le temps pendu au cou de son père, ne le laissait pas s'éloigner, et quand il est devenu plus grand il a commencé avec moi, exactement comme son père : « Tu es incapable de rien faire de bien », ce genre de choses. Je devais le regarder vraiment droit dans les yeux parce que je me faisais tout le temps avoir par lui. Je le croyais et je le croyais et je le croyais. Mais mon fils est le plus grand menteur que j'ai jamais connu. Il demandait pardon, il pleurait même, et puis il me racontait une longue histoire expliquant pourquoi il avait échoué à cet examen, pourquoi on avait dit qu'il avait triché mais que c'était un mensonge, ou il me racontait pourquoi on l'avait accusé d'avoir volé la raquette de tennis mais qu'il ne l'avait pas volée en réalité." Lucy a repris son souffle. "Et puis il a tabassé Randolph Burns à l'école – tu imagines, appeler son gosse Randolph ? – en tout cas il a envoyé Randolph à l'hôpital, et on l'a chassé de Browning, et tu peux être sûre, mon chou, que les autres mères avec leurs cols à la Peter Pan et leurs chaussures spéciales pour conduire, ces bonnes femmes qui m'avaient toujours regardée de haut, n'ont pas franchement apprécié que mon fils soit un voyou." Lucy a continué à fixer le mur, mais elle n'a pas arrêté de parler.

"Le grand Ted avait l'habitude d'empoigner le petit Ted par le col de sa chemise et de le flanquer sous une douche glacée. Il a fait ça pendant des années." Lucy s'est carrée dans le fauteuil bleu et a tourné les yeux vers les miens. "Et je ne levais pas le petit doigt. Tu m'entends ? Je laissais faire. Je n'étais pas à la hauteur de ma tâche, de ma tâche de mère. Il ne flanquait pas Lindy sous la douche mais elle l'a vu faire ça à son frère encore et encore, et elle l'a vu me frapper deux fois, et le son de sa voix a failli me tuer." Lucy a changé de voix et s'est mise à crier. On aurait dit un enfant. "« Non, papa, non, s'il te plaît, fais pas ça. » Et Lindy n'arrêtait pas de pleurer, et je me suis mise au lit avec elle, je la serrais dans mes bras et je lui disais combien je regrettais. Ah, la belle petite famille que nous faisions. Et alors, tu sais, je m'en souviens, deux heures après m'avoir fichu le nez en sang, c'était comme si ça n'était jamais arrivé, et le voilà, dans la cuisine, à laver la vaisselle pour montrer à quel point il regrette, à raconter des blagues et à rire, et les enfants et moi on est tellement soulagés, et tout va bien de nouveau."

Lucy a repris son souffle et levé les yeux comme s'il y avait quelqu'un d'autre en train de l'écouter près du plafond. "Parfois j'essaie de me rappeler quand ça a changé. Je veux dire, quand lui a empiré. Carolyn Taylor m'avait demandé de faire partie de son club de lecture dans l'immeuble, ce que j'ai fait. Pour je ne sais quelle raison, il avait quelque chose contre. Il se moquait tout le temps des femmes et me disait que j'étais trop bête pour lire des livres. Je n'ai jamais fait d'études supérieures. Qu'est-ce que je savais ? Lucy l'ignorante. Et puis, quelques mois avant la chute de Lindy, il s'est mis à fermer à clé la porte de son bureau dans l'appartement. Avant de partir travailler, il prenait la clé et il fermait la porte. Il disait qu'il ne voulait pas qu'on farfouille dans ses papiers. Un jour en rentrant à la maison, il a trouvé la trace d'une tasse sur une petite table, un de ces cercles blancs dont on ne peut pas se débarrasser, et il a piqué une colère, il a ramassé la table et l'a enfermée dans son bureau."

J'ai dit : "Il était fou."

Lucy a hoché la tête. "C'est ce que dit Patty.

— Patty a raison.

— Et alors, l'une après l'autre, il a commencé à enfermer des choses. Les gosses regardaient trop la télé. Il a enfermé le poste. J'avais cette paire de sabots suédois que je portais toujours à la maison. Il n'aimait pas le bruit qu'ils faisaient. Il les a jetés dans le bureau et les y a enfermés. Quand il rentrait du travail, il se promenait dans l'appartement en brandissant son trousseau de clés, à la recherche d'erreurs, à la recherche de trucs à enfermer dans le bureau. Les choses disparaissaient, comme ça." Lucy secouait la tête. "Je lui ai dit qu'il fallait qu'il arrête, que nous avions besoin de nos affaires, et il s'est transformé en sauvage, il m'a vraiment battue cette fois-là. J'ai cru que mon bras était peut-être cassé. Les enfants n'étaient pas là, Dieu merci."

J'ai demandé, carrément : "Et tu as eu envie de le tuer ?"

Lucy m'a regardée fixement. "Oh, non, pas du tout, pas à ce moment-là, pas avant longtemps, pas avant d'avoir rencontré Patty. Une fois que tu es là-dedans, une fois que tu l'as épousé et que tu as tes gosses, tu fais de ton mieux. Où je serais allée ? Ma mère était morte. Mon pauvre papa joignait tout juste les deux bouts. Je pouvais pas revenir en courant à Lincoln. Je n'avais pas un sou à moi. Patty dit qu'on ne peut pas trouver la sortie quand on est là-dedans. Là-dessus elle a raison, mais il n'y avait pas de dehors, pas vraiment, pas avant qu'il m'ait fait signer les papiers et m'ait flanquée à la porte et même alors je croyais que c'était ma faute."

J'ai demandé à Lucy comment son fils était mort.

"Il a explosé.

— Il a explosé ? Dans une explosion ?"

Lucy m'a paru belliqueuse : "Je n'ai pas envie d'en parler, d'accord ?"

Penaude, j'ai dit : "D'accord."

Nous sommes restées silencieuses pendant une minute et puis Lucy a dit : "Nous t'aimons bien. C'est pour ça que je suis venue. Patty voulait que je te parle avant la soirée de demain. Nous t'aimons bien."

Patty, Patty, Patty, me disais-je.

"Quelle odeur, ce fauteuil ! a fait Lucy. Avant de m'en aller, avant demain, j'ai encore juste une chose à te dire."

J'ai hoché la tête.

Elle avait les yeux humides. "Tu dois m'écouter, maintenant, sans idée préconçue, comme dit Patty. Tu sais ce qui m'a sauvée, sans quoi j'aurais été morte pendant tout le reste de ma vie ?"

J'ai fait signe que non.

"La baguette magique.

— La baguette magique de Lindy ?"

Des deux mains, Lucy s'est lissé les cheveux vers l'arrière. "Non, mon chou, une vraie. Mais l'imagerie est importante. Le symbole, tu sais. Je l'ai trouvé lors d'une transe, dans un cercle de transe. J'ai trouvé l'imagerie des deux baguettes magiques. Ça parlait à mon moi de jeunesse." Lucy m'a toisée d'un air supérieur. "Le cerveau est en deux parties, tu savais ça ?"

Abasourdie, j'ai fait signe que oui.

"Il existe des moyens secrets de faire se parler les deux moitiés du cerveau. Un moi peut parler à l'autre moi dans leurs différentes langues et alors nous pouvons accéder aux animaux semblables à nous ou non et aux reptiles, aux poissons et même aux plantes et aux saisons dans leur déroulement et aux champs et aux moissons et au soleil et la lune et les étoiles, et le tout forme toujours un cercle qui tourne et tourne en rond et la circonférence du cercle n'a jamais de fin. Tu vois le truc, hein ? On naît et on meurt, mais il y a un cycle de naissance et de mort. Je dois me rappeler que Teddy a été dans mon ventre et que Lindy a été dans mon ventre, et ils étaient comme la nuit et le jour, tu vois ? Je ne peux plus rien pour mon fils maintenant, mais il fait partie du tableau d'ensemble. Lindy a passé le pont. Et le simple fait que le cordon a été coupé ne veut pas dire qu'elle ne fait plus partie de moi – qu'elle n'est pas ici et là et partout." Les bras levés, Lucy dressait ses deux index au-dessus de sa tête en un geste dont je supposais qu'il devait signifier la profondeur. "Il n'y a pas d'obscurité sans lumière. Comment saurions-nous ce qu'est la nuit si nous n'avions pas le jour ? Ils vont ensemble." Lucy a tendu ses paumes vers moi, la voix de plus en plus passionnée.

Page, je n'avais aucune idée de ce dont elle parlait.

"Nous aimerions juste que tu y penses, c'est tout, parce que nous savons que tu l'as aussi.

— Que j'ai quoi, exactement ?

— Le sens." Lucy se redressa dans le fauteuil. "Quand j'étais dans le cercle, j'ai vu une baguette éclairée par un feu dans un ciel nocturne, et j'ai su que c'était aussi la baguette de Lindy, un signe de la guérison par le sens.

— La guérison par le sens ?

— Oui, ma chérie, a-t-elle dit. La magie. L'antique langage. Il me parcourt en ce moment même."

XIII

Une femme inspire, expire. Vous écoutez ? Elle écarte les écouteurs du stéthoscope et les place dans les oreilles de l'autre femme. Vous entendez les battements du cœur ? Oui, oui, je les entends. Une vieille femme demande : "J'ai quel âge ?" Et sa fille répond : "Quatre-vingt-quatorze ans."

La narratrice prend position dans le ciel nocturne et regarde de là-haut la ville, toutes les villes. Il se passe quelque chose. Quelque chose est sur le point de se passer. Quelle heure est-il ? C'est l'heure de votre lecture, madame, et c'est l'heure de l'histoire, et bien sûr, ce ne sont pas les mêmes.

Quelque chose se passe dans le temps nocturne du livre. Cela se passe maintenant. Oh, dit-elle à sa sœur, tu te rappelles les étoiles, chez nous ? À New York, les mêmes étoiles disparaissent dans la brume embrasée des éclairages urbains, cachées par l'hubris de la cité.

Tout en bas vont deux silhouettes minuscules, deux femmes qui ne peuvent pas voir les étoiles. Elles traversent la 109e Rue au niveau de Riverside Drive et marchent vers le sud. Elles traversent la rue dans notre passé mais dans leur présent, et j'adopte le temps présent parce que, vous et moi, nous sommes avec elles maintenant. On est le 17 mai 1979, la fête nationale norvégienne qui, contrairement à tant de fêtes nationales, explique la grande jeune femme qu'on appelle Minnesota à Lucy, sa compagne beaucoup plus petite, n'est pas la célébration d'une frénésie révolutionnaire, de forteresses prises d'assaut, de flots de sang et de centaines de corps martyrisés entassés dans les rues, mais du jour où les Norvégiens ont adopté une constitution en 1814. Quatre-vingt-onze ans plus tard, ils ont paisiblement voté leur indépendance vis-à-vis de la Suède. Lucy ne sait rien ou très peu des Norvégiens non plus que des Suédois, et elle hoche la tête tandis qu'elles continuent toutes deux à marcher vers l'appartement qui appartient à Patricia Thistlethwaite et son amie bien-aimée, Moth, née Deirdre Wood quelque part dans l'Ouest, et si Lucy ne se rappelle plus exactement où, c'est-à-dire dans quel État, elle se souvient qu'enfant Deirdre a eu la polio et passé du temps dans un poumon d'acier bien des années avant d'avoir "nommé les ombres" et être devenue Moth.

Tandis qu'elle marche avec Lucy, Minnesota se revoit faisant la queue dans le gymnase de l'école pour recevoir le morceau de sucre imprégné d'un liquide rose qui lui fondait dans la bouche, afin qu'elle n'attrape jamais la polio et ne doive jamais avoir les jambes enserrées dans des appareils orthopédiques, comme ceux que portait Laura Larsen, qui travaillait à la bibliothèque publique qu'Andrew Carnegie avait fait édifier pour faire étalage de sa grande bienveillance envers les foules d'immigrants arrivées du Lakota qui avaient établi leurs fermes et étaient parfois morts de faim ou devenus fous là-bas, dans les terres. Oui, et ce n'avait été qu'une question de temps avant que les enfants de ces immigrants se mettent à baguenauder dans les bibliothèques des petites villes d'un bout à l'autre du pays.

Les étoiles sont embrumées et la cité crépite, ronronne, siffle et halète dans sa cacophonie sonore et, comme elles s'arrêtent au bord d'un trottoir, les deux femmes entendent, juste derrière elles, des pas lourds, rapides et résolus. Le son est mémoire et Minnesota tressaille. Ses mains s'écartent, son menton dodeline comme si elle avait reçu un coup sur la tête. Elle cesse de respirer, et l'homme qui a été sur leurs talons les dépasse à vive allure. Ce n'était rien, rien du tout, et Minnesota sent un embarras intense la gagner. La gentille, la brave Lucy, la Lucy du balai et de la robe violette, pas l'autre Lucy moins gentille et moins brave dont l'humeur s'enflamme pour des raisons inexplicables, pose la main sur l'avant-bras de Minnesota, l'entoure de ses doigts et le serre un instant. Lucy entrouvre les lèvres pour parler, hésite, et referme la bouche.

Minnesota est ombrageuse, facilement agressée par un bruit, une ombre ou même une odeur passagère si cette dernière ne paraît pas correspondre à l'environnement. Le rêve explosif a cessé de revenir mais elle restera rétive durant des mois et se dérobera aux attentions sexuelles des hommes pendant un an. En compensation, elle s'enverra toute seule en l'air sur son méchant matelas dans la chambre au lit fait de caisses à oranges, meublé de sa table de travail et de ses étagères de livres, et s'éclatera en toute sécurité avec différents fantômes, plus souvent femmes qu'hommes pendant les mois suivant la soirée du 7 mai devenue le 8. Oui, quelque chose est en train de se passer pour notre protagoniste. Minnesota ne veut plus se laisser faire. Elle ne veut plus qu'on la secoue, qu'on la frappe, qu'on l'envoie valdinguer, et pourtant elle ne peut proférer ces simples mots ni à elle-même, en son for intérieur, ni à voix haute, parce que son cas n'est pas assez grave pour justifier pareille attention verbale. Pensez donc à toute la souffrance du monde. Pour qui se prend-elle ? Et pas un os cassé !

Minnesota est à la recherche d'une histoire, mais celle-ci ne se trouve pas au nombre des histoires qu'elle a écrites. Il arrive à ses personnages de s'égarer dans les chambres, les rues et les chemins de traverse où se passe l'histoire plus vaste, mais elle a la vue trop étroite pour voir la ville comme un tout. Un récit se chuchote à son oreille. La jeune femme a besoin d'une clé. Ne pas oublier. Elle aura un couteau, mais ce dont elle a besoin, c'est d'une clé.

Je suis sans doute la seule des convives qui participaient à ce dîner en cette soirée de printemps à être encore en vie. J'étais jeune. Pas les autres. Le 18 mai, je les ai énumérés dans mon cahier comme s'ils étaient des personnages de *Minnesota à Manhattan* ou du *Mystère de Lucy Brite*. Mon empressement à traduire ma vie en "romancien" peut en partie s'expliquer par le fait que le roman que j'avais espéré achever était en panne, faute d'intrigue, et que le désespoir commençait à hanter les heures que je passais devant ma machine à écrire. Mon intention originelle – opposer le caractère artificiel du raisonnement holmesien au côté imprévisible et irrationnel du comportement humain réel – avait fait implosion, non que ce fût une mauvaise idée, mais parce que Ian et Isadora semblaient avoir leur idée à eux quant à la direction où ils allaient et n'étaient pas du tout heureux d'incarner mes abstractions. De son côté, *La Débutante rebelle* paraissait s'écrire d'elle-même. J'exerçais un ferme contrôle sur l'héroïne de cette autobiographie romancée. Elle prenait vie grâce aux conventions littéraires établies de longue date. Elle était écrite dans le but de plaire ; et son audace sujette à l'ultime *imprimatur* de la patronne.

18 mai 1979

Pendant que nous nous rendions à ce dîner, hier soir, je devinais que Lucy voulait me dire quelque chose mais qu'elle se retenait. Je ressentais son inhibition comme une pression dans ma propre poitrine. Quand nous avons atteint l'immeuble de Patty et Moth sur Riverside Drive, elle s'est arrêtée soudain sur le trottoir, a levé les yeux vers moi et m'a déclaré d'une voix sonore : "Je voulais te dire ceci hier, mais je n'étais pas sûre de bien lire le signe. Maintenant je le suis." Elle a regardé derrière elle, comme s'il pouvait y avoir quelqu'un à l'écoute. Elle a repris, rapidement, d'une voix sourde. "Tu sais, la nuit où tu as dormi chez moi ? Eh bien, ce matin-là, quand je suis entrée dans la pièce, tu étais endormie sur le canapé, mais tu n'étais pas seule." Les yeux de Lucy paraissaient humides à la lumière de la lampe au-dessus de la porte. "Assise sur une chaise à côté de toi, Lindy te regardait dormir. Ma Lindy était là, juste comme avant, indemne, sans rien qui cloche, parfaite." Lucy a inspiré profondément, et puis a lâché une exhalation frissonnante. "Elle n'était pas fâchée. Elle n'était pas triste. Elle m'a regardée en souriant. Je ne peux pas te dire ce que ça signifie pour moi. Tout a changé.

— Qu'est-ce que tu racontes ?

— Tu l'as fait revenir. Bon, en t'aidant, je l'ai fait revenir. Tu ne vois pas ? Tout est lié. J'ai vu les cercles et les visages et les plantes grimpantes dans ton cahier, il m'a fallu quelque temps pour trouver la réponse, mais la nuit dernière j'ai eu un autre signe." Elle a souri. "Alors j'ai su que je pouvais te parler de Lindy. Tout ça concerne cette nuit où tu as été agressée. J'ai fait du bruit. J'ai crié. J'ai tapé sur le mur avec le balai. J'ai couru chez toi. Elle m'a pardonné grâce à toi. Maintenant il y a de l'espoir. Ma punition est levée.

— Des cercles, des visages et des feuillages, Lucy ? Ce ne sont que mes griffonnages. Rien de plus.

— Ça c'est ce que tu crois. Ça ne veut pas dire que la vieille magie ne fonctionne pas. Ça ne veut pas dire que ce n'est pas un signe. Simplement, tu ne sais pas comment le lire.

— Mais, Lucy." Je faisais traîner le son S comme un sifflement. "C'est moi qui ai fait ces dessins. Tu prétends que je ne sais pas ce que j'ai dessiné ?"

Lucy m'a souri avec l'indulgence qu'elle aurait pu avoir pour un enfant de quatre ans. "Tu crois que ce que tu penses faire est ce que tu fais en réalité ? C'est bien naïf, tu sais."

Je la regardais, bouche bée, de plus en plus frustrée. "Permets-moi de reformuler ça. Tu crois que tu as vu dans mon dessin de cercles, de visages et de feuillages quelque chose qui est connecté à Lindy ? Tu es en train de me dire que tu as vu son fantôme ?

— Si c'est comme ça que tu veux l'appeler. Parler de fantômes me paraît un tantinet primitif. J'ai vu son corps astral."

Là-dessus Lucy a regardé sa montre et s'est exclamée joyeusement : "Bon sang, on ferait bien d'y aller." Elle a agité les doigts à quelques centimètres de ses oreilles, appel apparent à se hâter. Dans l'ascenseur, je lui ai dit qu'il nous faudrait reparler de "tout ça". Oh, oui, nous allions le faire, a-t-elle assuré, mais maintenant nous allions à un dîner, et je l'ai regardée lisser ses cheveux puis se pincer les joues du bout des doigts.

Le temps que Moth nous ouvre la porte, mes pensées tourbillonnaient parmi des cercles, des visages, des feuillages et des fantômes. Lindy me regardait dormir. "Tu l'as fait revenir." Je ne l'ai pas fait revenir. Moth nous accueillait avec des cris : "Alice ! Alice ! Couchée ! Couchée" adressés au corniaud jaune, avec une bonne part de terrier, qui sautait, courait en rond et aboyait frénétiquement après nous jusqu'à ce que je me penche pour lui faire renifler ma main, sur quoi l'animal a agité la queue et m'a léché les doigts. Moth avait relevé au sommet de son crâne ses cheveux gris et frisés et portait autour des épaules un châle multicolore sur lequel étaient cousus de petits miroirs et des perles, vêtement que Lucy a immédiatement qualifié de "festif".

Comme, debout dans le vestibule, je contemplais une étrange gravure géométrique, au mur, avec un pentagramme en son centre et des inscriptions latines, je me suis demandé si cette image était un autre de ces fichus signes et ce que je pouvais bien fabriquer là. Ma gratitude envers les Dames au balai avait faibli. "Elle m'a pardonné grâce à toi." Non, pas du tout.

Moth gazouillait, disant combien elle était heureuse de nous recevoir, et ne voulions-nous pas venir au salon et ignorer tout simplement les piles de livres parce qu'il n'y avait rien à faire de ce côté. Patty n'était pas raisonnable en matière de livres, et elles seraient bientôt éjectées de l'appartement parce qu'elles n'auraient plus de place où s'asseoir, manger ou dormir. Difficile de dire si j'avais ou non l'air furieux, mais j'imaginais que oui. On meurt. On ne s'évapore pas sous forme de corps astral. On pourrit et on se décompose. Les cendres à la cendre. Il fallait que j'apaise ma respiration. Vaste appartement. Étaient-elles riches ?

Je regardais Moth avancer à grande vitesse en chancelant sur ses jambes raides, Alice trottinant derrière elle, à travers un labyrinthe de volumes tapissant les deux murs et les piles formant de petites tours le long du couloir. Le bruyant cliquetis des griffes de la chienne sur le parquet me martelait les tempes. Ces griffes avaient besoin d'être taillées. J'ai tenté de me concentrer sur l'instant présent. Lucy pinçait de nouveau les lèvres en se lissant les cheveux. Je trouvais ses gestes si agaçants que j'ai serré les dents.

Moth nous a fait entrer dans une pièce plus obscure que le vestibule et il m'a fallu une minute pour m'ajuster à l'éclairage réduit, aux bougies, à la brume de cigarettes et à une vague odeur d'herbes médicinales dont l'espace était imprégné. Il y avait des livres partout, entassés par terre, sur des tables et sur une rangée de chaises à dos droit. Les quatre murs débordaient de livres, placés verticalement dans les grandes bibliothèques mais aussi enfoncés à l'horizontale quand il y avait assez de place en hauteur. Une échelle de bois était appuyée à l'une des étagères, attachée à un rail, et en dépit de mon humeur irritable je me suis souhaité silencieusement une échelle de bibliothèque dans ma vie future. Le bavardage excité de Moth s'amplifiait sans la moindre intervention de notre part, et j'ai entendu s'élever sa voix gagnée par la stridence d'une ardeur nouvelle. Elle a gesticulé en direction du côté opposé de la pièce. "Patty, je les ai toutes les deux, ici, c'est pas charmant ?" Puis elle nous a posé, à Lucy et moi, la question du vin – rouge, blanc ou rosé, elles avaient les trois – et le rosé lui faisait penser à l'été qu'elle et Patty avaient passé ensemble en Provence, et elle pouvait presque sentir la lavande, oh putain, quelle odeur formidable alors, emportées par cette lavande imaginaire,

Lucy et moi avons déclaré notre préférence pour le rosé et Moth s'est hâtée d'aller satisfaire notre demande, Alice cliquetant et agitant joyeusement la queue sur ses talons.

En me tournant, j'ai vu Patty assise dans un fauteuil tout au fond de la vaste pièce, son grand visage lisse éclairé par un lampadaire, le reste de sa forme massive dans l'ombre. L'angle de la lampe illuminait les surfaces planes de son front et de ses joues, et je me suis vaguement souvenue de personnages de roman dont la peau est décrite en termes de marbre ou d'albâtre. Comme Lucy et moi nous approchions d'elle, le parfum que j'avais détecté quelques instants plus tôt est devenu plus fort – doux et vert, mais sous-tendu d'accents médicinaux qui me rappelaient les tiroirs de tante Irma : de la lavande sans doute, mais mêlée à d'autres ingrédients puissants, un rien de camphre ? L'odeur gagnait mon nez par vagues, et chaque vague s'accompagnait d'un petit choc dans mes narines. J'avais étrangement chaud et, quelques secondes plus tard, j'ai ressenti un léger vertige. Les autres ne sentaient donc rien ? J'ai revu brièvement des feuilles flottant dans mon thé et puis pensé confusément que fantômes et odeurs, quelque part, c'est la même chose. Lucy se tenait debout à côté de moi. Son visage exprimait un contentement qui a accentué mon agacement. Alors je me suis soudain rendu compte que je déglutissais – une, deux, trois fois. Ne compte pas, me suis-je dit.

Patty, de qui émanait cet étrange parfum, a levé les yeux vers moi et, comme ils fixaient les miens, j'ai noté la blancheur laiteuse de sa peau et le calme de son regard.

"J'aimerais te montrer quelque chose." Son expression était amicale, mais j'étais résolue à rendre mon visage étanche à toute émotion. Après la bizarre confession de

Lucy, je me sentais sur la défensive. "L'interprétation, disait Patty, est chose curieuse, ne trouves-tu pas ? Tout dépend de la lecture que nous faisons du monde et pourtant nous le lisons toujours mal. Je crois que nos erreurs d'interprétation dépendent souvent de ce que nous avons négligé, ou oublié. Nous n'opérons pas avec un jeu de cartes complet, pour ainsi dire, mais avec quelques-unes que nous mélangeons et distribuons à tous les joueurs comme si elles constituaient l'intégralité du paquet. Les joueurs doivent interpréter le jeu, et ils le font, sans se rendre compte qu'il manque des cartes. Ils ne comprennent pas que s'ils avaient toutes les cartes, ils joueraient un jeu complètement différent." Patty hocha la tête d'un air entendu.

La métaphore n'était pas dépourvue de sens, mais je ne voyais pas où elle voulait en venir.

Patty m'a souri du fond de son fauteuil. "Disons que quelqu'un a caché toutes les reines ou, pire, que quelqu'un a brûlé toutes les reines, mais que c'est arrivé il y a si longtemps que plus personne ne sait que les reines ont un jour figuré dans le paquet.

— Je ne suis pas sûre que jouer sans les reines ferait une telle différence, ai-je dit. Les règles sont arbitraires, et elles changent. Il existe des tas de jeux qu'on peut jouer avec moins de cartes."

Patty a acquiescé. "Mais disons, pour éclairer notre propos, que le jeu de cartes représente le tout, la totalité. Alors la suppression des reines en fait une, de différence." Elle a désigné d'un geste une petite table sur laquelle brûlait une bougie. "Le volume vert, là, en haut de la pile. J'ai marqué une page pour toi. Mais ce que je veux vraiment que tu voies, c'est le petit dessin à l'intérieur."

Comme je tournais la tête vers le livre, j'ai de nouveau eu un vertige et j'ai pensé que je devrais sans doute m'allonger.

"Mais, d'abord, a dit Patty de sa voix basse, laisse-moi te présenter mon collègue Alistair Frame." Du doigt, elle me désignait sa gauche. Là, dans l'obscurité relative, j'ai vu un homme chauve étendu, ses pieds étroits posés sur un pouf. Il fumait d'une main et tenait dans l'autre un verre de vin rouge. Il portait une lavallière. Pourquoi ne l'avais-je pas vu ?

"Regarde dans le livre." Il y avait dans l'excitation de Patty quelque chose de vibrant.

J'ai pris le volume vert et lu le titre à voix haute : "*La Clé de Salomon*.

— *Clavicula Salomonis*, a entonné Patty près de moi. Un grimoire.

— Qu'est-ce que c'est qu'un grimoire ?" ai-je demandé. Ma voix était forte et claire. Sa sonorité m'a réconfortée.

"De la magie", a dit Lucy.

Tout en contemplant la couverture du livre, j'ai écouté Patty expliquer que c'était une traduction anglaise de 1889 mais que ses sources étaient nettement plus anciennes. Je crois qu'elle a parlé du XVIe siècle. "L'auteur affirme que cette sagesse vient tout droit de Salomon mais c'est une absurdité. Que savait Salomon du christianisme ? C'est un grimoire chrétien, un livre d'instructions sur l'art de jeter des sorts. Il en existe un grand nombre datant de cette époque." Je pensais encore aux reines cachées ou brûlées, mais j'ai ouvert le livre, l'ai approché de la lumière de la bougie, j'ai tourné quelques pages et commencé à lire. L'auteur, quel qu'il fût, insistait sur la nécessité que le temps fût calme. Il recommandait "une journée sans vent, sans nuages courant çà et là par toute la face du ciel". Faute de tranquillité, le sort échouerait. Je passai à la page marquée : "La construction du cercle." Prenez un couteau ou une plume d'oie et découpez des cercles au-dedans de cercles – "la seconde ligne circonférentielle".

Un couteau. Un cercle. Circonférence. J'ai pensé : Gus a gagné, c'est un culte. "Elle pense que tu pourrais en être." Non, mesdames, je suis simplement une admiratrice d'Emily Dickinson : "– et seule – simple point sur un globe – j'errai à la circonférence –" Lucy m'a entouré la taille de son bras. "Il faut que tu regardes l'illustration dans le livre. Tiens-le sous la lumière !" J'ai contemplé une page de dessins pour la plupart inintelligibles :

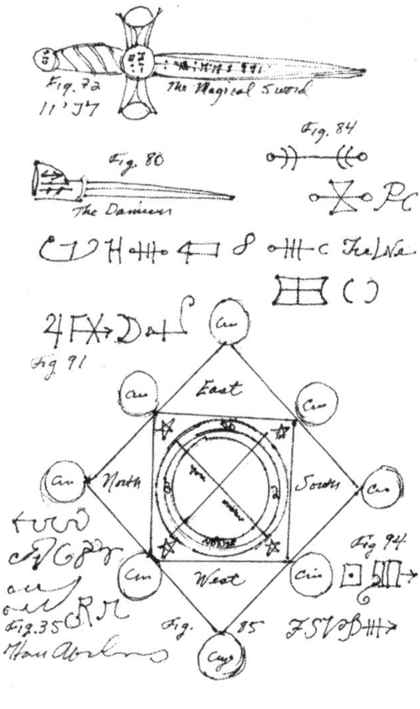

La voix résonnante de Patty grondait près de moi, m'offrant des explications supplémentaires, mais mon vertige empirait. Emportant le livre, je suis allée m'asseoir sur le canapé de velours qui faisait face à Patty. Lucy me suivait avec la bougie, qu'elle tenait au-dessus de l'image. Patty parlait toujours. Elle avait trouvé l'ouvrage dans une boutique de livres d'occasion, une dizaine d'années auparavant, pendant ce qu'elle appelait "les perturbations politiques". Elle l'avait acheté, l'avait rapporté chez elle et avait découvert le petit dessin rangé dedans. "Ce dessin, m'a-t-elle dit, m'a aidée à voir ce qui m'échappait. Je ne sais pas du tout qui était l'artiste. C'était peut-être simplement une lectrice attentive qui dessinait ce qu'elle découvrait. Je crois que c'était une femme. J'aime penser à ce dessin comme à une clé derrière la *Clé*. La clé de Salomon, ça n'a pas de sens. C'est le jeu incomplet. La vraie clé n'est pas du tout dans le livre. Elle est dans ce dessin. Il est là, dans l'enveloppe transparente."

Lucy m'a passé la bougie, a sorti avec précaution le dessin de son enveloppe et me l'a tendu.

Le dessin était manifestement une variation sur l'image du livre. Oui, il y avait bien des cercles et des feuillages et le visage d'un bébé volant au bout d'un cordon et le carré, c'était quoi ce truc ? J'avais envie de rire, mais l'image avait quelque chose de perturbant. J'ai regardé Lucy qui glissait le dessin dans son enveloppe et le replaçait dans le livre avec une expression de satisfaction. Elle a remis le livre sur la pile et est venue me débarrasser de la bougie. Comme elle saisissait celle-ci un peu brusquement, le choc a fait tomber une goutte de cire sur ma main. J'ai retenu un cri étouffé et, tout en examinant l'ovale cramoisi au bas de mon pouce et en commençant à gratter la cire durcie, je me suis sentie mal à l'aise. Avant que je sache ce qui m'arrivait, des larmes me brûlaient le coin des yeux. En relevant la tête, j'ai vu que Patty m'observait. Son visage exprimait de la sympathie, trop de sympathie. Que voulait-elle ?

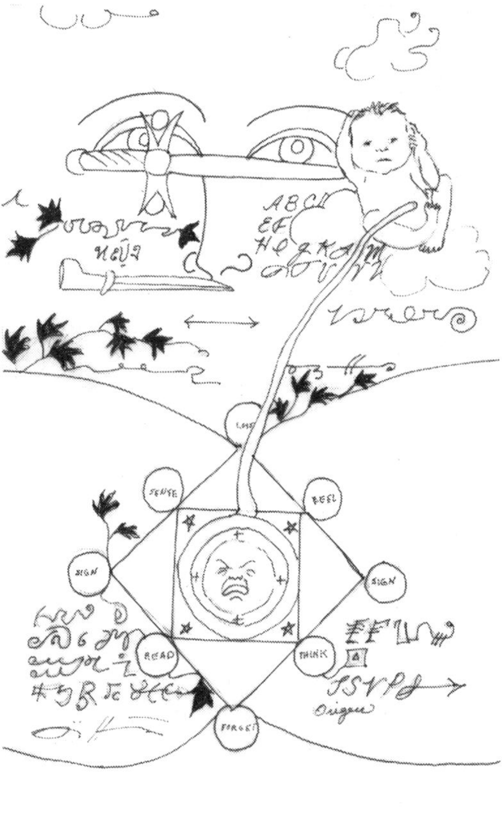

"Je me suis rendu compte que notre pensée, la pensée occidentale, a été une fuite devant des ambiguïtés mêlées. Tout le monde est fait de deux personnes, mais les significations théoriques de la gestation ont été interprétées complètement de travers. L'embryologie reste un profond mystère. Le cordon ombilical, a dit Patty, ou plus exactement le cordon placentaire, ce cordon de sécurité qui relie la mère, le placenta et le fœtus est l'ur-réalité de la vie des mammifères, des mammifères placentaires, une force intermédiaire, un lien, les tissus conjonctifs qui préfigurent notre naissance. Mais le placenta est à peine présent dans la littérature médicale. C'est un repentir. C'est l'organe humain manquant, banni du discours. Tu vois, il figure dans le dessin. Dans toutes les cultures autres que la nôtre, l'arrière-faix joue un rôle essentiel. C'est une deuxième créature, un jumeau, un double du nouveau-né." Elle a continué encore un bon moment, expliquant comment l'organe était enseveli, ou séché afin de servir de poudre guérisseuse, ou digéré pour sa valeur nourricière spirituelle. Je me sentais à la fois intéressée et rebutée. Je me suis demandé ce que les Hua misogynes faisaient du placenta.

"Penses-y", coassait Patty. On aurait dit un crapaud-buffle. J'adore le grincement des crapauds-buffles. "Il n'existe aucune représentation de la naissance dans l'art occidental, en tout cas aucune que j'aie pu trouver. Il y a des milliers de gentilles Madones à l'Enfant, des crucifixions, la mort, des mourants, des batailles avec des cadavres partout mais des naissances – rien." Elle me regardait. "En termes de frontières, l'instabilité est intolérable. Tu vois cela, n'est-ce pas ? Au commencement, ce n'est pas une chose ou l'autre. C'est les deux à la fois. C'est la mère et un fœtus entièrement dépendant ; ce ne sont pas deux personnes. Ça, c'est ridicule. Ça ne devient deux que très, très tard dans la grossesse. Penses-y seulement. Chacun d'entre nous commence à l'intérieur d'une autre personne humaine, attaché à elle par la magie d'un organe temporaire que la science connaît mal et ne s'est pas donné la peine d'étudier. Et pourquoi cela ?" Patty avait l'air très satisfaite d'elle-même.

"N'est-ce pas drôle ? a fait Lucy. Nous naissons tous. A-t-on jamais vu quelqu'un accoucher au Metropolitan Museum ?

— Jamais", a dit Patty, et elle a ri.

Je me suis alors rappelé Lucy parlant de ses enfants : "Le simple fait que le cordon a été coupé…" Deux enfants morts. Lindy avait quinze ans. Et son fils qui avait explosé, on ne sait comment. Pauvre Lucy. Patty exerçait un pouvoir sur elle. Et maintenant elle voit le fantôme de sa fille. J'ai entendu approcher des griffes canines, et Moth nous a tendu les verres de rosé. J'avais l'étrange sensation de me trouver déjà depuis longtemps dans cet appartement, que l'allusion de Moth à la Provence et à la senteur de lavande datait de jours et de jours. J'ai humé le liquide rose. Alice s'était mise à me pousser la cuisse du bout de son museau, me signalant que je devais la caresser. Ce que j'ai fait, de la main gauche, et elle a levé vers moi des yeux bruns lumineux, pleins de gratitude.

Alice n'allait pas me confronter à des corps astraux, des signes, des couteaux, des cercles ou des placentas. Tout ce qu'elle voulait, c'étaient des caresses. J'ai siroté mon vin.

D'autres invités étaient arrivés. Moth m'a présentée à Martin Blume, un personnage corpulent qui enseignait la philosophie à NYU : proche de la soixantaine, d'après moi, il était vêtu d'une veste en velours côtelé froissée juste comme il faut, avait des cheveux gris plaqués en arrière à partir des tempes, un grand nez droit et des yeux brillants d'ironie. Sa poignée de main était ferme et son sourire légèrement en coin. Je dois avoir vu dans son expression une promesse pour les heures à venir. Voilà quelqu'un qui allait me soulager du nuage pesant de significations cachées – des fantômes, signes et organes humains temporaires. Le professeur a badiné avec Moth à propos de son châle, évoqué avec Patty l'exposition de David Hockney au MoMA et charmé Lucy par l'intérêt qu'il manifestait pour un collier que je n'avais même pas remarqué qu'elle portait en lui demandant s'il était d'époque victorienne.

Sarah Blume n'était pourvue d'aucune des grâces de son mari. C'était une femme courtaude, dont le regard filait nerveusement d'une personne à l'autre, et qui, chaque fois que son époux parlait, avait la curieuse habitude de rentrer la tête dans les épaules comme écrasée par quelque présence invisible. Je l'ai, à plusieurs reprises, vue ouvrir la bouche pour la refermer aussitôt. J'avais envie de hurler : Mais parle, ma vieille, parle donc ! Elle est parvenue à dire quelques mots hésitants sur sa fille qui vivait à Stockholm où elle travaillait à je ne sais quel titre dans un institut. Le mystérieux Alistair restait silencieux, offrant seulement un sourire intermittent et des hochements de tête amicaux censés témoigner de son écoute attentive. La dernière personne à se joindre à la compagnie a été Gorse, une des femmes que j'avais entendues à travers le mur. Elle avait un visage étroit et ridé, et un corps menu légèrement rebondi vers la taille, mais c'était de sa voix douce que je me souvenais depuis la nuit du couteau et du petit homme. Était-ce elle qui avait dit : "J'ai peur. Il va mourir ?"

Je me suis assise sur le canapé et j'ai écouté. Comme Alistair, je souriais et hochais la tête. Contrairement à lui, j'ai fait quelques commentaires qui me paraissaient appropriés. Je commençais à me sentir mieux. Mes vertiges avaient disparu. Le professeur et Mme Blume avaient introduit dans la place une atmosphère rassurante, terre à terre. C'était un dîner entre amis, après tout. La conversation devait normalement être superficielle. Je caressais assidûment Alice, qui avait pris position près de moi, mais chaque fois que ma main faisait mine d'abandonner cette activité, la chienne me poussait du museau pour réclamer d'autres caresses et son insistance commençait à m'agacer ainsi qu'à attirer des remarques de Moth : "J'espère qu'elle ne t'ennuie pas. Couchée, Alice !"

Alice ne se couchait pas. Martin Blume, qui s'était assis en face de moi, nous observait avec amusement. Je me sentais délicieusement consciente de ses yeux. J'ai entendu Lucy dire à Patty : "Je l'ai eu à l'enfant magique, pas cher du tout." Cela semblait être un lieu, pas une personne. J'aurais aimé demander mais, l'instant d'après, le museau d'Alice a fait un mouvement agressif en direction de mon entrejambe et, comme je repoussais sa truffe froide, Patty a grondé de sa voix de ténor rauque : "Elle t'adore. Je ne l'ai jamais vue vraiment comme ça." En relevant la tête, j'ai vu que le professeur me souriait ; cette fois, il montrait ses dents régulières. Mon visage s'était réchauffé, et j'ai remarqué que Lucy jetait un coup d'œil à Blume, enregistrait son expression et revenait à son personnage de pimbêche peu aimable. Le regard qu'elle m'adressait communiquait les mots *tiens-toi convenablement*, comme si elle avait la ferme conviction que j'étais arrivée à ce dîner avec pour seule intention de séduire l'homme et/ou le chien.

Quand nous avons été installés à la longue table du repas près des fenêtres restées entrouvertes pour laisser entrer l'air, le vin m'avait détendu les épaules et avait provoqué dans mon crâne une agréable sensation ascensionnelle. Patty, assise au bout de la table, à ma droite, semblait un peu moins odoriférante. Gorse se trouvait juste en face de moi et j'ai remarqué qu'elle redressait tout le temps ses lunettes à deux mains, comme si elle n'arrivait pas à les placer de façon satisfaisante sur son long nez, et qu'elle émettait après chaque ajustement un petit bruit de gorge. Alice, mon inconditionnelle, qui m'avait suivie dans la salle à manger, s'était glissée prestement sous la table et arrangée pour que sa tête repose confortablement sur mes genoux. J'étais contente qu'elle semble avoir renoncé à son intérêt olfactif pour mes parties génitales. Patty m'informa qu'Alice avait l'intention de lever sur moi des yeux implorants tout au long du repas afin d'obtenir ma pitié suivie de près par des bribes de mon repas. Le rire de Patty était un roulement profond. "C'est une stratégie efficace, me dit-elle. Notre Alice est fort versée en rhétorique silencieuse de persuasion."

Comme je racontais à Martin Blume, assis obliquement en face de moi, que j'allais entamer mes études à Columbia en septembre, il a pris l'air perplexe. "Mais c'est un repaire d'hommes, là-bas, ma chère." J'ai expliqué que je visais un doctorat en littérature comparée et il m'a répondu : "Ahhhhhh." Nous avons parlé un moment et *Tristram Shandy* est survenu en chemin, sans doute parce que je l'ai évoqué. Stimulé par le sujet, il m'a, tout sourire, parlé de l'influence de Hume sur Sterne, dont j'étais au courant mais que je trouvais agréable de l'entendre exposer en détail. J'étais ravie d'entendre des mots que je comprenais. Nous avons ri du temps qu'il faut à Tristram pour naître, pas avant le volume 4, et j'ai cité l'expression que j'aimais à propos du schéma temporel du roman : "digressif… et progressif, aussi, et simultanément". Il m'a alors examinée de ses yeux bruns et bienveillants, et j'ai ressenti son attention comme si c'était un petit soleil brillant sur moi à cette table. Cela avait la qualité d'un souvenir que je n'arrivais pas à localiser, un bon souvenir.

Patty était plongée dans une conversation avec Gorse mais paraissait également suivre ce que Blume et moi nous disions, car elle m'a souri en disant : "Je vois que nous sommes revenus à la naissance. Accouchements de bébés, accouchements de manuscrits, neuf volumes, neuf mois. Le livre est un long labeur !" Quelques instants plus tard, elle a lancé : "Je vous écoute. Je ne suis pas étonnée que vous ayez complètement omis Mme Shandy." À quoi il a répondu : "Jamais ! Je me rappelle toujours les dames", et a repris sa dissertation. Je me suis souvenue de Mme Shandy qui, quelque part vers la fin du livre, crie : "À quoi rime toute cette histoire ?" Je pensais que ce serait bien de mentionner cette réplique mais alors Lucy, après m'avoir jeté un regard appuyé et critique, a distrait Martin Blume en lui posant une question et il s'est détourné pour lui parler.

Momentanément abandonnée, j'ai écouté le mélange des voix comme si la table n'était qu'un seul individu avec de nombreuses bouches et, ensuite, au-delà du bavardage, le bruit ininterrompu que faisaient les voitures sur la West End Highway. Le vin me montait encore à la tête et Alistair, assis à ma gauche, possédait une voix, après tout. Il parlait à Sarah Blume sur un ton de politesse. J'ai remarqué que la peau de sa nuque était rose et que la laine de sa veste peluchait. Je me demandais pourquoi je m'étais sentie si mal, une demi-heure plus tôt. J'ai remarqué que la nappe de lin sous mon assiette était très chiffonnée, mais en parcourant du regard l'ensemble de la table, j'ai discerné une zone lisse vers le centre, comme si on avait commencé à repasser et renoncé. Je me suis fait la remarque que la porcelaine et le cristal étaient de belle facture de même que les deux lourds candélabres d'argent dans lesquels brûlaient de fines bougies noires convoquant l'image d'une héroïne effrayée dans une vaste pièce noire et blanche aux rideaux agités par le vent sur fond de musique d'orgue. J'ai souri par-devers moi en pensant : Oui, c'est comme ça que je me suis toujours comportée – comme une poule mouillée. C'était notre expression, à Kari et moi. J'ai remarqué que l'arrangement floral était singulier – une collection aléatoire d'herbes comprenant de la sauge fanée, du romarin brunissant et de l'origan relativement frais, mélangée à des roses rouges aux nuques ployées. Ma mère aurait désapprouvé tant la nappe chiffonnée que le centre de table, mais je ressentais de la sympathie pour la personne, que je soupçonnais fortement d'être Moth, qui avait entrepris et abandonné le repassage. J'avais aussi le cœur serré pour les roses, comme si elles n'étaient pas des fleurs mais des personnes baissant la tête de chagrin ou de honte. Ce n'était pas de leur faute si elles étaient un peu trop tristes ou trop vieilles pour se tenir droites.

Mais à présent je dois m'expliquer à moi-même pourquoi tout a tourné si mal, pourquoi l'atmosphère du dîner a entièrement changé et pourquoi je me suis conduite comme je l'ai fait. Beaucoup de choses sont impossibles à débrouiller quand plusieurs personnes se trouvent ensemble dans une pièce. Tièdes ou chargées d'irritation, des brises circulent entre ces personnes et l'on peut se retrouver à la croisée des vents sans savoir pourquoi. Ce doit être lié à la densité des souvenirs dans la pièce. Chacun traîne avec soi son passé sur sa chaise et s'assied alors à côté de tel ou telle qui a aussi son passé avec soi – plein de mères et de pères, de tantes et d'oncles, d'amis et d'ennemis, de villes natales, de routes, de boîtes aux lettres, de rues, de *diners*, de gratte-ciels et d'arrêts de bus, tous présents dans les événements dont il ou elle se souviennent parce que la chose qui est arrivée a causé de la joie, de la peine ou de la honte, et quand je pense à ce repas, je comprends que les souvenirs assis sur les chaises en même temps que les convives incluent des défunts, comme Irma, Lindy et Ted Jr, oui, de vrais fantômes ramenés au présent par chaque mémoire à cette table – et quand vous multipliez le passé, les souvenirs et les fantômes de toutes les personnes présentes, vous comprenez qu'ils ne sont pas tout à fait maîtrisés parce qu'ils réapparaissent inévitablement dans la conversation sous une forme ou une autre et commencent alors à se mêler et à agiter le reste de la compagnie, l'un se fondant en l'autre, et ce ne sont pas seulement les mots de la conversation qui comptent mais le ton qu'adopte la voix de chaque personne qui parle, et pensez alors à tous les regards qui vont et viennent autour de la table d'un repas et aussi aux gestes et à toutes les informations visibles – brève rougeur sur un visage, minuscules perles de sueur se formant sur une lèvre supérieure, rides ne s'imprimant sur un visage que le temps d'un sourire, paires d'yeux apparemment froids et indifférents, autres paires animées par un vif intérêt, ou la même paire d'yeux distante à tel instant et concentrée l'instant suivant, et chacun de lire et de relire et d'interpréter tous les signaux, petits et grands, qui tourbillonnent alentour et qu'on ne peut rigoureusement pas séparer des souvenirs, et je me demande comment diable nous nous y retrouvons le moins du monde.

Je sais que Lucy a raconté l'affreuse histoire du hamster pendant le dessert. L'histoire du hamster a été le calme avant la tempête mais, quelques secondes avant cette histoire il y avait eu l'incident de la main de Martin Blume sur l'épaule de son épouse. Je le qualifie d'"incident de la main lourde" car je crois qu'il a été crucial pour l'évolution qui s'est produite et qui a tout changé. Avant la main lourde et le hamster, de nombreux sujets de conversation avaient été abordés, dont j'ai oublié la plupart. Les propos de Patty étaient mémorables, si étranges qu'ils fussent, mais beaucoup des bavardages conviviaux se sont effacés. Je sais qu'Alice s'était endormie sur mes pieds et que je sentais son ventre contre mes chevilles nues au rythme régulier de sa respiration. Nous avions bien mangé. Je vois encore le long visage étroit de Moth, la peau flasque sous son menton et ses yeux ravis surveillant la table, son royaume pour la soirée, quand elle nous a invités à "manger et boire et être joyeux comme de beaux diables". Elle avait apporté elle-même le gigot de mouton aux herbes pour que Patty le découpe, ce que Patty avait fait en experte, après quoi Moth était retournée en hâte à la cuisine prendre les petites pommes de terre et les asperges et s'était exclamée : "Oh, putain, et merde !" quand plusieurs petites patates enrobées de beurre et de persil avaient roulé du plat débordant pour tomber sur le sol à son retour dans la salle à manger, sur quoi Alice avait précipitamment abandonné son poste sous la table et les avait prestement englouties.

Je sais qu'au moment de l'arrivée du dessert, une tarte au citron, j'avais découvert que Patty était en train d'écrire un livre intitulé *Une étude de l'amnésie occidentale* qui traitait d'"œuvres ésotériques" de femmes philosophes mais aussi de quelques hommes. J'avais également découvert que Patty et Martin étaient de vieilles connaissances, remontant à l'université où ils avaient suivi le même cursus, mais Patty avait abandonné les études de "philosophie générale" pour s'attacher à "l'autre face des choses", autre face que son vieil ami désapprouvait fortement comme étant "la province des barjos" et que Patty défendait de sa voix profonde, mais ce qu'elle défendait exactement n'était pas bien clair à mes yeux, sinon que c'était lié "au corps, aux sentiments et à l'imagination sacrée" et, peut-être, à ce dessin étrange, la clé de la clé.

J'ai pris le parti de Martin Blume, avec autant de modération, de discrétion et de diplomatie que je pouvais. J'éprouvais une hostilité envers "l'autre face des choses", quelles qu'elles fussent, parce qu'elles me paraissaient aussi diffuses et intangibles qu'une odeur d'herbes dans l'atmosphère. Gorse m'avait expliqué qu'elle était une artiste qui peignait "les forces invisibles de la nature et de l'esprit", un projet grandiose et multicolore sur lequel elle s'était étendue, de sa voix flûtée, entre deux réajustements maniaques de ses lunettes et glapissements presque inaudibles. J'avais deviné que l'astral Alistair était un Anglais bien élevé qui vendait des livres rares et avait des clients dans le monde entier ; il s'exprimait presque exclusivement en termes négatifs, habitude verbale qui peut avoir été responsable de la première impression que j'avais eue de lui comme d'un homme si sec et si parcheminé que je craignais qu'il ne tombe en poussière si je parlais trop fort dans sa direction. "Non, cette édition-là en particulier n'était pas sans intérêt", "Je ne qualifierais pas cela d'ennuyeux, pas précisément ennuyeux", "Ce n'était pas une lecture illuminante, mais…". S'il évitait totalement le positif, il le faisait de manière affable, et je sentais que pour lui le recours à la négation correspondait à une forme de modestie.

Je sais aussi qu'entre l'entrée et le dessert, Sarah Blume avait subi un changement de personnalité. De paillasson, elle s'était muée en tapis volant, encouragée par Moth qui avait servi beaucoup de vin à leur bout de la table et s'exclamait à tout bout de champ "Mais qu'est-ce qu'on s'en fout de tout ça !", suscitant ainsi les glapissements de rire de Sarah. Lucy aussi avait changé. Les yeux vitreux, elle minaudait, roucoulait et souriait à Martin Blume, qui lui rendait ses sourires avec ce qui me frappait comme la marque du réel plaisir qu'il prenait à sa compagnie. Je voyais bien que Lucy le flattait mais je voyais aussi qu'il détournait régulièrement le regard de Lucy vers sa femme, à laquelle il avait adressé de nombreux coups d'œil significatifs. Sans même avoir échangé un mot à ce sujet, Alistair et moi étions devenus intensément conscients de la montée en décibels de l'hilarité de Sarah depuis le début du repas. Néanmoins, quand Sarah a lâché un gloussement contenant un petit cri, Alistair m'a regardée fixement pendant deux secondes comme pour dire : "Il se pourrait que ceci ne soit pas tout à fait approprié. Ne trouvez-vous pas ?" Ma vision de la Sarah hilare était en partie bloquée par Alistair lui-même et par la cravate qui bouffait à son col, et je n'avais donc pas pu voir si elle avait croisé le regard de son époux, mais d'après le niveau sonore les regards réprobateurs de celui-ci avaient été totalement vains.

Quelque temps plus tard, Martin a quitté la table, sans doute pour se rendre aux toilettes. En chemin, il s'est arrêté derrière sa femme. J'avoue que je me suis penchée en avant pour voir ce qu'il faisait. Je l'ai regardé poser la main sur l'épaule de son épouse et la presser, pas très fort, mais c'est à ce moment que, distinguant Sarah de profil juste au-delà de l'épaule d'Alistair, j'ai vu son sourire disparaître et son menton s'effondrer. Le geste m'avait fait sursauter – cette main lourde, la pression. En regardant la scène, j'avais senti les doigts sur ma propre épaule et, en même temps que cette sensation, un profond sentiment de honte. Que s'était-il passé ? Sarah s'était déchaînée, c'est vrai, et Martin avait voulu l'arrêter avant que… avant que quoi ? Avant qu'elle ne rie trop fort ? Avant qu'elle ne boive encore ? Pourquoi sa main avait-elle paru si terrible ? À cause de l'incroyable efficacité de son étreinte ?

Moth aussi s'était tue, d'un coup, en regardant le mari disparaître dans le couloir. Lucy, assise juste en face de Sarah, avait pu voir mieux que moi l'incident de la main lourde et, pendant que le professeur se soulageait et que Gorse apportait la tarte, Lucy s'est lancée dans un pesant monologue au sujet de l'ignorance où l'on est de qui sont vraiment les gens. Elle affirmait avec insistance qu'"ils" peuvent vous berner, et vous berner encore, et j'ai aussitôt commencé à m'inquiéter de ce qu'elle pourrait dire. "Des serpents souriants", aboyait Lucy à Sarah, qui restait muette.

Tandis que Lucy crachait les mots "menteurs, tricheurs, imposteurs", Alistair m'a adressé un regard d'inquiétude extrême, auquel j'ai répondu par un coup d'œil d'acquiescement. La table était silencieuse. Seule Lucy continuait.

Selon son habitude, elle passait d'un sujet à un autre, conduite par quelque fil émotif visible d'elle seule. Ses yeux brillaient de férocité et, comme elle agitait les mains, j'ai remarqué que ses gestes avaient été encore relâchés par l'émotion et le vin. Elle ne voletait plus. Elle claquait des ailes. Sobre, Lucy avait toujours eu des gestes menus. "Ils croient que vous leur appartenez ! Ils croient qu'ils n'ont pas besoin de demander !" Penchée par-dessus sa tarte, elle m'a dévisagée intensément. Pendant un instant, j'ai cessé de respirer, terrifiée à l'idée qu'elle raconte à cette table l'histoire de mon presque viol. "Les salauds, a-t-elle repris. Ils méritent qu'on les punisse, qu'on les déshabille et qu'on les pende par les chevilles, la tête en bas. Ils méritent qu'on les pince, qu'on les bourre de coups de pied avec leurs propres chaussures de golf." (Quelqu'un d'autre que moi était-il au courant, pour les chaussures de golf ?)

"Allons, Lucy, grondait Patty près de moi. Ce n'est pas ce que nous voulons. Tu le sais bien. Pas de mal. Nous ne faisons aucun mal." Sa voix profonde et rauque avait un timbre apaisant.

"Eh bien, a répliqué Lucy, c'est ce qu'ils méritent. C'est tout ce que je dis." Et, regardant Patty, au bout de la table, elle a dit : "Ça me rappelle le hamster.

— Le hamster, Lucy ? a demandé Moth.

— J'ai un jour connu la mère d'un garçon", a dit Lucy, comme si elle commençait un conte de fées. J'entendais approcher les pas de Martin qui revenait dans la pièce, et un tremblement m'a parcourue. Qu'est-ce que c'était ? La peur. Était-ce le souvenir de dix jours plus tôt ? N'avais-je pas sursauté dans la rue ce soir même ? Toute gaieté m'avait quittée.

Lucy continuait son histoire. "Elle aimait ce gosse, la mère l'aimait, mais il y avait quelque chose qui clochait chez lui. Même moi ça m'arrivait de m'en rendre compte. Oh, c'était un charmeur, un petit gamin tout mignon et souriant, toujours d'accord avec tout ce qu'on lui disait. Alors, voilà." Elle a fait une pause. "Ses parents lui ont offert un hamster pour son anniversaire." Je ne peux pas dire exactement pourquoi, mais le visage de Lucy avait quelque chose d'à la fois excité et amer. Elle a souri. La brise venue des fenêtres avait transformé les bougies en soufflures de cire minutieusement spiralées, et une nouvelle vague de peur m'a assaillie. Martin Blume avait repris place à côté de Lucy et, tourné vers elle, écoutait poliment.

"Eh bien, a dit Lucy, le gamin était vraiment heureux, il lui donnait des petits bouts de laitue à manger dans sa cage et le trimballait partout. Il l'avait appelé Lester. Mais un jour, la mère du garçon a trouvé Lester mort au fond de la cage." Lucy a inspiré et parcouru toute la table des yeux. J'avais la nette impression qu'elle jouissait de monopoliser notre attention. "Pauvre bestiole. Ils sont assez faibles, vous savez, mais le petit Lester était bel et bien mort. Ils l'ont enveloppé dans un vieil essuie-mains, le garçon a récité une prière pour lui, et la mère a dit qu'elle allait l'enterrer, mais en réalité il a fini à la poubelle et, après quelque temps, la mère a oublié tout ça. Cinq ans plus tard, comme elle faisait le ménage de la chambre du garçon, qui était parti à un camp d'été, un de ces endroits loin de tout dans la forêt pour les gosses qui ont besoin de se former, très cher, elle a trouvé un petit morceau de papier collé au fond de son tiroir. Elle l'a détaché et déplié." J'ai serré mes mains entre mes genoux sous la table. Lucy a lissé ses cheveux et repris son souffle. "Il y était écrit : « J'ai étranglé Lester aujourd'hui. Je ne sais pas pourquoi. J'avais envie alors je l'ai fait. »"

Personne n'a dit mot.

Alors Gorse : "C'est tout simplement horrible."

Je sentais le pauvre Alistair tout raidi à côté de moi. Ce n'était pas un sujet pour des gens secs et modestes.

Et puis Lucy a ri, d'un rire aigu, désespéré, qui m'a cisaillé la cage thoracique, et la table est retombée dans le silence. Martin Blume avait manifestement décidé de nous transporter loin du domaine des hamsters assassinés pour nous ramener à une conversation de dîner entre amis. Il a regardé Lucy, hoché doctement la tête et dit : "En philosophie, vous savez, il y a quelque temps que nous nous colletons avec le problème des autres esprits.

— Ils sont un problème ?" demanda vivement Gorse, tout en rajustant ses lunettes.

J'ai vu Martin s'incliner en arrière et tendre confortablement une main sur le dossier de la chaise de Gorse dans un geste de tranquille colonisation. Je l'ai vu sourire à celle qui peignait l'invisible, à sa gauche. Je l'ai vu se tourner vers le reste d'entre nous, la voix plus forte, et j'ai ressenti une pression soudaine dans la poitrine. Quelque chose était en train de m'arriver. Je l'ai regardé. Tout ce que j'avais admiré et apprécié en lui avait disparu. Il ne me plaisait plus. Il a entrepris un patient aperçu de la question. Son esprit à lui – à savoir l'esprit de Martin Blume – ne constitue nullement un problème pour lui-même, bien entendu, son esprit est enfermé à l'intérieur de lui, en quelque sorte, un contenant parfaitement scellé de connaissance, façon Descartes. "J'explique une grande partie de mon propre comportement en termes de causalité liée à des événements mentaux", a-t-il dit à Lucy, qui penchait la tête de côté et faisait la moue. Lucy semblait avoir oublié son appel à les-pendre-la-tête-en-bas. Elle avait recouvré sa féminité piquante et théâtrale. Avait-elle oublié la main lourde sur l'épaule de l'épouse ? Sarah n'avait plus dit un mot depuis. Ce silence me paraissait brûlant.

Martin poursuivait : "Voici un exemple commode, a-t-il entonné lentement, pour nous, ses étudiants autour de la table. Quand je me coupe le doigt et hurle de douleur, je sais que j'ai mal parce que je sens la douleur, mais si vous vous coupez et commencez à crier « J'ai mal, j'ai mal ! », comment saurais-je que vous avez vraiment mal ?"

Lucy lui a fait un sourire câlin : "Vous le savez parce que je crie et que je vous le dis.

— Tout à fait, a dit Moth, de l'autre bout de la table. C'est évident.

— Aaaah, a-t-il fait en se renversant confortablement en arrière, tout en étendant le bras droit sur le dossier de la chaise de Lucy, mais il pourrait exister une tout autre explication. Comment saurais-je par exemple, que votre état mental pendant que vous criez « Oh, j'ai mal, j'ai mal » est pareil à mon état mental ? Comment saurais-je que vous possédez le moindre état mental ? Vous pourriez être une machine ou un extraterrestre. Il y a entre nous une asymétrie fondamentale, voyez-vous. La question est comment je sais qu'il existe d'autres esprits ? Pourquoi est-ce que je pense qu'il existe d'autres esprits ? Comment est-ce que je sais que je ne suis pas unique ?"

Je dévisageais Martin Blume. J'avais parcouru ce morne chemin autrefois et me rappelais vaguement avoir lu un article d'un nommé Pargetter que j'avais dédaigneusement rebaptisé Forgetter[1]. Tout son propos était erroné, de ses prémices à une fin qui ne débouchait sur rien. Gorse rit et demanda : "Vous êtes en train de dire que le garçon qui a étranglé Lester était peut-être un robot ? C'est à ça que vous pensez, vous, les philosophes ?"

Je me suis penchée en avant pour jeter un coup d'œil à Sarah. Elle avait les bras croisés, les yeux fixés sur le visage de son mari, les lèvres étroitement pincées.

Patty secouait la tête. "Martin, a-t-elle dit, nous parlons d'une mère et de son fils. Comment pourrait-elle ne pas savoir qu'il est doté d'un esprit ?

— Oh, Patty, a-t-il dit, je t'en prie, pas de philosophie des sous-sols féminins. Ça fait des années que je prends tes idées en considération, mais sûrement pas au nom de leur cohérence ou leur logique." J'ai tressailli. Quelle réflexion minable ! Patty le regardait sereinement avec un petit sourire. Elle ne paraissait pas du tout affectée par son hostilité. J'étais ahurie. Il s'est alors tourné vers moi avec un large sourire d'autosatisfaction. J'ai remarqué que seule sa tête bougeait. Le reste de lui demeurait étalé vers l'est – Gorse – et l'ouest – Lucy. Il me parlait. "Je ne suppose pas que vous avez quelque chose à ajouter à ce vénérable débat philosophique, ma chère ?"

Je l'ai examiné froidement. Cet homme ne pouvait le savoir, mais il avait fait exploser quelque chose en moi. Depuis longtemps, me semblait-il, j'avais été souffletée et

1. *To forget* signifie oublier.

ballottée par un feu roulant de sourires condescendants, de commentaires instructifs et d'allusions séductrices tous azimuts. Je me demandais sombrement pourquoi tout le monde essayait tout le temps de m'éduquer. Non, c'était fini. Ça, je ne le laisserais pas passer. Alice s'était éveillée. Sans doute avais-je remué les pieds, je l'ai sentie se lever sous la table.

Pendant que je parlais, j'entendais dans ma voix le staccato de la colère. "Vous venez de formuler une affirmation mais vous l'avez présentée comme s'il s'agissait d'une question. Je trouve la technique discutable, pour ne pas dire répréhensible. En élevant la voix à la fin de votre affirmation et en y ajoutant un « ma chère » condescendant, vous imaginez pouvoir déguiser en question ce que vous considérez comme un fait. Vous m'avez dit que vous supposiez, que vous deviniez, voire que vous présumiez que je n'avais rien à ajouter. Ce faisant, vous avez franchi un pont dont vous avez été bien en peine de nier l'existence. Vous avez estimé non seulement que j'ai un esprit ; vous avez estimé que ledit esprit est vide. Je peux vous assurer qu'il ne l'est pas."

J'ai senti Alice se retirer et trotter bruyamment vers Moth. Martin Blume avait cessé de sourire. Il avait eu l'air surpris, puis désemparé, ce que j'ai pris comme un encouragement. Les mots me venaient aisément. "Quant au problème des autres esprits, il repose sur des fondements solipsistes, sur un modèle cartésien qu'à la base je considère comme erroné. Confrontés à autrui, nous pouvons nous demander « Que pense-t-il, que pense-t-elle ? » ou « Ce sourire est-il servile ou amical ? » ou encore « Que cache-t-il ? ». Mais de telles questions ne sont pas des questions propositionnelles de croyance ou de non-croyance quant à la présence d'un esprit."

J'étais lancée. Je sentais autour de moi un silence suspendu. Mes mains se sont mises à trembler de manière incontrôlable et je les ai cachées sous la table mais au lieu de baisser la voix, ainsi que j'aurais dû le faire, j'ai parlé plus fort. Je me suis penchée vers lui. "Si vous pensez que je suis ignorante des arguments analogiques et critériologiques et de ceux des entités théoriques, vous vous trompez, je ne le suis pas. Tous ont l'isolement mental pour prémisse fondamentale. Bien que je voie la personne, la regarde bouger, parler et crier de douleur, je ne peux pas tenir pour acquis que cette personne possède un esprit. Apparemment, un esprit est une chose qui n'appartient pas à un corps. Il est distinct, séparé et invisible : « le fantôme dans la machine ». N'êtes-vous pas en train de me demander de produire une preuve qu'une autre personne est, en fait, une autre personne ? Et d'où vous vient cet esprit intérieur dont vous êtes si assuré, monsieur ? Pourquoi êtes-vous si sûr de votre propre esprit ? Le *cogito* de Descartes est une île bâtie sur un fantasme d'autonomie absolue : « Je pense donc je suis. » Mais qu'est-ce que penser ? Vos pensées au sujet de l'incertitude de l'existence d'autres esprits sont-elles advenues à l'instant où vous sortiez du ventre de votre mère ? Peut-être que, contrairement au restant d'entre nous, vous êtes né adulte. Ce que vous appelez « pensée », le contenu de cet esprit qui est le vôtre, ne s'est-il pas développé au fil du temps, grâce à autrui ? Ce que vous qualifiez de « pensée » n'inclut-il pas le langage, et le langage n'est-il pas, par définition, partagé ? Je vous suggère, sur la foi d'autorités reconnues, qu'il n'existe pas de langage privé. Et auriez-vous acquis la conscience de soi nécessaire pour décrire cette fameuse asymétrie entre votre esprit et celui d'autrui si vous n'étiez pas un être social, si vous n'aviez aucun contact avec autrui ? Croyez-vous réellement qu'il existe un « je » sans un « tu » ? Croyez-vous que votre esprit pourrait exister sans votre corps ou sans les corps et les esprits d'autrui ?

"Je vous renvoie à Wittgenstein, monsieur, ai-je dit, comme si quelqu'un d'autre que moi, quelque démon satirique, avait pris possession de moi et me dictait mes paroles. Je vous renvoie aux *Investigations*. Je suis sûre que vous vous souvenez de la section concernée." J'adressais au professeur Blume un sourire malveillant, ou je croyais lui adresser un sourire malveillant. Je n'ai vraiment aucune idée de ce dont j'avais l'air à ce moment de ma tirade. "Wittgenstein écrit, comme vous vous en souvenez, j'en suis sûre : « Je crois qu'il souffre – est-ce que je *crois* aussi qu'il n'est pas un automate ? » Non, professeur Blume, votre problème des autres esprits, c'est n'importe quoi." Est-ce que je criais ? Je n'en sais rien. Je n'en sais rien. Mais je citais Ludwig Wittgenstein, sur lequel j'ai passé tant et tant d'heures : "« Mon attitude à son égard [à l'égard de cet individu dont je crois qu'il souffre] est une attitude à l'égard d'une âme. Je ne suis pas d'*avis* qu'il a une âme. »" Pour blesser plus encore le mari de Sarah, que j'en étais venue à détester, j'ai pompeusement cité Wittgenstein en allemand : *"« Meine Einstellung zu ihm ist eine Einstellung zur Zeele. Ich habe nicht die* Meinung, *das er eine Seele hat. »"*

Ma performance était terminée. Le visage me brûlait. Je sentais sur moi les yeux de toute la tablée et je me sentais mal, terriblement mal. Qu'avais-je fait ? Mes mains tremblaient toujours. Néanmoins, quelque chose m'a poussée à me lever. Ce que j'ai fait. "Pardonnez-moi, ai-je dit. Je vous en prie, pardonnez-moi." Alors je me suis évanouie.

Quelque chose d'humide et froid était pressé contre mon cou. J'entendais des voix. Des voix et une porte qu'on fermait. Des respirations intenses. Alice haletait près de moi. Je me suis souvenue d'Alice, et j'ai vu le plafond que je n'avais pas encore regardé, et remarqué qu'il n'avait aucune fêlure – le peintre avait fait du beau travail. La voix grave de Patty : "Nous passons notre temps à te ramasser sur le plancher, Minnesota." J'ai alors éprouvé un embarras si intense que l'envie m'a prise de disparaître, de plonger dans l'oubli, mais je me suis redressée sur mes coudes.

"C'est Alistair qui t'a rattrapée !" Moth se tenait debout au-dessus de moi, Gorse à côté d'elle. On aurait dit des gnomes. "Ça va, mon petit ? disait Moth. Tu reprends des couleurs. Eh bien, tu ne lui as pas envoyé dire, hein ? Je veux dire, tu aurais dû voir sa tête ! Ah, il ne s'attendait pas à ce discours, ça foutre non !"

Je me suis assise. Alice me léchait et je lui ai caressé le cou. Lucy était assise sur l'une des chaises de la salle à manger et me considérait d'un œil plutôt triste. Ses cheveux n'étaient plus impeccables et elle avait envoyé promener ses souliers. Je fixais ses ongles vernis à travers ses bas quand Alistair m'a tendu un verre d'eau. Il me regardait avec gentillesse et j'ai ressenti une bouffée de gratitude. J'ai bu le verre entier. Moth a applaudi.

C'est alors, en les regardant l'un et les autres, que j'ai laissé échapper : "Qui est le jardinier boiteux ?

— Le jardinier boiteux ? répéta Patty. Je n'en ai aucune idée.

— Eh bien, qui êtes-vous ?

— Nous pensions que tu savais, dit Moth, en me souriant.

— Non, ai-je dit. Je ne sais pas. Je ne sais rien du tout.

— Peu importe." C'était Patty. J'ai tendu le cou en direction de sa voix. Elle était assise sur une chaise derrière moi. "Elle a le sens. C'est ce qui compte."

À nouveau, j'ai demandé : "Quel sens ?"

Moth s'est penchée vers moi à partir de la taille en me tendant le bras. "Donne-moi la main, mon petit", a-t-elle dit. J'ai tendu la main et Moth l'a prise dans les deux siennes. Son vieux visage au menton avachi m'a paru d'une ineffable tendresse. "Eh bien, a-t-elle dit, en regardant les autres comme si elle cherchait leur approbation, voilà ce qu'il en est. Nous sommes des sorcières."

Je n'ai rien dit. Peut-être suis-je restée bouche bée.

"C'est vrai, a dit Lucy sur un ton de défi. Nous sommes une assemblée de sorcières.

— L'assemblée, dit Gorse, est connectée à l'invisible, aux forces naturelles. Je peins. La main sait ce que la tête ignore. Les couleurs m'encerclent !" Elle avait l'air en extase. Des dingues, ai-je pensé.

Je me suis poussée en arrière sur le plancher de manière à voir Patty, Patty qui ne m'avait pas paru complètement folle. Je me suis tournée vers elle. Elle avait installé son grand corps dans une chaise longue et j'avais sous les yeux les semelles de ses richelieux. J'avais vaguement remarqué la chaise longue quand nous étions entrés dans la salle à manger.

"Elles ont tout à fait raison", a grondé Patty. Il était impossible de n'être pas impressionnée par le timbre incroyablement bas de sa voix. Je me suis demandé qui elle serait sans cette voix. "Nous avons ranimé les antiques croyances païennes et le culte de la grande déesse. Nous sommes catégoriquement opposées à toutes les religions patriarcales, au christianisme en particulier parce qu'il a façonné l'Occident, nous a façonnées, nous a fait nous haïr nous-mêmes, sang et os et seins et souffle et ventre." Patty connaissait son texte. "Nous nous élevons contre la haine du patriarcat envers le corps, la sensualité, la nature et la femme. Nous croyons à l'écologie ancienne, à l'harmonie et à la guérison. Nous faisons appel aux pouvoirs de la nature, à la lune et à ses cycles sacrés, auxquels font écho les cycles également sacrés de la fertilité animale, la naissance, la vie vécue et la mort. La mort vient tôt ou tard et nous devons l'honorer. La mort fait partie du cercle. Et nous sommes attachées à la connaissance profonde que les humains possèdent au-dedans d'eux-mêmes, une connaissance qui n'est ni énoncée ni écrite, une connaissance illimitée, sans frontière, qui se développe sur le terreau de vérités communes ressenties, des vérités impossibles à atteindre pour l'individu isolé, des vérités rendues possibles seulement entre nous. Nous devons exercer en secret, naturellement, parce que la culture dominante n'est pas en accord avec notre foi. Nous ne faisons pas de prosélytisme. Nous nous trouvons, les uns, les autres."

Moth et Gorse avaient écarté des chaises de la table et s'étaient assises de part et d'autre de Lucy. Les trois opinaient tranquillement, telle une rangée de poupées de carnaval aux têtes attachées à des ficelles.

Alistair s'était tiré une chaise à un bout de la rangée et fumait de manière lente et contemplative, et j'ai soudain eu envie d'une cigarette. Alice s'était étendue aux pieds de Moth.

"Vous n'êtes pas sorcier, vous aussi ? ai-je demandé à Alistair.

— Eh bien, il s'adressait au plancher, peut-être pas entièrement comme le sont mes amies, comprenez-vous, mais mon intérêt pour l'occulte n'a pas non plus été tiède.

— Oh, si, il est sorcier", a dit Lucy.

On a brûlé des dizaines de milliers de sorciers et de sorcières, surtout des femmes mais aussi des hommes. Je me rappelais le terrible livre de haine des femmes qu'on utilisait lors des procès de sorcières, *Malleus Maleficarum*. "Vous ne croyez pas vraiment à la magie ? ai-je demandé.

— Bien sûr que si, a dit Gorse. Mais nous ne pratiquons pas la magie noire.

— Le second tour de la clé", dit Patty.

La seconde image, le second tour ?

"Je voulais qu'elles lancent un maléfice à Ted", dit Lucy. Sa lèvre inférieure avançait. "Elles n'ont pas voulu. Tout ce qu'elles ont bien voulu faire, c'est le ligoter. Gorse a fait le pantin et ses habits, mais c'était amusant d'enrouler la ficelle encore et encore autour de lui, de plus en plus serrée."

Le petit homme ligoté.

Patty a pris la parole. "La magie est déjà présente parmi nous. Les bougies, le pantin, les figures géométriques sont des symboles qui nous viennent en aide. Nous exploitons simplement le pouvoir qui est déjà là. Il n'est pas surnaturel ; il est naturel. Tu es ici ce soir parce que je l'ai senti en toi. J'avais dans l'idée que tu savais. J'avais dans l'idée que tu l'as senti dès ton enfance, l'air électrifié, les courants actifs qui vont d'une personne à l'autre pour blesser, humilier ou guérir. Cette force, on peut l'utiliser, c'est tout. S'il existe une *clavis universalis*, une clé universelle, elle se trouve dans les frémissements de l'univers lui-même, et nous n'en sommes pas les observateurs. Nous faisons partie de ce mouvement. En tant que sorciers ou sorcières, nous avons appris comment utiliser une petite parcelle de ce pouvoir, c'est tout. Certaines personnes sont plus douées que d'autres. Certaines de ces personnes douées sont ce que j'appelle des lecteurs d'humeur. Je crois que tu es une lectrice d'humeur. Donc, vois-tu, un envoûtement utilise ce pouvoir naturel afin d'empêcher autrui de faire du mal. Nous envoyons une énergie qui restreint, qui empêche la personne de faire du mal aux autres. Lucy a appris à reconnaître sa colère, à fantasmer à son sujet et à la visualiser, mais elle sait aussi qu'elle ne doit pas transformer ces sentiments en actes vengeurs."

La sorcellerie comme thérapie, ai-je pensé. Gus a vraiment raison.

"Où est Sarah ? ai-je demandé en regardant autour de moi. Et, et (j'avais oublié son nom), son mari ?

— Son mari ! s'est exclamée Moth. Ça, c'est la meilleure. Martin détesterait. Ce foutu crâneur. Patty, je n'ai jamais compris pourquoi tu le tolères.

— Il me stimule, a dit Patty d'une voix sombre. Il me fait du bien. Il peut être intelligent même si nous ne sommes pas d'accord. Il y a longtemps que je le connais.

— Il est beau", a dit Lucy.

Moth a fait la grimace à Lucy et repris : "Martin et Sarah sont partis alors que tu revenais à toi. Elle était furieuse contre lui. Elle l'a traîné hors d'ici parce que tu étais si en colère. Elle l'a traité de connard prétentieux. J'étais fière d'elle.

— J'étais tellement en colère ?" Je me sentais coupable. Cette culpabilité avait quelque chose d'asphyxiant. Pourquoi m'étais-je mise tellement en colère ? Pourquoi avais-je fait cette scène ? J'ai repensé vaguement au hamster et au petit bout de papier et puis à la mère, baleine cachée de la philosophie, nageant sous la surface de l'océan.

"Tu ne te rappelles pas ta colère ?" a demandé Gorse. J'espérais qu'elle ne rajusterait pas ses lunettes, mais elle l'a fait, et puis elle a fait ce petit bruit.

"Si, je me rappelle, ai-je dit. Le problème des autres esprits.

— Tu as parlé allemand ! a dit Moth. Patty connaît l'allemand.

— Ce sont des sorciers ? Sarah et Martin ? ai-je demandé.

— Grand Dieu, non, a dit Gorse. Nous pensons que nous pouvons faire un peu de bien à Sarah, vois-tu. Nous gardons l'œil sur elle. Nous envoyons de bons sortilèges dans sa direction. Elle a besoin d'être soutenue. Nous avons essayé de lier Martin mais jusqu'ici ça n'a guère eu d'effet. Je crois qu'il nous faut plus d'énergie."

Elle a lancé à Patty un coup d'œil accusateur.

Il a alors été convenu de s'en tenir là pour la soirée. Alistair m'a aidée à me remettre debout. Moth m'a tapoté les bras et a tiré sur mon pull, comme pour me remettre en ordre avant que je ne sorte. Ça ne me gênait pas. Ses petits soins avaient quelque chose de maternel. Patty a observé que cette soirée avait été longue et bien plus riche en événements qu'aucun de nous ne s'y attendait, qu'on avait bu beaucoup de vin, *et cætera*.

Alors que Lucy et moi étions à la porte, Patty m'a chaleureusement serré la main. Je me suis rendu compte que j'avais un petit peu peur d'elle et qu'en même temps elle m'attirait. Se penchant vers moi, elle m'a regardée en face. J'ai respiré les herbes. Elle m'a dit, à la limite du murmure : "Ne te détourne pas de tes dons. Ne t'en excuse pas. Ne crains pas ta colère non plus. Elle peut être utile. Et rappelle-toi ceci : le monde aime les hommes puissants et hait les femmes puissantes. Je le sais. Crois-moi, je le sais. Le monde te punira, mais tu dois tenir bon."

Chaque mot est resté en moi comme si ma conscience était de verre et que les mots y avaient été gravés, mais hier soir je me suis contentée de hocher la tête. J'étais fatiguée et tout ce que je savais, c'était que le ton sur lequel elle me parlait était généreux ; c'était tout ce qui importait à ce moment-là.

Avant notre départ, j'ai regardé Alice, qui dormait près de la table et une envie m'a prise d'aller lui dire bonsoir, mais je l'ai dominée. Gorse est restée avec Patty et Moth, et Alistair nous a accompagnées dans la nuit fraîche. Il avait insisté pour parcourir avec nous les quelques blocs d'immeubles vers le nord parce que ce n'était pas loin, et je lui en étais reconnaissante. Lucy sifflait une jolie mélodie que je ne connaissais pas. Je crois vraiment qu'elle est la personne la plus changeante que j'aie jamais rencontrée. Je ne parlais pas. Il y avait un vent léger et un clair de lune. Je me demandais comment j'allais raconter la soirée à Whitney, et aussi à Fanny mais surtout à Whitney. Je m'entendais raconter l'histoire : j'ai dîné avec des sorcières. Saviez-vous qu'un grimoire est un livre de magie ? Et, ah oui, il y avait cet homme à cette soirée qui me plaisait et puis, tout à coup, je ne l'ai plus supporté. Les autres esprits. Tout ça c'était à propos des autres esprits. Je me suis mise très en colère et après lui avoir rabattu le caquet je me suis évanouie. Je m'étais levée trop vite. Ce serait mon explication. Je m'étais levée trop vite. Oui, c'était ça que je dirais. C'était parfaitement sensé. Mais quand j'en ai parlé au téléphone à Whitney, aujourd'hui, je n'ai évoqué ni ma fureur ni mon évanouissement.

Quand nous avons tourné dans la 109e Rue, j'ai vu les lumières de Broadway et les silhouettes sombres des piétons qui allaient et venaient. Je me rappelle un petit débris pâle, un prospectus sans doute, qui rebondissait dans la rue, poussé en avant par la brise venue du fleuve. Alistair a dit qu'il attendrait que nous soyons bien rentrées, après quoi il hélerait un taxi roulant vers le bas de la ville. J'ai pris ma clé et, pendant que je la tournais, j'ai entendu quelqu'un qui courait derrière nous et une voix d'homme criant "Fils !" et puis "Fils de pute !" J'ai ouvert la porte d'une poussée et regardé Lucy. Elle avait une mine affreuse. Elle s'était figée à côté de moi – les yeux fixes et la bouche ouverte en une expression de terreur. Alistair lui a tapoté le bras. "Ce n'était rien, a-t-il dit. Rien qu'un idiot.

— Je me charge d'elle, ai-je dit, soudain héroïque. Je m'assurerai qu'elle va bien."

Alistair nous a quittées quelque peu à contrecœur, en marmonnant en latin – j'ai cru entendre "*venire ventus*" – et j'ai aidé une Lucy flageolante à monter l'escalier en me demandant si le vin qu'elle avait bu l'avait affectée tout à coup. Elle avait eu l'air assez en forme quand elle sifflotait dans Riverside Drive. J'ai sorti sa clé de son sac et j'ai ouvert le 2C. Je l'ai guidée à l'intérieur et j'ai allumé la lumière. Muette et les yeux fixes, Lucy m'a laissée dégager ses bras de sa veste. J'ai déposé celle-ci soigneusement sur une de ses deux chaises. Ensuite je lui ai demandé si elle n'avait pas envie de s'asseoir. Elle a regardé à sa gauche, à sa droite et puis droit devant elle. Sans avertissement, elle a plongé vers le fauteuil rembourré qui se trouvait à côté du canapé en tendant les bras vers lui comme si elle était aveugle, en palpant de ses mains les bras tapissés de tissu rayé. Comme je la regardais, immobile, elle a dit d'une voix douce, aiguë, étouffée : "Reviens. Reviens, ma chérie. Il faut que tu me dises, ne vois-tu pas ? Il faut que tu me dises. Tu n'as qu'à faire un signe de tête. C'est tout. Reviens. Je t'en prie, reviens !"

Dans un élan de compassion, j'ai marché jusqu'à Lucy, l'ai entourée de mes bras et l'ai sentie s'effondrer dans mon cou. Je m'attendais à ce qu'elle pleure, mais non. Elle m'a laissée l'étreindre pendant environ une demi-minute avant de me repousser et de déclarer qu'elle allait bien maintenant, que je devais aller dormir. Je lui ai dit que je serais heureuse de rester mais elle a insisté pour que je parte. Étendue en attente du sommeil, avec mes pensées éparpillées, je sentais en moi une douleur. "Tu n'as qu'à faire un signe de tête." Je ne peux dire pourquoi, j'ai pensé au passage dans le livre de magie à propos du temps calme. Non, les nuages ne devraient pas courir çà et là par toute la face du ciel. Les vents doivent s'apaiser avant qu'on puisse lancer le sortilège. Un silence doit tomber sur tout le paysage. Et alors j'ai pensé au ciel, chez nous, si vaste, après quoi je ne me souviens de rien, pas même de mes rêves.

XIV

Une lettre est glissée sous une porte. Un couteau est envoyé par voie postale dans une simple boîte en carton adressée au 309 West Street, Apt. 2B. Penchée sur une feuille de papier dans un appartement minuscule, à Paris, une artiste écrit à son amie dans l'espoir que le livre de poèmes ne soit pas abandonné. "Djuna, j'en ai un besoin si désespéré !" Des années après sa mort, la langue d'un homme va s'animer et il va revendiquer comme sienne l'œuvre de cette femme, dont le génie des calembours et le grand rire roulant dans les profondeurs du diaphragme seront métamorphosés en ses railleries sèches et ses ironies frigides, sanctifiées par les conservateurs de musées et les historiens d'art qui commémorent son nom, ce nom rayonnant de grandeur. Et même après que des lettrés diligents auront fouillé les archives et fait valoir leur formidable argument comme quoi c'est ELLE et non pas LUI qui est l'auteur de *Fontaine*, on croira au Grand Homme. Mais elle ne vivrait pas assez longtemps pour savoir que c'est d'ELLE que se rit le Temps. Il y en a encore à suivre, Lecteur, à propos de ce fracas autour d'un urinoir, cette transsubstantiation d'un pissoir en Dieu le Père de l'Art Moderne. Mais maintenant le paquet est arrivé dans la boîte aux lettres, et dans le paquet se trouve un billet :

Chère, ma très chère copine chérie,

Voici un stylet brésilien de cinq pouces et demi à cran d'arrêt crochetable. Il a été fabriqué à peu près quand tu es née. Puissent-ils, lui et le souvenir de la baronne, te protéger.

Gros baisers mouillés,
Fanny

J'ai retrouvé le feuillet de papier ligné glissé dans le cahier Mead le jour même où je découvris ce dernier parmi les affaires de ma mère, et quand je le dépliai et en relus le message dans la chambre d'amis de la maison de retraite, je recouvrai pendant de très brefs instants une chose complètement perdue, une sensation éprouvée longtemps auparavant, une sensation liée à Fanny, au couteau, à l'air et à la lumière, non telle que je me la rappelais avec le recul mais telle qu'elle a un jour été : un bonheur sauvage, brut, dangereux. Le souvenir était d'une immédiateté déchirante. Je cessai de respirer, et alors le passé revécu disparut si prestement que je restai ahurie pendant plusieurs minutes, le billet serré dans la main.

Me vois-je encore dégageant le couteau des serviettes en papier qui servaient d'emballage ? Peut-être que oui, mais il est également possible que je sois en train de susciter ce souvenir en l'écrivant à partir des histoires que je me suis racontées sur le couteau que j'allais bientôt en venir à appeler la baronne. La lame devait être repliée, rangée dans son fourreau. Dans mon souvenir, je promène mon doigt sur son dos et je retourne l'objet entre mes mains. Son manche est fait de corne sombre et je le soupèse sur mes paumes tendues. Ai-je déclenché l'ouverture de la lame à ce moment ? L'ai-je libérée ? Je ne sais pas, mais quand je l'ai fait, peut-être le lendemain ou le surlendemain, elle était marquée de lettres minuscules : COUTELLERIE EIG, ITALIE.

J'avais oublié que celle que j'étais alors fut à ce point bouleversée par ce cadeau que lorsqu'elle l'évoqua dans le cahier, elle n'en parla même pas comme d'un couteau et évita complètement de le nommer : "Fanny m'a envoyé un cadeau en l'honneur d'Elsa. Il me fait peur. Je l'ai d'abord mis derrière quelques livres sur une étagère de l'autre pièce. Ça me rendait nerveuse, alors je l'ai rapporté dans la chambre et caché derrière *Don Quichotte*, mais ça n'avait pas l'air bien. Il est maintenant derrière *Les Hauts de Hurlevent*, c'est la place qui lui convient."

C'est la place qui lui convient. Oui, elle comprenait implicitement ce qu'elle ne pouvait dire explicitement. Je peux le dire, maintenant. Lorsqu'elle avait ouvert la boîte et en avait sorti le couteau, elle s'était sentie euphorique pour des raisons qu'elle était incapable de formuler, mais l'objet qu'elle avait entre les mains était arrivé comme une bouffée de vérité vertigineuse. Il y avait des mois qu'elle écoutait les délires de Lucy, qu'elle entendait l'abject apitoiement sur son sort de sa voisine se transformer en souhaits assassins. Cette écoute indiscrète l'avait affectée, non parce qu'elle s'était trouvée témoin du radotage dérangé d'une femme mais parce que l'histoire de Lucy avait entrouvert une porte sur un secret appartenant à son histoire personnelle. "As-tu jamais eu envie de tuer quelqu'un ?" La jeune femme avait secoué la tête, assuré qu'elle n'avait jamais eu cette envie. Elle n'avait pas menti mais, avec le couteau, elle allait commencer à lancer son propre sortilège, non à des fins d'envoûtement, mais de libération.

En 1979, elle ne pouvait pas nommer l'ombre, pour emprunter le langage des sorcières, et c'est pourquoi le couteau allait surgir de derrière cette bête sauvage qu'est le livre d'Emily Brontë, livre qui convenait pour dissimuler une arme illégale parce qu'entre ses pages brutalité et beauté sont liées par le vent, la tempête, Éros et la lecture. Le couteau ne la laissait pas en paix. L'objet trouvait le moyen de sortir de sa cachette dans la chambre et puis dans l'autre pièce comme si cet objet mort fait de corne, d'acier et de nickel était doté d'une volonté propre. Il attirait sans cesse à lui la jeune femme parce qu'il était chauffé à blanc derrière le volume à la couverture cartonnée verte, et elle ne pouvait l'ignorer, et il ne lui avait pas fallu longtemps pour maîtriser le simple mécanisme qui déclenchait dans l'air ambiant la lame mortelle du couteau, et elle avait trouvé comment le refermer à l'aide du crochet, mais elle ne rendit compte d'aucune de ces opérations dans le Mead. L'attirance qu'elle éprouvait l'effrayait beaucoup trop pour qu'elle pût écrire à ce sujet.

Mais je sais qu'elle s'entraînait à sortir le couteau de son sac le plus vivement possible, un geste d'abord lent et gauche qui, bientôt, s'améliora. Elle fit l'expérience de fourrer le couteau dans les poches de ses vestes et de ses jeans, et elle se tenait devant le miroir pour examiner la bosse que faisait inévitablement le couteau lorsqu'il reposait dans ces poches. Elle déguisait la bosse en mettant par-dessus des stylos ou le mince étui de ses lunettes de soleil et, une fois sûre que le couteau était bien caché, elle frémissait d'une excitation perverse. Et elle se penchait contre son propre visage reflété dans le miroir et lui souriait gentiment. Personne, se disait-elle, ne soupçonnerait ce visage de bébé. Personne.

Et tout en répétant le simple geste de sortir le couteau du sac ou de la poche et de déclencher encore et encore l'ouverture de la lame mortelle, elle frappait le violeur intentionnel, qu'elle avait cessé de nommer même en pensée. Mais elle rejouait l'histoire, l'attente et le taxi et le bruit de ses pieds derrière elle, et elle le sentait contre elle, ses doigts dans ses cheveux, ses mains qui glissaient le long de ses bras, elle voyait sa vilaine bite maigre mais cette fois elle avait la baronne avec elle. Cette fois elle l'adossait au mur, la pointe du couteau sur sa pomme d'Adam juste comme Errol Flynn, en héros de cinéma au pied léger avec sa fine lame dans un film de cape et d'épée, et elle faisait cela longtemps avant que ce sale type sans nom ait une chance de dégainer son membre nain, voyait trembler de terreur cet homme de haute taille dont la peur la comblait de bonheur. Et cette fois elle l'entaillait le long de sa hideuse cicatrice de rasage afin de lui flanquer une frousse de tous les diables, oui, de tous les diables. Quels que fussent tous ces diables, elle les voulait après lui.

Savait-elle qu'il y en avait d'autres, d'autres personnages, à la fois plus vaguement et plus clairement définis, des affreux plus ou moins cachés, plus ou moins coupables, avec lesquels elle se battait dans le salon nu du

2B où elle sautait et frappait l'air de son couteau, les coupant en morceaux l'un après l'autre ? Quand je regarde la scène du haut de mon perchoir de narratrice, je découvre mon moi d'antan, assailli par une foule imaginaire de fripouilles, et je me demande si le couteau n'aurait pas été à sa place derrière *Don Quichotte*, après tout. “Nous ne faisons pas le mal, disait la sorcière. Tu le sais.” Le seul mal que fit Minnesota en jouant sa folle vengeance sur des fantômes désincarnés venus de son passé consista à s'entailler la main en remettant le couteau en place, une coupure bien nette qui saigna abondamment, imprégnant des serviettes en papier et teignant le lavabo en rouge.

Je ne sortais jamais du 2B sans la baronne. Je l'avais toujours sur moi ou près de moi, petite masse dense contre ma hanche, pression sur ma fesse à l'arrière de mon jean ou bosse dans la poche poitrine du veston d'homme que j'avais choisi spécialement pour elle à l'Armée du Salut. Elle était mon mentor, ma protectrice, mon *poète maudit**, ma *femme fatale** prête à bondir et à mordre d'un instant à l'autre.

Quand j'étais
Jeune – sotte –
j'aimais Marcel Duchiasse
Il a fait l'âne –
(Passe.)

Avant de lire ce que j'avais écrit dans mon cahier perdu, je me suis rappelé mes relations clandestines avec la baronne. Je me suis rappelé que j'avais remercié Fanny pour son cadeau mais ne lui avais pas dit que je le gardais sur moi, et je n'en ai rien dit non plus à Whitney sinon beaucoup plus tard. J'aurais pu réciter le déroulement de ce qui était arrivé fin mai et juin 1979 parce que je m'étais raconté l'histoire à moi-même et que les événements discrets sont imprégnés d'une émotion puissante, mais il y avait aussi de l'amnésie, des rencontres et des conversations qui avaient disparu dans les brousses de la mémoire avec la pauvre Wanda et sa mère.

28 mai 1979

Chère Page, vieille branche,

Mises à jour récentes :

1. Ian et Isadora sont paralysés.

2. Les Bien-aimés débitent blague sur blague à propos de sorcières.

3. Fanny meurt d'envie de rencontrer les "sœurs maléfiques" et ne cesse de croasser "Double, double, peine et trouble" depuis que la "véritable identité" de Lucy a été révélée. Elle adore l'idée de faire voler des bébés au bout de ficelles comme des cerfs-volants.

4. Whitney m'a reproché de n'avoir pas posé plus de questions à propos du jardinier boiteux et a dressé une liste des ennemis dont elle voudrait que les dames "s'occupent" pour elle.

5. Jacob prie chaque soir la déesse de l'inspirer et le guider. Sa déesse ressemble beaucoup à Hedy Lamarr. Il a signalé qu'en physique, au lieu de *La Clé de Salomon*, la version de la *clavis universalis* est "la Théorie du Tout". Nombreuses théories de ce genre à l'horizon. Il a parlé de cordes, mais rien de concluant encore.

6. Quand j'ai appris la nouvelle à Gus par téléphone, il m'a appris que le mot latin *cultus* signifie vénération. Il m'a rappelée avant-hier pour m'informer qu'on a constaté "une rafale" de réveils païens dans la région de la Baie parmi un groupe de féministes californiennes. Il a aussi parlé d'un livre paru récemment, intitulé *La Danse en spirale*, sur la nouvelle sorcellerie.

7. J'aimerais savoir comment leur expliquer que le mot *sorcière*, un mot qui semble répondre à la question – qui sont-elles ? – n'y répond en réalité pas du tout. Quand j'ai décrit à Whitney, l'autre jour, Lucy en train de supplier le fauteuil vide, elle a souri. Le désespoir de Lucy paraît peut-être comique vu d'ici, *downtown*, mais il ne l'était pas quand j'en étais témoin là-bas, *uptown*. En voyant le sourire de Whit je me suis sentie seule.

8. Je repense au deuxième tour de clé. C'est idiot, vraiment, mais je me sens incapable de me débarrasser de ce qu'a dit Patty, des balivernes extravagantes, oui, mais il y a là-dedans quelque chose qui me perturbe. Je n'arrive pas vraiment à le formuler. "Rappelle-toi ceci : le monde aime les hommes puissants et hait les femmes puissantes." Est-ce vrai ? Pourquoi m'a-t-elle dit ça ?

9. Comment Lindy est-elle morte ? Je me le demande, Page. Qu'est-ce que Lucy croit vraiment qu'il est arrivé à sa fille ? Et qu'est-il arrivé à son fils ?

29 mai 1979

Cet après-midi, à la Pâtisserie Hongroise, Whitney m'a lu son poème *Pet*, en l'honneur de la baronne et déshonneur d'Allen Ginsberg. Elle en a marre du "Grand G" qui se balade dans la ville tel un demi-dieu, ses adorateurs à la remorque, caméras en action. "J'ai vu les plus beaux culs de ma génération éruptant leurs pets, odorantes explosions gazeuses." Elle n'est pas vraiment la première à parodier *Howl*. Sans doute n'ai-je pas ri assez fort. Sans doute ne me suis-je jamais suffisamment souciée de Ginsberg, pour commencer. J'ai toujours été une hérétique. La vérité, c'est que j'aurais ri plus fort il y a quelques semaines. Tout fout le camp, Page, et je ne sais pas quoi faire. Whitney m'a demandé : "Qu'est-ce qui ne va pas, Minnesota ? Tu n'es pas toi-même."

J'ai demandé à Whitney ce qu'elle entendait par "pas moi-même". Peut-être qu'un "soi", c'est juste un bouquet de petites histoires collées ensemble de façon aléatoire et qui servent à nous réconforter. Ce sont peut-être les fragments éparpillés de Hume, et comment pouvais-je bien savoir de quoi elle parlait ? Je faisais de mon mieux. Et puis j'ai ouvert les vannes : je lui ai avoué pour la première fois que je ne sais pas comment écrire mon roman. Je lui ai dit que je me suis plusieurs fois retrouvée dans une impasse. Je ne sais même pas ce qui cloche. J'ai échoué.

Et elle a dit : "Ce n'est pas le livre." J'ai détourné la tête sans répondre. Je me sentais dure. La baronne était dans mon sac sous des kleenex et je sentais sa présence brûlante à quelques centimètres sous mon coude. D'une voix plus douce, Whitney a répété : "Ce n'est pas le livre." Je regardais fixement la mousse beige dans ma tasse.

"Coucou, c'est moi. Tu te souviens de moi ? Ta vieille amie Whitney Tilt ? On s'est rencontrées il y a des années à l'Ear Inn."

Je n'avais pas envie de la regarder. Je restais figée là, comme une pierre, et alors m'est venue une pensée qui m'a fait peur : "Je ne la récupérerai jamais. Je ne récupérerai jamais la personne qui a rencontré Whitney à l'Ear Inn."

Je vais dormir maintenant. Il y a beaucoup de choses auxquelles je dois penser à propos de demain. Ai-je envie de récupérer cette personne ?

Bonsoir, Pas-moi-même.

Non, Whitney avait raison. Moi, la vieille dame écrivain, je vois cela à présent. Ce n'était pas le livre. C'était de la fureur et de la honte, et c'était la baronne, dont j'avais un besoin si désespéré. La baronne était plus sorcière que les sorcières. Elle a écrit : "La ville remue – vent sur tympan." La baronne alla "chevaucher la lune". Elle regarda en l'air et vit "une sœur effroyable" dans le ciel. Où est la baronne aujourd'hui ? Elle vit dans ses poèmes, *Body Sweats*, publiés soixante-treize ans trop tard. Elle vit dans ses lettres, ses papiers, ses collages et ses photos dans les archives de l'université du Maryland. Elle vit dans une biographie écrite par Irène Gammel. Elle vit en tant que personnage du *Bois de la nuit*, de Djuna Barnes.

Elle frémit et se secoue et chante et pète dans les objets qui lui ont survécu, dans *Enduring Ornament* et dans *Limbswish* ; dans les photographies de ses œuvres aujourd'hui disparues ; dans l'objet paré de plumes de paon intitulé *Portrait de Marcel Duchamp*. Oh, comme il l'a déçue ! Dans une lettre à Jane Heap, elle a écrit : "Bluff, frivolité ludique de pacotille, voilà tout ce que Marcel peut offrir désormais. En quoi se soucie-t-il d'« art » ?" Elle est là dans les deux prises restantes d'un film détruit, *La baronne rase ses poils pubiens*, de Man

Ray et Marcel Duchamp. “Marcel, Marcel, je suis dingue de toi, Marcel !”

Le cri d’amour s’est élevé et est retombé à terre dans “Duchiasse”.

Mais il existe des indices, chers Lecteurs, des indices multiples dans *L’Affaire de l’urinoir volé*. Pensez à la plomberie. Elle surnommait William Carlos William W. C., poète comme water-closet. Elle admirait les canalisations et égouts corporels. “Si je peux manger, je peux éliminer – c’est logique – c’est pourquoi je mange. Ma machinerie est ainsi construite. La vôtre aussi… Pourquoi, fière ingénieure que je suis, aurais-je honte de ma machinerie ?” Elle adorait les appareils intestinaux et urinaires complexes de la ville. Elle se délectait des associations scatologiques, si disgracieuses, si malséantes. Elle s’inclinait devant le fonctionnement des égouts. Elle trimballait des dégorgeoirs, des entonnoirs et des tubes. Elle aimait les grondements, grognements, gargouillements et chuintements. Et rappelez-vous que son POÈME *PET* est une prière à DIEU. Pendant des années, son œuvre intitulée *Dieu* – un siphon en fonte – fut attribuée à Morton Schamberg. Apparemment, il l’avait montée puis photographiée. À présent c’est à elle que l’œuvre appartient, surtout à elle, même si souvent son nom à lui figure en premier. Mais le maître plombier c’était elle. “Fer – âme mienne – fonte !”

La baronne est une revenante et, tels le Mystérieux Gentilhomme Boiteux et la vieille qui squattait dans la maison abandonnée au bout du chemin, elle circule d’une histoire à l’autre. Son mystère est lié au mien et à celui de Lucy et à tant d’autres, toutes les filles et les femmes dépouillées de leur esprit et de leur œuvre. Je sais cela maintenant. La baronne est une tendre furie. J'avais besoin d'elle alors. J'en ai toujours besoin. L'année de sa mort, elle a écrit une lettre à Peggy Guggenheim :

"Avec la pose que je prends – agressive envers l'art – virile extraordinaire – vivifiante – anti-stéréotypes – pas étonnant que les imbéciles par dégénérescence naturelle la détestent – se mettent en rogne – comme le fait le jazz, elle souligne l'absence de réceptivité. Mais un certain nombre de têtes brillantes ont saisi la réalité, pour leur plus grand plaisir – avantage –, et m'admirent."

Elle savait qu'elle était un poing dans la figure, un genou dans les parties, une bombe hilare. Elle agressait l'art. Elle savait que le monde aime les hommes puissants et déteste les femmes puissantes. Est-ce vrai ? Oui, c'est vrai. On a exclu la baronne de l'histoire écrite et ça, mon amie, c'est un meurtre. Pas de sang. Pas d'os brisés, rien qu'un crime d'art, un crime dont l'accomplissement prend des années et des années, une mort lente et terrible – les Larmes d'Éros.

Comme vous vous en souvenez peut-être, l'Introspectrice Détective n'a rien fait pour enquêter à propos de mon presque violeur, mais je la rappelle dans l'histoire. Elle n'est plus jeune. Elle a pris du poids et a des problèmes aux orteils, des oignons pour être précis, et son genou gauche se dérobe sous elle régulièrement lorsqu'elle marche dans la ville. Il y a des décennies à présent qu'elle fait ce boulot, flairant les crimes et délits, additionnant les données et résolvant les affaires l'une après l'autre, mais il en reste certaines qui n'ont jamais été résolues faute d'indices suffisants pour révéler la trace du coupable, des affaires classées suicides ou accidents qui la hantent encore aujourd'hui. Elle est devenue philosophe. Elle sait que nous souffrons et mourons tous, mais elle a néanmoins le goût de redresser les torts, même lorsque de nombreuses années ont passé et que tous les intéressés sont morts. Elle parle d'Œdipe. Je suis un peu fatiguée d'Œdipe, le premier détective, celui qui tua son père sans savoir à l'époque que cet homme était son père pour se mettre ensuite à la recherche du coupable avant que les indices ne le mènent à lui-même. Elle est toutefois devenue une femme âgée et sage et, comme Œdipe, elle est un personnage de fiction, sauf qu'elle n'est pas aveugle, elle. Elle garde les yeux bien ouverts. Je la vois marcher dans un paysage familier, à peine flouté par la mémoire.

Je vois la route et la boîte aux lettres et le champ qui monte en pente douce jusqu'à l'horizon, et j'éprouve l'étrange sensation d'être en même temps bonne et mauvaise – une incertitude d'une tendresse intolérable. C'est une vieille sensation. N'y touchez pas. Ça fait mal. Je vois mes genoux tachés d'herbe et leurs cicatrices. J'avais l'habitude d'examiner ces dernières avec intérêt sans pouvoir m'empêcher d'arracher un coin de croûte qui libérait presque toujours sur ma jambe une épaisse coulée de sang. Incapable de dormir, il arpente nuitamment la maison. Je me dis que, la nuit, les maladies et les blessures rencontrées dans la journée reviennent le visiter et qu'il reste éveillé à s'inquiéter, tous ces patients qui souffrent, et quand l'inquiétude frappe, toutes les pièces de la maison résonnent de tension. La maison soucieuse tourne et vire et moi, je ne dors pas et j'écoute. Qu'est-ce que j'écoute ? J'écoute en attendant qu'il se lève, qu'il quitte son bureau et rejoigne ma mère. J'ai vu la bouteille de whisky posée sur son bureau ce matin. Ça l'aide à dormir. La sorcière a dit que j'étais une lectrice d'humeur. Humeurs noires. Ses humeurs étaient notre météo.

Je vois les yeux de mon père changer de direction. Il est en train de nous parler en détail de la teigne. Oui, il a eu un cas aujourd'hui et il nous l'explique à table, à moins qu'il ne se soit agi d'un autre ver ou d'un problème glandulaire qu'il aurait porté à notre attention. Il se renverse contre le dossier de sa chaise. S'installe. Il n'entend pas ma question. Un si petit rien. Aucun bris d'os. Son regard me traverse. Je ne suis personne. Les lilas sont en fleur. Considérations. Les considérations sont de rigueur. Ma mère me rappelle de garder les genoux joints quand je m'assieds. De si gentilles filles. Oui, ce sont de si gentilles filles. Souris à la caméra. Dis *Cheese*.

Tu entends la voix de ton père derrière la porte de son cabinet. Tu entends quelqu'un pleurer. C'est la fin de l'après-midi. Mme Stydniki était sans doute là, mais tu ne te rappelles pas l'avoir vue assise à son bureau. Tu revois bien le cabinet. Tu peux monter les deux marches menant à la rue, ouvrir d'une poussée la porte avec sa vitre orgueilleusement gravée des lettres M. D.[1], et voir juste dans l'axe de ton regard les trois étagères flottantes chargées de livres de la salle d'attente – l'exemplaire usé de *Sécurité à la ferme* se trouve au nombre des volumes, avec, à l'intérieur, son image de la jambe d'un homme sectionnée par une machine à battre le grain. Depuis que

1. M. D., *Medicinae Doctor*, docteur en médecine.

tu as aperçu la jambe, jamais plus tu n'as ouvert ce livre. Le bruit de sanglots s'amplifie et tu entends la voix basse de ton père, la mélodie d'une ineffable douceur que tu reconnais, la même voix qu'il avait lorsqu'il a parlé à la pauvre Mme Malacek. Si Mme Stydniki est là, avec ses grandes lunettes cerclées d'argent et ses boucles permanentées, elle ne dit rien dont tu puisses te rappeler mais cela n'aurait rien d'inhabituel. Mme Stydniki doit être accoutumée à entendre brailler dans la pièce d'à côté ; la maladie et la mort, c'est triste, après tout. Nous souffrons tous et nous mourons tous, et il vaut mieux prétendre que personne ne sanglote de l'autre côté de la porte.

Tu devais te sentir affligée d'entendre ça, mais si tu l'étais, tu ne t'en souviens pas. Quel âge avais-tu ? Quinze ans ? À quinze ans tu étais une jeune féministe farouchement pacifiste, avide d'amour de l'espèce charnelle mais également un peu effrayée à cette perspective, et tu lisais Eldridge Cleaver et Simone de Beauvoir et William Faulkner jusque tard dans la nuit, mais ce n'est pas de cela que tu te souviens maintenant. Voici que ton père sort de son bureau avec Brenda Linberger, bien connue pour ses incessantes blagues pourries ; elle a les yeux rouges et les joues trempées, et on voit ses racines noires. Elle a deux ans d'avance sur toi à l'école et, assise sur un siège de la salle d'attente, tu vois ton père prendre les mains de Brenda dans les deux siennes en disant : “Rappelle-toi, je suis là pour toi chaque fois que tu auras besoin de moi”, et elle lève les yeux vers lui comme vers la face de Jésus, et tes yeux vont de son visage à celui de ton père, et tu vois les yeux de ton père illuminés par cette admiration, cet amour, si éphémère que puisse être cet amour, et alors tu la ressens, dans le creux entre tes seins, une douleur exquise qui, après quelques secondes, se fond dans la fadeur habituelle, mais tu ne te demandes pas ce que c'est. Tu n'oses pas. Tu ne sais pas. C'est alors qu'il te voit et ses yeux sont brumeux. Il hoche la tête et vous marchez ensemble vers la voiture.

Peut-être pensait-il n'avoir pas besoin de dire qu'il était là, bien qu'il fût tout le temps en train de disparaître, en train de partir, même quand il nous parlait. "La glande pituitaire a la taille d'un petit pois, à l'arrière du cerveau. Une tumeur à cette glande est délicate à diagnostiquer. Les symptômes varient énormément." Il n'y avait nulle hypocrisie en lui. Il voulait être gentil, et il était gentil, mais c'était plus facile avec Brenda, avec toutes les Brenda. La distance entre lui et le patient lui convenait parfaitement – une intimité qui n'était pas intime. Je ne pouvais pas dire : Père, je voudrais que ton visage s'illumine quand tu me regardes. Mais j'aurais pu dire : Je voudrais te parler. Pouvons-nous parler ? J'ai quelque chose à te dire. Quelque chose me tracasse. Attendais-je un jour clair, sans nuages courant çà et là par toute la face du ciel ? Comme j'aimais quand il sifflait. "Tu sais, a dit ma mère après sa mort, je lui ai dit un jour que je pensais qu'il ne devrait pas me couper la parole au beau milieu d'une phrase, tu sais, pas devant les gens, que ça me blessait. Il ne m'a pas parlé pendant deux jours. Je mettais ton père sur un piédestal. C'était peut-être une erreur."

Il a fallu que passent des années, des années et des années avant que je comprenne que mon père voulait que ma mère ait toujours le visage de Brenda. Si son expression trahissait une critique ou une blessure, il ne pouvait le supporter. Peut-être voudrions-nous tous être adulés jour après jour. Mais il y a une différence : lui croyait qu'elle le lui devait. Lorsqu'il n'en était pas ainsi, il la punissait.

Et c'est ainsi qu'une histoire devient une autre histoire et qu'une fois est aussi une autre fois, et que "il était une fois" est une façon de ne pas du tout définir le temps. Mais quelque chose se passe, et la baronne, la femme-couteau, est devenue véhicule d'enchantement dans une histoire qui n'est pas que la mienne mais celle d'autres individus, une personne-objet qui se chargeait de ce que je ne pouvais ni dire ni même me permettre de ressentir. C'est tellement banal de se mettre en fureur contre ceux que l'on aime, de se rebeller, de hurler et de succomber à des crises de colère, mais la vague menace d'une silhouette sans visage m'infligeait silence, rigidité et remords. Qui est cette silhouette ? "De quoi as-tu peur, mon enfant ?" C'est tante Irma qui parle. Après la mort de ma grand-mère, quand mon père avait douze ans, longtemps avant ma naissance, Irma, la tante célibataire, a pris la place de sa sœur. "De quoi as-tu tellement peur, ma petite ?" Tante Irma me parle d'une voix pleine de curiosité. J'ai quel âge ? Sept ans ? Huit ? Elle m'a probablement posé cette question plusieurs fois au fil des ans. Je ne peux pas répondre. Je ne sais pas.

"Et tu as voulu le tuer ?" demandai-je carrément à Lucy, et elle répondit : "Oh non, pas avant longtemps, pas avant d'avoir rencontré Patty." Oui, voici d'autres indices pour l'Introspectrice Détective. L'un après l'autre, un homme commence à enfermer des objets dans son bureau. Il dit à sa femme qu'elle est trop bête pour lire des livres. Lucy l'ignorante. Un homme se laisse aller contre le dossier de son siège. Il étend les bras sur les dossiers des chaises voisines. Un homme se dirige à grands pas vers le pupitre et prend la parole : "Le 9 avril 1917, voici juste un peu plus d'un siècle, Marcel Duchamp a accompli ce qui fut sans doute l'événement artistique le plus brillant et le plus absurde du XXe siècle."

Le 9 avril 1917, un urinoir en porcelaine renversé, posé sur un piédestal et signé R. Mutt fut proposé à l'exposition de la Société américaine des artistes indépendants. Le comité le rejeta. Duchamp démissionna du comité en guise de protestation. Alfred Stieglitz photographia l'objet, après quoi celui-ci fut probablement jeté avec les déchets. Mais l'urinoir allait ressusciter. Il ressusciterait porté par les vents de l'esbroufe et du scandale.

"Ton père est un grand médecin, un homme remarquable. Tu en es consciente ?"

"Ceci n'est pas le travail d'une fille de seize ans. Ton père t'a aidée, n'est-ce pas ? C'est lui qui l'a écrit."

"Je ne tape pas bien, vous savez, seulement à deux doigts, mais cette jeune femme est un as."

"Pourquoi est-ce que les hommes peuvent fourrer leur queue n'importe où et partout, et que nul n'y trouve à redire ?"

"Dans le dernier texte disponible, lui-même figé par la mort accidentelle de Shelley, la hiérarchie est fort différente : Rousseau est désormais écarté fort violemment des représentants des Lumières..." (Quelle sorte d'idiot utiliserait "fort" dans une phrase et puis dans la suivante ?)

“Une fille qui arrive avec moi part avec moi. Je te reconduis chez toi.”

L’Instrospectrice Détective se penche vers moi et demande : “Et tu as voulu le tuer ?”

Et moi : “Oh non, pas avant longtemps, pas avant d’avoir commencé à me balader partout avec la baronne, et même alors je ne savais pas ce que je pensais ou ressentais. Je la voulais près de moi, c’est tout.

— Les sentiments violents ne sont pas un délit”, dit l’Introspectrice Détective en me regardant depuis l’autre côté de son bureau, les yeux un peu plissés. Ce n’est pas un bureau moderne mais une antiquité en chêne tout éraflée sur laquelle j’ai posé une machine à écrire manuelle, probablement une Underwood, engin certes complètement dépassé, mais je suis libre de décorer cet intérieur psychique à ma guise.

“Je sais”, lui dis-je.

Mon personnage croise sur son bureau ses mains tachées d’éphélides et poursuit : “Je regrette de t’avoir laissée tomber. À l’époque, je veux dire.”

Je réponds : “Pas grave. Nous étions jeunes et étourdies.”

Et elle : “La prépondérance des témoignages érudits est depuis longtemps du côté de la baronne, tu sais. Un, nous avons la lettre que Duchamp a adressée à sa sœur Suzanne, deux jours après le rejet de l’urinoir. On ne l’a découverte qu’en 1932. Il y écrivait : « Une de mes amies avait, sous le pseudonyme de Richard Mutt, envoyé un urinoir en porcelaine comme sculpture. » Deux, on sait qu’un journal a signalé *à l’époque* que l’artiste Richard

Mutt était de Philadelphie. *À l'époque*, la baronne vivait à Philadelphie. Trois, on sait que ce ne fut pas avant que la baronne et Stieglitz fussent tous les deux morts que Duchamp revendiqua l'entière paternité de l'urinoir. Quatre, Duchamp affirmait avoir acheté la pièce de plomberie à l'entreprise J. L. Mott Ironworks, or J. L. Mott Ironworks ne vendait pas le modèle présenté à l'exposition. D'aucuns disent que sa mémoire doit lui avoir joué un tour, mais c'est peu vraisemblable car son explication pour R. Mutt est que Mutt est un dérivé de Mott. Une transposition curieusement maladroite, ne trouves-tu pas ? Il a ensuite prétendu que Mutt était censé évoquer le personnage de dessin animé Mutt, dans Mutt et Jeff. Ça aussi, ça tombe à plat, non, cette tentative d'explication si peu en rapport avec l'humour habituel du Français ? Mais Gammel note que R. Mutt peut se lire *Armut*, le mot allemand pour pauvreté, et qu'à l'envers on peut lire *Mutter*, mère. Elle jouait toujours avec les mots et les sons : Passe Duchiasse. Louise Norton a qualifié l'urinoir de « Bouddha de salle de bains » mais lorsque Stieglitz l'a photographié, il s'était métamorphosé en « Madone de salle de bains ». Mère Marie Urinoir Utérus. La mère de la baronne était profondément religieuse. Son père dénigrait tant sa mère que la religion. La baronne évoquait sans cesse Dieu et les âmes et la machinerie tonitruante du corps. Cinq, elle adorait les chiens. Duchamp aimait-il les chiens ? Elle avait l'habitude d'en emmener plusieurs à la fois en balade dans les rues de New York. Ils vivaient avec elle, ses clebs[1]. Six,

1. En anglais : ses *mutts*.

regarde la graphie de R. Mutt – et puis examine les lettres dont elle se servait pour ses poèmes. R. Mutt est de la même main.

— Je l'ai fait, dis-je. Je suis allée aux archives.

— Oui, bien sûr, dit-elle. Je m'en souviens.

— Duchamp l'a volé, c'est évident. Ça ne ressemble même pas au reste de son œuvre. Cet homme n'était que raffinement, élégance, bonnes manières, dandy gloussant avec délicatesse de ses petites plaisanteries. M. des Échecs. *Fontaine* ne lui correspond pas. Mais les musées n'ont pas modifié l'attribution. C'est à lui que l'œuvre appartient.

— Mais que se serait-il passé si la baronne avait toujours été reconnue comme le cerveau à l'origine de *Fontaine* ? demanda l'Introspectrice Détective d'un air désabusé. L'œuvre ne serait pas devenue ce qu'elle est. Elle ne serait pas fameuse. À part quelques personnages marginaux, qui se soucie d'une poétesse extravagante qui faisait d'elle-même une œuvre d'art et dont l'une des frasques a consisté à signer un urinoir ? Duchamp a permis que l'urinoir perdu soit reproduit des années après avoir été jeté aux ordures. À ce moment-là, il avait la clé en main et il lui fut facile de l'enfoncer dans la serrure, de la tourner, d'ouvrir la porte et de foncer dans la future histoire qui prenait déjà forme dans la pièce voisine : Le Père Suprême de l'Art Conceptuel. En 2004, cinq cents professionnels du monde artistique spécialement choisis et hautement accrédités au Royaume-Uni ont désigné *Fontaine* comme l'œuvre d'art la plus influente du XXe siècle.

"DUCHAMP L'A VOLÉ, C'EST ÉVIDENT."

“En réalité, poursuivit l’Introspectrice Détective, il doit tout à « son amie ».” Mon personnage frappe du poing sur son bureau et fait tomber un crayon qui roule vers moi, et cette perturbation mineure m’enchante. “Il le savait. Il a dit lui-même de la baronne : « Elle n’est pas une futuriste. Elle est le futur. » Mais il a couru avant elle dans ce futur et a fermé la porte derrière lui, et elle est restée abandonnée à Paris dans une chambre appelée *Armut* avec le petit poêle qui l’a tuée, et la chambre a un nom !” L’éloquence de l’Introspectrice Détective s’enflamme maintenant. Elle lève la main gauche au-dessus de son bureau et pointe l’index au plafond : “La chambre de la saint-glinglin.

— Et remarque, aussi, que Duchamp parle de l’urinoir dans sa lettre comme d’une « sculpture », pas comme d’un « ready-made », terme qu’alors il utilisait déjà pour ses objets trouvés. Son *Porte-bouteilles*, le premier ready-made, date de 1914. C’est la baronne qui doit avoir qualifié son urinoir de « sculpture ». Mais elle aussi était dans les ready-made. En 1913, un an avant le *Porte-bouteilles*, la baronne, qui n’était pas encore baronne, était en route vers le City Hall de New York pour épouser le baron et devenir la baronne, et elle a aperçu un anneau de métal rouillé, l’a ramassé et l’a baptisé *Enduring Ornament*.

— Mais alors, a soupiré l’Introspectrice, un objet n’est jamais seulement un objet, certainement pas ce pot de chambre mis au rebut. C’est un objet enchanté par l’aura du grand homme, le grand Dieu desséché de l’Art, Duchamp ; c’est un urinoir en tant qu’idée pure, désincarnée, forme platonique dépouillée de toute chair. Le monde de l’art est un Quichotte aveuglé par le mythe masculin. Et c’est ainsi que la complexe plaisanterie de vestiaire d'Elsa, sa madone virile, sa corniaude cochonne, tapageuse, baveuse et anti-stéréotype, a été assassinée par les Imbéciles.

— Amen", dis-je.

L'Introspectrice me fixait, sagace. "Mais ce n'est pas fini. La controverse se poursuit." Elle saisit une feuille de papier sur son bureau et me l'agita sous le nez. "Écoute ce brillant individu : « Certes, Freytag-Loringhoven avait créé des pièces scatologiques grossièrement similaires mais rien qui comportât la *pensée* qui s'exprime dans l'œuvre de Duchamp. »" Alors mon Introspectrice Détective sourit, fronçant ses joues en une centaine de rides minuscules. "Bon, nous savons toutes que les femmes sont incapables de *penser*. Je ne suppose pas que vous avez quelque chose à ajouter à ce vénérable débat philosophique, ma chère ?

— J'avais et j'ai toujours, dis-je. Mais je suis encore mortifiée d'avoir tourné de l'œil.

— Patty l'a vu. Je crois vraiment qu'elle était sorcière. Elle savait que tu étais terrifiée par ta propre fureur.

— Oui, ai-je dit, elle savait.

— C'est l'incident de la Main lourde qui l'avait provoquée, tu le sais."

Je ferme les yeux et sens la main sur mon épaule. Je sens la pression des grands doigts serrant les os sous ma chemise et ma peau, et j'ai le souffle coupé. C'est un geste d'autorité, de rectification, de supériorité, de condescendance, oui j'ai le souffle coupé, et j'ai envie de le tuer.

Quand je rouvre les yeux, je vois l'Introspectrice Détective qui me sourit. Je remarque qu'elle a laissé ses cheveux grisonner. Elle en a très peu – rien que quelques centimètres auxquels leur coupe donne une allure délicieusement ébouriffée. Son sourire s'élargit. "Tu as souhaité la mort de ce connard. C'est bon de le savoir, bon de le dire.

— Ils ont réduit la baronne au silence et puis ils l'ont tuée.

— Peut-être que, toi et les autres, vous êtes en train de la réintégrer dans l'histoire, dit-elle joyeusement.

— As-tu oublié que nous sommes en novembre 2017 aux États-Unis d'Amérique ? Que c'est l'âge de la haine ? L'âge où un homme de pouvoir balance en hurlant des obscénités sur les musulmans, sur les Noirs, sur les immigrants, sur les femmes à de vastes foules d'adorateurs blancs."

Son visage était grave. "Je crois que nous pouvons nous féliciter de ce que tu n'aies pas utilisé la baronne pour découper tu-sais-qui en petits morceaux." L'humour revint dans ses yeux. "Il m'aurait fallu enquêter sur l'assassinat.

— Tu es en avance sur l'histoire.

— Dans la mémoire, il n'y a pas vraiment d'avant ni d'après, n'est-ce pas ? La mémoire surgit dans le maintenant, dans un temps vertical. Et le temps remémoré, comme tu le sais, est teinté par l'imagination. Qui suis-je, après tout ?" Elle ouvre un tiroir du bureau et en sort un volume épais. "Tu as oublié ceci, dit-elle. Ça n'a jamais été rendu à la New York Public Library." Elle le fait glisser sur le bureau. Je reconnais le livre : *Arabella ou le Don Quichotte femelle*, de Charlotte Lennox.

"C'est le titre qui m'avait attirée, dis-je. Et le siècle – le XVIIIe.

— Tu l'as oublié dans le métro."

Je prends le livre et le glisse dans mon sac. "Merci beaucoup. Tu es vraiment une super-enquêtrice."

Mon personnage sourit. "Allons faire un tour. Je t'accompagne jusqu'au coin de la rue."

Nous descendons en ascenseur au rez-de-chaussée et quand nous sortons, on est le 1er juin 1979, et Morningside Heights est minable, minable, minable. Elle marche avec moi sur la 109e Rue et je lui demande : "Tu n'es pas la narratrice, hein ?

— De cette histoire, tu veux dire ?"

Je confirme d'un hochement de tête.

"Grand Dieu, non. Qu'est-ce qui t'a fait penser ça ? Je croyais que c'était toi.

— Eh bien, dis-je, par moments je crois que c'est moi et à d'autres moments j'ai des doutes."

Nous nous serrons la main et je la regarde traverser Broadway. Elle a une démarche mal assurée maintenant et, arrivée au milieu de la rue, elle fait un faux pas. C'est son genou. Elle se rattrape, mais elle boite pendant le restant du chemin. Je me demande si elle est sur une autre affaire. Quand je me retourne pour regarder mon immeuble crasseux, ce bon vieux 309, je vois le jeune homme pâle à son poste. Il fait encore clair dehors, mais plus pour longtemps. Et, oui, je sens la baronne dans ma poche. Est-ce que je me rappelle qu'il y avait du vent ce jour-là ? Il y avait des vents soufflant de l'Hudson, qui balayaient la chaussée jusqu'à Riverside Drive et circulaient dans ma rue en agitant mes cheveux et les cheveux des autres piétons qui allaient et venaient alors, autrefois, quand j'étais jeune et qu'on m'appelait Minnesota. Je parle du vent parce que "avec le cœur varie le ciel". Il a été orageux quelque temps, et puis il s'est éclairci.

XV

La jeune femme écrit. Elle écrit dans sa chambre le lendemain de sa rencontre avec le jeune homme pâle. Elle a tenté de lire les signes, mais elle sait qu'elle s'est embrouillée et elle a désespérément envie de savoir de quoi retourne toute cette histoire.

2 juin 1979

Je ne sais pas très bien comment t'écrire ceci. C'est si troublant, presque hallucinant quand j'y repense, mais je vais le raconter comme ça s'est passé. Je n'avais pas revu le jeune homme pâle depuis le jour où Lucy lui avait crié dessus, mais il était devant l'immeuble hier quand je suis rentrée assez tard de chez Elena, vers dix-neuf heures trente. Il faisait encore clair et chaud. Côté travail, pas un bon jour, Page. Ma lady trouvait le chapitre décevant. J'avais négligé sa garde-robe. J'ai essayé d'expliquer à Elena que la description détaillée de ses tenues ralentit le récit – à quoi elle a répondu : "Mais il me faut plus de Dior !" J'ai si grand besoin de ce boulot que je ne suis que patience, mais plus de Dior bousillerait le livre. Et je tiens au livre. Elle oubliera peut-être les vêtements. Elle oublie souvent. Je me réjouis d'avance qu'elle parte pour l'été. J'ai besoin du boulot, mais j'ai aussi besoin de la distance.

Aussi, quand le jeune homme pâle m'a saluée poliment et demandé mon aide devant l'immeuble, je n'étais pas d'humeur à parler à qui que ce fût. (Tout ce dont j'avais envie, c'était de rentrer, de me faire cuire quelques nouilles, de lire *Le Don Quichotte femelle*, toute seule sur mon lit, et de me perdre dans les interprétations Toujours Erronées d'Arabella.) Le jeune homme portait sur l'épaule gauche un sac en toile à l'allure militaire, un sac dont le poids était suffisant pour écraser sa contenance et en faire celle d'un très vieux bonhomme affligé d'un lumbago. Comme je lui répondais que j'avais faim, que j'étais épuisée et que je n'avais pas le temps, il a insisté pour me parler. Il affirmait que c'était une affaire de vie ou de mort. Il a employé ces mots : vie et mort. Il a dit : "Je vous en prie." Ses yeux semblaient pleins de souffrance; sa personne entière avait l'air embroussaillée, et j'ai ressenti l'attirance, la traction, l'arc qui va du dedans vers le dehors, cette sympathie, ou curiosité, ou souffrance par procuration, ou quoi que ce soit qui répond à l'appel de la vie et de la mort, même si ce n'est probablement pas *du tout* une question de vie ou de mort. Il a dit qu'il avait "désespérément" besoin d'entrer dans l'immeuble "rien que pour parler". J'ai dit non et il a répété "Je vous en prie" en faisant traîner le son *î* comme un enfant de six ans quémandant des bonbons.

Oui, l'histoire m'attirait, le mystère des mots prononcés sur le trottoir, "C'est fini". C'était peut-être un sorcier, lui aussi, ou un envoûteur, ou un alchimiste, ou un fantôme. Il a l'air d'un fantôme. Je l'ai emmené Chez Tom. C'est un lieu public, et ce n'est pas cher. Une fois que nous avons été installés dans un box, j'ai jeté un coup d'œil, de l'autre côté de la table, vers lui et son sac en toile, assis bien droit à côté de lui comme un troisième convive muet. Le jeune homme pâle m'a paru encore plus livide qu'avant. J'ai observé les cernes d'un bleu-noir sous ses yeux et ses joues creuses, blafardes, rasées de près. Un garçon maigre, spectral, dans une chemise qui paraissait coûteuse mais j'ai remarqué une tache de rouille sur la manche. À vrai dire, en regardant mieux, j'ai vu une constellation de toutes petites taches près de la manchette. J'ai proposé de lui acheter un sandwich et il a paru si heureux que ça m'a remonté le moral. Nous avons tous les deux commandé des bacon-laitue-tomate. Il a mangé le sien à toute vitesse et j'ai plusieurs fois détourné les yeux pour n'être pas témoin de son avidité. J'examinais mon propre sandwich et regardais le sac en toile, qui était dégoûtant, et quelque part près de ce qui aurait été le cou si ç'avait été une personne et non un sac, j'ai aperçu une tache sombre. Je n'ai pas parlé pendant qu'il mangeait parce que j'avais pitié de lui et que, la faim, je connaissais un peu, sur le court terme en tout cas, de sorte que la pitié que je ressentais était en partie pour moi-même, mais après qu'il a eu ramassé avec sa dernière croûte de pain les ultimes gouttes de mayonnaise, lambeaux de laitue et graines de tomate sur son assiette, je lui ai demandé ce qu'il y avait de si urgent.

"Il faut que je voie Lucy Brite."

J'ai demandé "Pourquoi ?"

Et il a dit : "Tout fils a le droit de voir sa mère."

J'ai ressenti un spasme dans mes poumons. Je me suis rappelé la fureur de Lucy sur le trottoir, je me suis rappelé Lucy parlant des yeux de son fils quand il était bébé. Je me suis rappelé l'éclat de ses propres yeux quand elle racontait à table l'histoire du hamster mort, et des douches froides, et du garçon nommé Randolph, même si les souvenirs ne se suivaient pas dans cet ordre et qu'aucun d'eux n'existait séparément des autres. C'était une sensation de tumulte, un fouillis de savoir et d'ignorance, de terreur. Et de ma place à cette table j'entendais de nouveau Lucy à travers le mur avec le stéthoscope – j'avais l'impression que cette écoute avait eu lieu bien longtemps auparavant. J'étais plus effrayée de mon indiscrétion que je ne l'avais jamais été, et je regardais fixement les miettes de mon sandwich et il est possible qu'en même temps j'aie retenu mon souffle pendant quelques secondes. "Elle a peur de son propre fils." Elle avait dit cela. Je l'avais écrit. Je croyais ce garçon. Je le croyais parce que Lucy avait refusé de parler de lui, parce qu'elle s'était montrée si étrange à propos du fils défunt à présent revenu à la vie devant moi. "Tu n'as qu'à faire un signe de tête." Qu'avait-il fait ? Lindy. Lindy. Lindy, un prénom qui chante. L'effroi m'a submergée, alors, et j'ai pensé au dessin dans l'enveloppe en papier cristal et à la ficelle enroulée. Page, j'ai pensé au fait que cet individu à l'aspect maladif a un jour été un embryon à l'intérieur du corps de Lucy. Je n'ai rien dit de tout cela, bien sûr. J'ai demandé à voir une preuve de son identité.

Le permis de conduire posé sur la table. Theodore Brite.

J'ai imposé à mon visage une expression aussi calme et neutre que possible. J'ai parlé doucement, lentement. "Elle m'a dit que son fils était mort. Elle a utilisé le mot « explosé ». Pourquoi dirait-elle ça ?"

Sa lèvre inférieure a tremblé. J'ai détourné les yeux vers la salle et me suis concentrée un moment sur la musique des tintements de couverts et des voix dans le *diner*, et sur le crépuscule derrière les fenêtres. Il ferait bientôt nuit. Je suis en sécurité ici, me suis-je dit. Personne ne me fera de mal Chez Tom. Il s'est mis à me parler de la maladie de Lucy, disant qu'elle avait été "hospitalisée".

Sans le regarder en face, je lui ai dit que j'étais au courant, pour l'hôpital. Je l'étais aussi pour ce qui était du divorce, de la nouvelle épouse et les nouveaux enfants, et aussi de la chute de Lindy.

Il s'est penché en avant. "Qu'est-ce qu'elle a dit ? Qu'est-ce qu'elle a dit à propos de Lindy ?"

Je me suis tournée vers lui, essayant d'interpréter son expression. "Elle a dit qu'elle était morte il y a dix ans."

Je ne sais pas si son émotion avait coloré la mienne ou si je gardais en moi l'histoire de Lindy depuis si longtemps que je ressentais le chagrin de Lucy comme s'il était en partie mien, mais un frémissement a parcouru ma bouche et je sais qu'il l'a vu parce que le regard de ses yeux noisette s'est précisé, et puis il a paru se détendre. Je me suis demandé pourquoi. Je me suis dit de rester calme. J'avais la baronne dans ma poche-revolver. Je l'ai touchée plusieurs fois pendant que je l'écoutais.

C'était réellement, vraiment triste, disait-il, mais sa "maman" avait des problèmes de santé mentale. Elle était "délirante et paranoïaque". Elle imaginait toutes sortes de choses. C'était incroyable, les trucs qu'elle inventait. Que les voisins lui en voulaient. Que les plaques d'immatriculation de Park Avenue comportaient des messages secrets. Elle avait été très, très malade et pendant quelque temps ils avaient craint qu'elle ne dût vivre à jamais dans une institution. "Papa pensait que nous allions devoir l'enfermer et jeter la clé." Il l'a dit exactement comme ça. Je me suis souvenue de Jacob exposant sa théorie selon laquelle Lucy était psychotique. J'ai regardé le jeune Ted dans les yeux. Pouvais-je y voir quelque chose ? Lucy avait dit "C'est fini !" Qu'est-ce que cela signifiait de ne plus vouloir de son propre fils ?

Il a parlé de Lindy, alors, et de l'amour qu'il avait pour sa sœur, et de combien elle avait été jolie et douce et gentille et adorable. "C'était une petite rêveuse, comme moi, une gamine vraiment créatrice. Elle adorait jouer à se déguiser, dessiner, écrire des pièces de théâtre. Je la laissais m'affubler de toutes sortes de tenues complètement dingues. Je l'ai même laissée me maquiller. Je lui ai appris les échecs. Je lui ai appris à siffler."

Je n'avais pas envie de l'entendre. Pourquoi me racontait-il ça ? Toute la famille sifflait, apparemment. Des siffleurs, encore des siffleurs. Pourquoi parlait-il de Lindy telle qu'elle avait été dans sa petite enfance ? Où était l'adolescente déprimée ? Il y avait quelque chose qui clochait dans son récit. J'ai mis un terme à l'éloge funèbre. Je lui ai dit que j'étais passée près de Lucy et lui dans la rue quelques semaines plus tôt. Je les avais vus se disputer. Comment savait-il que Lucy et moi étions "amies" ? Ce n'était pas le mot juste, mais je l'ai utilisé.

"Nous avons parlé au téléphone", m'a-t-il dit. Il me regardait droit dans les yeux comme pour démontrer sa sincérité.

"Il y a une cabine téléphonique, ai-je dit en montrant du doigt la fenêtre. Il y a une cabine juste là, dans la rue. Appelle-la maintenant et dis-lui que tu arrives.

— Elle ne me laissera pas entrer.

— Pourquoi ? ai-je demandé.

— Elle est malade, je te dis, mais j'ai besoin de la voir. J'ai besoin de réparer les choses entre nous. C'est ma mère." Le mot *mère* ressemblait à un gémissement.

"Ça, c'est à Lucy d'en décider. Pourquoi j'irais m'en mêler ?"

Il a souri d'un air triste et secoué la tête. "Parce que je crois que tu t'en soucies, a-t-il dit, les yeux écarquillés. Tu as un gentil visage. Je peux le dire. Tu es quelqu'un de bien. Nous pourrions y aller ensemble. J'ai juste envie de voir maman." Là encore, il a fait traîner le *an* de *maman*, en clignant de l'œil pour chasser une larme.

Et alors j'ai pensé non, je ne suis pas quelqu'un de bien. Pourquoi crois-tu savoir que je suis quelqu'un de bien ? C'est une si gentille fille. Elle a un si gentil visage. En même temps, mes doutes concernant Lucy croissaient. Qu'est-ce qui était vrai et qu'est-ce qui ne l'était pas ? Elle était erratique. Elle avait au moins deux voix. Je me la rappelais repoussant mes bras quand je l'étreignais dans l'appartement. Je ne pouvais pas interroger ce garçon sur la "chute" de Lindy. Et si Lucy avait inventé ou imaginé des parties de l'histoire ? Je me suis armée de courage. Je ne sais pas pourquoi il me fallait du courage, mais c'était le cas. "Est-ce que ton père enfermait tes affaires dans son bureau ?"

Il a regardé le sac en toile, et puis moi. Il a serré les lèvres puis il a dit : "C'était une espèce de jeu auquel il jouait."

Je n'ai rien dit.

Il a poursuivi : "Il voulait nous apprendre à prendre soin de nos affaires, tu sais, à être responsables. C'était pour notre bien."

Croyait-il vraiment ce qu'il venait de dire ?

Alors j'ai demandé : "Quand tu dis, « notre », tu veux dire Lindy et toi ?

— Nous et maman. Il a enfermé beaucoup de ses affaires, aussi."

Je me taisais. Il s'est tu. Je pensais aux mots "c'était pour notre bien". Lucy n'était pas une enfant. Elle était son épouse, une adulte. Et cela m'attristait. Je l'ai regardé, à côté de son sac en toile bourré à craquer avec sa grande tache, et ma tristesse s'est accrue. Page, le monde m'a paru terrible à ce moment-là, si terrible que tout Chez Tom, tout Broadway et tout l'Upper West Side avaient sombré dans la tristesse, mais de telles pensées sont incommunicables. J'ai dit : "Tu as l'air malade. Tu as vu un médecin ?"

À l'instant où je finissais de prononcer le mot *médecin*, les larmes se sont mises à déborder de ses paupières inférieures et à lui couler sur les joues jusqu'au menton. Il a reniflé et s'est couvert le visage de ses longues mains blanches. "Je suis fauché. J'ai nulle part où aller. Ma copine m'a chassé de l'appartement il y a quelques heures. J'ai fait que tourner en rond sans nulle part où aller."

J'ai détaché quelques serviettes du distributeur et les lui ai tendues.

Il a chialé dans le papier et j'ai senti les regards des deux hommes à la table voisine.

"Pourquoi ne vas-tu pas chez ton père ?

— Il est trop occupé avec Wendy et Peter." Il a prononcé ces noms sur un ton d'auto-apitoiement qui est venu atténuer ma tristesse. Ses jérémiades me rebutaient.

"Ses autres enfants ?"

Hochement de tête pathétique.

J'ai examiné son visage dont l'expression m'a semblé curieusement relâchée. C'était comme si ses traits n'avaient jamais été aiguisés par l'expérience. Il avait l'air d'un tout petit enfant.

Je lui ai parlé gentiment. "Mais pourquoi ta mère refuse-t-elle de te voir ?

— Je te l'ai dit, a-t-il gémi, elle est parano."

Je me suis rappelé l'air heureux de Lucy brandissant la robe violette. Je me suis rappelé ses yeux fixés sur son bagel. Je me suis rappelé le petit fétiche. Je me la suis rappelée se ruant vers le fauteuil. Aimais-je seulement Lucy ? Je n'en étais pas sûre, mais je ne savais rien de ce jeune homme pâle dont le permis de conduire était au nom de Theodore Brite. Pourquoi lui aurais-je fait confiance ?

Après lui avoir expliqué que je ne pouvais pas le faire entrer dans l'immeuble, je lui ai promis de dire à Lucy que je l'avais vu.

Bien entendu, Page, ça ne tenait pas debout – toute l'affaire. Il n'était pas difficile d'entrer dans l'immeuble. Des gens y entraient et en sortaient tout le temps. S'il avait vraiment voulu la voir, il aurait pu s'y introduire sans beaucoup de peine, mais je n'y ai pas pensé au moment même. J'ignore pourquoi.

J'ai payé la note et, avant de refermer mon portefeuille, je lui ai tendu un billet de vingt dollars. C'est beaucoup d'argent. Je n'y ai pas réfléchi. Je l'ai fait, c'est tout. Je peux voir maintenant que je devais me sentir embellie par ce geste. Être celle qui donne de l'argent me plaisait. Il l'a pris sans un mot et l'a fourré dans sa poche-revolver, mais ensuite il m'a remerciée plus d'une fois. Dehors, la nuit était tombée. Enseignes au néon et lumières électriques illuminaient Broadway et de nombreux piétons allaient et venaient sur les trottoirs. Ces gens me donnaient une impression de sécurité. Nous ne nous sommes plus rien dit jusqu'à ce qu'il déclare qu'il allait me raccompagner jusqu'à l'immeuble.

Il promettait de ne pas demander à entrer. J'ai hésité. J'ai effleuré la baronne à deux reprises. J'ai remarqué qu'il portait le sac en toile plus facilement, son lumbago avait disparu et son pas avait du ressort – le sandwich, sans doute – et alors, comme, arrivés devant l'immeuble de mon côté de la rue, nous nous tenions sous la lampe placée au-dessus de la porte, il m'a dit qu'il avait oublié quelque chose. Que c'était important et qu'il souhaitait que je l'apporte à sa mère. Ma respiration s'est accélérée. J'avais ma clé dans la main gauche. Ma main droite était libre.

Il s'est agenouillé, a ouvert la fermeture à glissière de son partenaire silencieux et commencé à farfouiller dedans. J'ai regardé le contenu visible de son sac et, en l'observant, je me suis rendu compte que je n'avais aucune envie d'apporter quelque chose à Lucy. Je n'avais aucune envie de servir d'intermédiaire. J'avais envie de courir chez moi, envie d'échapper à son abjection, à son besoin pathétique de sa "maman". Je voulais dire non, mais je me contentais de rester là à regarder sans réagir ses chemises roulées en boules, un paquet de préservatifs, un livre de poche dont je ne voyais pas le titre et alors il a ouvert le sac un peu plus et j'ai vu les taches. Je savais que c'était du sang, du sang en train de noircir, visqueux, pas encore sec. Je connaissais le sang à cause du cabinet de mon père. J'avais vu beaucoup de vieux sang. J'avais sous les yeux un vêtement d'où suintait du sang en voie de coagulation. J'ai eu vite fait de voir le sang, plus vite que je ne peux écrire ceci, plus vite que qui que ce soit ne peut le lire. Il sortait quelque chose du sac, un bâton bleu, et il y avait du sang sur le bâton. Qu'avais-je pensé ? Je ne savais pas qui il était. "Elle a peur de son propre fils." J'ai paniqué.

Oh, mon Dieu, Page, j'ai saisi la baronne dans ma poche-revolver, j'ai déclenché la lame et l'ai pointée droit sur sa tête. J'ai grondé : "Lève-toi." Ses yeux m'ont paru immenses et jeunes et terrifiés, et sa peur m'a procuré du plaisir. Je n'ai pas attendu. J'ai agi. Je l'ai regardé se mettre maladroitement debout, une main levée, paume vers moi. Je voyais de la salive aux coins de sa bouche. Il a émis un son étranglé. Je n'ai pas bougé d'un pouce. Alors j'ai remarqué le bâton dans son autre main, un bâton en plastique bleu avec une étoile à un bout. Je me sentais les idées très claires. Je me sentais froide et bestiale. Je me sentais magnifique. Je tenais le couteau à quelques centimètres de son ventre.

Ma voix était impérieuse. J'ai dit : "Il y a du sang, du sang partout. Qu'est-ce que tu as fait, bordel ?

— Non, non, non, gémissait-il. S'il te plaît, range ce truc-là." Il s'étouffait. "Écoute, écoute-moi. Je me suis bagarré avec ma copine."

J'ai arrêté de respirer. Je pensais meurtre. Je pensais morceaux de corps dans le sac. Je me suis dit : Ceci est réel. Ceci arrive maintenant. Il trimbale le corps démembré de cette fille. J'ai encore approché la lame de sa chemise. "Raconte-moi maintenant, ai-je dit, ou je l'enfonce.

— Nous ne nous entendions plus."

J'ai grogné : "Pourquoi ton foutu sac de merde saigne-t-il ?" Je ne parle pas comme ça. Était-ce la baronne qui parlait ? Non, c'était un homme, dans un film. C'est ce que disent les hommes dans les films.

Il haletait. "J'étais en train de me raser. Ally était si en colère qu'elle a flanqué un coup au rasoir, pour que je l'écoute, et il m'a coupé, fort, j'ai saigné dans toute la salle de bains. Je pleurais mais elle s'en foutait et elle m'a mis à la porte, et j'ai attrapé une serviette avant de sortir. J'ai dû me nettoyer et changer de chemise dans un *diner*. La dame a été gentille. Elle m'a donné des pansements adhésifs, mais le sang les a débordés. C'est la vérité. Je te jure. Je te jure. Il y avait tellement de sang que j'ai cru que j'allais perdre connaissance. J'ai dû appuyer sur la coupure pendant au moins une heure avant que ça s'arrête.

— Où est la coupure ?" Le jeune homme pâle a levé le menton. J'ai vu l'entaille fraîche, au-dessous, dans les cinq centimètres de long, et profonde. Il semblait qu'elle aurait pu facilement se remettre à saigner.

"J'aurais dû la jeter, a-t-il dit, mais je l'ai fourrée dans le sac. Il fallait que je voie quelqu'un. Je ne savais pas quoi en faire…

— Sors la serviette, ai-je dit, en faisant aller et venir la baronne près de son ventre. Sors-la du sac."

Il s'est accroupi de nouveau et a sorti du sac la serviette trempée.

"Maintenant ouvre ça et fais-moi voir ce qu'il y a dedans."

Il n'y avait rien dans le sac, Page, que les traces de la serviette et les misérables possessions du jeune homme.

"Tu as besoin qu'on te fasse des points, ai-je dit. Ça guérira mal, sinon. Ça se rouvrira et ça recommencera à saigner." Lentement et avec précaution, j'ai refermé la baronne.

Il a été pris de frissons, puis il a eu des haut-le-cœur et j'ai cru qu'il allait vomir, mais ce n'a pas été le cas. Il aspirait l'air goulûment, les yeux hermétiquement fermés, en se balançant d'avant en arrière, comme pour retrouver la maîtrise de son corps. Et puis il s'est immobilisé. Il a ouvert les yeux. Il regardait fixement l'objet qu'il tenait à la main. "Je voudrais tout de même que tu lui apportes ça. D'accord ?

— C'est quoi, ce truc ?

— C'est la baguette magique de Lindy. Il y a des années qu'on l'avait perdue."

Je n'ai rien dit.

"Elle était chez papa. Je l'ai trouvée."

J'ai pris la baguette. Je me souviens qu'il s'est penché sur son sac pour refermer la glissière et qu'il a refourré dedans cette tumeur sanglante de serviette, et je me suis détournée de lui, j'ai enfoncé ma clé dans la serrure, l'ai actionnée et j'ai ouvert d'une poussée la lourde porte. S'il avait voulu, il aurait pu se forcer le passage en même temps que moi, mais il n'en a rien fait. C'est seulement après être rentrée au 2B que j'ai vu que l'étoile attachée à la baguette ne tenait qu'à peine et avait été rattachée au moyen d'une épaisse application de ruban adhésif.

Minnesota ne reverrait plus le jeune homme pâle. Elle n'arriverait jamais à l'appeler Ted, pour une raison que j'ignore, pas après l'avoir tenu sous la menace de la baronne. Elle aurait pu le tuer, et elle pensa pendant des années à cette histoire d'épouvante qui aurait pu être mais ne fut pas. Elle le voyait allongé en sang sur le trottoir et se voyait, elle, en meurtrière démente implorant le ciel nocturne, la lame sanglante encore à la main, elle entendait les sirènes sonner à ses oreilles et distinguait vaguement la foule des policiers en uniformes bleus avant de s'évanouir, et elle s'imaginait le procès et la prison où elle vivait avec des centaines d'autres femmes, passant des années et des années à étudier leurs visages durs et implacables. Quand elle était optimiste, elle écrivait de nombreux livres pendant sa détention à perpétuité, mais quand elle était pessimiste elle se réduisait dans sa cellule à presque rien, une triste créature gâchée, drainée de tout avenir.

Elle ne vit pas le jeune homme pâle s'éloigner par la 109e Rue, prendre à gauche sur Broadway et continuer vers le nord jusqu'à la 110e Rue où il descendit dans la station de métro dont la ligne desservait le maussade Upper West Side et au-delà. Elle ne savait pas, alors, que le jeune homme pâle était accro à l'héroïne, qu'il mentait à tous ceux qui l'aimaient ou l'avaient aimé, les volait et les escroquait, y compris Ally l'enragée, qui avait elle aussi ses problèmes mais dont l'histoire dans ce livre s'achève au moment où elle ferme la porte sur le visage ensanglanté de son copain.

Minnesota ne sut que des mois plus tard que le soir même où elle brandissait la baronne devant le fils de Lucy, les sorcières jetaient depuis l'appartement bourré de livres de Riverside Drive un sort destiné à ligoter le jeune homme pâle, Theodore Brite Jr, un jeune homme explosé, perdu, dépourvu ou quasi dépourvu du moindre avenir. Ce fut Patty qui raconta l'histoire à Minnesota, et ce serait Patty qui lui raconterait, des années plus tard, qu'il était mort en avril 1987, d'une overdose d'héroïne, sur le canapé d'un ami à Orlando, Floride, ville à laquelle je ne peux plus penser sans anticiper le mois de juin 2016 et le massacre dans un night-club portant le nom de Pulse. Je vis dans les États-Unis de l'Armurerie, pays de l'aventurier solitaire armé, comme on dit, "jusqu'aux dents".

Un autre sort jeté ce soir-là par les sorcières était censé guérir Lucy, qui luttait contre des fantômes et des démons, ou peut-être des corps astraux – comme vous préférez. Lucy, officiellement membre de l'assemblée, était assise par terre dans un cercle formé par Patty, Moth, Gorse et Alistair et ils psalmodiaient, éclairés par des bougies dans un épais nuage d'herbes aromatiques en se balançant d'avant en arrière au rythme du grand univers. Minnesota ne découvrit jamais s'ils étaient nus ou pas ce soir-là, mais ça leur arrivait et, comme le temps était doux, il se pouvait qu'ils l'aient été, ce qu'elle ne pouvait s'empêcher de trouver un peu ridicule. Elle ne pouvait s'empêcher de faire la grimace en imaginant leurs vieux corps mais bien sûr elle était jeune et étourdie, et sans doute ses sentiments étaient-ils bien naturels pour quelqu'un de son âge.

Le 2 juin, avant de s'asseoir pour écrire longuement dans son cahier, la version féminine du Quichotte, également connue sous le nom de Minnesota, lava soigneusement la baguette magique, la sécha soigneusement et se rendit chez Lucy vers onze heures trente du matin. Elle sentait que la baguette en plastique, avec son ruban adhésif noir et son étoile branlante avait un caractère de relique. C'était un objet irradié par le chagrin et la folie, le jouet d'une enfant morte, capable de déchaîner une tempête d'émotions si elle n'agissait pas avec une subtilité et une tendresse considérables avant de le donner à Lucy.

J'étais nerveuse, Page, vraiment nerveuse, et je savais qu'il fallait que je raconte tout à Lucy, je savais que je ne pouvais pas me contenter d'agiter la baguette magique devant elle sans préavis, et j'ai donc décidé de laisser la baguette dans le couloir et de la récupérer si elle la voulait. Quand elle m'a ouvert la porte, Lucy paraissait différente. Elle avait les cheveux mouillés, donc plus sombres, mais je me suis rendu compte aussi qu'elle n'était pas maquillée, ce qui donnait à ses traits une pâleur, un aspect plus jeune. Le peignoir de bain qu'elle portait avait un monogramme sur la poche poitrine, LBC, et je me suis demandé pourquoi le C. Elle avait les yeux aussi brillants que le matin où nous avions mangé les bagels. Dès que je suis entrée, Lucy a chuchoté : "La porte, la porte." Je l'ai fermée, abandonnant la baguette et espérant que personne ne s'en emparerait. Elle s'est assise dans le fauteuil du fantôme-de-Lindy. Je me suis mise sur le canapé, mon lit d'une nuit, et lui ai demandé comment elle allait, elle a répondu "bien" et j'ai dit qu'il était arrivé quelque chose mais que je ne savais pas exactement comment le lui raconter.

Elle m'a regardée fixement. Et puis elle a dit : "Vas-y, mon chou.

— J'ai rencontré quelqu'un hier qui m'a dit qu'il était ton fils. Il avait un permis de conduire. Theodore Brite. Tu m'avais dit qu'il était mort.

— Il était mort, mort pour moi.

— Ce n'est pas vraiment la même chose, Lucy."

Lucy a détourné le regard. "Tu ne peux pas savoir, a-t-elle dit. Tu es trop jeune. Tu n'as pas d'enfant. Ce n'est sans doute pas bien de dire qu'il est mort. Je sais cela maintenant. La dernière fois que je l'ai laissé entrer ici, nous avons parlé et je croyais qu'il allait mieux. Il a volé cent dollars dans mon sac. Ce n'est pas le vol, pourtant." Elle a serré les mâchoires. "Je l'ai emmené chez Patty. Je pensais qu'elle pourrait voir en lui et découvrir ce qui est vrai et ce qui ne l'est pas. Je l'ai suppliée de me raconter, mais Patty assure que je ne saurai jamais. Elle dit que Lindy ne reviendra jamais me raconter et que je dois arrêter de penser qu'elle le fera. Elle dit que la magie ne peut pas faire ça.

— Quoi, ça, Lucy ? Qu'est-ce que la magie ne peut pas faire ?"

Lucy est allée à la petite table où se trouvait le pentagramme, elle l'a soulevé et a pris le petit bonhomme dont je savais déjà qu'il était caché là. Ensuite elle l'a tenu en l'air pour me le faire voir. J'ai dû reprendre mon souffle. L'objet n'était plus le même – cheveux différents, vêtements différents – un autre petit homme ligoté de ficelle bien serrée. Elle l'a posé sur mes genoux. Il était vêtu d'un jean et d'un sweat-shirt.

"Lucy, j'ai vu une poupée le matin où j'étais ici. Elle était derrière cette image et je l'ai regardée.

— C'était le père. Celle-ci est le fils.

— Des pantins ?

— *Un* pantin. Gorse lui a cousu de nouveaux habits. Senior et Junior faits de la même étoffe !" Elle a ri. "C'est juste un symbole, tu vois, un objet dont nous nous servons. Je pensais que nous pourrions lui extorquer ça, faire une sorte d'hypnose à distance en l'insufflant dans la poupée. J'y croyais vraiment, mais Patty a dit que c'est trop demander. Elle a dit que la magie ne peut pas faire ça. Elle ne peut pas lui extorquer ça.

— Lui extorquer quoi ?"

Lucy a respiré profondément. Elle a appuyé le bout de ses doigts contre sa bouche et puis les a relâchés. "Patty dit que je ne saurai jamais s'il a oui ou non poussé Lindy par la fenêtre. Il a été en moi mais ça ne veut pas dire que je peux le contrôler. On ne peut pas déchiffrer les gens parfaitement, même nos propres enfants. Patty pense qu'on a tort de croire que c'est possible. Et puis elle m'a demandé ce que je ferais si je savais qu'il l'a vraiment fait. Qu'est-ce que je ferais ?"

Je me sentais curieusement soulagée. "Lucy, ai-je dit, tu penses qu'il l'a poussée ? C'est ce que tu crois ?

— Je ne sais pas !" Il y avait des larmes dans sa voix. "Je crois qu'il est capable de n'importe quoi. C'est ça le problème. Il est comme son père. Il se cache derrière tous ces visages souriants et tristes et pitoyables. Il ne se sent jamais coupable de rien. Il ne se soucie réellement de personne, alors je ne peux pas dire ce qu'il y a là derrière. C'est ça la torture. Mais je parie que son papa est en train de malmener cette traînée de Virginie en ce moment. Elle a fait une vraie bonne affaire. Et moi qui la voulais, cette bonne affaire ! Je la voulais. Tu peux croire ça ? C'est dégoûtant."

Je contemplais mes genoux.

Lucy continuait. "Et moi ? Et moi ? Je n'arrête pas d'emballer Lester et de le jeter dans la poubelle sous l'évier." J'ai relevé la tête. Lucy clignait des yeux en secouant lentement la tête. Le reste de son visage demeurait figé. "Patty dit que c'était affreux de tuer son hamster et que ça montre que tout petit il n'était déjà pas bien dans sa tête, mais que ça ne signifie pas qu'il a tué Lindy." Et alors, en la regardant, je l'ai vue, ou plutôt je l'ai vu lui en elle – la ressemblance entre Lucy et son fils. Elle a disparu en un instant et je ne l'ai pas retrouvée. Je me suis demandé pourquoi je n'avais pas vu la similarité de leurs visages dans la rue ou Chez Tom, ou quand nous étions devant la porte avec le sac ensanglanté, mais c'est ainsi. Lucy a fermé les yeux en grimaçant. "Je croyais que je mourrais si je ne savais pas, a-t-elle dit. Elle est venue ici, tu sais, Lindy était ici, dans ce fauteuil. Et elle m'a pardonné.

— Qu'y avait-il à pardonner, Lucy ?

— Je suis restée là. Je suis restée là avec lui et je ne l'ai pas sauvée. J'aurais dû emmener les enfants et partir, aller quelque part. Mais c'était comme si j'étais incapable de bouger. J'étais clouée sur place. C'est ça, l'ombre, mon ombre. Il y a des jours où j'oublie tout ça. Où je me sens bien. J'ai fait des gâteaux, hier, avec Moth, et je me sentais si heureuse. Nous les avons tous mangés. Ils étaient succulents. Et puis je me suis rappelé." Lucy a fait ses mouvements de tête d'oiseau. "Moth m'a dit de m'allonger, et elle a chanté pour moi, et elle m'a caressé les bras avec une telle douceur.

— Ça a l'air agréable." C'est tout ce que j'ai trouvé à dire.

"Ça l'était, a-t-elle confirmé. Mais, tu sais, il y a un grand trou dans le monde là où se trouvait Lindy, et il ne diminuera jamais. Tout ce que je peux faire, c'est m'éloigner du trou de plus en plus. Il est toujours là, tu vois, mais je n'en suis plus aussi proche, je risque moins de tomber dedans."

J'avais la nette impression que cette métaphore était le fait de Patty, mais je n'ai rien dit.

"La distance, a dit Lucy. Elle rend plus fort. Mais alors il y a Teddy, mon propre enfant, qui est vivant, pas mort. Tu te rappelles, après le dîner chez Patty, quand tu es rentrée avec moi, tu te rappelles qu'il y avait quelqu'un dans la rue, juste là, dehors ?"

J'ai fait signe que oui.

"Tu te rappelles qu'il a crié « Fils de pute » ?"

Et alors Lucy a grondé, de son autre voix : "C'était lui."

Et j'ai pensé : l'insulte vise les origines, comme s'il était né d'une mère inférieure, un coup abject. "Oh, Lucy, ai-je dit, je suis désolée."

Elle a évité mon regard. "Ne te désole pas pour moi, a-t-elle dit sèchement. Je quitte cette turne à la fin du mois. Il y a un moment que j'ai donné mon préavis. Je m'installe chez Patty et Moth. Elles ont une grande chambre rien que pour moi. Patty a hérité de cet appartement, tu sais. Nous n'avons à payer que l'entretien, et on est bien, là-bas. Je ne peux plus le voir. J'ai peur de lui. Je ne veux pas qu'il sache où j'habite. Ne le lui dis jamais. Je parie qu'il s'est joué de toi, ma douce. Il se joue de tout le monde."

Je me rappelais le tranchant mortel de la baronne à la lumière du réverbère.

Et c'est ainsi, Page, que, le temps de la raconter à Lucy, ma rencontre avec son fils s'était réduite, n'était plus que la coda d'une histoire plus importante. J'ai parlé de Chez Tom, du billet de vingt dollars, du sac en toile et du retour à pied vers l'immeuble. Je lui ai expliqué que j'avais un couteau sur moi parce que, depuis le soir où Patty, Moth et elle m'ont sauvée, j'ai peur d'être agressée. C'était vrai et, pourtant, alors même que je parlais j'avais l'impression de mentir. Raconter l'histoire de la baronne le plus simplement possible – jeune femme voit du sang dans le sac, a peur, sort son couteau, lequel se trouve sur sa personne afin de protéger sa personne de nouvelle agression après ancienne agression, découvre que sang provient de blessure par copine et rasoir, range son couteau – tout ça, c'était la réalité, mais la réalité était étrangement distante de l'histoire elle-même.

Quand j'ai eu terminé, Lucy me regardait avec un large sourire. Une hilarité malveillante éclairait son visage et elle s'est mise à se tordre de rire. Au début, je ne savais pas quoi faire. Elle m'effrayait, pour être honnête, mais elle avait l'air si jubilant que je me suis sentie justifiée. "Oh mon Dieu, a-t-elle dit, tu dois lui avoir fait une peur bleue !" J'ai souri, et puis j'ai ri. Je trouvais soudain comique toute l'histoire du sac et de la baronne. Je n'avais pas frappé ce garçon, après tout. Personne n'avait été blessé. Lucy m'a donné une claque sur le bras puis l'a frotté vigoureusement. "T'es pleine de surprises, pas vrai ?" Elle riait si fort que les larmes lui jaillissaient des yeux. Quand nous nous sommes remises de ce rire, je lui ai parlé de la baguette magique.

J'observais attentivement Lucy. "Tu la veux ? Elle est juste devant la porte. Je te l'apporte si tu la veux. Il disait que tu l'avais cherchée."

Elle a joint les mains sur ses genoux ; toute gaîté avait disparu de son visage. Elle a plissé les yeux. "Tu dis qu'elle est dans le couloir ?

— Oui.

— Alors va la chercher."

Appuyée contre le mur, avec sa tête-étoile qui lui pendait sur la poitrine, la baguette paraissait abandonnée. Je l'ai saisie doucement par le manche et suis rentrée dans le 2C.

Lorsque je la lui ai tendue, Lucy s'en est emparée, l'a considérée d'un œil critique et, d'une voix forte, a déclaré : "Ce n'est pas elle."

Je me suis rassise sur le canapé. "Il a dit que si.

— Non, a-t-elle fait, farouche. Celle-ci est vieille, cassée, et laide. Lindy n'aimait pas ceci, cet objet stupide." Elle l'a jetée par terre. J'ai eu la tentation de la ramasser, mais je ne l'ai pas fait.

Elle me fixait d'un air dur.

J'ai détourné la tête. Il y avait en elle quelque chose de méchant, mais j'avais pitié d'elle, aussi, non, plus que cela. J'éprouvais de la charité envers elle. Que serais-je si j'avais vécu son histoire ? Qui serais-je ? Comment vivrais-je ?

Sur la petite table à côté de Lucy, j'ai vu un livre. Sur le dos de ce livre, j'ai lu : *Sorcellerie aujourd'hui*, Gerald Gardner.

Je l'ai montré du doigt. "Gardner. Jardinier. C'est sans doute ça dont je vous ai entendues parler.

— Je le lis tous les jours, a dit Lucy solennellement C'est un texte très important pour nous.

— Le jardinier boiteux, ai-je dit.

— Boiteux ? Il n'est pas boiteux."

Je me suis demandé comment il l'était devenu en traversant le mur.

"Tu peux t'en aller, maintenant, a-t-elle dit. Et emporte cette chose."

C'est drôle, Page, je suis habituée à Lucy et sa dureté ne m'a pas affectée. J'ai ramassé la baguette cassée et me suis dirigée vers la porte.

Juste avant que je ne l'ouvre, Lucy m'a dit : "Elles te veulent dans l'assemblée." Et puis elle s'est corrigée : "Nous te voulons dans l'assemblée."

Je me suis retournée et lui ai souri. "Ce n'est pas pour moi, Lucy, mais merci. J'aimerais vous revoir, tout de même, je veux dire après ton déménagement."

Elle s'est exclamée : "Tu crois que tu peux être une sorcière toute seule ?"

La question m'a surprise, mais une réponse m'est aussitôt venue à l'esprit : "Je suis déjà une sorcière, Lucy. Il y a longtemps que je suis une sorcière."

Ces mots sont les derniers concernant Lucy dans le Mead, la fin de ces écrits qui sont devenus un petit roman truffé de dialogues dont je n'aurais jamais pu me souvenir mot pour mot, un roman jamais publié, intitulé *Le Mystère de Lucy Brite* ou *La Femme de l'autre côté du mur*.

En juillet, un étudiant s'est installé au 2C, un petit jeune homme rondelet et barbu, qui respirait le plus grand sérieux, se trimbalait avec des livres de Willard Van Orman Quine et ne faisait pas le moindre bruit.

J'allais revoir Lucy, Patty, Moth, Gorse, Alistair et la chienne Alice, mais pas avant la fin du cahier. Les trois Dames au balai vécurent ensemble jusqu'en mars 1981, quand Lucy souffrit de ce que l'on appelait alors une "dépression nerveuse". Elle ne retourna pas à l'appartement de Riverside Drive mais devint pensionnaire d'une maison de transition psychiatrique, où elle provoqua quelque désordre mais pas au point de n'être pas autorisée à y rester. Les membres de l'assemblée des sorcières lui rendaient visite. Moi pas. Plusieurs fois, j'annonçai que je les accompagnerais mais, chaque fois, je téléphonais pour annuler. J'en avais des remords, mais Patty me disait avec sagesse qu'elle ne pensait pas que Lucy y attachât une quelconque importance. Nous nous croyons volontiers importants pour autrui, mais nous ne le sommes pas toujours tant que ça.

Je ne voyais pas souvent les sorcières mais je restai en contact avec elles durant mes années d'études à Columbia. Tous les trois mois environ, je trouvais dans ma boîte aux lettres une invitation à prendre le thé annonçant un sujet : "La crise de l'épistémologie occidentale", "Féminité guérisseuse" et "Le moi animal" en sont trois dont je me souviens. J'acceptais de temps en temps et me retrouvais au milieu des livres et des herbes en compagnie d'autres invités de différents âges, surtout des femmes mais pas exclusivement, qui étaient venus écouter les dissertations de Patty, aussi érudites qu'étranges. Nous buvions des thés insolites et mordions dans de petits sandwichs blancs finement garnis de préparations dues à Gorse et à Alistair. Je sortais souvent de là avec un livre que Patty m'avait prêté. Elle m'envoya aussi un cadeau par la poste : *La Cité des dames*, de Christine de Pisan, une défense des femmes contre la misogynie publiée en 1405. À l'ouverture du livre, Christine est dans sa bibliothèque, en train de lire. Elle est de plus en plus malheureuse des charges menées contre les femmes telles qu'elle les a découvertes dans les volumes alignés sur ses rayonnages et rédigés par des hommes théoriquement éclairés. Elle sombre dans le désespoir et alors, avec l'aide de trois belles dames, Raison, Droiture et Justice, Christine bâtit une ville forteresse destinée à accueillir les femmes vertueuses du passé, du présent et de l'avenir. C'est une ville réelle qui est aussi une ville imaginaire. J'ai encore sur mon étagère l'édition offerte par Patty. Elle y avait écrit ces mots : “La magie existe entre et parmi nous.”

À l'époque, je pensais à Patty comme à une personne dont le cerveau avait pendant si longtemps mijoté des questions sans réponse possible qu'il s'était résolu en sorcellerie. Whitney et Fanny m'accompagnèrent une seule fois à l'un de ses thés. Le sujet en était : “Le problème des fuites”. Patty nous y fit une conférence sur les menstruations, les tabous liés à la naissance, la peur et la haine du corps féminin et de ses fluides, de sa puissance générative, à l'origine, affirmait-elle, de la tradition occidentale et elle insistait à tour de bras (métaphoriquement parlant) sur son organe préféré, le placenta, nous présentant des illustrations de textes médicaux afin de démontrer comment il en avait disparu, et elle nous expliqua que la totalité de la tradition philosophique tournait autour d'un déni des origines, un fantasme d'indépendance du fœtus par rapport à la mère, un homoncule mensonger propagé d'âge en âge et, avant que nous partions, elle nous offrit de petits sachets d'herbes médicinales : valériane, millepertuis officinal, myrte, feuilles de laurier, sang-dragon, fleur de sureau, mandragore. (J'ai conservé les sachets soigneusement étiquetés.) Une fois sorties de l'appartement et arrivées dans Riverside Drive, je me souviens que nous restâmes un moment à nous regarder en silence, trois amies stupéfaites, nos cadeaux d'herboriste à la main. Whitney me regardait, et puis elle regarda Fanny, et je regardai Whitney et puis Fanny, et Fanny me regarda et regarda Whitney et alors, comme je regardais de nouveau Whitney, je vis frémir le coin de la bouche de mon amie, elle sourit et ses yeux brillèrent d'espièglerie. Elle se mit à danser sur le trottoir en riant aux éclats, et Fanny se tordait de rire, et je riais aussi mais pas aussi fort que les deux autres. Dans cette image mentale, il y a des feuilles mortes par terre, mais je ne pourrais dire exactement où c'était.

Je n'avais, et n'ai toujours, guère l'usage de charmes, d'herbes ni autres magies, mais Patty avait accès à des secrets que j'ignorais alors, des secrets que j'ai remaniés et reconsidérés ; elle a raison, toutefois : on oublie. Patty avait accès à des lieux inaccessibles à la plupart d'entre nous. Elle voyait entre les lignes.

XVI

La triste et pitoyable baguette magique que Lucy avait rejetée et dont Minnesota croyait fermement qu'elle avait appartenu à Lindy (et nul ne pouvait ni ne peut prouver le contraire) resta pendant trois jours plantée dans un coin de la pièce principale du 2B. L'idée de la jeter aux ordures semblait cruelle, et la jeune romancière décida de la restaurer.

Elle couvrit l'extrémité bleue de bandes de papier doré qu'à l'aide de colle blanche, elle fixait morceau par morceau sur le tube en plastique. Peu à peu, sa technique s'améliorait. Elle apprit à utiliser exactement ce qu'il fallait de colle. Elle apprit à aplatir le papier rapidement et également. Elle arracha le ruban adhésif, entreprise laborieuse parce qu'il était si vieux qu'il s'était soudé au manche, mais elle eut recours à la térébenthine et, ensuite, au papier émeri pour nettoyer ce qui restait, et elle fabriqua pour la baguette un nouveau col en bois qui glissait tout juste sur le manche et maintenait l'étoile bien droite à l'aide de deux minces serre-fils. Elle acheta dans un magasin de bricolage du papier d'argent qu'elle colla sur les surfaces pointues de l'étoile. Après plusieurs après-midi consacrés à cette entreprise, elle l'évalua d'un œil critique et n'en fut pas tout à fait satisfaite. À l'aide d'un pinceau extra-mince et de ses couleurs acryliques, elle commença à peindre des signes sur le manche. Elle s'aperçut que des nuances de violet et de vert étaient heureuses. Elle ajouta alors des touches de jaune et de rouge. Elle peignit des cercles et des pentagrammes et des volutes de feuillage reliant les signes les uns aux autres.

Le manche, se disait-elle, est un monde en miniature et, alors, après avoir examiné un segment intact de la baguette, elle décida qu'il y fallait une inscription. S'appropriant de petits fragments de poèmes, elle en fit un poème entier dont elle laissa le dernier mot à la baronne. Inscrire le texte qui s'enroulait autour du manche lui prit des heures. Elle travaillait à l'aide d'une loupe et se souriait à elle-même tout en formant chaque lettre, lentement, avec un soin obsessionnel. Elle l'appelait l'hymne des sorcières.

Où étais-tu, Mère toute-puissante, quand il gisait dans les ténèbres,
Noyé, parjure, meurtrier, coupable ?
Toi, notre mère commune des rosées et des pluies,
Faite depuis peu de chair et de sang ?

Elle pleure la séparation lorsqu'elle chante.
Si ce n'était que la voix sombre de la mer,
Logique et désir ensemble,
Tout est immense obscurité. Noyé.

Le roi est mort. Yeux bruns, de l'or sur les dents
Bercé sans fin hors du berceau,

Premier-né, jeté à la merci du vent.
Je vieillis, je vieillis.

Je suis malade. Je dois mourir.
Regarde mon visage ; mon nom est qui aurait pu être *;*
Et je me nomme aussi : Jamais plus, Trop tard, Adieu.
Coupée, coupée à blanc, coupée à blanc depuis si peu.

La voix redoutée :
Vous oubliez, madame –
Que nous sommes les maîtres –
Observez nos règles.

Et lorsque le poème fut inscrit sur le manche et qu'elle en eut noté les strophes dans le Mead, elle laqua la surface de la baguette magique et la laissa sécher, la laqua de nouveau et la laissa sécher encore. Elle laqua sept jours et laissa sécher sept nuits, et tout en travaillant à la baguette elle pensait souvent à Kari, à elle et sa sœur dessinant, couchées par terre côte à côte, et elle pouvait presque entendre les pas de leur mère quelque part non loin d'elles dans la maison, et elle pouvait presque sentir l'odeur même de la maison.

Et le lendemain du jour où elle eut fini de restaurer la baguette, l'eut suspendue à l'aide de deux clous à la bibliothèque dans le salon près de la kitchenette et eut décidé que c'était un mystérieux et bel objet et qu'elle l'adorait, ses adolescents se réveillèrent. Elle les ressuscita par l'écriture. Minnesota s'était demandé plus d'une fois pourquoi elle n'avait pas commencé par assassiner Frieda Frail, se donnant ainsi une bel et bien nette affaire de meurtre à faire résoudre par Ian et Isadora. Mais, non, elle était trop ambitieuse pour cela. Elle avait lu trop de livres pour cela. Elle était en quête de quelque chose qu'elle ne comprenait pas vraiment. En quête d'une histoire qui chantait en elle. Elle voulait enfreindre les règles, et elle avait la certitude de ne plus vouloir de son ancien moi. Il était bien trop tard pour cela.

La nuit en question, il neigeait, et la radio avait évoqué toute la journée la tempête annoncée. La professeure Simon et les quatre Dora ne surent pas que le professeur Simon avait disparu avant que Dora tout court qui, en raison d'une rhinopharyngite aiguë, autrement dit un rhume de cerveau, souffrait d'éternuements, de toux, d'un nez qui coulait et de douleurs osseuses ne sortît vers vingt heures de sa chambre de malade, enveloppée d'une couverture rouge et tenant à la main une baguette magique qu'elle avait fabriquée dans son lit ce matin-là avec du carton et de grosses bulles de colle, pour se mettre à la recherche du patriarche, et qu'elle ne découvrît qu'il ne se trouvait pas dans sa chambre. Comme on connaissait au spécialiste de Chaucer l'habitude de s'évader de lui-même, ou plutôt de s'évader de la partie de lui qu'il savait être lui-même, les cinq membres restants de la famille Simon se mirent en action. À chacune des Dora fut confiée la fouille d'une partie de la maison. La fouille fut exécutée mais aucun père ne réapparut.

Isadora n'avait pas parlé à Ian de la lamentable aventure avec Kurt Linder dans le parc. Elle ne l'avait pas informé non plus du fait qu'à l'instar de son chemisier à imprimé cachemire de l'année précédente, son rôle en tant que Watson ne lui allait plus. Elle aurait dû lui en parler mais avait préféré l'éviter, ce dont elle avait des remords, et plus elle avait de remords, plus elle restait distante. Quand il l'appelait, elle s'excusait et retournait à Charles Darwin, son seul intérêt amoureux du moment, et c'est pourquoi un intervalle de plusieurs mois avait passé depuis que les deux amis s'étaient parlé sérieusement, des mois qui avaient serré et attristé le cœur du pseudo-Sherlock au-delà du tolérable. Mais après la disparition de son père, Isadora décrocha le téléphone et composa le numéro de son vieil ami. Comme Mme Feathers répondait et se lançait dans ses platitudes fausses et minaudières, Isadora cria "Il y a urgence !", mots qui attirèrent aussitôt Ian à l'appareil. Isadora lui dit qu'il devait venir immédiatement parce que son père avait disparu, et que tout le monde devait monter sur le pont des Simon.

Cet appel téléphonique provoqua une merveilleuse transformation chez le jeune détective qui, afin de soulager sa dépression, était resté dans sa chambre à feuilleter négligemment des brochures consacrées à des universités dans lesquelles pelouses verdoyantes, astrophysique et étudiantes combinaient leur séduction à la promesse d'échapper à l'ici et maintenant de l'hiver à Verbum. Il se mit au garde-à-vous, dévala l'escalier, attrapa dans le cagibi du rez-de-chaussée dont l'odeur de cèdre était si forte qu'il en eut la respiration coupée son chapeau, son manteau, son écharpe, ses moufles et ses bottes, enfila en grande hâte son équipement hivernal, trébucha sur le canapé du vestibule mais ne tomba pas et, en dépit des trottoirs verglacés, franchit en courant la distance de trois pâtés d'habitations le séparant de la résidence Simon, démontrant ainsi une forme et une rapidité qui auraient fait plaisir à son père comme à sa mère s'ils avaient été témoins des dons jusqu'alors cachés de leur fils pour la course de fond.

Pendant que Ian courait, la professeure Simon appela le commissariat. Les agents de la police de Verbum, ville de six mille habitants, passaient un nombre d'heures non calculé à enquêter sur la disparition de nains de jardin. Ils contrôlaient dûment les individus suspects convoqués par M. Babic, des gens qui rôdaient, l'air maussade, entraient et sortaient furtivement de voies privées, surgissaient soudain à l'angle d'une rue ou s'accroupissaient devant des fenêtres afin d'épier les intérieurs. Ils vérifiaient l'identité de ces personnages douteux, même s'il s'avérait qu'aucun d'entre eux ne semblait être un véritable suspect, sans parler d'un véritable malfaiteur. Ils répondaient à d'innombrables réclamations concernant des musiques trop bruyantes en provenance de divers tourne-disques et radios, y compris Verdi, qu'aimait la famille Dahl mais que détestait Don Esterhauser, lequel prétendait que le vibrato le rendait fou. Presque chaque soir, ils contrôlaient l'équilibre de jeunes Verbumiens descendus de leurs pick-up, breaks ou berlines, qui titubaient docilement le long de la ligne blanche au milieu de la route et se montraient incapables de situer du bout de leur propre index leur propre nez sur leur propre visage. Bref, une personne disparue présentait à Verbum un attrait qui aurait échappé aux flics de Los Angeles, Chicago et New York. Le responsable promit que l'agent Knuckler allait circuler en voiture dans la ville pour voir ce qu'il pouvait voir. La conversation s'acheva sur une note peu encourageante : "J'espère que le professeur rentrera bientôt, madame Simon." (Les défenseurs de la loi n'appelaient jamais "professeure" la moitié féminine du couple d'enseignants.) Ensuite le responsable ajouta l'évident : "La neige, vous savez."

La spécialiste de Milton chargea Ian et Isadora de garder le fort, de veiller sur Dora tout court et d'appeler le commissariat dès l'instant où Percy rentrerait. Elle conseilla à Theodora et Andora de "bien s'emballer" et s'emmitoufla de son vieux manteau de fourrure, dont la doublure était déchirée mais c'était ce qu'elle possédait de plus chaud. Elle compléta son équipement d'un volumineux chapeau de trappeur en peau de lapin qui avait appartenu à feu son père et, escortée de ses deux filles, démarra la vieille Citroën – unique véhicule de cette marque à Verbum – et, tout en sortant du garage en marche arrière, leur cria qu'elle comptait commencer par la bibliothèque universitaire et puis continuer à partir de là.

Après le départ spectaculaire de la maîtresse de maison et de deux de ses filles, Ian se tourna vers Isadora d'un air grave et important et demanda si quelqu'un avait entendu Monk aboyer ce soir. Non, Monk n'avait pas aboyé. "Pas un enlèvement, alors", conclut Ian en clignant des yeux cependant que des rouages tournaient dans son cerveau.

Isadora n'exprima pas à haute voix ce qu'elle pensait : Qui diable voudrait enlever mon père ? As-tu jamais entendu parler d'un enlèvement à Verbum ? Elle savait que Ian éliminait les possibilités, juste comme le faisait Holmes. Elle lui accorda ça.

Ian demanda alors si le manteau de l'intéressé avait disparu avec lui, et ils inspectèrent le cagibi du rez-de-chaussée et la rangée de crochets dans le couloir, et aussi la cuisine, où il l'abandonnait parfois, mais le pardessus ne se trouvait en aucun de ces lieux, mauvais signe assurément, et Isadora imagina son père, dans l'un de ses états fugueurs, complètement gelé sur la grand-route numéro 3 ou sur la numéro 19 et lentement recouvert par une congère, ce qui signifiait que personne ne le retrouverait avant la fonte des neiges, peut-être pas avant mars, voire avril. Les battements de son cœur s'accélérèrent. Dora tout court, qui observait sa sœur aînée, avait les yeux pleins de larmes qui ne semblaient pas dues à un virus, même si après qu'elle se fut mouchée, un instant plus tard, les larmes, la morve et autres mucosités dues au rhume et l'écoulement causé par son émotion se mêlaient inextricablement.

Ian, qui affectait toujours une attitude strictement militaire, prit sur lui de fouiller le cabinet de travail paternel sous les yeux attentifs d'Isadora et de Dora tout court. Planté devant le bureau, il en parcourut la surface d'un regard lourd de significations. Ensuite il plongea un doigt dans la tasse de café à moitié bue qui se trouvait sur le buvard vert. "Pas encore à température ambiante, déclara-t-il. Comment votre père aime-t-il son café ?

— Quel rapport ? demanda Isadora.

— Nous pourrions évaluer à peu près depuis combien de temps il est sorti de la maison. La rapidité de refroidissement du café est proportionnelle à la différence entre sa température et celle de l'atmosphère ambiante. Loi de refroidissement de Newton.

— C'est un indice intéressant, Ian, mais je pense qu'il est suffisant que le café soit encore tiède, pas toi ? Il ne peut pas être si loin que ça."

Ian rougit. Isadora lui caressa le bras.

Avec dans l'œil une lueur qui disait "ah ah", Ian cueillit sur le sol un fil rouge et le fit tourner entre son pouce et son index. Il le déposa ensuite sur le sous-main pour référence ultérieure. Il s'accroupit afin d'examiner la position du siège de bureau – semblait-il avoir été déplacé en hâte ? Y avait-il des marques sur le sol ? Oui ! Certaines d'entre elles étaient-elles récentes ? Non. Toutes les éraflures étaient bourrées de poussière. Il se releva, se pencha sur le bureau, mains jointes dans le dos, flaira le volume du dictionnaire de Webster qui se trouvait sur le sous-main, ouvert à l'une des pages F et eut la surprise de voir le mot *frail* juste sous son nez. Bien entendu, ce n'était que l'un des nombreux mots en F que le professeur pouvait avoir recherché. Coïncidence n'est pas indice. "Je ne devine jamais, annonça Ian à haute voix. C'est une habitude choquante – destructrice de la faculté logique."

Devant le spectacle de son ami en train de scruter le bureau de son père en quête d'indices, Isadora soupira sans bruit. Elle se rendait compte qu'elle détestait que Ian se prenne pour Holmes. De même que d'innombrables lecteurs crédules, Ian paraissait n'avoir pas remarqué que le grand détective devine sans cesse. S'il résout toutes les énigmes, ce n'est pas parce que son raisonnement logique est impeccable – il ne l'est assurément pas. Elle avait attiré là-dessus l'attention de Ian et elle le savait bien trop intelligent pour ne pas reconnaître que son scepticisme était fondé. Prenons un seul exemple dans *Le Signe des quatre*, pensait-elle. Watson revient à Baker Street et Holmes, une fois de plus, éblouit son ami médecin, médusé, par les capacités de son esprit logique supérieur. Parce qu'il remarque sur les chaussures de Watson de la terre d'une teinte rougeâtre, et parce qu'il a remarqué de la terre rouge devant le bureau de poste de Wigmore Street et nulle part ailleurs, Holmes en "déduit" que Watson s'est rendu à la poste. Mais, monsieur Holmes, pense Isadora, le Dr Watson pourrait être *passé devant* le bureau de poste. Et, même si le seul endroit de Londres où la terre a une couleur rougeâtre se trouvait devant le bureau de poste, quelqu'un d'autre pourrait avoir laissé dans une autre rue des traces de la terre rougeâtre de Wigmore Street, qui aurait dès lors pu se retrouver sur les chaussures de Watson. La saleté voyage, monsieur Holmes. Cette "déduction", dans *Le Signe des quatre*, est une conjecture, une conjecture éclairée, sans plus. Non, pense Isadora, si Sherlock Holmes ne se trompe jamais c'est parce que Conan

Doyle, son créateur, a organisé un univers fictif dans lequel de la terre rouge, des fils rouges, des traces sur le plancher et des dictionnaires ouverts conduisent inévitablement à une solution. Dans le monde réel, tel n'est absolument pas le cas. À force de se prendre pour le prétendu génie, Ian était devenu obtus. Ian avait pour idole un héros qui ne se trompe jamais, mais cette infaillibilité est le résultat d'un désir, d'un désir discutable et, franchement, stupide.

Après qu'Isadora eut silencieusement condamné le fanatisme de son ami, et que Ian n'eut déduit d'aucun des nombreux "indices" trouvés dans le bureau ou ailleurs l'endroit où se trouvait son père, il ne resta plus rien à faire sinon attendre. De vingt heures, on était passé à vingt et une, de vingt et une à vingt-deux et de vingt-deux à vingt-trois. Dora tout court s'était endormie dans son lit avec sa baguette magique, répandant avec constance de la morve sur son oreiller et toussant par intermittence, et Ian était assis à côté d'Isadora sur le canapé du living & ménagerie dans une posture de vaincu, posture dont sa grande taille et sa saisissante maigreur accentuaient l'aspect pathétique.

Monk rêvait à leurs pieds sur le tapis et Roger, dans sa cage couverte, dormait lui aussi. Le téléphone avait sonné trois fois et, chaque fois, Isadora avait répondu et dit à sa mère qu'il n'y avait encore aucun signe de l'intéressé, après quoi elle était revenue au canapé et avait imaginé son père enchâssé dans la glace. Le vent sifflait, gémissait et secouait la maison et au-delà de la lumière du seuil on ne voyait guère que du blanc et encore du blanc frénétiquement agité. La pendule tictaquait à grand bruit, comme elle le faisait toujours mais habituellement on ne l'entendait pas, couverte qu'elle était par le raffut domestique ordinaire.

À FORCE DE SE PRENDRE
POUR LE PRÉTENDU GÉNIE,
IAN ÉTAIT DEVENU OBTUS.

Isadora expliqua à Ian d'une voix calme qu'elle ne connaissait pas vraiment son père et qu'il écoutait rarement ce qu'elle disait, bien qu'il fût d'habitude bienveillant et lui caressât parfois le bras. Elle dit que sa mère espérait que le temps finirait par le guérir de ce qui l'affectait, même si ce qui l'affectait était probablement la guerre, dont il n'avait jamais dit un mot, et peut-être d'autres événements pouvant avoir eu lieu dans son enfance. Sa mère avait fait allusion à des événements survenus dans la nuit des temps, mais elle n'en savait pas plus. Et Ian avoua que son père était indéchiffrable, lui aussi, quoiqu'il sût que l'homme prenait très au sérieux ses obligations paternelles et gratifiait parfois son fils d'une claque dans le dos censée exprimer une attitude de jovialité masculine mais qui, la plupart du temps, se bornait à lui faire mal aux omoplates. Le jeune détective poursuivit alors avec un commentaire mélancolique. Il raconta à Isadora qu'il avait longtemps espéré que sa mère dise ce qu'elle pensait au lieu de ce qu'elle ne pensait pas. Et ils restèrent assis en silence pendant une minute ou deux, après quoi Isadora se mit à pleurer. Ian l'entoura de son bras et eut la tentation de l'embrasser mais décida de s'en abstenir, sage décision car s'il avait le moins du monde approché les lèvres des siennes, elle aurait pu lui balancer son poing dans la figure.

Et alors, mêlés aux bruits des sanglots d'Isadora et des tic-tac de la pendule, ils entendirent celui de pas légers descendant l'escalier puis parcourant le couloir et quelques secondes plus tard Dora tout court se tenait devant eux, en pyjama de flanelle rayée rose et blanc et robe de chambre en chenille, sa baguette en carton désormais bousillée dans la main gauche. Elle laissa tomber l'instrument magique sur le sol, les fixa du regard électrique de ses yeux verts et déclara d'une voix sérieuse quoique plutôt forte : "Papa est à la cave. J'ai la clé." Elle ouvrit la main et sur sa paume couverte d'écailles de colle blanche séchée, ils virent une vieille clé en cuivre.

"Tu veux dire la porte qui donne sur la petite pièce ? Il y a longtemps que cette clé est perdue, dit Isadora, tu le sais bien. Elle est fermée depuis des années. Il n'y a rien là-dedans. Geoffrey n'est qu'une blague entre nous. Il n'est pas réel, Dora.

— Mais d'où vient la clé ? demanda Ian.

— C'était sans doute un rêve", répondit la fillette, le visage rayonnant d'assurance. Elle toussa, sortit un kleenex d'une poche de sa robe de chambre, tapota délicatement son nez enflammé et puis, beaucoup moins délicatement, se moucha dans le mince carré de papier.

Après quoi, ayant ramassé la baguette magique, elle fit signe aux deux autres de la suivre et traversa la salle à manger avec la démarche digne qu'elle adoptait chaque fois qu'elle voulait s'élever au-dessus de sa position mineure dans la hiérarchie familiale. Elle entra dans la cuisine, Ian et Isadora sur ses talons. Après plusieurs échecs, Dora parvint à enfoncer la clé de travers et puis, ô surprise, elle lui donna deux tours, ouvrit la porte d'un coup de pantoufle, et ils virent pendue au plafond devant eux, une ampoule faiblarde, quinze watts selon Ian. Les trois enfants descendirent prudemment le vieil escalier couvert de plusieurs centimètres de poussière grise qui aurait constitué peu après un merveilleux indice s'ils en avaient eu besoin, car la famille allait traîner cette poudre cendreuse de pièce en pièce pendant des jours, mais elle se glisserait alors dans les anfractuosités de la maison où elle demeurerait pendant des années, et tout espoir de la distinguer du reste de la poussière deviendrait futile.

Enveloppé dans son vaste pardessus, le professeur gisait en position fœtale sur une bâche tachée. Il avait les yeux fermés et respirait bruyamment. Ses cheveux toujours hirsutes se dressaient sur sa tête en touffes désordonnées et collantes. À côté de lui, ils virent la cage qui contenait ses sept souris blanches, à la vue desquelles Ian pâlit en s'apercevant qu'il avait oublié de tenir compte des animaux de la ménagerie. Isadora repéra la bouteille de whisky près de la main de son père et s'en empara juste avant que Dora ne s'agenouille pour caresser le visage de l'endormi et lui gazouiller à l'oreille en l'arrosant de ses fluides et en agitant plusieurs fois au-dessus de lui, avec cérémonie, la baguette cassée. Ian appela la police pour qu'elle arrête les recherches et puis, à eux trois, ils mirent le professeur au lit, bien qu'il parût ne pas comprendre grand-chose à ce qui se passait. Il gémit, grogna une ou deux fois et cita Chaucer pendant que Ian lui ôtait ses chaussures, citation qui fit plutôt au jeune détective l'effet d'un grognement de plus. Et, en entendant une chaussure paternelle et puis l'autre tomber sur le plancher, Isadora fit le vœu de ne jamais consacrer sa vie à un grand homme, même si cet homme était un génie. Cela valait aussi pour Darwin.

La professeure Simon regagna le domicile familial peu après qu'ils eurent étendu sur l'aventurier du sous-sol une couverture supplémentaire. Elle entra précipitamment dans une rafale d'air froid et de neige soufflée, les joues et le nez d'un rouge éclatant, en frappant vigoureusement le sol de ses bottillons, suivie des deux Dora effrayées, le visage presque aussi rouge que celui de leur mère. Et, le temps d'une période enchantée de quelques secondes seulement, les chapeaux, épaules, moufles, pointes de bottes et tous les cils des trois exploratrices restèrent saupoudrés de blanc. Mais ensuite ce fut la fonte et des ruisselets d'eau coururent çà et là sur le plancher. L'épouse était si soulagée de savoir son époux sain et sauf qu'elle se lança dans l'escalier sans enlever ce qui restait des pauvres animaux qu'elle avait sur le dos et, d'une voix étranglée, s'exclama à l'intention de Ian et d'Isadora : "Je crois vraiment qu'on peut mourir d'imagination."

Isadora chuchota à Ian que le vers de Chaucer auquel sa mère venait de faire allusion était bien connu. Il sortait de la bouche d'un personnage de sot dans *Le Conte du meunier*. Elle ajouta qu'il était assurément approprié à la circonstance.

Ian avait une envie désespérée de découvrir comment Dora tout court avait acquis aussi bien la clé que le secret du lieu où se trouvait son père. Mais Isadora était lasse d'eux tous, lasse de Geoffrey Chaucer, de John Milton et d'Arthur Conan Doyle, et elle renvoya Sherlock chez lui. Pendant qu'il marchait dans la neige tourbillonnante qui lui cinglait le nez, les joues et le menton, il est possible ou non que le grand et maigre aspirant héros se soit rappelé son rêve de la clé vivante et de la fille dans l'escalier, ce rêve qui s'était terminé avec du sperme dans son lit. Les narrateurs ne sont pas toujours omniscients, et je suis donc incapable de me prononcer avec une certitude absolue sur la mémoire du jeune homme.

Isadora étreignit fermement sa mère et ses sœurs, refusa leur offre de chocolat chaud et monta à l'étage. Elle entra sur la pointe des pieds dans la chambre de la benjamine et s'assit au bord de son lit. Dora était presque endormie mais la jeune malade sourit en sentant sur son bras la main d'Isadora.

"Comment as-tu su ? chuchota celle-ci. Comment as-tu su ?

— Frieda Frail. C'était Frieda Frail." Dora tout court toussa, et puis toussa de nouveau.

Isadora caressa le front de sa sœur et embrassa sa joue gluante, se disant qu'un rhume ne serait pas un prix trop élevé pour ce baiser-là. Elle savait d'ailleurs, qu'elle, l'aînée des quatre, était renommée dans la famille pour son formidable système immunitaire.

Elle ne croyait pas sa petite sœur. Elle ne croyait pas que le fantôme de Frieda Frail avait résolu le mystère du père disparu. Il existait de nombreuses autres explications au fait que la fillette ait pu savoir où trouver la clé qui les avait menés au vétéran pinté profondément endormi dans la cave. Et certaines de ces explications impliquent de longs récits et de multiples digressions qui occuperaient plusieurs volumes si nous devions les examiner convenablement.

Elle ne ferma pas tout à fait la porte. Elle la laissa entrouverte afin que la lumière du couloir fût visible par l'embrasure, parce que c'était ce qu'aimait la petite Dora, et alors, juste avant de se diriger vers sa propre chambre, elle entendit la voix de sa sœur : "Je te l'avais bien dit, que les fantômes sont réels."

XVII

Nous souffrons tous et nous mourons tous, mais vous, la personne qui lisez ce livre en ce moment, vous êtes encore en vie. Je suis peut-être morte mais vous ne l'êtes pas. Vous inspirez et expirez tout en lisant et si vous vous interrompez et posez la main sur votre torse, vous sentirez battre votre cœur, et il doit y avoir de la lumière dans la pièce où vous vous trouvez, une lumière provenant d'une fenêtre ou d'une lampe ou d'un écran, qui éclaire la page et une partie de votre corps tandis que vous lisez.

Des portes ont été ouvertes et fermées, des souvenirs sont venus et repartis, et des aspirants héros sont sortis de l'histoire les uns après les autres. Il y a longtemps que le Mystérieux Gentilhomme Boiteux est arrivé à Bath, mais il pourrait valoir la peine de suivre le MGB même s'il s'avère qu'il n'est pas le bon personnage. Dans les romans comme en dehors d'eux, la vie est pleine d'hommes et de femmes qui ne sont pas les bons, un personnage trompeur après l'autre, dont les jambes de bois, cache-œil, béquilles, cicatrices, barbes et lunettes peuvent être ou ne pas être les éléments d'un déguisement. Mais un homme ou une femme n'ont pas besoin pour tromper d'une perruque ou d'un faux nez. Il ou elle peuvent le faire tout aussi efficacement au moyen d'un sourire, de paroles apaisantes ou d'un comportement amical. Nous suivons encore plusieurs personnes qui peuvent avoir ou non les clés de l'histoire. Si j'écoute, je les entends marcher dans les rues de la ville que j'imagine tandis que j'écris et que vous lisez.

Écrire un livre, c'est, pour tout le monde, pareil que fredonner une chanson, siffler une mélodie ou marcher à grands pas dans la rue, sautiller un peu, et puis se mettre à courir avant de reprendre une allure nonchalante. Le plus important de tout, c'est de respecter le rythme.

Une voix sonore dit : "Tenez-vous-en aux faits, m'dame. Reprenez-vous et racontez exactement ce qui s'est passé." C'est un homme, naturellement. Sa voix est celle de l'autorité. Je lui réponds que je vais faire de mon mieux parce que, dans ce livre, les histoires ne sont pas tout à fait terminées.

La bande des cinq est restée unie jusqu'à ce que le temps et l'espace la dispersent. Rien n'est plus ordinaire qu'un groupe de jeunes amis qui vieillissent et dont chacun s'en va de son côté vers le travail et l'amour, l'échec ou la réussite mais, comme l'a dit Kurt Koffka, "le tout est différent de la somme de ses parties", ce qui signifie qu'un groupe est chose différente des cinq individus qui le composent, et quand je me souviens de nous au complet, je suis prise de nostalgie, non du passé mais de l'avenir, un avenir à conquérir par les pas-seulement-cinq que nous étions alors.

Gus est un homme de cinéma universellement respecté, replet et raisonnablement satisfait, qui habite à Brooklyn pas tellement loin de chez Walter et moi. Ses pensées se baladent toujours sur des voies secondaires avant d'arriver sur la route principale, et il remarque toujours des spectacles que les autres ne voient pas. Pendant des années, il a écrit pour *The Village Voice* et puis pour *New York Press*, ainsi que pour des journaux de cinéma plus ésotériques. Les mordus de cinéma reconnaissent le nom de Scavelli. Gus déplore le déclin des salles de cinéma d'art et essai à New York – presque toutes sont défuntes – et l'amnésie culturelle visant en général les films sans super-héros à l'affiche, non que Gus ait des préjugés contre les super-héros, un thème sur lequel il peut s'étendre pendant des heures si on lui en donne l'occasion. Il enseigne la critique cinématographique à NYU et après une longue histoire de cœur brisé est tombé amoureux à cinquante ans d'une gynécologue obstétricienne nommée Adi Badour, une travailleuse acharnée et pince-sans-rire au décolleté spectaculaire.

En 2006, Gus et Adi nous ont invités, Walter et moi, à dîner et regarder un DVD chez eux à Cobble Hill. Après le repas, Gus nous a offert une introduction prolongée au film non nommé que nous allions voir. En 2004, un archiviste de la bibliothèque du Congrès avait découvert une version non censurée du film qui avait disparu depuis des années. Lorsque la version originale avait paru en 1933, la commission new-yorkaise de censure avait exigé des coupures. Gus annonça que nous allions voir la "vraie bande originale" de *Baby Face*, avec Barbara Stanwyck et George Brent dirigés par Alfred E. Green et que nous devions guetter l'apparition d'un très jeune John Wayne dans un rôle secondaire. Il expliqua que pour obéir aux censeurs, l'original avait été amputé de cinq bonnes minutes, une citation brutale de *La Volonté de puissance*, de Nietzsche, avait été remplacée par de la mélasse moralisante, et l'ambitieuse héroïne avait reçu ce qu'elle méritait dans une nouvelle fin. Après 1934 et le code Hays, le châtiment des femmes de mauvaise vie était de rigueur. Gus est à lui seul une bibliothèque d'archives cinématographiques ambulante, et je n'étais pas du tout sûre qu'il se rappelait notre après-midi au Thalia, presque quarante ans plus tôt. Il n'en parla pas.

C'est seulement en arrivant à la scène du café-brûlant-sur-main-baladeuse, un moment de cinéma que j'avais conservé dans mon catalogue mental personnel, que je commençai à soupçonner que Gus se rappelait. Selon son habitude, M. Plénitude nous incita à bien regarder. La scène était plus longue que dans mon souvenir. Après avoir arrosé le scélérat de café, Lily Powers sort de la pièce en affectant une démarche de digne lassitude, un léger balancement des hanches et des épaules. Quand l'encombrant personnage la suit dans une chambre, Lily lui enjoint de "hâler" sa "cargaison" au diable. Mais l'homme ne l'écoute pas. Il sourit. Il sait. Il sait ce qu'elle est : "la petite chérie de l'équipe de nuit". Il se jette sur elle. "Allez, viens, dit-il. Tout le monde sait de quoi tu es capable. – Eh bien, tu ne le sauras pas !" réplique-t-elle en le giflant violemment, et il la lâche. Lily ne court pas. Elle passe calmement dans la chambre voisine, prend une canette de bière sur la table, la décapsule et verse le liquide mousseux dans un verre. Mais l'homme est revenu dans le cadre. Souriant toujours, il prépare une attaque par l'arrière et entoure Lily de ses bras tendus pour lui peloter les seins. Elle attrape sur la table une bouteille avec laquelle, toujours entre ses bras, elle le vise et le frappe au visage. Le salaud chancelle et sort à reculons de l'image, et notre héroïne revient à ce qu'elle était en train de faire. Elle lève tranquillement son verre et boit une grande gorgée de bière.

"Nous n'avions pas vu la bouteille, hein ?", ai-je demandé à Gus. Il m'a dit que non et puis m'a demandé si j'aimerais revoir la scène. Je crois que nous l'avons regardée sept fois. Avant notre départ, ce soir-là, je serrai Gus dans mes bras. Tout ce qu'il dit, ce fut : "C'est bien pratique, cette touche *rewind*, n'est-ce pas ?"

Jacob vit et travaille à Paris. Il publie des articles et participe à des conférences dans le monde entier. Lui et Walter échangent des courriels à propos des symétries, discutent de l'avenir de la théorie des cordes (auquel Walter ne croit pas), se livrent à d'énergiques compétitions de jeux de mots en français et en anglais et échangent des potins concernant d'autres physiciens, y compris une poignée de jeunes femmes qui semblent avoir enfreint la règle d'exclusivité masculine. Jacob est le père consciencieux de sa fille Jeannette, vingt-deux ans, et de son fils Jean, dix-neuf, mais il paraît nimbé, ces temps-ci, d'un air de mélancolie. La dernière fois que Walter et moi avons dîné avec lui à New York, je me suis sentie triste après l'avoir quitté. Il est resté svelte, a toujours tous ses cheveux ; son charme est intact, mais son épouse depuis de nombreuses années l'a quitté il y a deux ans, non pour un autre homme mais pour elle-même, une tournure des événements que Jacob n'arrive pas à comprendre.

Notre Fanny est morte. Elle est morte d'un cancer du sein agressif quand elle avait cinquante-quatre ans, un an de plus que la baronne. Il y avait alors des années qu'elle avait quitté la ville. Elle était retournée en Californie parce que sa mère était malade, avait obtenu un diplôme de travailleur social et s'était consacrée à des malades en consultation externe en psychiatrie à Los Angeles. Nous avions d'abord été un peu étonnées, Whitney et moi, mais nous nous étions rendu compte que son esprit d'insurrection et son narcissisme bénin avaient simplement trouvé une autre voie. Quand elle est morte, en 2009, Fanny vivait avec une certaine Grace dont elle décrivait la très lucrative occupation en disant qu'elle "coiffait les stars". Je ne sais pas ce qu'est devenue Grace mais je garde un vif souvenir d'un moment de la cérémonie sur la plage. J'étais la seule du groupe à avoir pu prendre l'avion et venir sur la côte pour y assister. Je revois Grace qui marche vers l'eau, le poing dans l'urne. Je suis à quelques mètres derrière elle avec d'autres personnes, dont je ne connais aucune, et je vois la cendre pâle et les petits morceaux d'os blancs qui s'envolent de sa main en un flot nuageux et son écharpe de soie bleue qui flotte, poussée vers le sud par un vent violent. Je regarde et je me souviens des baisers échangés avec Fanny. Je me souviens, chère, très chère, copine chérie. Je me souviens de sa queue glissant sur le plancher. Grace tombe à genoux dans le sable, je l'entends gémir : "Oh, Fanny, Fanny ! Ma Fanny !"

Était-ce Whitney qui m'avait appelée ou moi qui avais appelé Whitney, c'est ce que nous n'avons jamais pu établir entre nous parce que nous en gardons chacune un souvenir différent et n'avons ni l'une ni l'autre pris la peine d'enregistrer les événements à l'intention de la postérité.

Whitney demeure convaincue qu'elle m'a appelée d'un téléphone public l'un de ces jours de la fin juin 1979. Selon sa version, elle avait consulté un livre de la Butler Library et pendant qu'elle lisait elle s'était trouvée de nouveau tracassée par l'idée que je n'étais pas moi-même. Elle insiste sur le fait qu'elle s'est sentie poussée à agir et qu'après avoir raccroché le combiné elle s'est précipitée vers la 109e Rue dans l'intention de me raisonner. Je me rappelle avoir appelé Whitney. Je me rappelle lui avoir dit qu'il était important que nous parlions. Dans ma version, Whitney a sauté dans un métro et est venue *uptown* pour me voir. La façon dont la rencontre a eu lieu est moins importante, toutefois, que le fait qu'elle ait eu lieu. Nous sommes certaines qu'elle a eu lieu et, pourtant, de ce que nous nous sommes dit ce soir-là, nous ne nous souvenons ni l'une, ni l'autre. Tout ce dont nous convenons, c'est que, quoi que nous ayons dit, nous avons annulé la distance qui était née entre nous. Il faut reconnaître que la distance entre les personnages, dans ce cas, n'était pas grande – elle était, en réalité, petite – mais si nous n'avions pas agi elle aurait pu grandir lentement et nous séparer définitivement.

Pourquoi n'ai-je pas écrit tout ça dans le cahier ? Quel était mon problème ? Je n'ai rien écrit sur cette soirée car je n'aurais pas pu prévoir les significations que notre amitié accumulerait au fil du temps. Que ce fût ce soir-là ou un autre soir que j'ai dit à Whitney que je l'enviais, que je lui enviais son assurance et son courage et ses vêtements et son argent, je ne sais pas, mais je le lui ai dit. Je savais qu'elle n'aurait pas attendu devant l'ascenseur, et je lui enviais cela furieusement. Mais j'ai fini par comprendre qu'avant notre rencontre, Whitney avait attendu plus que je ne l'avais imaginé, avait souffert plus que je ne l'avais imaginé, pas de la même façon que moi mais de façons que je n'avais pas comprises parce qu'elle était pour moi un être enchanté par les fées. Mais elle avait dû, elle aussi, se battre pour son œuvre, tenir tête à ceux qui voulaient dénigrer ses talents et saper ses forces. Elle aussi avait dû lutter contre les histoires déjà écrites, les récits établis à propos des artistes femmes et de ce que leur œuvre est censée être.

Elle est partie à Berlin pour échapper aux connards et pharisiens du monde artistique new-yorkais. En Allemagne, c'était différent, elle l'a bientôt constaté, mais pas mieux. Elle y est restée tout de même. Je la vois dans la galerie, en jean souple et t-shirt flou. Je la vois, mains aux hanches, goguenarde. Je vois ses biceps endurcis par l'effort. Je vois les mots en plusieurs langues sur ses grandes sculptures. Je la vois enceinte, il y a des années. Je l'entends se plaindre de la fréquence de ses besoins de pisser pendant le huitième mois. Je vois Freya à cheval sur le genou de Whitney et j'entends le rire excité de ma fille. J'entends Whit me raconter qu'elle a quitté son amant, Théo. Je l'entends me raconter qu'elle est retournée auprès de Théo. Je l'entends citer Sylvia Plath : "Toutes les femmes adorent un fasciste." Amour-haine. Whitney dit que nous devrions avoir un mot pour cela, pour ce sentiment. Je l'entends crier : "Je te haime, espèce de salaud." Ces images et ces mots sont tout Whitney. Je ne peux pas démêler les images, les sons et les sentiments dans le temps. Ce qui a été est et ce qui est a été.

John Ashbery est mort le 3 septembre de cette année. Whitney m'a envoyé un courriel le lendemain avec les mots : "Un matin d'hiver. Placés dans une lumière étrange." Cela vient du poème *Some Trees*, dans son premier recueil, publié sous le même titre en 1956.

Whitney me taquine à propos de mon penchant pour la philosophie, de mes lectures insatiables dans des domaines multiples et des journaux obscurs qui publient mes essais, dont elle se moque carrément. "Vraiment, Minnesota, *Lebenswelt : Esthétique et philosophie de l'expérience*. C'est d'un fumeux !" Elle a lu tous mes romans, en revanche, et j'ai suivi de près l'évolution de son art, des premières petites œuvres poèmes aux beaucoup plus grandes installations, ces tunnels dans lesquels il faut s'introduire en rampant et lire tout en progressant d'un bout à l'autre sur les mains et les genoux. Les enfants peuvent s'y tenir debout, et Whitney a mis un fauteuil roulant à la disposition des personnes qui ne peuvent pas faire le trajet pliées en deux ou à quatre pattes. Dans mon préféré, on découvrait ces phrases : "Imagine-toi en train de naître. Où es-tu ? M'aimes-tu déjà ?"

Je me rappelle Whitney contemplant West Broadway par la fenêtre et disant : "À nous de les croquer !" Et c'est ce que nous avons fait. Ce fut amer, et ce fut doux. J'aimais Whitney, alors. Je l'aime maintenant, mais lorsque je me débattais dans les affres de la vie, il m'était impossible de savoir si un moment donné serait significatif ou disparaîtrait dans l'oubli comme tant d'autres. Whitney et Théo ne se sont jamais mariés. Quelque part au cours de la dernière décennie, ils ont atteint un état de trêve affectueuse. Au fil du temps, Whit a eu des tas d'aventures et Théo en a fait autant. Leur fille, Ella, était une adolescente dissipée mais, aujourd'hui, orthodontiste dans le New Jersey, elle a une bonne clientèle, un mari dans la finance et deux petits enfants dont je vois parfois des images dans un texto. "La vie est étrange", dit Whitney. C'est vrai. C'est vrai. Elle est étrange.

Et Kari, la personne que je voyais lorsque je levais les yeux durant les longues années de notre enfance commune ? Kari est généticienne maintenant – son domaine est l'épigénèse. Elle travaille à l'université John Hopkins sur un sujet appelé "méthylation" qui peut nous aider à comprendre le fonctionnement de certaines maladies et comment les guérir dans l'avenir. J'ai entendu dire que c'est une recherche "de pointe". Aujourd'hui, cependant, alors que j'écris ceci, je ne m'inquiète pas de la méthylation. Je me réjouis à la perspective des jours suivant immédiatement Noël, quand nous allons nous voir dans le Minnesota. Freya va retrouver ses cousins, Stefan et Kaï, Walter et mon beau-frère Caleb vont papoter baseball, et nous passerons tous quelque temps assis au côté de notre mère, belle-mère ou grand-mère dans la résidence Tournesol, à lui poser des questions et à l'écouter attentivement même si elle s'embrouille un peu, et Kari et moi aurons l'occasion de bavarder et de nous rappeler des souvenirs oubliés depuis longtemps. Nous pourrons nous rappeler le raclement creux de nos patins lorsqu'ils traçaient sur la glace, un bruit si plaisant, ou peut-être nous rappellerons-nous comment, revenues à la chaleur de la maison, nous piétinions dans nos bottines blanches de patinage artistique afin de réveiller nos orteils engourdis, ou encore que lorsqu'il faisait dangereusement froid l'air nous donnait un mal de tête particulier que nous appelions mal-de-glace. Pourquoi est-ce un tel plaisir de se souvenir ensemble ? Pourquoi rions-nous toujours lorsque nous évoquons les colliers faits de prêles des champs ou les multiples petits nodules rouges provoqués sur nos cuisses par des herbes urticantes ?

Je sais que Kari se souvient de Gertie, la vieille femme que nous n'avons jamais vue mais qu'un jour, en passant sur la route devant l'ancienne maison abandonnée des Petersen, nous avons entendue geindre d'une voix aiguë à propos d'un "meurtre sanglant". C'était le plein été, le goudron brûlait la plante de nos pieds nus, et dès l'instant où nous l'avons entendue nous avons couru si vite jusque chez nous que nous avons eu un point de côté, en tout cas moi, j'en ai eu un. Les autres enfants racontaient qu'elle avait un jour surgi de nulle part et qu'elle était méchante et folle et qu'elle avait étranglé son propre bébé. Maman nous disait de ne pas écouter les sottises que débitaient les autres enfants, mais nous écoutions tout de même, Kari et moi. En ce temps-là, nous vivions pour les merveilles et les terreurs.

Je vais vous confier un secret, maintenant ; il y a une doctoresse dans cette histoire, mais elle est arrivée beaucoup plus tard, bien après la fin du millénaire. Je suis ici en train d'écrire dans mon bureau le 29 novembre 2017. La doctoresse est le personnage caché du livre, celui qui n'apparaît ni ne parle jamais. Je le sais et elle le sait. Mais alors, en 1978-1979, je ne soupçonnais pas que je lui raconterais des secrets derrière la porte close d'une chambre où les secrets sont conservés à jamais en sécurité. J'ai continué à parler pendant une décennie. Dans cette chambre, les fantômes sont une réalité et Jamais dispose à la fois de temps et d'espace, même si ses coordonnées sont parfois oubliées. La chambre contient cela même qui a été oublié. Mais je peux aussi vous dire ceci. Entre les quatre murs de cette chambre, les regrets s'accumulent : regrets d'avoir attendu, regrets de ce qui n'a jamais été, regrets de ce qui n'a jamais été dit, regrets des livres qui n'ont jamais été écrits ni jamais publiés, regrets de l'être laissé bousculer, pousser du coude, ou du doigt, ou à coups de pied. Il y a longtemps, un poète a identifié la femme dans cette chambre : "mon nom est *qui aurait pu être* ; Et je me nomme aussi : *Jamais plus, Trop tard, Adieu.*"

Peut-être que, si vous le demandez gentiment, vous recevrez ce que vous désirez. Mais il faut le demander gentiment, poliment. Il faut sourire, et ne pas vous mettre en avant. Et, rappelez-vous ceci : il y a des récompenses si vous demandez gentiment, si vous êtes douce et gracieuse, si vous faites des courbettes et levez les yeux vers le grand homme : Le Triomphe de la Vie.

Je t'en prie, ne me coupe pas en pleine phrase.
Je t'en prie, ne m'empoigne pas le bras.
Je t'en prie, pars maintenant.
Je t'en prie, ne m'appelle pas chérie.
Je t'en prie, non.

Une jeune écrivain écoute à travers le mur avec le stéthoscope de son père et elle entend sa voisine du 2C dire *Amsah* et puis "*I'm sad* (je suis triste)", et puis "j'étais une pute à ta merci", et elle entend la même femme parler d'une voix d'homme en colère. Il la traite d'idiote. Le mot blesse les oreilles de l'indiscrète. Il lui blesse les oreilles comme si c'était elle qui était traitée d'idiote. Et elle continue d'écouter. Lorsqu'elle comprend qu'une fillette est tombée ou a sauté ou a été poussée d'une fenêtre, elle se surprend à regarder par sa propre fenêtre pour s'assurer que l'enfant ne gît pas là, démantelée, sur le bout de terrain au fond du puits d'aération où quelques grossières mauvaises herbes s'efforcent de pousser. Dans un instant de lucidité, elle se rend compte que, d'une certaine façon, la douleur et la peur sont aussi sa douleur et sa peur. Mais c'est étrange, non ? Minnesota n'était pas si triste que ça et n'avait pas été traitée d'idiote, pas souvent, en tout cas, et pourtant elle se rend compte qu'elle est étroitement concernée par les mots entendus à travers le mur.

Elle a en grande partie imaginé l'histoire de Lucy. Ted Senior et Lindy sont toujours hors scène. Si l'on n'écoute pas attentivement ce qui a été dit, ils peuvent tous deux devenir des personnages de répertoire : le père cruel et la fille angélique. Il est vrai aussi que ni Lucy ni son fils ne sont des narrateurs fiables. Lucy était instable et son fils peut avoir été un menteur pathologique. Chacun des Bien-aimés avait son interprétation du récit de Lucy, chacune correcte à sa façon. Ma voisine appartenait effectivement à un culte et, si elle n'était pas toujours psychotique, elle l'avait sans doute été une partie du temps. Whitney non plus ne se trompait pas. La religion wicca est représentation, à l'instar de toutes les liturgies, avec leurs rites, leurs reliques et leurs prières. Les sorcières étaient des adeptes du "théâtre du Cercle". Et Fanny savait que Lucy souhaitait la mort de ce connard. "Et tu as voulu le tuer ?" avais-je demandé à Lucy. "Oh non, pas avant longtemps", répondit-elle. Sa rage avait grandi lentement. Ensemble, les interprétations produisent beaucoup plus de sens qu'aucune d'entre elles à elle seule. Moi, l'écrivain âgée, j'ai passé des années à étudier les nuages qui brouillent les lignes nettes que nous traçons entre une chose et une autre. Je me suis immergée dans les ambiguïtés. Les vents soufflent, les cieux changent, les eaux montent et les interprétations se fondent les unes dans les autres.

Rappelez-vous qu'avant d'arriver dans la ville, Minnesota s'était déjà rempli l'imagination de tout ce qu'elle avait lu, enchantements, batailles, défis, blessures, amour et ses tourments, et une bonne dose de philosophie et d'histoire. Rappelez-vous aussi que c'était alors une ville dangereuse, une ville de couteaux et d'armes à feu, de cafards, de rats et de vertigineux entassements d'ordures – mais c'était une ville qui brûlait d'idées, et les idées façonnent nos perceptions et nos souvenirs. Alors, laid était beau.

Ce livre est un portrait de l'artiste en jeune femme, l'artiste venue à New York pour lire, souffrir et écrire son mystère. Comme le grand détective qui a les mêmes initiales qu'elle, S. H., l'écrivain voit, entend et flaire les indices. Les signes sont partout – dans un visage, dans le ciel, dans un livre. Une lettre est glissée sous une porte. Un couteau arrive par la poste. On entend des pas dans la rue et dans le couloir. Elle tourne sa clé dans la serrure. Les femmes psalmodient dans la pièce à côté. Contrairement à Holmes, toutefois, Minnesota ne peut pas compter que Conan Doyle organise pour elle un monde parfait dans lequel des mottes de terre rouge conduisent inévitablement au coupable que nul lecteur n'a jamais soupçonné : le jardinier boiteux.

L'aspirant détective de Minnesota, Ian Feathers, IF (si), se trompe, et Isadora Simon, IS (est), voit juste. IF procède comme si chaque signe était la voie vers une solution. IS sait que c'est une absurdité. Nous interprétons sans cesse les signes, mais que signifient-ils, les sourires, les étoiles, les bouts de ficelle et les lettres ? Je me souviens de ma stupéfaction d'antan. Pourquoi me regardes-tu comme ça ? Qu'ai-je fait ? Pourquoi ai-je attendu devant l'ascenseur ? Puis-je trouver une logique derrière tout cela ? Non, on ne peut réduire cela à vrai ou faux, à des algorithmes, voire à une vague logique. Ce n'est pas mathématique. Il y a des règles, pourtant, des tas de règles et de réglementations qui s'affichent comme la seule logique véritable. Les règles et réglementations concernent la narration et le rôle de l'auteur, elles décident qui peut raconter l'histoire et de quelle façon. La baronne a écrit : “Vous oubliez, madame – Que nous sommes les maîtres – Observez nos règles." Parfois ces règles sont pure folie. Un aspirant despote au visage rouge de colère court de long en large sur la scène en hurlant : "Enfermez-la ! Qu'on lui coupe la tête !" Et la foule admire le héros, le grand homme qui expie son humiliation et sa honte en portant à tous les autres une haine purifiante. La baronne a écrit ceci, aussi : "la pensée enchevêtrée – de friche nue, stérile – action violente – bruit – clameur : lynchages américains".

Lynchez, pendez, brûlez.

J'interprète autrement les indices, aujourd'hui. Je lis autrement les histoires. Je me souviens autrement. J'ai changé. Un homme ouvre la porte d'une chambre et jette, porte ou pousse à travers son seuil des objets appartenant à son épouse et à ses enfants. Ensuite il ferme la porte à clé, met la clé dans sa poche et part au travail. Des mois passent. Un à un, des objets disparaissent : une table, une chaise, des chaussures, le poste de télévision, des chapeaux, des moufles, des livres, des stylos, le grille-pain, des jouets et, au bout de quelque temps, l'appartement prend un aspect désolé, étranger. Et pas un membre de la famille ne demande pourquoi il est seul à détenir la clé. Ils ne pensent pas à le lui demander. La question : "Pourquoi es-tu le seul à détenir la clé" ne leur vient pas à l'esprit. Ils manquent de mots pour poser la question. Il faut être pleinement conscient pour reconnaître qu'on a le droit d'interroger. Il faut être pleinement conscient pour devenir enragé.

Mais je vous dirai une fois de plus qu'une histoire mène à une autre. Une histoire en devient une autre, et de nombreuses histoires sont d'une certaine façon la même histoire.

"Certes, Freytag-Loringhoven avait créé des œuvres scatologiques grossièrement similaires, mais aucune ne contenait la *pensée* qui s'exprimait dans l'œuvre de Duchamp." La question de l'esprit ne te concerne pas, très chère. C'est à tes dépens qu'on plaisante, très chère. Ton art ne t'appartient pas, très chère. C'est à lui qu'il appartient, très chère. Je suis sûr que tu n'as rien à ajouter, très chère. Tu es trop bête pour lire ces livres. Tu feras une bonne infirmière. Non, Lucy ne savait pas qu'elle souhaitait la mort de ce connard. Je ne savais pas, pas du tout, à quel point j'étais en colère. Et les maîtres n'ont pas toujours conscience de ce qu'ils font ou disent. L'histoire de leur supériorité est inscrite en eux, sang, os, muscles et tissus, dans la moindre de leurs cellules. Je me souviens de l'air surpris des professeurs, et puis de l'expression de désarroi qui envahissait leurs visages. Pourquoi sont-ils toujours tellement surpris et déroutés ? J'ai vu, revu et encore revu cette expression de surprise et de désarroi. Je ne m'évanouis plus. Si on parvient à rester consciente et à faire face à son adversaire, ce qui suit l'air surpris et dérouté, c'est l'air furieux. Pour qui te prends-tu, bordel ? Et les bégaiements de fureur de l'homme, cet homme qui est aussi de nombreux hommes, sont aggravés par le calme maîtrisé de la femme. Ces temps-ci, je suis toujours calme. Je suis aussi calme que l'était Patty. Je suis une vieille dame calme et instruite.

Vous oubliez, madame, que vous devez observer nos règles.

Non, je n'en ferai rien.

Dans le monde qui est le mien, Wittgenstein est encore une arme. À vrai dire, ma bibliothèque est remplie d'armes verbales. Wittgenstein, toutefois, même cité en version originale, n'est pas d'une grande aide quand un homme vous envoie brutalement contre un mur de livres.

J'avais besoin de la baronne. Elle m'était désespérément importante. Je ne savais rien alors de la Madone de la salle de bains. Je ne savais pas qu'on avait enfermé Elsa dans la chambre de la saint-glinglin. Mais j'ai donné son nom au cadeau létal de Fanny. Elle était mon instrument de fureur muette. Il est heureux, très heureux que mes aventures avec ce couteau puissent être décrites comme une comédie d'erreurs, que je n'aie pas découpé le jeune homme pâle en menus morceaux. Il me fait de la peine. Il n'était pas l'un des maîtres. Il a assassiné son hamster. A-t-il poussé sa sœur par la fenêtre ? Nous ne pouvons le savoir. Nous ne le saurons pas. S'il l'a poussée, s'est-il raconté ensuite qu'il ne l'avait pas poussée ? L'avait-elle défié avant de sauter ? Avait-elle sauté par désespoir ? Lucy disait que Lindy pleurait tout le temps. Elle était si malheureuse. Nous ne pouvons savoir. J'ai eu pitié de lui. Je lui ai donné de l'argent. Mais alors son abjection m'a écœurée. J'éprouve maintenant pour lui ce que Simone Weil appelait de la charité, et je crois donc qu'en pointant le couteau sur lui je me trompais d'homme.

Je me souviens de l'Introspectrice Détective me souriant de son côté de son bureau. Oui, elle est mon invention, mais je me souviens de son sourire. C'est ainsi que fonctionne notre imagerie mentale. Nous nous rappelons souvent ce qui n'a jamais eu lieu. Et maintenant je peux sourire à mon ancienne moi, un peu tristement sans doute, mais je peux sourire. La voilà qui caracole dans le 2B avec la baronne, qui se laisse aller, déclenche la lame afin de libérer ses fantasmes de vengeance sanglante. Elle souhaite la mort de ce connard.

Watson est heureux que sa blessure saigne parce que cela inquiète Holmes, et cette inquiétude est un signe que l'amour se cache derrière le masque impassible. Mme Malacek a saigné sur tout le canapé. Il y a beaucoup de sang, et ses yeux ont quelque chose qui ne va pas. C'est comme si elle ne pouvait voir ni personne, ni rien. Aveugle. "Toutes les femmes adorent un fasciste. / Les coups de botte dans la figure, le cœur / de brute brutale une brute comme toi", a écrit Sylvia Plath. Qu'est-il arrivé à l'homme ? A-t-il couru dans la maison ? En est-il sorti en courant ? Était-il les coups de botte dans la figure, la brute, le cœur brutal, le salaud aux bottes brutales ? Mary Shelley s'est assise dans un bain glacé afin d'arrêter l'hémorragie. La fausse couche l'a presque tuée. Trois de ses bébés sont nés et morts. L'un vit. Elle écoute la conversation des hommes dans une maison en Suisse. Il fait mauvais temps. Pourquoi la pluie ne cesse-t-elle jamais ? Sent-elle le fœtus bouger en elle pendant que les grands hommes parlent de poèmes et de politique ? Mary Wollstonecraft Godwin Shelley a dix-neuf ans, quatre ans de moins que Minnesota lors de son arrivée à New York. Elle termine *Frankenstein*, un livre qui raconte une naissance terrible et une solitude terrible, avant que le corps de son mari, le héros poète tragique, ne brûle sur une plage en Italie, mais Mary ne voit pas les flammes. Elle n'était pas là. Apparemment, les femmes n'assistaient pas aux crémations, telle n'était pas la coutume. Leurs sensibilités étaient bien trop délicates pour cela. Ironies de temps et de lieu : avez-vous oublié qu'on brûlait les gens soupçonnés de sorcellerie, qui en grande majorité étaient des femmes ?

Dans le tableau de Louis-Édouard Fournier représentant les funérailles sur la plage, le fougueux Lord Byron figure au premier plan en compagnie de Leigh Hunt et d'Edward John Trelawny. Réchappé indemne des poissons, du sel et de la mer, le poète mort, pas du tout défiguré, gît sur un bûcher fumant, son beau visage tourné vers le ciel, jeune héros divin se préparant à sa résurrection posthume dans notre mémoire collective. Si vous regardez à l'extrême gauche, vous la verrez à l'arrière-plan, ce personnage secondaire, l'épouse. Humblement agenouillée, elle prie, Dieu sait pour quoi. Une histoire en devient une autre.

J'ai vu Lucy pour la dernière fois en mai 1986. J'avais alors déjà rencontré et épousé Walter et soutenu ma thèse. Patty et Moth m'ont fait la surprise d'organiser un dîner en mon honneur pour le doctorat, pas pour le mariage. Patty m'a envoyé l'invitation. Les premiers mots étaient : "Chère docteur H."

En ce temps-là, Walter n'était pas le senior bedonnant à tête grise qu'il est maintenant. Il a passé les soixante-dix ans et aime marcher lentement. "Qu'est-ce qui te presse ? demande-t-il. On ne fait pas la course, hein ?"

À l'époque, c'était un jeune et svelte physicien myope, il avait les cheveux roux et des cuisses musclées, et un membre doux, raide, presque-toujours-prêt, et l'enthousiasme avec lequel il abordait l'acte d'amour me propulsait dans un quasi-délire. Quand je me rappelle nos deux premières années de vie commune, je nous vois parfois à grande distance, comme si c'était de très haut dans le ciel que je regardais ces deux Lilliputiens nus dans le passé. Je vois la petite femme nue poursuivre le petit homme nu du haut en bas de l'escalier. Je vois le petit homme nu poursuivre la petite femme nue du bas en haut de l'escalier. Je vois la petite femme nue jouant les impudentes et montrant au petit homme nu son petit postérieur nu dans la chambre où ils rangent tous les livres. Je vois le petit homme nu qui saute sur le lit, bras écartés, et fait signe à sa chérie à lui, sa bien-aimée, d'y sauter à côté de lui. Je vois leurs quatre bras nus et quatre jambes nues et leurs deux têtes chevelues unies dans un baiser. Je les vois faire les divins rebonds sur le matelas du lit à baldaquin, sur le tapis, sur le sol de la cuisine.

Nous sommes de vieux amants désormais, Walter et moi. Nous avons fait les divins rebonds des milliers de fois. Maintes et maintes fois mes doigts ont glissé le long de son torse nu et trouvé le chemin de son membre endormi que j'ai alors senti grandir et se transformer dans ma main. Maintes et maintes fois j'ai manipulé la peau soyeuse de ses couilles et senti contre ma joue ou mes seins, ou entre mes jambes la légère brûlure de sa barbe. Je me suis si souvent perdue dans la sensation de cet homme qu'il ne pourrait être expulsé de mon corps même si je ne voulais plus de lui. Nos chairs sont une à présent. Nos pensées se chevauchent. Nous avons beaucoup appris l'un de l'autre mais n'arrivons pas toujours à nous rappeler qui a appris quoi à qui. Nous vieillissons et je sais que chacun de nous craint la mort de l'autre, même si nous n'en parlons guère. Le temps parlera. À moins que nous n'explosions ensemble, l'un de nous mourra avant l'autre.

"Éros, de nouveau, le briseur de membres, sous les frissons me courbe."

J'étais enceinte de cinq semaines à ce dîner. Seul Walter connaissait mes soupçons.

"Je me souviens, disait ma mère l'autre jour, je me souviens de ce premier frémissement. Je me rappelle où j'étais – chez Emma. Nous prenions le café, et je l'ai senti, le premier signe, le tout premier signe de toi."

La perspective de dîner avec une cabale de sorcières avait rendu le jeune Walter grincheux. Il connaissait l'histoire de Lucy parce que je la lui avais racontée, et il la trouvait déplaisante, comme tout le monde l'aurait trouvée. Il m'accompagna en ronchonnant à propos de superstition et bien que j'aie presque tout oublié de cette soirée, il ne s'y est rien passé de remarquable. Nous nous rappelons les désastres bien plus en détail que les événements qui se sont déroulés plus ou moins selon notre attente. Ce que je me rappelle c'est que quelques jours après ce dîner Walter m'a dit qu'il avait trouvé Patty arrogante, avec toutes ses déclarations solennelles. Cette critique m'ennuyait mais je n'aurais pu dire pourquoi, et pourtant, parce qu'elle m'ennuyait, je ne l'ai pas oubliée. Maintenant que j'ai atteint l'âge qu'avait Patty quand j'ai fait sa connaissance, je me rends compte qu'elle n'était pas plus arrogante que ne l'était Walter lui-même ou d'innombrables hommes que j'ai connus et connais encore. Chez nous, les femmes, on prend souvent l'assurance pour de l'arrogance.

Walter goûta probablement les circonvolutions négatives d'Alistair et la cuisine de Moth, et il s'efforça probablement de rester impassible lorsque Gorse expliqua ses théories sur le grand univers, mais je dois être honnête : je ne m'en souviens pas. Je me rappelle bien que Lucy semblait avoir vieilli et grossi, et qu'elle était ce soir-là en mode flirt, les yeux alertes d'une seconde à l'autre. Et pourtant, je lui trouvais le visage moins radieux que dans mon souvenir. Elle paraissait plus lente, moins sujette aux sautes d'humeur soudaines, changement que Patty attribuait au lithium. Je me souviens du lithium parce que j'ai cherché des renseignements sur cet élément et sur son usage médicinal en psychiatrie. Je me rappelle aussi que Lucy a charmé Walter, ce soir-là. Elle riait de ses calembours et hochait la tête d'un air pénétré à chaque phrase qu'il prononçait, et il se délectait du soleil de son admiration. Quand je repense à ce dernier dîner avec Lucy, quelque chose me dit que le visage de mon mari devait beaucoup ressembler à celui de mon père quand Brenda avait levé les yeux vers lui sur le seuil de son bureau, ce jour-là, quand j'étais encore une enfant.

Dora tout court donne deux tours de clé et les trois enfants descendent l'escalier de la cave où ils découvrent le père couché en position fœtale sur une vieille bâche, une bouteille de whisky à la main. Quelle curieuse petite comédie Minnesota essayait d'écrire. Elle devait avoir senti que des histoires inconnues avaient été enfermées dans une cave métaphorique au-dedans de l'homme qui était son père. Mais il y a un autre père mêlé, lui aussi, à l'histoire ; le père d'Edith, le professeur Harrington, qui avait l'habitude d'aller et venir dans le salon en murmurant des citations d'œuvres classiques avec, parfois, un air farouche. Harrington avait été commandant de char pendant la guerre en Europe, et Edith m'avait raconté qu'il avait dans son char un lapin apprivoisé. Avec les histoires d'Edith, on ne savait jamais, mais l'histoire du lapin devait s'être logée en moi des années plus tôt, et puis, combinée avec Laurence, le chien de berger, et George le cacatoès, avait resurgi dans le zoo Simon.

Dans son roman à jamais inachevé, Minnesota rétrécissait les pères. Elle rétrécissait les grands hommes et les hommes-enfants imbus de leur importance à la taille qui était la leur. Elle les rétrécissait par la comédie. Elle les rétrécissait par la pitié. Elle ne savait pas ce qu'elle faisait, mais aussi les écrivains le savent rarement. Nous ne le savons qu'en partie. Les rythmes montent et descendent, et nous emmènent avec eux.

Je plains le petit homme endormi sur la bâche.

Quand il était mourant, je suis restée assise auprès de mon père et lui ai tenu la main dans la petite chambre d'hôpital. Je me souviens de la lumière froide filtrée par les stores et des fleurs séchées d'hydrangea dans le vase que ma mère avait posé sur l'appui de la fenêtre. Je me souviens de la respiration bruyante de l'appareil à oxygène et du tube, dans son nez, qui lui rougissait et lui irritait les narines. Je me souviens du petit pot de vaseline sur la table de chevet roulante. "On ne pige rien du tout au système endocrinien. Tu savais ça ? me dit-il. Ce n'est qu'un foutu mystère après l'autre." Mon père aimait se gausser de l'ignorance médicale. Il aimait éreinter les républicains. Quand il était heureux, il aimait siffler en voiture. Le vieux soldat n'avait pas peur de la mort. Ce dont il avait peur, une peur désespérée, c'était de devenir un objet de pitié. Tante Irma disait toujours : "Ne sommes-nous pas tous humains ?" En effet, ne le sommes-nous pas ?

Peu avant la fin de ce dîner, en 1986, Lucy se leva de sa place à côté de Walter, vint à moi et se pencha pour me chuchoter à l'oreille : "Mon chou, je crois que j'ai envie de la baguette magique de Lindy, maintenant. Il est presque temps." Et je pensai en moi-même : miséricorde ! Je n'avais pas dit à Lucy que j'avais réparé et décoré la baguette et avais écrit dessus, ni que je l'avais fixée sur la bibliothèque, juste au-dessus du rayon auquel je m'étais méchamment cogné la tête avant de glisser par terre. Je lui demandai si elle se souvenait de Bianca, la petite fille de M. Rosalès. Et elle me dit que oui. Je lui racontai que le plafond de mon placard s'était effondré l'hiver suivant son départ de l'immeuble. M. Rosalès était venu le réparer, et Bianca l'avait accompagné, et elle avait été fascinée par la baguette magique, avait voulu la tenir, et je l'avais laissée faire, et elle l'avait agitée en tous sens au-dessus de sa tête en gambadant dans mon salon et en bavardant toute seule en espagnol. “Lucy, dis-je, j'ai donné la baguette à Bianca.”

Je m'attendais à ce que Lucy me fasse des reproches, mais il n'en fut rien. Elle se borna à hocher la tête, et dit que l'assemblée lançait depuis des années des charmes à mon intention et que, manifestement, la magie avait été efficace. En avril 1994, Lucy mourut dans son sommeil – infarctus du myocarde. Les sorcières envoyèrent un faire-part orné de cercles et de plantes grimpantes. Patty avait ajouté au-dessous quelques mots manuscrits : “Je te lis avec admiration. Patty.” J'appris aussi grâce à ce carton que le deuxième prénom de Lucy était Catherine.

Quelque temps après le changement de millénaire, je trouvai à la librairie du Strand un exemplaire invendu de *A Study in Western Amnesia* (“Étude de l'amnésie occidentale”), de P. S. Thistlethwaite, et je l'achetai. En lisant le rabat de couverture, je découvris que Patty était morte en 1997. Le livre a été publié un an plus tard. Je regrette de ne pas pouvoir vous dire ce qu'il est advenu des autres. Je pourrais sans doute le découvrir en consultant Internet, mais j'ai choisi de rester ignorante. J'aime imaginer Moth, Alistair et Gorse, toutes au-delà de leur centième anniversaire, en train de psalmodier en se balançant d'avant en arrière, assises en cercle et lançant des charmes ici et là. Et j'aime imaginer quelque part auprès d'elles le fantôme de la chienne Alice.

Je me souviens de la dernière poussée triomphale. Je poussais, et tout en poussant, je rugissais. J'expulsais de mon corps le petit corps mouillé. Je revois le minuscule visage angoissé, les coups de pied et gesticulations des bras, gestes vitaux. J'entends le cri aigu d'une étrangère effrayée dans un monde nouveau. Je me souviens des teintes vert et violet du long cordon gélatineux qui la reliait à moi. Je ne me souviens ni de la coupure, ni de la pince, ni du placenta.

Je sens mes doigts sur les touches. C'est de ces touches que Minnesota aurait eu besoin. Ce n'était pas d'une seule clé. Ce n'était pas la *clavis universalis*. Ce n'était pas la théorie du tout, mais un alphabet complet de clés vivantes. Et, comme dans un conte soufi, elles étaient là depuis le début. Tout ce dont elle avait besoin, c'était d'un peu plus de temps. J'écris maintenant, j'écris contre le temps, pour le temps, avec le temps, au cœur du temps. J'écris de mon temps vers le vôtre. Il y a de la magie dans cette simple action, n'est-ce pas ? Pour vous, ce peut être l'an prochain alors que pour moi c'est encore cette année-ci. À Page, sur la page, les morts parlent aux vivants. Rappelez-vous, les esprits inquiets se dressent et s'envolent de la bibliothèque pour nous hanter. Rappelez-vous la bataille des livres. Et rappelez-vous que nous oublions. Nous oublions. Dans l'*Étude de l'amnésie occidentale*, il est question des oubliés, de celles et ceux qui ont été expulsés de l'histoire, des étouffées, des bâillonnées, des violées, des battues, des tuées. Jamais plus, Trop tard, Adieu. Malcolm Silver avait à son mur la photo d'une de ces femmes. Je détestais cette photo.

Debout devant la fenêtre, le fantôme enceint de ma mère, Eva, semble vouloir dire quelque chose. Elle remue les lèvres à la façon des chanteurs qui se chauffent avant de chanter, mais le chant ne sort pas. Les paroles ne sortent pas. Écoutez-vous ? Je veux que vous écoutiez. Frieda Frail hante Verbum. Son fantôme surgit un peu partout dans la ville. Elle dépose une clé dans la main de Dora tout court, et chuchote à l'oreille de la fillette.

Ma mère oublie. Elle oublie ce que je viens de lui dire, mais elle se souvient d'Eva. Elle se souvient de la tasse fêlée. Elle se rappelle que j'écris un livre. Elle se souvient du premier signe de moi. Elle prenait un café avec Emma. Quand je l'appellerai aujourd'hui, elle me demandera quel âge elle a et je lui répondrai qu'après Noël et après le Nouvel An, au cœur de l'hiver, le 19 février, elle aura quatre-vingt-quinze ans, et elle me dira que c'est vieux, très vieux, ça, et j'en conviendrai avec elle, et elle me demandera quel âge j'ai et je le lui dirai. Je vieillis. Je vieillis. Freya est née il y a trente ans. Ma fille chante, et quand elle chante elle secoue les gens jusqu'au fond de la salle. Une fillette agite une baguette au-dessus de sa tête et sort en sautillant.

Voici longtemps, je suis venue à New York à la recherche du héros de mon premier roman. Je n'ai pas trouvé le personnage que j'imaginais, mais, bon, c'est la vie. Les choses changent. J'ai changé. "Peut-être que, toi et les autres, vous êtes en train de la récrire dans l'histoire." L'espoir de l'Introspectrice Détective pourrait n'être pas entièrement déraisonnable. Même en ce moment, en ce qui semble être le pire de tous les temps, je sens le vent dans mon dos de temps à autre. J'ignorais alors que j'avais amené mon héroïne avec moi à la ville. Mais la voici : elle a le crâne peint en rouge, les boîtes en fer-blanc s'entrechoquent à ses côtés et deux cuillers à thé se balancent à ses oreilles pendant qu'elle promène ses clébards dans Greenwich Village. Son rire est sonore et ses pets sont sonores. Effrayer ses voisins l'amuse. Elle n'a pas honte de sa machinerie et elle écrit dans sa tête des poèmes tonals tandis que le crépuscule descend sur la ville. La ville est New York, Berlin, Paris. C'est une ville réelle qui est aussi une ville imaginaire. Voyez-la pisser dans son urinoir avant de s'envoler vers sa destination suivante.

Quelque chose se passe. Quelque chose se passe dans le maintenant du livre. Quelque chose commence à se passer tandis que vous lisez cette phrase. Ses pieds quittent le pavé. Elle s'élève. Elle monte de plus en plus haut. Elle vole très haut au-dessus de la métropole. Elle agite un couteau au-dessus de sa tête – un stylet brésilien de cinq pouces et demi à cran d'arrêt crochetable. La baronne flotte sur l'air et là, parmi les nuages lourds, elle prend sa place au côté de son effroyable sœur.

Et qui est l'effroyable sœur qui a pris son envol avant elle ?

Je vais vous dire qui c'est : votre narratrice, l'auteur de ce livre. Je n'attends plus. Tendez-moi la main. Je vous donne les clés.

Une histoire en est devenue une autre.

REMERCIEMENTS

Cent ans après son arrivée à New York, où elle écrivit des poèmes, découvrit et créa des œuvres d'art et fut elle-même une œuvre d'art insurrectionnelle, fut enfin exaucé le souhait de la baronne, son vain espoir que ses poèmes soient réunis en un livre. En 2010, MIT Press a publié une belle édition de ses textes : *Body Sweats: The Uncensored Writings of the Baroness Elsa von Freytag-Loringhoven*, sous la direction d'Irène Gammel et Suzanne Zelzano. Les citations de ces poèmes proviennent toutes de ce volume et les événements de la vie de la baronne mentionnés dans *Souvenirs de l'avenir* sont empruntés à l'excellent ouvrage d'Irène Gammel, *Baroness Elsa: Gender, Dada, Everyday Modernity, a Cultural Biography* (MIT, 2002). La biographie de Gammel comprend sa défense systématique et convaincante de la thèse selon laquelle la baronne est l'artiste cachée à l'origine de la célèbre *Fontaine* dont, bien après sa mort, Marcel Duchamp s'octroya le mérite.

La bataille pour attribuer l'urinoir à la baronne a aussi été livrée par les historiens d'art Julian Spalding et Glyn Thompson, dont l'article intitulé "Did Marcel Duchamp Steal Elsa's Urinal?" (Marcel Duchamp a-t-il volé l'urinoir d'Elsa ?) fut publié dans *The Art Newspaper*, volume 24, n° 262, en novembre 2014, et suivi de leur exposition, *A Lady's Not a*

Gent's ("D'une dame, pas d'un monsieur") qui faisait partie du Festival des arts d'Édimbourg à Summerhall en 2015. Bien que l'idée que Duchamp est le cerveau à l'origine de *Fontaine* ait encore ses défenseurs, les arguments en faveur de la réattribution de l'œuvre à la baronne me paraissent indiscutables. Pour un examen complet de ces arguments, ainsi qu'une correspondance entre Spalding, Thompson et Sir Nicholas Serota, qui était alors le directeur du Tate Museum (lequel possède une réplique de *Fontaine* acquise en 1964 au prix de 500 000 livres), voir "Marcel Duchamp's Fountain... He Lied!" (La fontaine de Marcel Duchamp... Il a menti !) dans le magazine *The Jackdaw*, novembre-décembre 2013.

Je tiens aussi à remercier mon ami Jean Frémon, écrivain, spécialiste de l'art et président de la galerie Lelong, qui m'a mise en contact avec M. Didier Schulmann, directeur de la bibliothèque Kandinsky au centre Pompidou, qui a eu l'amabilité de m'autoriser à reproduire la photographie du masque mortuaire de la baronne publiée dans *transition 11* en 1928, que Gammel attribue à Marc Vaux. L'identité de l'auteur du masque reste un mystère.

S. H.

RÉFÉRENCES DES CITATIONS

P. 9 : Cervantès, *Don Quichotte*, 1e partie, chap. 1, 4e §, trad. A. Schulman, Le Seuil, 1997, p. 44.

P. 12 : Walt Whitman, extrait du poème “Sur le bac de Brooklyn”, in *Feuilles d'herbe*, introduction, traduction et notes de R. Asselineau, Aubier, coll. “Bilingue”, 1989, p. 261.

P. 19 : Marcel Proust, *Du côté de chez Swann*, 2e partie : *Un amour de Swann*, Gallimard, 1987, “Folio Classique”, n° 1924, p. 379.

P. 33 : Charles Baudelaire, “Au lecteur”, in *Les Fleurs du mal*, Flammarion, GF, 1991.

P. 36 : Laurence Sterne, *Vie et aventures de Tristram Shandy, gentilhomme*, trad. C. Mauron, Robert Laffont, 1946, 10/18, tome 1, livre IV, chap. xxv, p. 410.

P. 69 et 406 : Geoffrey Chaucer, *Les Contes de Canterbury*, prologue au *Conte du meunier*, trad. J. Delcourt, Félix Alcan éditeur, Paris, 1908.

P. 74 et 147 : Simone Weil, *La Pesanteur et la Grâce*, Plon, 1947 (réédition : "La Bibliothèque du XXe siècle", France Loisirs, Paris, 1999, p. 95).

P. 120 : Arthur Conan Doyle, *L'Aventure des trois Garrideb*, in *Les Archives de Sherlock Holmes.*

P. 165 : Alfred North Whitehead, *Procès et réalité*, trad. D. Charles, M. Élie, M. Fuchs, J.-L. Gautero, D. Janicaud, R. Sasso et A. Villani, Gallimard, Paris, 1995.

P. 174 : Procope de Césarée, *Anecdota*, trad. P. Maraval sous le titre : *Histoire secrète*, Les Belles Lettres, coll. "La Roue à Livres", Paris, 1990.

P. 176 : Jonathan Swift, *La Bataille des livres et autres textes*, trad. Monique Bégot, Rivages Poche, "Petite Bibliothèque", n° 419, p. 63.

P. 214 : Gilles Deleuze et Félix Gattari, *L'Anti-Œdipe*, Éditions de Minuit, Paris, 1972.

P. 227 : Karl Marx, *Manuscrits de 1844*, trad. E. Bottigelli, Éditions sociales, Paris, 1872.

P. 251 : Lewis Carroll, *Alice au pays des merveilles*, trad. H. Parisot, in *Œuvres*, "Bouquins", R. Laffont, vol. 1, p. 77.

P. 267 et 429 : Sappho, *Odes et fragments*, trad. Y. Battistini, Gallimard, édition bilingue, coll. "Poésie", 2005, fragment 130, p. 67.

P. 307 : Emily Dickinson, *Poèmes*, préface et trad. C. Malroux, coll. "L'Extrême contemporain", Belin, 1989, poème 378.

P. 329 : Ludwig Wittgenstein, *Recherches philosophiques*, trad. de l'allemand par F. Dastur, M. Élie, J.-L. Gautero, D. Janicaud et É. Rigal, Gallimard, 2004.

P. 358-359 : Marcel Duchamp, extrait d'une lettre à sa sœur (avril 1917) : https://fr.wikipedia.org/wiki/Fontaine_(Duchamp)

P. 415 et 426 : Sylvia Plath, extrait de "Papa", in *Ariel*, trad. Valérie Rouzeau, Gallimard, coll. "Poésie", n° 467, 2011.

P. 419 : Dante Gabriel Rossetti, "Suscription", sonnet 97, in *La Maison de vie*, sonnets traduits littéralement et littérairement par C. Couve, Alphonse Lemerre Éditeur, Paris, 1887.

DU MÊME AUTEUR

LES YEUX BANDÉS, Actes Sud, 1993 ; Babel n° 196.
L'ENVOÛTEMENT DE LILY DAHL, Actes Sud, 1996 ; Babel n° 380.
YONDER, Actes Sud, 1999 ; Babel n° 774.
TOUT CE QUE J'AIMAIS, Actes Sud, 2003 ; Babel n° 686.
LES MYSTÈRES DU RECTANGLE. ESSAIS SUR LA PEINTURE, Actes Sud, 2006.
ÉLÉGIE POUR UN AMÉRICAIN, Actes Sud, 2008 ; Babel n° 1006.
PLAIDOYER POUR ÉROS, Actes Sud, 2009 ; Babel n° 1520.
LA FEMME QUI TREMBLE. UNE HISTOIRE DE MES NERFS, Actes Sud, 2010 ; Babel n° 1151.
UN ÉTÉ SANS LES HOMMES, Actes Sud, 2011 ; Babel n° 1176.
AU PAYS DES MILLE ET UNE NUITS, photographies de Reza, Actes Sud, 2011.
VIVRE, PENSER, REGARDER, Actes Sud, 2013 ; Babel n° 1295.
UN MONDE FLAMBOYANT (prix *Transfuge* du meilleur roman américain), Actes Sud, 2014 ; Babel n° 1393.
LES MIRAGES DE LA CERTITUDE. ESSAI SUR LA PROBLÉMATIQUE CORPS/ESPRIT (prix européen de l'Essai), Actes Sud, 2018 ; Babel n° 1732.
UNE FEMME REGARDE LES HOMMES REGARDER LES FEMMES, Actes Sud, 2019 ; Babel n° 1789.
SOUVENIRS DE L'AVENIR (prix *Transfuge* du meilleur roman américain), Actes Sud, 2019 ; Babel n° 1837.
QUE SOMMES-NOUS ? ESSAI SUR LA CONDITION HUMAINE, Actes Sud, 2021.

OUVRAGE RÉALISÉ
PAR L'ATELIER GRAPHIQUE ACTES SUD
REPRODUIT ET ACHEVÉ D'IMPRIMER
EN AOÛT 2022
PAR NORMANDIE ROTO IMPRESSION S.A.S.
À LONRAI
POUR LE COMPTE DES ÉDITIONS
ACTES SUD
LE MÉJAN
PLACE NINA-BERBEROVA
13200 ARLES

DÉPÔT LÉGAL
1re ÉDITION : SEPTEMBRE 2022
N° impr. : 2203058
(Imprimé en France)